Collection « Bande à Part »

Opération *Coucou*

Michel Colaciuri

Opération *Coucou*

roman

Cohen&Cohen

Collection « Bande à Part » dirigée par Sandra Cohen

Déjà parus dans la même collection, chez Cohen&Cohen éditeurs

Isabelle Mimouni, *L'Obscure Splendeur de Raymond Famechon*
Marc Villard, *Sharon Tate ne verra pas Altamont*
Marc Villard, *Harmonicas et chiens fous*

www.cohen-cohen.fr
www.facebook.com

ISBN : 978-2-36749-024-3
Dépôt légal : septembre 2015

Imprimé dans l'Union européenne

La guerre est une chose diabolique. Souhaitez-vous
que nous nous rendions Mr Morrison ? Alors je crains fort,
sir, que pour vivre, nous devions jouer à Dieu.

Winston Churchill,
en réponse à un membre du cabinet de guerre
qui protestait contre certains aspects
de la guerre secrète.

Prologue

Il est communément admis que l'Allemagne nazie a perdu la guerre en s'attaquant à plus fort qu'elle : puissance de premier plan en Europe, elle ne pesait toutefois pas suffisamment lourd pour vaincre à la fois le Commonwealth, les États-Unis et l'URSS.

Cette idée n'est pas forcément schématique, les historiens le savent. Néanmoins, ils reconnaissent que certains faits demeurent sinon inexpliqués, du moins sujets à caution. Par exemple, pendant l'invasion de la France, pourquoi Hitler a-t-il laissé s'échapper de la nasse de Dunkerque plus de 338 000 Britanniques, Français et autres Belges ? L'arme au pied à quelques kilomètres de là, ses panzers auraient pu stopper net la fuite des Alliés, ce qui aurait probablement anéanti la capacité de résistance de la Grande-Bretagne. Et que dire de la bataille d'Angleterre ? Certes la pugnacité des chasseurs britanniques et l'héroïsme des civils étaient admirables, mais ils n'auraient que retardé une issue courue d'avance si contre toute logique Hitler n'avait détourné ses bombardiers des objectifs militaires pour les concentrer sur les villes anglaises, alors même que le Fighter Command était exsangue, que la Luftwaffe était en train de gagner. La guerre à l'est ? Oui, l'ours russe était un formidable adversaire. Cependant, les Allemands passèrent dangereusement près de lui porter l'estocade finale, seule la décision insensée du Führer de reporter l'assaut contre Moscou à la fin de l'automne 1941 sauva l'Armée rouge d'un désastre dont elle ne se serait sûrement pas remise.

L'explication avancée pour tenter d'expliquer ces faits indiscutables ? Hitler était un stratège amateur doublé d'un fou furieux. Une telle analyse laisse sur sa faim. Par quel miracle un dément aurait-il parfaitement prévu l'attitude des démocraties de son arrivée au pouvoir jusqu'à Dunkerque ? Comment un tacticien ignare serait-il intervenu de manière décisive dans la planification de la campagne à l'ouest au printemps 1940 ? Que le Führer ait été mégalomane, assoiffé de vengeance, sans scrupules et dénué d'humanité au point d'en être abominable ne fait aucun doute, qu'il ait basculé dans l'absurde à partir de Dunkerque ne peut qu'étonner.

La clé du mystère fut longtemps enfouie dans un grenier de l'île de Mull. Elle aurait pu être perdue ou dévorée par les souris mais la Providence en décida autrement. Quand toutes les archives sur la seconde guerre mondiale semblaient tombées dans le domaine public, un Écossais fit une curieuse trouvaille dans ce qui devenait la mémoire tentaculaire de l'humanité, dans ce qui risquait à terme de constituer le Big Brother tant redouté, Internet. Au détour d'un site consacré aux patriotes écossais, il découvrit la photo d'une lettre jadis écrite par Colin Gubbins :

Ce dossier renferme des retranscriptions de dialogues, des cartes, des photographies, des analyses et des rapports. Il relate ce qui fut indubitablement l'opération alliée la plus déterminante de la guerre. Le lecteur constatera que les sacrifices consentis furent inouïs. Surtout, les horreurs stupéfiantes que nous provoquâmes ou que nous laissâmes en pleine conscience s'accomplir me paraissent dépasser l'entendement, aujourd'hui encore, près de dix ans après la guerre. Dans ces conditions, il est plus que probable que si cette opération avait été rendue publique après la victoire contre l'Allemagne, elle aurait valu à Winston Churchill, voire à la Couronne, un déchaînement d'inimitiés… pour employer un euphémisme !

C'est pourquoi ce dossier ne devra en aucun cas être ouvert avant le décès des personnes suivantes : Winston Spencer Churchill, William Samuel Stephenson, Arthur William Hitchcock, Emily Kristin Hitchcock, William Edward Underwood, Louise Éléonore Meyer, Kevin Francis Seymour, Heinz Linge, Vincent Olivier Métaz et moi-même. Puisse d'ici là un semblant de bon sens trouver sa place dans le cœur des hommes.

Que Dieu inspire ceux qui prendront connaissance de ces informations. Que notre Seigneur les guide, qu'Il les aide à comprendre la sagesse de ceux ayant décidé et exécuté l'opération sans laquelle l'humanité serait à présent au plus profond d'un gouffre de barbarie. Et que Dieu maudisse à jamais ceux qui méjugeraient les auteurs et les acteurs de l'opération Coucou.

À Killiemore House, Kilfinichen, le 3 janvier 1955

Major General Sir Colin McVean Gubbins, DSO, *Légion d'honneur et* KCMG

Passionné d'histoire, amateur de jeux, notre internaute voulut payer pour voir : ce dossier était-il si brûlant que ça ?

Une journée passée à Kilfinichen lui suffit pour mettre la main sur les documents. En les lisant, notre amateur d'histoire dut admettre l'incroyable : soixante-dix ans après la fin du conflit, la plus invraisemblable opération des services secrets britanniques de toute la seconde guerre mondiale était inconnue du public ! Le nom de code de cette opération était *Coucou*. Voici son histoire.

Chapitre 1

11 FÉVRIER 1938. 12 H 59. CHARTWELL.

Revenu depuis deux jours de Berlin, Stephenson était soulagé d'avoir laissé derrière lui la pompe nazie et l'insupportable morgue du moindre Allemand en uniforme. En outre, le Canadien était heureux de retrouver Chartwell, dans le Kent. En sortant de la bibliothèque avec son hôte, il jeta un regard sur le parc où traînaient quelques feuilles mortes. Même en hiver, le domaine conservait un charme indéniable. Stephenson savait qu'il fallait attendre la belle saison pour que Chartwell brille de tous ses feux. Alors, son imposant manoir était niché dans un extravagant écrin de verdure. Vus de la pelouse, ses murs de briques rouges et son toit mauve semblaient surgir au beau milieu des arbres et des massifs de fleurs, spectacle enchanteur non seulement pour son propriétaire mais aussi pour tous ceux que ravissaient les paysages de la campagne anglaise.

Chartwell, un nom magique pour le maître des lieux, le député d'Epping et descendant du premier duc de Marlborough, Winston Leonard Spencer Churchill. Ce dernier avait acheté la propriété en 1922. Il s'y épanouissait tellement en *gentleman-farmer* que selon lui « un jour loin de Chartwell est un jour gâché ». Il n'est pas exagéré d'affirmer que Churchill pouvait faire preuve d'un entêtement d'enfant gâté au sujet de son domaine.

— J'irai à Chartwell le week-end prochain, avait-il un jour annoncé de but en blanc à sa femme, alors que le couple était à Londres.

— Cher *Winnie*, avait alors répondu patiemment Clementine, comme si elle s'adressait à un bambin borné, vous ne pouvez pas, la propriété est fermée et il n'y aura personne pour vous faire à manger.

Connaissant le redoutable appétit et les goûts raffinés de son époux, Mrs Churchill avait espéré emporter rapidement la décision.

— Je me préparerai à manger, avait crânement répliqué notre *gentleman-farmer*, je peux faire bouillir un œuf, je l'ai vu faire une fois.

Cet épisode en dit aussi long sur le caractère passionné que sur le tempérament obstiné de Churchill. De la passion pour la liberté, de l'obstination pour résister au nazisme, il lui en fallut pour que l'histoire voie en lui l'un des plus grands hommes d'État du XXe siècle.

En cette saison, il ne s'adonnait ni aux joies du jardinage ni à celles de la maçonnerie, il était donc vêtu d'un costume trois-pièces sombre à fines rayures blanches. Si de nos jours une telle tenue aurait paru excessivement formaliste, elle était habituelle à cette époque pour le lord qu'était Churchill. D'ailleurs, même lorsqu'il jardinait, ce dernier portait une cravate.

Stephenson avait rendez-vous à une heure de l'après-midi, heure habituelle du déjeuner pour son hôte. C'est pourquoi celui-ci le mena à la salle à manger. Malgré le temps couvert, les vastes fenêtres laissaient entrer un flot de lumière. Ce n'était pas un hasard, Churchill avait voulu que même en hiver cette pièce ait un air printanier, d'où les motifs fleuris de la nappe blanche, repris par les sièges et les dossiers des chaises, le vert éclatant des rideaux et le coloris des abat-jour, alternant jaune vif et orange foncé.

Alors que les repas à Chartwell se déroulaient rarement hors la présence de la famille Churchill, le couvert était dressé pour deux, le maître des lieux préférant rencontrer seul le Canadien, dont les informations explosives devaient être triées avec soin avant d'être éventuellement rendues publiques.

— Eh bien Bill, dit Churchill en s'attablant, quelle mauvaise nouvelle rapportez-vous de chez ces damnés nazis ?

Si Stephenson n'avait pas connu son hôte de longue date, il aurait souri. Depuis son enfance, le député souffrait de l'impossibilité de prononcer correctement les S. Ainsi, avec la prononciation anglaise du mot nazi, son très léger zozotement donnait quelque chose comme « natji ».

— Vous vous souvenez d'Enigma ? demanda le Canadien.

— Bien sûr. En 1924 une compagnie allemande avait conçu une sorte de grosse machine à écrire, tout ce qui était dactylographié en ressortait sous la forme d'un charabia incompréhensible, le décodage s'effectuait à l'arrivée, sur une autre Enigma.

— Quand un quidam m'avait proposé le modèle commercial d'Enigma, je m'étais figuré qu'il serait possible d'électrifier le mécanisme pour rendre la machine moins encombrante.

— Gageons que les Allemands sont parvenus à la même conclusion !

— Et je ne vous étonnerai pas en ajoutant que…

— Que ce satané engin est maintenant en cours de déploiement dans tout ce que ce fichu Reich compte d'uniformes, conclut sombrement Churchill, se servant néanmoins une coupe de son champagne préféré, un Pol Roger. Grand Dieu, et tous ces pantins persistent à refuser de voir la guerre qui arrive à grands pas.

Homme d'action autant qu'écrivain, Churchill n'était pas du genre à enfouir la tête dans le sable pour nier un danger. Au contraire, il regardait le péril dans les yeux, ne reculant jamais. Depuis son discours mémorable de mars 1933 aux Communes dénonçant la « folie du désarmement » britannique, il s'époumonait à fustiger le militarisme galopant des nazis. Espérant encore et toujours que son éloquence finirait par convaincre tant ses pairs que l'opinion, il avait fait en mars 1934 devant ces mêmes Communes une démonstration qui aurait dû être à la portée des compréhensions les moins vives :

— Nous n'avons pas le désarmement et nous avons le réarmement de l'Allemagne. Il y a peu de temps, j'ai entendu des ministres dire que le réarmement était impensable. À présent, voici que nous espérons réglementer l'impensable. Et très bientôt, il nous faudra nous résigner à accepter un impensable non réglementé [1].

Voilà qui aurait dû déniaiser les plus naïfs. Hélas ! La classe politique s'enferrait dans le pacifisme.

Incapable de baisser les bras, Churchill avait tenté trois mois plus tard de frapper les esprits par une image forte :

1. La traduction des discours de Churchill est tirée de sa biographie par François Kersaudy, publiée chez Tallandier en 2009.

— J'ai cru comprendre que nous n'avons rien fait en matière de défense aérienne par peur d'effrayer la population. Eh bien ! Il vaut mieux être effrayé maintenant que tué plus tard !

En vain. Comme la France et les États-Unis, la Grande-Bretagne refusait de se préparer à un conflit qui s'annonçait inévitable.

— Pourrons-nous à nouveau gagner cette fois-ci ? demanda Churchill.

— Quoi donc Winston ?

— La guerre ! La damnée guerre que nous mijote ce diable d'Hitler !

— Ce type, Hitler, n'est pas uniquement obnubilé par un désir de revanche. Ce qu'il veut, c'est dominer la planète. S'il parvient à gagner la guerre, ce sera la fin d'un monde tel qu'on l'a connu.

— Je partage votre avis.

Churchill contempla tristement le fond de sa coupe vide. Puis, comme si la perspective décrite par le Canadien lui paraissait soudainement insupportable, comme s'il venait d'examiner une à une les conséquences inacceptables d'une victoire nazie, il sortit de son silence en s'agitant.

— Jamais l'empire, lança-t-il avec emphase, que dis-je ? La chrétienté ! n'a dû affronter un péril aussi grand depuis Napoléon !

Cette constatation maintes fois répétée tomba telle une chape de plomb sur les deux hommes.

S'illuminant soudainement, il reprit la parole :

— Et si nous faisions assassiner monsieur le chancelier du IIIe Reich ? Plus de fou, donc plus de folie !

— Taxer Hitler de folie est aller un peu vite selon moi, et de toute façon, il n'est pas le seul à vouloir en découdre chez les nazis, loin s'en faut.

— Ah oui ? demanda Churchill en se servant à nouveau du champagne. Je m'étais pourtant laissé conter que son dauphin, ce grotesque Goering, ne serait pas un va-t-en-guerre.

— Goering semble effectivement plus intéressé par les honneurs et les richesses que par le sang et les larmes mais il est moins important qu'il ne le laisse croire. Des types comme Himmler ou Heydrich sont bien plus dangereux, ce sont des fanatiques, ils chercheront à asseoir la domination mondiale de leur satanée race des seigneurs par tous les moyens. Des fanatiques, l'Allemagne en regorge, écœurant.

— Et pourtant, il nous faut bien trouver une solution. Dire que nous avons gagné une guerre il y a vingt ans et que nous devons tout recommencer ! Quel gâchis ! Comment en finir une bonne fois avec le militarisme allemand ?

— Ne pas les laisser rentrer chez eux avec leurs armes comme on l'a fait en 1918. Rappelez-vous, ils avaient même eu le culot de défiler sous la porte de Brandebourg, comme s'ils avaient gagné. 'Faut occuper tout le bon Dieu de pays avec des forces suffisantes, et surtout, ne jamais désarmer !

Stephenson illustra sa détermination en frappant violemment la table.

Pendant quelques instants, Churchill contempla silencieusement le parc, ce panorama qui le ravissait tant. Évidemment notre *gentleman-farmer* n'était pas motivé par le seul désir de préserver ce domaine, ce manoir dans lequel il avait englouti des sommes folles, cette bambouseraie qu'il avait fait planter, cette piscine circulaire qu'il avait fait aménager. Mais rien de ce qu'il aimait en ces lieux n'aurait été possible sans la liberté : liberté de quitter le grandiose palais de Blenheim, où il était pourtant né et qu'avait fait bâtir son prestigieux ancêtre, le duc de Marlborough ; liberté de se couvrir de dettes, entre autres pour entretenir le personnel indispensable à la bonne marche de Chartwell – trois femmes de chambre, un homme à tout faire, un valet, un palefrenier, deux nurses et trois jardiniers ! – ; liberté de vivre à la campagne alors que le siège du pouvoir était à Londres.

— La liberté... murmura Churchill en esquissant un sourire.

Il prononça ces mots avec un mélange d'émerveillement et de volupté, n'osant les dire à voix haute, comme s'il avait craint de rompre un enchantement en parlant plus fort.

— ... La liberté, répéta-t-il à voix basse, voilà la pierre angulaire de la civilisation des peuples de langue anglaise.

Reprenant contact avec la réalité, Churchill se rembrunit. Pour rendre supportable ce rude atterrissage, il but une première puis une seconde gorgée de champagne. Il s'éclaircit la voix et reprit la parole.

— Tuer Hitler ne servirait à rien. Soit... mais... mais... attendez, laissez-moi réfléchir.

Homme d'action à qui Churchill donnera le nom de code *Intrépide*, Stephenson était aussi un scientifique. Dès lors, il analysait froidement une situation avant de choisir la voie à suivre. Aussi savait-il ne pas se laisser emporter par l'éloquence churchillienne. Les bras croisés sur la poitrine, le Canadien attendit la chute.

3 mars 1938. 20 h 42. Londres.

Le projet churchillien était tellement fou que ses instigateurs n'en soufflèrent mot à personne. Aiguillonnés tant par l'imminence de la catastrophe qui allait s'abattre sur l'Europe que par l'impact que pourrait avoir la trouvaille de Churchill, ils se mirent sans délai en quête de leur homme. Le député se cantonna aux théâtres classiques, estimant incongru qu'un lord fréquente des établissements de bas étage, ou du moins au prestige plus que relatif. L'anonymat du Canadien lui permettait de circuler à sa guise mais ne garantissait pas qu'il eût plus de succès que Churchill, au point qu'après avoir écumé en vain les théâtres de quartier, *Intrépide* orienta ses recherches vers les établissements plutôt portés sur les variétés.

Après avoir quitté Piccadilly Circus, très animé en ce début de soirée, Stephenson descendait Great Windmill Street en direction d'Archer Street. Un vent violent l'obligeait à maintenir son chapeau d'une main, lui rappelant la bise des plaines canadiennes. Parvenu à destination, il comprit pourquoi son but, un théâtre à la mode du West End, s'appelait *Windmill*. Son architecte, Howard Jones, en avait fait ressembler l'extérieur à un moulin.

Cet établissement était connu, pour ne pas dire reconnu, grâce à une astuce de son *general manager*, Vivian Van Damm : la règle étant que des statues ne pouvaient être obscènes, le *Windmill* présentait donc des femmes nues… mais immobiles ! Des « tableaux vivants » selon la critique. Cette ruse permettait au théâtre de n'être jamais fermé par les autorités et lui valait la devise « *We never close* », encore que selon les méchantes langues, il aurait plutôt fallu dire « *We never cloth* » !

Ce soir-là, l'essentiel de la « revudeville » était consacré à un tableau vivant d'inspiration égyptienne. Sur la devanture du *Windmill*, des photos montraient de superbes créatures nues dans un décor de hiéroglyphes. Visiblement, les pseudo-ruines égyptiennes étaient en carton-pâte mais ce détail ne risquait pas de chagriner grand monde ! Sur d'autres clichés, des *Windmill Girls* vantaient un numéro dansant en dévoilant très largement leurs jolies jambes. Il était aussi question d'un imitateur du nom d'Arthur Hitchcock. *Intrépide* dédaigna les photos des pulpeuses *Windmill Girls*. En revanche, il marqua une pause devant le portrait d'Hitchcock.

Puis, il pénétra sous la voûte étroite de l'entrée pour acheter son ticket. Comme chaque fois dans un lieu public, Stephenson était frappé par l'apparente insouciance, pour ne pas dire inconscience, de ses concitoyens.

« Tout ce petit monde a l'air détendu, pensa-t-il, ça rigole, comme si les nazis habitaient sur une autre planète, incroyable ! »

Intrépide n'était pas au bout de ses peines. Dans la salle exiguë, le *Windmill* étant trois fois moins grand qu'un théâtre normal, il se trouva à côté d'une grande bringue au visage taillé à coups de serpe. Stephenson l'entendit tenir des propos à la limite du supportable :

— Aaah non ! Lef affaires vont pas bien du tout fes temps-fi, disait-elle avec un épouvantable cheveu sur la langue. On a def impayés, et pis l'carnet d'commande bat d'l'aile.

— M'en parlez pas ! renchérit sa voisine. Ça va pas mieux pour not'e restaurant !

— Ben oui ma pauv'e ! Tout fout l'camp dans not'e malheureux pays, f'est pas comme en Allemagne, allez !

— Ça c'est bien vrai ! approuva doctement la restauratrice en secouant énergiquement son double menton. Depuis qu'Hitler est arrivé au pouvoir, c'est le boom chez les *Jerries* !

Affligé, Stephenson l'était véritablement.

« Le jour du bal des andouilles, en voilà deux qui ne seront pas à l'orchestre ! » songea-t-il.

Au lever du rideau, *Intrépide* était encore excédé, au point qu'il n'écouta quasiment pas les premières paroles d'Hitchcock. Après avoir recouvré sa concentration, le Canadien fut stupéfait. Attifé d'un uniforme SA, le comédien gesticulait, rugissait, prenait le public à partie, martelait son pupitre et menaçait d'une voix sourde tandis que ses yeux dardaient des éclairs.

La clownerie du texte alliée au talent d'imitateur d'Hitchcock subjugua la salle, tant et si bien que la fin du numéro fut saluée par un tonnerre d'applaudissements. Lorsque le comédien se retira de la scène, Stephenson décida de le rejoindre dans sa loge. Passant devant les commères à la langue bien pendue, il prit soin de leur écraser consciencieusement les pieds.

— Aïe ! rouspéta la boutiquière. Faites donc un peu attention vous !

— Aouch ! glapit la restauratrice. C'est pas possib'e un sans-gêne pareil !

— Excusez-moi mesdames, susurra *Intrépide* en savourant ce petit moment d'hypocrisie.

Quelques instants plus tard, il arrivait devant la porte ouverte de la loge d'Hitchcock. Minuscule, à peine plus grand qu'un placard, l'endroit n'était meublé que d'une console, d'une chaise et d'un miroir flanqué d'ampoules nues. Des patères permettaient de ranger les vêtements, la veste et la casquette s'y trouvaient déjà suspendues. Dépourvue de fenêtre, la pièce était d'une chaleur étouffante malgré la porte ouverte, s'en exhalait une odeur, mélange de sueur et de tabac froid. Sans doute à cause de la température, Hitchcock était en maillot de corps, sa chemise maculée de transpiration traînant à ses pieds. Il avait déjà enlevé sa fausse moustache et achevait de ramener ses cheveux châtains vers l'arrière.

— Bonsoir Mr Hitchcock, dit Stephenson en toquant.

Le comédien sursauta car les cris stridents des *Windmill Girls* exécutant un french cancan endiablé avaient couvert les pas du Canadien. N'étant guère habitué aux visites d'admirateurs, il considéra Stephenson avec étonnement. En fixant Hitchcock dans les yeux, *Intrépide* put vérifier que son regard avait bien cette intensité très particulière qu'il recherchait.

« Excellent ! » jubila-t-il intérieurement.

« Pourvu qu'ce soit pas encore un d'ces casse-pieds d'cocos ! » songea le comédien au même moment.

Ses diatribes antinazies lui avaient souvent valu des tentatives de racolage de la part de militants communistes. Or, il détestait que des esprits se qualifiant généreusement de supérieurs lui expliquent la marche du monde.

— B'soir *mister*, répondit le comédien sur ses gardes.

Il avait un accent cockney à couper au couteau. Que celui-ci n'ait pas été décelable durant le numéro démontrait l'étendue de son talent d'imitateur.

— J'ai beaucoup apprécié votre numéro.

« Un Canadien, pensa Hitchcock, sûr'ment pas un rouge. »

— V'là qui fait plaisir, dit-il moins méfiant, mais j'suis pas sûr d'pouvoir continuer très longtemps vous savez.

— Pourquoi ça ?

— Ah ! L'invasion d'l'Angleterre par ces foutus nazis est pas pour tout d'suite, mais c'damné *general manager* pétoche déjà. Van Damm me r'proche d'êt'e trop... comment qu'y dit déjà ?... ah ouais, cinglant.

Intrépide nota avec intérêt l'évident dédain de son interlocuteur à la fois pour les nazis mais aussi pour le défaitisme de son employeur.

— Au fait, demanda alors Hitchcock, à qui j'ai l'honneur ?

— William Stephenson, répondit ce dernier en tendant la main.

— Canadien ? vérifia le comédien en serrant une poigne de fer.

— Comment vous avez deviné ?

— Simple, vot'e accent ressemb'e à celui d'un Américain, mais z'avez pas l'arrogance d'un Yankee.

Un tel bon sens allié à une évidente combativité lui rendit le comédien immédiatement sympathique.

— Mr Hitchcock, je peux vous offrir de poursuivre cette conversation devant un verre ?

— Un seul ?! C'est pas d'refus ! 'Y m'faudra ben que'ques bières pour faire passer c'tte imitation d'l'aut' salopard !

— Que diriez-vous de l'*Hippodrome* ?

— À Leicester Square ?

— Précisément, l'endroit est agréable et c'est à deux pas d'ici.

— Bonne idée, à c'tte heure-ci, leur spectacle doit être terminé, on d'vrait pouvoir écluser nos godets tranquilles.

Ancien cirque reconverti en théâtre, l'*Hippodrome* avait une salle faisant office de pub. Se méfiant des oreilles indiscrètes, Stephenson avait choisi une table isolée. Assis sur des tabourets, les deux hommes savouraient leurs bières en grillant de temps en temps une cigarette. Au fil de la conversation, *Intrépide* acquit la certitude qu'Hitchcock avait tant une volonté d'acier qu'un esprit indépendant, caractéristiques indispensables selon lui pour le diabolique stratagème imaginé par Churchill.

« Et le sacrifice, se demanda Stephenson, il serait prêt à l'accepter ? »

Pour tenter de répondre à cette question déterminante, le Canadien orienta la conversation sur la Grande Guerre.

— J'servais sur le croiseur *Invincible*, lui apprit Hitchcock. 'Savez *mister*, l'*Invincible* était pas n'importe quel vaisseau, il était non seulement l'premier d'une classe de trois et il était surtout l'premier navire d'son genre au monde, quelle allure il avait !

Prenant une mine sombre, Hitchcock poursuivit son récit.

— En tout cas, l'*Invincible* était à la bataille du Jütland, j'étais juste à côté d'la tourelle Q quand elle a encaissé une salve du *Lützow*.

Comme les très rares fois où il avait conté le drame qui l'avait marqué à jamais, le comédien se figea. Presque malgré lui, il fit abstraction de son interlocuteur et de tout ce qui l'entourait pendant que son esprit remontait dans le temps, pour le ramener à ce jour fatidique du 31 mai 1916. Dans la douce pénombre de l'*Hippodrome*, Hitchcock se rappela parfaitement la mer démontée sur laquelle tanguaient les majestueux vaisseaux de la Grand Fleet. Ses souvenirs étaient si précis qu'il lui parut presque sentir des embruns lui fouetter le visage. Il revit les fumées noires crachées par les canons des deux camps, les trouvant à peine moins lugubres que les nuages bas. Le souvenir du tonnerre assourdissant des pièces de l'*Invincible* faisant feu sur le navire amiral allemand, le *Lützow*, le fit tressaillir. Puis, avec une affreuse précision, Hitchcock crut entendre la riposte ennemie, l'obus monstrueux qui déboulait sur lui. En fendant l'air, le projectile de 305 mm produisait un vacarme terrifiant, le comédien avait l'impression qu'un train de fret lui fonçait droit dessus. Après toutes ces années, il dut encore lutter contre son réflexe, celui qui lui avait sauvé la vie au large du Danemark, ce besoin animal de se jeter au sol. Instinctivement, Hitchcock rentra la tête dans les épaules, ses mains se crispèrent sur sa pinte de bière. Stephenson se garda bien de prendre la parole. N'ayant pas non plus enterré tous ses démons de la Grande Guerre, il comprenait ce que le comédien revivait. Après un long silence, ce dernier reprit son récit d'une voix étranglée.

— J'me souviens pas d'l'explosion, le choc sans doute. Après qu'le vaisseau a coulé, j'me suis r'trouvé accroché à une bouée, jamais su comment d'ailleurs.

J'étais un des six survivants. Six sur un équipage de mille vingt-six, vous vous rendez compte ? demanda-t-il en baissant le regard.

Bien qu'il n'en fût pas certain, Stephenson eut le sentiment que le comédien culpabilisait d'avoir survécu. Et il en aurait presque mis la main au feu, Hitchcock voulait sa revanche. Ce dernier n'avait pourtant rien dit de tel, mais *Intrépide* le ressentait aussi sûrement que si son interlocuteur avait hurlé sa soif de vengeance.

« Excellent ! » exulta intérieurement le Canadien.

— Mr Hitchcock, j'ai une proposition à vous faire…

Encore bouleversé, le comédien releva lentement les yeux.

— … J'aimerais vous présenter un de mes amis, quelqu'un qui partage votre passion pour les navires.

Stephenson marqua une pause, attendant une réaction de la part d'Hitchcock. Celui-ci se contenta d'écouter, refusant apparemment de décider de l'attitude à adopter avant d'en savoir davantage.

« De plus en plus intéressant. » apprécia intérieurement *Intrépide*.

— Je voudrais que vous rencontriez un ancien premier lord de l'Amirauté.

Le visage du comédien s'éclaira.

— Un premier lord de l'Amirauté ! Qu'est-ce qu'un gars aussi important voudrait avoir à faire avec un bougre comme moi ?!

— Je préférerais qu'il vous l'explique lui-même, si vous n'y voyez pas d'inconvénient bien sûr.

— Pourquoi pas *mister* ? Pourquoi pas ? Ça pourrait êt'e une expérience intéressante.

— Parfait, je me charge d'organiser l'entrevue.

14 MARS 1938. 02 H 05. LONDRES.

Alors que le monde entier restait sous le choc de l'Anschluss, l'annexion de l'Autriche par l'Allemagne, Hitchcock et Stephenson arrivaient ensemble à leur rendez-vous, un immeuble de briques rouges datant des années 1880, à 400 m des Communes, au 11 Morpeth Mansions.

Après qu'*Intrépide* eut sonné à la porte d'un des appartements, une femme d'âge mûr ouvrit. Grande, vêtue d'un élégant tailleur beige, sa chevelure argentée soigneusement relevée sur la tête, elle avait de l'allure sans être hautaine. Son visage aux traits harmonieux était affable. S'attendant à être accueilli par un valet ou autre femme de chambre, le comédien n'en crut pas ses yeux.

— Bonsoir *gentlemen*, dit Mrs Churchill, donnez-vous la peine d'entrer je vous prie.

— Bonsoir Clementine, répondit le Canadien. Puis-je vous présenter Mr Hitchcock ? Mr Hitchcock, permettez-moi de vous présenter Mrs Churchill.

Le comédien n'aurait pas été plus stupéfait face au roi d'Angleterre !

— Bonsoir Mr Hitchcock, je suis ravie de faire votre connaissance, déclara Mrs Churchill en riant sous cape.

Pourtant habitué à improviser, le comédien avait la gorge nouée, il ne trouvait plus ses mots. Pendant qu'*Intrépide* et Mrs Churchill le fixaient avec flegme, Hitchcock recouvra sa contenance :

— Tout l'plaisir est pour moi *Lady* Clementine, réussit-il à articuler.

— Ah ! s'exclama gaiement Mrs Churchill. La nuit est trop avancée pour les titres ! Laissez-moi vous débarrasser de vos manteaux et de vos couvre-chefs *gentlemen*.

En suivant la maîtresse de maison, Hitchcock était partagé entre l'incrédulité et l'excitation. Incrédule car il ne parvenait pas à réaliser que l'accueillait l'épouse de Churchill, politicien et chef de guerre dont la combativité et le patriotisme étaient légendaires au sein de la Royal Navy. Excité précisément car la présence de Clementine ne pouvait signifier qu'une chose : il allait s'entretenir avec le grand Churchill ! C'était inimaginable ! Jamais il n'aurait espéré un tel honneur !

Dans le sillage de son hôtesse, il regarda autour de lui avec une franche curiosité, c'était la première fois qu'il traînait ses guêtres dans un appartement de maître. Alors que selon lui la demeure d'un aristocrate devait être tendue de chaleureux placages en bois agrémentés de toiles classiques, le comédien fut étonné par la décoration du couloir, lequel prolongeait l'entrée jusqu'à l'escalier menant au sixième et dernier étage. À ses yeux ignorants, il s'agissait de reproduire un style antique. En réalité, les Churchill avaient voulu évoquer les premières splendeurs de Venise. Les murs blanc cassé arboraient des fragments de bas-reliefs gris clair. À chaque extrémité du corridor, deux minces colonnes ioniques de la couleur des bas-reliefs soutenaient un morceau de poutre séculaire. Bien entendu, ces segments de bois vermoulu n'avaient qu'un rôle décoratif. Chaque ensemble, piliers et bout de madrier, figurait une sorte d'arc. Dans le sol de marbre noir s'entrecroisaient de fins motifs géométriques en marbre blanc.

Après avoir gravi l'escalier étroit puis emprunté le couloir du dernier étage, le trio parvint à l'étude. Habitué du pied-à-terre londonien de Churchill, *Intrépide* ne fut pas surpris d'y trouver son hôte debout, en train d'écrire sur un pupitre. Encore impressionné par les belles proportions du cinquième étage, Hitchcock remarqua surtout l'exiguïté de ce cabinet de travail, bas de plafond comme souvent les pièces mansardées. L'endroit lui aurait sans doute paru bien plus spacieux durant la journée puisqu'une double porte vitrée, donnant accès à une terrasse, garantissait une excellente luminosité. En pleine nuit, le bureau lui semblait écrasé de livres, les rayonnages montant jusqu'au plafond.

— Winston, annonça Clementine, vos invités sont arrivés.

— Parfait, parfait, répondit Churchill en levant la tête. Merci infiniment ma chère, ajouta-t-il tendrement à l'attention de celle qu'il appelait *Clemmie* dans l'intimité.

— Je crois, *gentlemen*, dit Clementine en gratifiant son mari d'un sourire fatigué, que vous et mon époux avez beaucoup à vous dire. Permettez-moi donc de m'éclipser.

Les trois hommes s'inclinèrent légèrement alors que la maîtresse de maison prenait congé. Celle-ci avait bien voulu attendre elle-même les derniers visiteurs du jour afin que le secret ne soit pas éventé mais il lui tardait de profiter d'un sommeil bien mérité. Être la gouvernante de Winston Spencer Churchill n'était nullement de tout repos, même lorsqu'il était dépourvu de portefeuille ministériel !

— Bonsoir Bill, dit Churchill tout en ôtant ses lunettes, comment allez-vous ?

— Bonsoir Winston, très bien merci. Puis-je vous présenter Mr Hitchcock ?

— Ravi de faire votre connaissance, dit Churchill en serrant la main du comédien.

— *Sir*, articula clairement un Hitchcock à nouveau ému, c'est un grand honneur d'vous rencontrer, un grand honneur, vraiment.

— Ah ! Je crains que certaines personnalités influentes ne partagent guère votre sympathie pour ma personne Mr Hitchcock ! Mais je ne vous ai pas dérangé en plein milieu de la nuit pour vanter mes considérables mérites, soyez sans crainte. Venez *gentlemen*, descendons au *living room*, nous y serons plus à notre aise.

En suivant un Churchill étonnamment fringuant malgré l'heure tardive, *Intrépide* et sa recrue arrivèrent dans l'un des deux salons du cinquième étage. Ciré avec soin, le parquet présentait un contraste chaleureux avec le pastel bleu des murs. Fort lumineuse par la grâce de lustres et du feu de cheminée, meublée sans excès, la pièce plut immédiatement à Hitchcock, qui attendit que Churchill lui désignât un canapé pour s'y asseoir.

« Ça a du bon l'pognon ! remarqua intérieurement le comédien en prenant place sur le confortable sofa recouvert d'un tissu bleu éclatant. J'suis sûr qu'Emily apprécierait. »

— Puis-je vous offrir un brandy *gentlemen* ? proposa Churchill.

Amateur de champagne et de whisky, il préférait le brandy après le dîner.

— Ça f'ra très bien l'affaire *sir*, répondit Hitchcock.

Ce dernier aurait préféré une bière mais il craignait qu'un tel choix ne parût trop plébéien à son hôte.

— Bill ? demanda Churchill.

— Pourquoi pas ?

— Eh bien alors, moi aussi ! conclut gaiement le député d'Epping.

Tout en faisant le service, ce dernier observa le comédien à la dérobée.

« En voilà un qui n'a pas le trac. » songea-t-il avec satisfaction.

— Je crois que vous apprécierez ce brandy, reprit-il en tendant à Hitchcock un verre en cristal finement ciselé, c'est un Hine, ma marque favorite.

— J'en doute pas *sir*, répondit le comédien en souriant.

Oubliant toute pudeur, Churchill scruta Hitchcock avec fascination. En donnant son verre à Stephenson, il était encore excité comme un enfant dans un magasin de jouets, ne sachant devant quel article s'arrêter. Mais Churchill était également conscient qu'il devait avant toute chose gagner le comédien à sa cause. Après avoir savouré une gorgée d'eau-de-vie, il présenta à ses invités une boîte de Romeo y Julieta.

Décontenancé tant par la manière dont Churchill l'avait dévisagé que par cette débauche d'attentions, Hitchcock saisit délicatement un cigare.

Une fois que les trois hommes eurent allumé leurs havanes, l'ancien premier lord de l'Amirauté entra dans le vif du sujet, le ton grave :

— Mr Hitchcock, permettez-moi d'aller droit au but. Si j'ai souhaité faire votre connaissance, c'est parce que je crois savoir que vous n'appréciez pas plus que moi l'ambition démesurée d'Hitler. Voyez-vous, que je sois écarté du pouvoir ne m'oblige pas à attendre passivement que l'Allemagne devienne puissante au point d'être en mesure de dicter ses volontés au monde.

Churchill marqua une pause, guettant une réaction. S'étant attendu à évoquer les heures de gloire de la Royal Navy pendant la Grande Guerre, le comédien fut étonné :

— Pourquoi vous m'dites ça *sir* ?

— Pourquoi ? Parce que comme moi, comme mon ami Bill, vous avez vous aussi la possibilité de vous préparer à la guerre qui approche.

Churchill se maudit intérieurement sitôt sa phrase achevée.

« J'aurais dû attendre quelque peu avant de parler de la guerre ! »

Effectivement, la réaction du comédien ne fut pas empreinte de volontarisme, loin de là.

— Mais j'suis trop vieux pour porter l'uniforme ! J'ai quarante-neuf ans !

— Et si je vous démontrais que vous avez la possibilité de servir la Couronne de manière déterminante, accepteriez-vous ?

Hitchcock trouva que la discussion prenait une tournure désagréable. Après avoir posé sans ménagement son verre sur un guéridon, le comédien se renversa contre le dossier du canapé et croisa les bras. Mâchouillant nerveusement son cigare, visiblement sur la défensive, presque défiant, il regarda alternativement son hôte et Stephenson.

« Ces rupins s'raient pas en train d'se payer ma tête par hasard ? » se demanda-t-il.

Craignant qu'Hitchcock ne démissionne avant même d'avoir été recruté, le Canadien intervint :

— Il y a plusieurs façons de se battre pour son pays Mr Hitchcock. D'accord, vous avez dépassé la limite d'âge pour servir à bord d'un navire de guerre, mais il n'en reste pas moins que vous avez... comment dire ?... d'autres armes, des armes infiniment plus puissantes que n'importe quel croiseur, croyez-moi.

— J'pige rien du tout à vot'e boniment !

— Je vous en prie, dit Churchill, calmez-vous. Je suppose que vous vous énervez devant le manque d'explications sur le rôle que nous entendons vous faire jouer, est-ce cela ?

— Avouez qu'vous pourriez êt'e plus clairs !

— J'en conviens, mais je vous implore, et je pèse mes mots, je vous implore de m'écouter attentivement, répondit patiemment Churchill.

Hitchcock soutint le regard de son hôte, qui ne broncha pas. Heureusement, il était moins têtu qu'intelligent. Malgré sa méfiance, l'humilité de son interlocuteur le frappa, et pour cause ! Un politicien de premier plan, un descendant en ligne directe du vainqueur de Blenheim, un ancien premier lord de l'Amirauté, quémandait son attention, à lui, Arthur Hitchcock.

Il finit par hocher du chef en émettant une sorte de grognement. Encouragé par cet accord, Churchill rejoignit le comédien sur le divan, il était près d'Hitchcock au point de le toucher. Comme s'il cherchait avec soin son angle d'attaque, Churchill ne reprit pas immédiatement la parole, il tira longuement sur son cigare, fixant intensément son visiteur en plissant les paupières.

Accoudé au manteau de la cheminée, *Intrépide* eut une pensée insolite en contemplant la scène :

« Le cobra essayant d'hypnotiser la mangouste ! »

Réalisant le ridicule de cette comparaison, un peu honteux, le Canadien réfréna difficilement un sourire.

— Vous devez savoir, reprit Churchill au milieu d'un nuage de fumée, qu'il y a des moyens tout à fait inhabituels de combattre un ennemi. Ces moyens peuvent être d'autant plus redoutables qu'ils sont discrets, ou devrais-je plutôt dire… secrets ? ajouta-t-il en riant presque, comme s'il venait de faire une bonne blague.

— Oooh ! s'exclama le comédien en écarquillant les yeux, j'crois commencer à comprend'e. *Sir*, seriez pas en train d'me proposer d'êt'e une espèce d'espion ?

Malgré l'énormité de l'enjeu, Churchill trouvait la situation très drôle, et tout comme Stephenson il appliquait volontiers le principe selon lequel il n'est pas nécessaire de se prendre au sérieux pour agir sérieusement.

Le Canadien considérait tour à tour son hôte et Hitchcock, espérant évidemment que ce dernier ne se défilerait pas.

« Encore que le terme "défiler" serait trop fort, raisonna-t-il, l'idée de Winston équivaut presque à une mission suicide. »

— Si j'm'attendais à ça, commenta un Hitchcock troublé.

Il avait perdu toute défiance. Fixant l'âtre d'un regard absent, les poignets en appui sur les cuisses, il se tenait penché en avant, roulant machinalement son cigare entre ses mains. Ni Churchill ni *Intrépide* n'osaient interrompre sa réflexion.

— Pourquoi moi ? demanda le comédien en se redressant.

— Impossible de vous répondre sans avoir votre accord au préalable, répliqua sévèrement le Canadien, navré.

— J'comprends *mister*, concéda Hitchcock en hochant le chef d'un air entendu, j'comprends. Autrement dit, si j'veux savoir c'que vous attendez d'moi, j'dois d'abord accepter d'servir la Couronne, c'est ça ?

— Très exactement, acquiesça Churchill avec douceur, vous avez parfaitement résumé la situation.

— Rassurez-vous, dit *Intrépide*, radoucissant lui aussi le ton, on ne vous impose pas de signer un blanc-seing, vous pourrez décider de tout arrêter à n'importe quel moment de l'entraînement. Mais une fois en mission, vous ne pourrez plus faire machine arrière, vous devrez aller jusqu'au bout.

— J'suppose que c'tte mission s'ra dang'reuse.

Churchill et le Canadien opinèrent gravement. Ils le firent avec un bel ensemble qui aurait pu paraître comique en d'autres circonstances.

Complètement estomaqué, Hitchcock se leva et fit quelques pas, tournant le dos à ses interlocuteurs. Il régnait dans la pièce un silence oppressant, seuls se faisaient entendre le craquement du parquet sous les pas du comédien et le crépitement du feu dans l'âtre. Hitchcock s'arrêta devant une fenêtre, laquelle lui renvoyait son image. Ce qu'il voyait lui semblait irréel : un saltimbanque médiocrement vêtu, les poings sur les hanches, venait d'être introduit par un richissime industriel, de préférence bardé de décorations, dans le luxueux pied-à-terre d'un ancien premier lord de l'Amirauté, lequel lui proposait d'être un agent secret, rien de moins ! Quant à ces deux augustes personnages, ils guettaient visiblement la moindre de ses attitudes, essayant sûrement d'en tirer une conclusion.

« Bon Dieu ! pensa-t-il en secouant la tête. Quelle histoire de fous ! Pourquoi moi ?! J'suis qu'un comique de seconde zone ! »

— Et Emily ? demanda-t-il en se retournant. J'imagine qu'elle devra rien… Au fait, Emily, c'est ma femme et…

— Nous le savons Mr Hitchcock, l'interrompit *Intrépide*.

Trop étonné pour répondre, bouche bée, le comédien regarda alternativement ses interlocuteurs.

— Allons mon ami, dit Churchill, nous ne pouvions songer à vous confier une mission capitale sans vérifier un certain nombre de choses sur vous, n'est-ce pas ?

— Mais… mais alors, bredouilla le comédien en tâchant de maîtriser la colère qu'il sentait monter, l'aut'e soir, Mr Stephenson, au *Windmill*, et à l'*Hippodrome*, quand vous m'avez cuisiné, vous connaissiez déjà tout d'moi ?!

— Non, mais depuis j'ai eu le temps de mener mon enquête. Et en réponse à votre question concernant Mrs Hitchcock, il est évident qu'elle ne doit rien savoir de vos activités pour la Couronne. Absolument rien.

En ayant la confirmation de ce qu'il craignait, le comédien s'assombrit. Se rasseyant lourdement près de son hôte, il saisit son verre avec lenteur. L'œil triste, Hitchcock le contempla quelques secondes, faisant doucement tanguer le brandy par de petits gestes circulaires. Puis il vida son verre d'une traite. Pendant que l'alcool lui réchauffait le gosier, son regard se perdit sur le sol.

Stephenson et Churchill échangèrent un coup d'œil anxieux, le comédien allait-il par amour rester sourd à l'appel du devoir ?

Indifférent à l'anxiété d'*Intrépide* et de son hôte, Hitchcock ne pensait plus qu'à une chose, ou plutôt une personne, celle sans qui sa vie n'aurait plus de sens, Emily, son Emily chérie. Elle devrait accepter qu'il risque sa vie ! Elle devrait admettre que son mari déserte le foyer conjugal ! Qu'il ne soit plus à ses côtés pour la protéger ! Pour partager les bons moments comme les épreuves ! Pour l'aimer ! Ces pensées lui étaient insupportables. Et pourtant, pourtant, l'appel du devoir était impérieux, Hitchcock le sentait. Sa conscience lui déniait farouchement le droit de rester auprès de sa femme alors même que chaque fibre de son être refusait de la quitter. Le comédien serra les poings, les larmes lui montèrent aux yeux. N'y tenant plus, il se leva d'un bond.

— C'est entendu *sir*, j'marche dans vot'e combine.

Intrépide et Churchill soupirèrent de soulagement.

Souhaitant battre le fer tant qu'il était chaud, Churchill révéla le principe de l'opération à Hitchcock. En écoutant cet exposé haut en couleurs, éloquence churchillienne obligeait, le comédien passa de la surprise à la stupéfaction.

Chapitre 2

— Si j'comprends bien *sir*, vous voulez que j'prenne la place d'Hitler pour empêcher la guerre ?

Telle était donc l'incroyable idée de Churchill ! Celui qui avait révolutionné la stratégie moderne en inventant le concept du tank pendant la Grande Guerre venait d'imaginer l'inimaginable, diriger le Reich en plaçant à sa tête un agent britannique !

— Pas tout à fait, corrigea Churchill, en fait, la guerre est inévitable.

— *Sir*, 'y paraît qu'Hitler a été fantassin, dans les tranchées, 'y peut pas êt'e dingue au point de vouloir revivre c'tte horreur ! 'Y fait d'l'esbroufe pour s'donner d'l'importance ! Si on lui résiste, 'y va pas déclencher un nouveau massacre, n'est-ce pas ?

— Si seulement vous aviez raison mon ami ! s'exclama Churchill. Malheureusement, Hitler ne fait aucun cas de la vie humaine, que l'Europe soit une fois encore à feu et à sang l'indiffère totalement.

— Sauf vot'e respect *sir*, si Hitler flanquait une raclée aux *Froggies*, et ça reste à voir, on rest'rait à l'abri dans not'e île, protégés par la Home Fleet, non ?

Prenant au pied de la lettre la promesse qui lui avait été faite par Stephenson, que son accord de principe ne valait pas un blanc-seing, Hitchcock entendait être absolument certain que son sacrifice serait indispensable.

Peut-être aussi commençait-il à flancher, voire à faire machine arrière, c'était du moins ce que craignait le Canadien.

— Ne doutez pas, intervint *Intrépide*, qu'Hitler ne se contenterait pas de dominer le continent, sa soif de conquête ne s'arrêtera qu'à sa mort. Donc, après avoir asservi la France, il voudra s'en prendre à nous.

— Mais la Navy..., commença le comédien.

— Croyez-moi, objecta Churchill, si elle reste formidable, le temps n'est plus où notre flotte dominait le monde, et je sais de quoi je parle. Souvenez-vous à quel point les sous-marins allemands nous avaient fait du tort pendant la Grande Guerre, croyez-vous sérieusement qu'Hitler renoncera à cette arme ?

— N'oubliez pas l'aviation, ajouta le Canadien, elle peut défier les plus puissants navires. Et vous savez à quel rythme effréné l'Allemagne construit des avions.

— J'ai pas les chiffres, convint Hitchcock, mais j'suppose qu'y sont pas bons pour nous.

— Pour le moins, confirma Churchill. Vous l'aurez donc compris, abattre le nazisme est une question de vie ou de mort.

— Et si Hitler était tué, hein ? demanda alors le comédien.

— Sachez qu'on a envisagé de le supprimer, répondit *Intrépide*, mais il y a trop de fauteurs de guerre en Allemagne. Si Hitler était éliminé, il serait immanquablement remplacé par un autre dictateur assoiffé de vengeance.

— Donc, que nous le voulions ou non, continua Churchill, il nous faudra encore en découdre avec les *Jerries*.

— Le plus tard s'ra l'mieux, espéra le comédien.

— Difficile d'en être sûr, répliqua Stephenson, l'Allemagne a commencé à réarmer avant nous, mais nos aimables gouvernants se sont enfin réveillés et chaque jour qui passe réduit l'écart entre le foutu Reich et les démocraties.

— Ça m'dit pas quand 'z'allez m'expédier là-bas.

— Dès que nous le pourrons, indiqua Churchill.

— Et une fois sur place ? demanda Hitchcock.

— Vous mènerez le militarisme allemand à sa perte, déclara Churchill en insistant sur le « vous », pointant son cigare vers le comédien. Regardons les choses en face voulez-vous ? En moins d'un siècle, les junkers…

— Les quoi ?

— L'aristocratie prussienne si vous préférez, précisa *Intrépide*.

— Je disais donc, reprit Churchill, que ces damnés junkers ont provoqué deux guerres depuis 1870. À présent, les nazis sont sur le point d'en faire éclater une autre.

— Le fanatisme nazi allié à l'efficacité prussienne, commenta Stephenson en secouant la tête, le cauchemar absolu.

— Il faut à tout prix que nous déracinions ce chiendent ! assena Churchill. Nous devons aux futures générations, mais aussi à nous-mêmes, de liquider le militarisme allemand, quelle que soit sa forme !

— Ça, vous m'l'avez déjà dit *sir*, mais comment j'devrai m'y prend'e d'après vous ?

Hitchcock avait le sentiment de n'être pas au bout de ses surprises, il n'en fut pas moins soufflé par la réponse :

— Quand la guerre sera déclarée, vous devrez y maintenir l'Allemagne jusqu'à sa perte.

« Guerre »... « devrez y maintenir l'Allemagne »... « jusqu'à sa perte »... Ces trois éléments d'une épouvantable équation tournaient dans l'esprit du malheureux Hitchcock. Comme la plupart de ses contemporains, il avait cru, ou voulu croire, que l'humanité avait atteint les limites de la barbarie guerrière durant la Grande Guerre. Et voilà que non seulement il devrait renoncer à son couple, et peut-être pour toujours, mais en plus il lui faudrait devenir un monstre ! Quelle histoire de fous ! Comment n'y perdrait-il pas la raison ?!

— Mais vous réalisez c'que vous m'demandez ?! s'indigna le comédien.

— Oui, répliqua doucement Churchill, nous vous demandons d'être le dernier rempart de la Couronne, le garant de la liberté des peuples de langue anglaise, un héros auquel l'humanité entière sera redevable.

Définie ainsi, la mission proposée à Hitchcock n'était pas que terrifiante, par la noblesse et le sacrifice qu'elle imposait, elle relevait presque du sacerdoce.

Au-delà de l'épouvante qui le saisissait, le comédien admettait que l'idée churchillienne relevait du génie. Il ne se trompait pas, génial, Churchill l'était, d'où la haine que lui vouaient les politiciens ordinaires, hommes de peu d'envergure que seule une soif inextinguible de pouvoir poussait vers la carrière politique. Pour Churchill, le pouvoir n'était pas une fin, il n'était qu'un moyen pour accomplir un grand dessein, le sien !

Vers quatre heures du matin, alors qu'ils quittaient ensemble le 11 Morpeth Mansions d'un pas lourd,

Stephenson offrit à Hitchcock de le raccompagner à son domicile.

— J'préfér'rais êt'e seul pour l'instant *mister*, maugréa l'Anglais, que la perspective de l'épreuve qu'il avait acceptée rendait taciturne.

— Je comprends. Je peux au moins vous payer le taxi de retour ?

Sachant *Intrépide* fortuné, le comédien n'eut aucun scrupule à accepter. Étant de plus fourbu, il n'avait pas la moindre envie de prendre les transports en commun. Après avoir empoché quelques livres du Canadien, il se dirigea d'un pas traînant vers la station de taxis proche de Westminster.

Chemin faisant, Hitchcock respirait goulûment l'air frisquet pour chasser le poids qui lui oppressait la poitrine à l'idée de voir son existence bouleversée. Sans être idéal, son sort était jusqu'alors globalement enviable. Certes, devoir parfois composer avec ses employeurs bousculait son orgueil. Mais ces quelques concessions, au demeurant modestes, lui assuraient un train de vie décent. S'il lui arrivait de tirer le diable par la queue, ses cachets l'autorisaient à louer un petit appartement dans un immeuble d'après-guerre. Bien sûr ce logement était très en deçà du faste qu'il venait de découvrir chez Churchill mais Hitchcock et son épouse estimaient jouir d'un réel confort. Mieux, sa femme n'avait pas besoin de travailler, elle ne gardait des enfants que pour rendre service à ses amies. Par ailleurs, le comédien ne pouvait se consoler en se disant « on sait ce qu'on perd, on ne sait pas ce qu'on trouve », il savait qu'un redoutable danger l'attendait.

Pire encore, il devrait abandonner sa bien-aimée, celle pour qui il s'était désespérément cramponné à une pauvre bouée dans une mer déchaînée au large du Danemark. Une terrible épreuve s'imposait avant même le début de sa mission, apprendre à son épouse qu'ils seraient séparés, et sans doute pour longtemps. Cette nouvelle briserait le cœur de sa femme, Hitchcock en était malade.

Dans le taxi, le comédien tournait et retournait le problème dans sa tête : comment annoncer à Emily qu'elle ne le verrait pas pendant peut-être des années sans pour autant lui révéler ce qu'il ferait durant ce temps-là ? Le plus beau était qu'il ne pouvait lui mentir, Hitchcock ne l'avait jamais fait et il n'entendait pas commencer, question d'amour autant que de respect.

En descendant du véhicule, le comédien s'arrêta sur le trottoir. À la maigre lueur d'un lampadaire, il contempla les formes anguleuses du petit immeuble où il habitait. Ce qu'il voyait avec une tristesse infinie, ce n'était pas son domicile, c'était bien la perspective d'apprendre une nouvelle dévastatrice à Emily. Ainsi au pied du mur, le comédien avait l'impression d'aller à l'abattoir.

« Bon Dieu ! se dit-il. Remue-toi ! »

Hitchcock secoua la tête tel un chien qui s'ébroue. Puis, il ouvrit le petit portail en bois séparant le trottoir du jardinet devant le bâtiment. Dans la cage d'escalier, réalisant avec un pincement au cœur que l'odeur persistante de saucisse frite lui manquerait, le comédien essaya de s'imprégner des moindres détails d'un quotidien qu'il perdrait bientôt, et peut-être pour toujours. La gorge nouée, il commença à gravir pesamment les marches menant à son deux-pièces. Bien que l'escalier fût correctement éclairé et ses degrés bien proportionnés, Hitchcock s'agrippait à la main courante comme s'il s'agissait d'une solide corde lui permettant de se hisser le long d'une redoutable paroi.

En poussant doucement la porte de son appartement, il fut accueilli par un fort effluve d'encaustique.

« Gaffe ! songea-t-il. Emily a encore astiqué l'plancher ! »

Il avait déjà eu droit à un vol plané d'anthologie après que son épouse eut briqué le parquet. Conscient qu'il ne pouvait l'empêcher de récurer furieusement un logis immaculé, Hitchcock avait appris à prendre des précautions. En contrepartie, il avait obtenu de haute lutte d'être dispensé de patins !

Contrairement aux autres fois où il était rentré tard, le comédien n'alla pas se blottir auprès de sa femme dans la douillette chaleur du lit conjugal. Bien qu'accablé de fatigue, Hitchcock savait qu'il ne trouverait pas le sommeil.

« Emily va pas tarder à s'lever, réalisa-t-il en jetant un regard à son bracelet-montre, j'f'rais aussi bien d'préparer l'*breakfast*. »

Le comédien accrocha son imperméable et sa casquette à une patère de l'entrée et se rendit dans la cuisine. Bien qu'étriqué, l'endroit était moderne. Nul charbon chez lui, un fourneau à gaz éliminait tout risque d'odeur nauséabonde. Mieux, il suffisait de brancher une bouilloire électrique pour faire chauffer l'eau du thé. En empoignant l'appareil, dont Emily faisait amoureusement étinceler les chromes, Hitchcock sentit sa résolution s'effriter. Comment pouvait-il s'émouvoir du contact d'une simple bouilloire ?

« Bon Dieu ! pesta-t-il intérieurement. D'quel droit j'lui impose ça !? »

Était-il réellement plus inquiet pour sa femme que pour lui ? Ou n'arrivait-il pas à s'avouer que le danger à venir l'effrayait de plus en plus ? Les deux hypothèses n'étaient pas exclusives l'une de l'autre. Au-delà de ces questions demeurait une terrible réalité, sa volonté vacillait.

Pendant que son mari s'affairait en cuisine, Emily sortit de la chambre, les cheveux en bataille et le regard vitreux. Bien qu'elle eût du mal à émerger du sommeil, il ne lui avait pas échappé que son époux n'était pas dans le lit lorsqu'elle s'était réveillée.

— Arthur ? lança-t-elle. Ça vaaa ? ajouta-t-elle dans un bâillement.

En entendant la voix toujours chantante de sa femme, Hitchcock ressentit une vague de chaleur traverser tout son être. Un malaise suivit aussitôt quand il songea qu'il lui faudrait bientôt la quitter.

« Bordel ! » jura-t-il en lui-même.

Tâchant de retrouver son calme, le comédien répondit à son épouse sur un ton qu'il voulait tendre :

— Ouais mon suc'e, ça va, t'as bien dormi ?

— Bien, merci, dit-elle en étouffant un bâillement. T'es rentré tard ?

— Tout juste.

Emily réalisa que la voix de son mari était bizarre, un signal d'alarme retentit en elle, la tirant des derniers limbes du sommeil.

— Que'que chose va pas Arthur, dit-elle en sentant l'angoisse l'étreindre, raconte, ordonna-t-elle en prenant précipitamment place à table.

Malgré, ou justement à cause des circonstances pénibles, le comédien contempla sa femme avec un regard d'amoureux transi. L'ovale de son visage, ses pommettes délicatement saillantes, son front légèrement bombé, ses yeux en amande, son nez droit aux narines étroites, ses cheveux ondulés, tout lui plaisait en elle, même au matin, alors qu'Emily n'était ni peignée ni maquillée et qu'elle était vêtue d'un modeste peignoir. Ses quelques rides autour des yeux et, dans une moindre mesure, autour de sa bouche sensuelle, n'avaient en rien entamé l'amour d'Hitchcock, et ce d'autant plus qu'il se savait largement à l'origine de ces signes de vieillissement.

Il n'était pas surpris que son épouse ait remarqué son désarroi, ils se connaissaient si bien, voilà qui ne lui facilitait pas la tâche ! S'il avait été simple, quoique douloureux, de la quitter en embarquant à bord de l'*Invincible*, il allait être infiniment plus compliqué de lui faire accepter qu'il s'apprêtait à disparaître sans laisser d'adresse.

En dépit de son trouble, Emily voyait l'embarras de son mari. Aussi, lorsqu'il s'assit en face d'elle, elle trouva la force de lui sourire pour l'encourager.

— Ça ira, lui dit-elle, t'inquiète pas, on a déjà eu pas mal de coups durs, hein ?

Ce sourire, Hitchcock se serait damné pour ce sourire, il lui semblait alors qu'Emily avait l'incroyable pouvoir de lui insuffler le surcroît de volonté qui lui manquait. Cette fois encore, la magie s'accomplissait. Sentant qu'il reprenait courage, le comédien conçut un débordement de reconnaissance pour sa femme, au point de devoir retenir ses larmes.

— Ouais, croassa-t-il, t'as raison. Bon ben, j'vais pas tourner autour du pot, j'vais d'voir partir loin pendant pas mal de temps…

Le sourire d'Emily s'effaça.

— ... et j'pourrai quasiment pas t'donner d'mes nouvelles.

« ... et j't'en supplie, ajouta-t-il intérieurement, me d'mande surtout pas si ce s'ra dang'reux ! »

Emily fut cueillie, elle n'en crut pas ses oreilles. Tout allait pour le mieux dans leur petite vie bien réglée, elle entretenait avec un soin maniaque leur appartement, leur nid d'amour, elle préparait avec application les repas, encore que son homme mît volontiers la main à la pâte le matin, lorsqu'elle n'était pas vraiment opérationnelle, elle veillait à ce que son Arthur ait toujours du linge impeccablement propre et repassé, bref, elle ne ménageait pas ses efforts. Quant à son mari, honnête homme devant l'Éternel, il gagnait correctement sa vie et prenait visiblement plaisir à la rendre heureuse. Rien, absolument rien n'avait laissé présager un cataclysme. Mais en son for intérieur, Emily savait, elle avait bien entendu. Voilà quelque temps qu'elle se disait que tout allait très bien, trop bien peut-être. Bien qu'elle regrettât de n'avoir pas d'enfants, Emily était tant satisfaite de son sort qu'elle avait même tenté d'imaginer de quel côté viendrait le grain de sable qui pourrait dérégler le mécanisme bien huilé de leur quotidien radieux. Elle s'efforçait ainsi de redoubler de vigilance, surveillant la santé pourtant fort bonne de son mari. Remarquant que ce dernier peinait à respecter l'ordre et la propreté clinique qu'elle imposait à leur *home*, elle avait même relâché la pression de ce côté-là, elle avait cessé de le houspiller lorsqu'il oubliait de ranger son journal dans le présentoir idoine. Mais non, Emily le savait, elle le sentait dans sa chair, ces précautions avaient été vaines, le destin avait frappé. Un frisson de désarroi la parcourut.

— Com… combien de temps ? bredouilla-t-elle en s'efforçant de recouvrer son calme.

— Au moins plusieurs mois, p't-êt'e des années, j'sais pas vraiment.

« Des années ! » faillit-elle s'exclamer.

Autant dire une éternité ! Manquant de défaillir, les mains tremblantes, Emily regarda fébrilement autour d'elle, comme si elle pouvait découvrir dans son cher foyer le moyen de protéger Hitchcock, de le retenir auprès d'elle. Ne trouvant nulle solution, elle perdit son sang-froid.

— T'as des ennuis ! Qu'est-ce qui t'arrive ?! Dis-moi !

Au bord de l'affolement, faute d'en savoir plus, Emily fit le rapprochement avec une sale histoire qu'avait eue son mari. Des années plus tôt, il avait tourné en dérision un politicien influent, lequel avait juré de se venger. La puissance et la lâcheté n'étant pas incompatibles, le cher grand homme avait lancé des malfrats aux trousses du comédien, qui avait dû prendre le maquis pendant des mois. Seule la mort accidentelle de cet irascible personnage avait permis à Hitchcock de ne plus se terrer.

— Calme-toi, la tempéra-t-il, disons que j'dois faire que'que chose et… et j'ai pas l'droit d'te dire c'que c'est.

— Eh ben, souffla Emily un peu rassérénée, et ça fait combien d'temps qu't'es au courant ?

— J'l'ai appris c'tte nuit.

— Quand t'étais chez ton ponte de la Navy ?

— Ouais, acquiesça-t-il d'une petite voix, mais s'te-plaît, m'en d'mande pas plus, j'ai pas l'droit d't'en dire davantage.

— Oooh ! Allons Arthur ! Me prends pas pour une gourde, veux-tu ! Tu rencont'es un gros bonnet, c'qui t'arrive pas tous les jours, hein ? Et tu r'viens en m'lâchant qu'tu dois décamper ! C'bonhomme y est pour que'que chose, ça crève les yeux !

Malgré les circonstances dramatiques, Hitchcock ne put s'empêcher de sourire, Emily était loin d'être sotte.

— Écoute-moi bien mon suc'e, énonça-t-il, faudra qu'tu dises à personne pourquoi j'ai disparu, à personne, t'entends ?

Il réclamait à son épouse la même confiance aveugle que celle exigée par Churchill.

Emily savait que son mari n'était pas homme à changer d'avis lorsqu'il pensait avoir raison, elle le supposait donc confronté à une impérieuse nécessité. Sinon, comment expliquer qu'au lieu de continuer à veiller sur elle son Arthur l'abandonne et lui impose une telle épreuve ? Elle avait une telle foi en lui ! Dès lors, quel choix avait-elle ? Elle ne pouvait que soutenir son époux face à cette nouvelle épreuve, quelle qu'elle fût.

— Ouais, ouais, maugréa-t-elle, j'ai compris, mais j'ai pas fini d'm'faire du mauvais sang.

— T'en fais pas, dit le comédien en feignant la gaieté, j'ai la peau dure, même la marine allemande a pas réussi à m'avoir, rappelle-toi !

— Arrête donc tes bêtises Arthur ! 'Y t'ont tout d'même fait boire la tasse si j'me souviens bien ! C'est un mirac'e qu't'y sois pas resté ! Et tu l'sais très bien d'ailleurs !

— Ben ouais, répondit-il avec un pauvre sourire, mais j'suis toujours là, hein ?

Mari et femme gardèrent quelques instants le silence. Hitchcock essayait de demeurer souriant, espérant donner à son tour du courage à Emily. Cette dernière ne savait pas résister à ce sourire, elle finit par se radoucir, à défaut de se faire une raison. Elle tendit la main au-dessus de la table, son époux s'en empara avidement.

— Ouais mon cœur, dit-elle radoucie, caressant la main de son mari, t'es toujours r'venu. Mais t'es au courant que j'vaux pas grand-chose sans toi, alors faudra m'promett'e de pas prend'e d'risque inutile, hein ?

« Sacrée bonne femme ! » songea le comédien avec un mélange d'adoration et d'admiration.

Il se leva et fit le tour de la petite table afin de rejoindre son épouse. Emily se redressa également. Lorsqu'elle fut devant son homme, elle le dévisagea longuement, sans le toucher, comme elle l'avait fait durant leur mariage avant de répondre « Oui, je le veux ». Non pas qu'elle eût hésité ce jour-là, le plus beau de sa vie, elle avait simplement souhaité mesurer l'étendue du bonheur qui s'offrait à elle. Là, connaissant justement cette félicité, Emily la contemplait en réalisant tout ce que son Arthur représentait. Il était tout, il était son nord, son sud, son est et son ouest. Folle d'inquiétude, craignant de tout perdre, elle se jeta dans les bras de son mari et fondit en larmes.

20 mars 1938. 10 h 38. Chartwell.

Le bureau de la bibliothèque était encombré de lettres et de toutes ces petites choses indispensables à l'écrivain-politicien Churchill : encrier, coupe-papier, sous-main, sans oublier son cendrier préféré, entièrement moulé en argent et figurant une sorte de pagode. Assis dans un confortable fauteuil en osier, mâchouillant nerveusement un cigare, Churchill foudroyait du regard un exemplaire froissé du *Times*, qu'il avait laissé choir sur ses genoux.

Malgré l'heure matinale, un verre de whisky se trouvait devant lui. Loin d'apprécier à sa juste valeur son Johnnie Walker Red Label, Churchill fulminait en songeant à la futilité de son récent voyage en France. Il avait espéré resserrer les liens franco-britanniques qu'il craignait de voir distendus par la propagande pro-allemande et antifrançaise menée par des plumitifs de Fleet Street. Francophile notoire, il avait été reçu avec tous les honneurs par le gouvernement Blum, tant et si bien qu'en rentrant en Angleterre il croyait avoir remporté un éclatant succès. Mais en son infinie sagesse, le cabinet de Sa Majesté venait de faire publier dans le *Times* un communiqué aux termes duquel Churchill n'avait représenté que lui-même. Pour le très pacifiste Premier ministre Neville Chamberlain, il était hors de question de froisser le puissant Reich !

De rage, Churchill ôta ses lunettes et les jeta sur le bureau.

« Fieffés idiots ! » pesta-t-il.

L'arrivée de Stephenson détourna son attention de la bêtise de Chamberlain.

Après un bref échange de salutations, *Intrépide* entra dans le vif du sujet :

— J'ai deux nouvelles Winston, une bonne et une mauvaise.

— Vous êtes joueur mon cher ! Commencez par la mauvaise je vous prie !

— La femme d'Hitchcock, elle a deviné que son mari allait disparaître de la circulation à cause d'un ponte de la Navy. D'ici à ce qu'elle fasse le rapprochement avec vous, il n'y a qu'un pas. Il faut donc trouver aussi une… comment dire ? une solution pour elle.

Churchill tiqua une fraction de seconde.

« Bon sang ! songea-t-il. Bill ne veut quand même pas que nous la fassions éliminer ?! »

— Peste ! s'exclama Churchill, Hitchcock aurait-il trop parlé ?

— Pas selon lui, son épouse aurait compris toute seule. Plausible.

— Soit, chaque problème en son temps, la bonne nouvelle à présent je vous prie, ça ne sera pas du luxe par les temps qui courent !

— J'ai trouvé comment substituer Hitchcock à Hitler !

— Déjà ?! Diable d'homme ! Racontez-moi ça !

— Disons que j'ai procédé par élimination. Tout d'abord, impossible de kidnapper Hitler à Berlin ou pendant un de ses séjours en province, son entourage se compte au minimum par dizaines de personnes, quand ce n'est pas par centaines. Ensuite, mêmes difficultés lorsque ce type utilise son train personnel. Au fait, 'savez comment il a nommé son damné train ?

— Aucune idée.

— *Amerika* ! Incroyable, non ?

— En tout cas paradoxal de la part d'un homme qui méprise souverainement les Yankees.

— Bref, il y a beaucoup trop de monde à bord du train pour tenter quoi que ce soit, *idem* lorsque Hitler prend la route. Le bougre ne se contente pas d'une voiture suivie d'une autre bourrée de gardes du corps, nooon ! 'Trop simple pour ce type ! Sa Mercedes est toujours accompagnée de celles de la garde ss, de la police criminelle, des aides de camp, du toubib, de la chancellerie. Quoi d'autre ? Ah oui ! La Mercedes du parti, celle des adjoints de Goering, celle de Ribbentrop, etc. Pour les longs voyages, ils ajoutent même une voiture de ravitaillement !

— Et malgré ça vous avez trouvé une solution ?

— Oui. Comme vous le savez, il arrive qu'Hitler se déplace en avion, un bien bel appareil entre nous.

— Avez-vous des photos de cet engin ? demanda Churchill, dont l'un des violons d'Ingres était le pilotage.

— Oui, dit Stephenson en tendant des clichés à son hôte, les voici, c'est un avion de ligne, il est entré en service l'année dernière, c'est le quadrimoteur Focke-Wulf 200, les *Jerries* l'appellent *Kondor*.

— Je comprends pourquoi, commenta un député d'Epping admiratif, il en a la taille démesurée mais aussi l'élégance.

— En tout cas, voilà mon plan. Lorsque la guerre aura éclaté, on fera abattre l'appareil par nos chasseurs. Comme ça, notre gibier et tous ceux qui auraient pu témoigner de l'enlèvement seront morts. Ensuite, on récupérera le cadavre d'Hitler et on laissera notre homme sur le terrain. Hitchcock n'aura plus qu'à jouer le rôle d'un Führer prétendant qu'il s'est tiré par pur miracle de notre embuscade aérienne.

— Une imposture venue du ciel, excellent Bill ! Voilà un stratagème digne du pilote de chasse que vous avez été ! Et vous me donnez une idée, savez-vous quel nom de code nous attribuerons à Hitchcock ?

Noms de code et mots historiques, Churchill en était friand au point de reprocher aux Romains de lui avoir coupé l'herbe sous le pied en la matière !

— J'avoue que je ne m'en étais pas soucié.

— Allons ! Allons ! Cherchez ! Un imposteur venu du ciel ?!

Chapitre 3

Intrépide retournait régulièrement dans son pays suivre les progrès de l'apprenti *Coucou*. Il avait trouvé un coin tranquille, une ferme du nom de Sinclair, où Hitchcock entrerait sereinement dans la peau de son personnage. L'endroit était à ce point reculé que Stephenson y expatria aussi Emily.

« Sans contact avec le monde extérieur, elle ne sera plus un danger pour son mari. »

En découvrant les lieux, Emily fut atterrée : au nord, une forêt touffue, impénétrable, traversée par une unique route reliant Toronto à Kingston ; au sud, l'immensité du lac Ontario, dont la rive opposée était au-delà de l'horizon. Sans le savoir, les époux Hitchcock eurent de la chance dans leur épreuve, ils arrivèrent au début d'avril 1938, donc après l'épouvantable hiver canadien. De plus, la demeure Sinclair n'était pas une simple cabane de rondins percée de quelques minuscules ouvertures, construction typique de la campagne locale. Loin d'être rustique, il s'agissait d'une vaste et confortable maison de maître s'élevant sur deux niveaux, le bardage blanc de ses pignons contrastait agréablement avec les tuiles de la toiture en pente, ses nombreuses et larges fenêtres étaient pour la plupart flanquées de volets.

Soucieux du bien-être de ses deux invités, *Intrépide* veilla à ce que les abords soient amplement déboisés pour que les Hitchcock aient l'impression d'avoir un grand jardin. Peine perdue. Londonienne depuis toujours, Emily ne voyait en la ferme Sinclair qu'un trou. Nul commerçant chez qui bavarder, aucune enfilade de rues où flâner, pas la moindre palpitation de vie urbaine, rien, absolument rien. Un camion acheminait le nécessaire une fois par semaine et son chauffeur décampait dès son déchargement achevé. Les promenades étaient restreintes à la rive du lac ou la lisière de la forêt, dans laquelle il valait mieux ne pas s'aventurer sous peine de s'égarer. Les seuls bruits extérieurs étaient le hululement du vent dans les arbres, le clapotis des vaguelettes sur l'eau, le hurlement occasionnel d'un loup, les piaillements d'oiseaux et le bourdonnement agaçant des essaims de moucherons carnivores, lesquels avaient une prédilection pour le tendre épiderme d'Emily. La malheureuse découvrit avec horreur que ces insectes avaient le mauvais goût d'enlever un infime morceau de chair aux infortunés qu'ils choisissaient pour pâture !

Jusqu'à l'arrivée du professeur d'allemand de son mari, en juin 1938, Emily eut l'impression qu'elle et son homme étaient échoués sur une île déserte, sentiment renforcé par les imposantes dimensions du lac Ontario. Ce dernier avait beau être le moins vaste des Grands Lacs, il donnait en général aux Européens la sensation d'être devant une mer intérieure. Les époux Hitchcock ne firent pas exception à cette règle. Tâchant de plaisanter de son isolement, Emily eut une idée originale, elle suggéra à Stephenson que le chauffeur du camion la connaisse sous le nom de… Mrs Robinson-Crusoe ! Le Canadien ne put s'empêcher de sourire d'un tel clin d'œil à l'adversité.

Pour Hitchcock, un pseudonyme fut superflu puisqu'il devait éviter tout contact avec le monde extérieur, indispensable précaution car il ne lui fallut que quelques semaines pour ressembler de manière criante à Hitler. Stephenson jugea en effet prudent que sa recrue rentre le plus tôt possible dans son personnage afin de s'y habituer. Hitchcock cessa donc de fumer, ce qui ne fut pas sans mal. Ce faisant, son appétit devint féroce. Même en adoptant le régime végétarien du Führer, à base de purée de pommes de terre et de fromage blanc, il prit rapidement du poids et sa silhouette devint la copie conforme de celle d'Hitler. Plus dur fut de fortement ralentir la consommation d'alcool. S'il buvait nettement moins qu'un alcoolique patenté tel Churchill, le *Coucou* en herbe ne passait jamais une journée sans une généreuse dose de remontant. Cette habitude dut être abandonnée car le Führer était un abstinent notoire, s'accordant tout au plus une bière brassée pour lui, dont le taux d'alcool plafonnait à 2°. Le dictateur se défiait tant de la boisson qu'il avait approuvé la prohibition tentée par les États-Unis. En tout cas, de longs mois d'efforts furent nécessaires à Hitchcock pour se désintoxiquer. Après avoir été sevré, il s'autorisa une ou deux bières par semaine. Bien entendu, il se laissa pousser une courte moustache et se coiffa comme son personnage.

L'isolement ne lui pesa guère. Devant tout savoir d'Hitler, il consacra le plus clair de son temps à s'approprier d'innombrables rapports sur l'entourage du Führer ainsi qu'une foule d'écrits recouvrant les matières les plus diverses : politique, géographie, histoire, sociologie, architecture, peinture, économie, sans oublier des traités militaires, que ce soient des ouvrages classiques, tel celui de Clausewitz, ou des livres de tacticiens contemporains, comme Liddell Hart ou de Gaulle.

Hitchcock assimila tant de données sinon facilement, du moins sans réelle difficulté par la grâce de sa mémoire hors norme. Cependant, cette dernière ne lui fut d'aucune aide pour l'imitation de l'écriture du Führer. Dépourvu de velléité de faussaire, il fit plus que peiner en apprenant à reproduire la graphie d'Hitler, vilaine succession de pattes de mouche presque illisibles qui tombait à la fin de la ligne.

Lui qui avait été un cancre de la pire espèce, lui qui n'avait travaillé que superficiellement ses numéros comiques, se surprit à étudier assidûment, pour ne pas dire farouchement, le personnage du Chancelier. Comme Churchill, il pouvait déployer une extraordinaire énergie dès lors que son intérêt était piqué. Hitchcock poussa même la perfection jusqu'à écouter quotidiennement des œuvres du compositeur fétiche d'Hitler, Richard Wagner.

Son apprentissage fut marqué par des sensations diverses. Anxiété pour son sort et celui de sa femme, certes, nostalgie d'un quotidien au traintrain rassurant, indubitablement, appréhension quant aux chances de succès d'une mission vitale, évidemment, énervement lorsqu'il piétinait durant sa préparation, bien sûr. À ces sentiments s'ajoutèrent des impressions induites par la nature très particulière de l'ennemi. Fascination pour la sauvagerie des nazis, qui s'entre-dévoraient volontiers tels des loups. Souverain mépris pour un antisémitisme tentant de se draper dans de fumeuses théories scientifiques pour justifier la persécution des Juifs et, à terme, leur expulsion du Reich. Dégoût envers le culte du mâle. Sainte frayeur en découvrant toute l'ampleur du réarmement allemand, l'implantation méthodique des organisations pro-nazies dans les démocraties, bref tous les efforts du Reich tant pour affaiblir ses proies potentielles qu'afin de rendre invincible sa machine de guerre.

Hitchcock fut aussi décontenancé, estimant que la montagne de connaissances emmagasinées pêle-mêle par le Führer ne collait pas avec le nazisme. Par exemple, comment prétendre tout savoir de la nature humaine et s'enthousiasmer pour la Prohibition américaine, vouée à l'échec ?

Tandis que le *Coucou* prenait la mesure de son adversaire, Stephenson développait un respect considérable pour celui qu'il allait lâcher dans la gueule du lion. S'il s'était aperçu très tôt que sa recrue n'était pas qu'un imitateur talentueux et un loyal sujet de la Couronne, *Intrépide* réalisa qu'il avait eu une chance miraculeuse en dénichant Hitchcock. Au-delà de son tempérament indépendant et de sa mémoire quasi-photographique, ce dernier faisait preuve d'une obstination et d'une profondeur d'analyse peu communes, au point de pouvoir expliquer au Canadien un aspect fondamental du despote :

— 'Savez, j'crois qu'c't'animal d'Hitler cherche pas vraiment à comprend'e le monde, un peu comme si 'y voulait seul'ment montrer qu'ses convictions sont les bonnes en piochant un peu partout des idées très différentes.

Hitchcock avait mis le doigt sur ce qui tenait lieu de logique au Führer. Alors que ses paradoxes étaient tels que certains le croyaient fou à lier, le dictateur avait une sorte de cohérence, ne retenant de la réalité que ce qui confortait ses abominables théories. Ce comportement était aux antipodes de celui de Churchill. Bien que lui aussi capable d'autosuggestions dévastatrices, celui-ci avait un raisonnement infiniment plus rationnel. La plupart du temps, il ne prenait une décision qu'après avoir analysé quantité d'informations, souvent avec le concours d'experts. Ainsi, s'il ne méconnaissait pas les insuffisances de la démocratie, Churchill avait compris les écueils des autres systèmes politiques, d'où l'un de ses mots les plus célèbres : « La démocratie est le pire des régimes, à l'exception de tous les autres ! »

Forcément moins occupée que son époux, Emily se morfondit jusqu'en juin 1938, quand s'abattit sur la ferme Sinclair une tornade blanche à la voix de stentor, Louise Meyer. Hommasse à l'énergie débordante, rendant une bonne tête à la menue Londonienne, cette Canadienne d'une trentaine d'années fut recrutée par Stephenson pour deux raisons, son fanatisme pour la liberté et son ascendance autrichienne. Plus qu'un professeur d'allemand aux connaissances encyclopédiques, Meyer était ainsi à même d'enseigner les moindres nuances de l'accent autrichien et bon nombre d'usages de la patrie d'Hitler.

Son caractère enjoué s'accordait fort bien avec celui des époux Hitchcock, qu'elle entraînait régulièrement le soir dans des parties de cartes endiablées. Sa jovialité s'avéra plus que précieuse dès le début 1939, quand Emily fut confrontée aux rigueurs de l'hiver canadien. Cette dernière avait certes vu de la neige à Londres, mais en quantité infime en comparaison de ce qu'elle découvrit en Ontario, alors même que la ferme Sinclair était au sud du Canada. Meyer sut tourner en jeu le maniement de la pioche pour accéder à l'eau du lac lorsque la canalisation le reliant au corps de bâtiment était gelée. Elle convertit Emily aux joies du patinage et des promenades en raquettes. Elle organisa également de folles batailles de boules de neige. Sans pour autant devenir une inconditionnelle du froid, Emily eut donc la chance de faire mieux que supporter la froide saison.

Quelques semaines après Meyer, un petit bonhomme rejoignit la ferme Sinclair. Quinquagénaire d'allure débonnaire au regard malicieux et au physique de jockey, il paraissait totalement inoffensif. Si les apparences peuvent être trompeuses, elles constituaient un redoutable piège au sujet de Bill Underwood. Au début du siècle, il avait côtoyé à Liverpool des Japonais faisant des démonstrations d'arts martiaux et Underwood avait appris si vite que ses maîtres nippons l'avaient surnommé *Little Giant Killer*. Underwood avait ensuite émigré au Canada où il s'était enrôlé au sein du Royal Montreal Regiment. Après une attaque au gaz en 1915, il avait neutralisé à mains nues les Allemands l'ayant capturé aux alentours d'Ypres. Son but à la ferme Sinclair : faire du *Coucou* un tueur silencieux. Même s'il espérait que son agent n'aurait jamais à faire le coup de poing, Stephenson avait préféré parer à toute éventualité.

Bien que ses résidents ne pussent le savoir, le Canadien n'avait pas choisi la ferme Sinclair pour son seul isolement, il fallait aussi qu'elle ne fût pas trop éloignée de New York. *Intrépide* aspirait à ce que les services secrets britanniques et canadiens collaborent bientôt avec le FBI. Mais compte tenu de l'isolationnisme presque hystérique régnant aux États-Unis, état d'esprit savamment entretenu par des organisations à la solde des nazis, il était hors de question d'afficher au grand jour une éventuelle association avec le FBI, du moins tant que l'*Oncle Sam* ne serait pas officiellement en guerre contre le Reich. Il faudrait donc que les équipements et recrues que Stephenson escomptait voir affluer d'Amérique puissent arriver en toute discrétion.

La ferme Sinclair était la première d'une série d'acquisitions dont les titres de propriété seraient transférés ultérieurement à la Couronne. Une fois réunies, ces terres formeraient un ensemble qui recevrait le 6 décembre 1941 le nom de code de *Camp X*. Le but de cette base serait l'entraînement des agents secrets.

10 NOVEMBRE 1938. 17 H 02. FERME SINCLAIR.

À mesure qu'Hitchcock apprenait à se dissimuler sous les traits d'Hitler, les nazis continuaient de révéler leur vrai visage. Dans la nuit précédente, la persécution des Juifs avait pris une nouvelle dimension. Après les boycotts, les humiliations publiques, les spoliations et autres mises à la retraite des fonctionnaires juifs, venait le temps des meurtres et des déportations. Révolue l'époque où le nazi expliquait plus ou moins calmement que les Juifs constituaient un corps étranger qu'il fallait expulser du Reich millénaire, sonnait l'heure de la haine qui ne se cachait plus, il devenait de bon goût de mépriser, détester et frapper le Juif tout simplement car il était Juif. Se défouler contre des Juifs sans défense n'était plus un débordement fâcheux de SA en mal d'émotions, cela faisait désormais partie de la politique du Reich. Conséquence encore impensable un an auparavant : quatre-vingt-onze assassinats et pas moins de trente mille internements dans des camps !

Et il valait mieux ne pas se demander ce qu'il adviendrait des Juifs ainsi emprisonnés. D'ailleurs aucune chancellerie ne souhaitait se poser véritablement la question : quatre mois plus tôt, à la conférence d'Évian sur les réfugiés, aucun des pays représentés n'avait eu le courage de froisser le puissant Reich, dans un élan d'unanime hypocrisie, tous avaient refusé d'accueillir ceux fuyant le nazisme. Illustration tristement logique de cette indifférence, en mars 1939, la Couronne elle-même déportera vers Varsovie des expatriés juifs tchécoslovaques !

Quoi qu'il en soit, ce qui fut rapidement baptisé la nuit de Cristal montra à Hitchcock et au monde que la bête nazie s'enivrait de ses excès : plus elle en commettait, plus il lui fallait de sang, de préférence celui de proies faciles.

Au-delà de la pitié, cette course vers l'horreur épouvanta égoïstement Hitchcock. Lorsque Churchill lui avait exposé le principe de sa mission, il avait entrevu avec effroi qu'il serait amené à ordonner des massacres. Au moins avait-il espéré que ces bains de sang seraient circonscrits au domaine strictement militaire. Mais voilà qu'il lui apparaissait de plus en plus clairement que de l'abject allait découler l'abominable, des carnages pratiqués non pour des raisons stratégiques mais uniquement pour le plaisir de tuer ! Et lui, Hitchcock, ne serait-il pas happé dans cette spirale infernale ?! Sous peine de perdre toute crédibilité, ne devrait-il pas décider d'actes toujours plus infâmes ?!

15 août 1939. 11 h 52. France.

Churchill ne profitait nullement de l'éclatant soleil baignant la frontière franco-allemande. Vingt-cinq mètres sous terre, les généraux Gamelin et Georges lui faisaient fièrement les honneurs de sections de leur chère ligne Maginot qui n'avaient été dévoilées à aucun étranger.

Pourquoi Churchill s'était-il donc ainsi enterré ? Voulait-il oublier l'orage qui approchait de la Pologne, sommée par Hitler de livrer le corridor de Dantzig ? Fuyait-il Londres, où le cabinet refusait obstinément de lui confier des responsabilités à la mesure tant de ses immenses capacités que du formidable danger menaçant la Couronne ? Rien de tout cela. Lasse des pauvres atermoiements de ses gouvernants, l'opinion britannique avait radicalement évolué au sujet de l'ancien premier lord de l'Amirauté, elle réclamait à cor et à cris qu'un portefeuille lui soit attribué. Ne restaient que Chamberlain et sa coterie de pacifistes pour s'opposer encore et toujours à ce qu'il retournât au pouvoir. Fort d'une popularité qui l'étonnait, Churchill en profitait pour déployer ses ailes non seulement à Londres mais aussi de l'autre côté de la Manche.

Ce que lui montraient les Français ne pouvait que l'impressionner. Et pour cause ! Sous des milliers de tonnes de terre et de béton, une voie ferrée reliait deux demi-ouvrages ultramodernes, dont les dix-neuf blocs de combat abritaient un équipage surentraîné de mille trente-quatre hommes. Ces artilleurs ne servaient pas moins de dix-huit pièces d'artillerie balayant un goulet dans lequel les Allemands seraient obligés de se faufiler pour franchir les Vosges.

Pour Gamelin et Georges, la cause était entendue. Certes leurs ennemis avaient une aviation redoutable, oui ils construisaient d'innombrables blindés, effectivement leur volonté d'expansion territoriale était indiscutable, indubitablement Hitler et sa clique souhaitaient leur revanche contre la France et ses alliés. Mais à toutes ces évidences, il y avait une réponse, imparable, incontournable, imprenable : la redoutable ligne Maginot, alléluia ! Comment imaginer que les bombardiers adverses puissent réduire cette série de casemates de la même façon qu'ils avaient mis à genoux Guernica ? À supposer même qu'ils ne soient pas fauchés par les tourelles hérissées de mitrailleuses et autres lance-grenades, comment les fantassins allemands pourraient-ils investir des défenses que leur artillerie n'aurait pas seulement réussi à ébrécher ? Comment admettre que les malheureux panzers, même lancés en de dérisoires paquets comme le préconisait ce jeune blanc-bec, ce de Gaulle surnommé *Colonel Motor*, ne soient point décimés par les batteries antichars ?

« Qu'ils y viennent ! » disaient en substance les Français.

Churchill avait beau être impressionné, un tel débordement de certitudes ne pouvait que l'inquiéter. En vertu de quoi les stratèges français étaient-ils si sûrs que les Allemands se feraient hacher menu dans l'enfer de la ligne Maginot ? Celle-ci ne s'arrêtait-elle pas à la frontière luxembourgeoise ? Les troupes appliquant le plan de Schlieffen n'avaient-elles pas en 1914 tenté d'envelopper l'armée française par un débordement à travers la Belgique ? Au-delà de ces questions de bon sens, Churchill avait la conviction que le principal obstacle à l'expansion du Reich ne serait sans doute pas une cuirasse inexpugnable mais plus probablement un être de chair et de sang, un agent désigné par le nom de *Coucou*.

Alors que résonnaient sous la voûte caverneuse d'un bloc de combat les commentaires grandiloquents de ses hôtes, que cliquetait toute une machinerie charriant munitions et guerriers, que l'écho d'un ordre aboyé par quelque sous-officier courait le long des galeries, la pensée du député d'Epping s'envola, elle partit à des lieues de la butte verdoyante dominant cette trouée des Vosges, elle fila vers l'ouest, loin, très loin, en direction du lac Ontario.

« Pourvu que notre homme soit prêt ! » songea anxieusement Churchill.

Au même instant, de l'autre côté de l'Atlantique, Hitchcock et Underwood poursuivaient l'entraînement dans la quiétude de l'aube. Après trois quarts d'heure d'échauffement, le *Coucou* transpirait malgré la fraîcheur du petit matin, mais il était suffisamment en forme pour n'avoir pas le souffle court. Pieds nus sur la pelouse, chacun vêtu d'un pantalon léger et d'un maillot à manches courtes, les deux hommes tournaient lentement l'un autour de l'autre. Les sens aux aguets, l'élève cherchait la faille dans la défense de son maître.

Alternant parades et feintes, Underwood affichait une décontraction trompeuse. Tête droite et bras ballants, il marchait à petits pas, comme s'il se promenait. Hitchcock savait qu'il ne devait pas se fier à cette nonchalance, son instructeur était totalement en alerte, prêt à esquiver de même qu'à frapper. Si le *Coucou* progressait avec souplesse, son attitude n'était pas aussi détendue que celle d'Underwood, il baissait le front tel le loup s'apprêtant à mordre, les muscles de ses avant-bras saillaient chaque fois qu'il fermait les poings. Après chaque feinte de son entraîneur, à mesure que l'excitation du combat grandissait, Hitchcock sentait le sang palpiter à ses tempes.

Lorsqu'il tourna le dos à l'est, le *Coucou* vit son adversaire cligner des yeux face au soleil rasant. Réalisant que son instructeur était partiellement aveuglé, il leva imperceptiblement sa garde. Une fraction de seconde plus tard, Hitchcock décocha un coup de pied. N'ayant pas aperçu celui-ci partir, Underwood n'eut pas le temps de bondir de côté. Mais alerté par la garde esquissée avant l'attaque, il inclina la tête. Au lieu de l'atteindre à la tempe, le pied de son élève lui effleura l'oreille. Avant que le *Coucou* n'ait pu se remettre en garde, Underwood lui saisit la jambe pour lui appliquer une clé qui le paralysa totalement. Bien que son oreille le chauffât douloureusement, Underwood était enchanté de la performance de son poulain, il était certain qu'un individu normal aurait eu le crâne fracassé.

— Pas mal mon gars, le complimenta-t-il de sa voix nasillarde, pas mal du tout même.

— Ouais, répondit Hitchcock d'un air mauvais, en équilibre précaire sur un pied, on peut arrêter là alors ?

— OK, ça ira pour aujourd'hui, consentit *Little Giant Killer* en lâchant la jambe de son élève, mais tu dois t'souv'nir d'une chose.

— Quoi encore ?!

Le *Coucou* avait beau savoir qu'il lui était totalement impossible de prendre en défaut un bretteur de la classe d'Underwood, il enrageait toujours devant l'échec de ses attaques alors même qu'il aurait été désolé de blesser son entraîneur. Merveilleux paradoxe !

— 'Faut jamais t'mett'e en garde, rappela l'instructeur pour la énième fois, jamais, jamais. C'est très élégant chez les *gentlemen* qui apprennent la boxe, mais ça mont'e à ton adversaire c'que tu vas faire, et surtout comment. Alors j'te répète que si t'attends une attaque, contente-toi d'te mett'e de profil pour êt'e moins vulnérab'e. Mais si c'est toi qui attaques, cogne sans prév'nir, OK ?

Le *Coucou* acquiesça d'un grognement. Soulagé d'en avoir enfin fini avec ce qu'il considérait comme une corvée, il se dirigea en bougonnant vers la maison, où il retrouva sa femme et Stephenson, lesquels profitaient de la fraîcheur du petit matin, à l'abri des moucherons et autres insectes suceurs de sang derrière les solides moustiquaires des fenêtres largement ouvertes. Attablés devant une cafetière fumante, ils ne pipaient mot. Absorbée dans la lecture d'un rapport, Emily ne remarqua pas l'arrivée de son mari et d'Underwood. Celui-ci adressa à Stephenson un signe de tête entendu pour lui signifier que l'entraînement s'était bien déroulé.

Contrairement à Churchill, *Intrépide* ne doutait pas que sa recrue fût prête. Il savait que grâce à sa mémoire hors du commun, Hitchcock avait retenu tout ce qu'il était permis de connaître d'Hitler. De plus, Meyer était enthousiaste, son élève s'exprimait exactement comme le dictateur. Non seulement il maîtrisait parfaitement son style ampoulé, développé lors de son ascension politique, mais en plus il n'ignorait rien des propos orduriers du Führer à l'époque où la respectabilité était le cadet de ses soucis. Quant à *Little Giant Killer*, il était formel, le *Coucou* saurait se tirer de situations critiques. En un mot comme en cent, l'apprentissage à la ferme Sinclair était un franc succès.

En soufflant sur son café, Stephenson observait sa recrue se verser un jus d'orange. Il s'émerveilla à nouveau de la ressemblance avec Hitler. Taille, corpulence, couleur des yeux, teinte des cheveux, moustache, rien ne manquait. Et lorsque Hitchcock imitait son personnage, la similitude était stupéfiante au point de mettre *Intrépide* mal à l'aise.

Le Canadien ne donnait pas dans le triomphalisme, loin de là. Les détails de l'embuscade aérienne restaient à mettre au point. Rien ne pouvait d'ailleurs être tenté sans que Churchill revînt au pouvoir. Peut-être encore plus compliqué, il fallait absolument établir un canal par lequel transmettre ses instructions au *Coucou* une fois qu'il serait chez l'ennemi, *Intrépide* y travaillait depuis un an sans être tout à fait sûr que son plan marcherait.

Ce matin-là, Emily n'était pas d'humeur à s'extasier sur la ressemblance entre le Führer et son mari. Elle qui s'efforçait de protéger son Arthur en l'aidant à mémoriser son texte croyait avoir mis le doigt sur une dangereuse faille dans la biographie d'Hitler relatée par les aides du Canadien et cela lui était insupportable. Levant les yeux du rapport, elle fusilla *Intrépide* du regard.

— Bon sang Mr Stephenson ! commença-t-elle.

— Bill s'il vous plaît, la corrigea-t-il gentiment, autant pour essayer d'interrompre la protestation que pour entretenir des rapports cordiaux avec celle qu'il côtoyait régulièrement.

— Bon, bon, comme vous voulez, Bill donc. C'est ben mignon d'nous dire dans quel hôtel Hitler descend quand 'y va dans telle ou telle ville, c'est aussi très gentil d'découvrir que c'gars, Hitler, 'y va tous les étés au festival de Bayreuth, qu'il y est r'çu par la belle-fille de Wagner et tout l'tralala. Mais, poursuivit-elle en agitant nerveusement des feuillets, 'y a l'affaire Geli ! Et ben là, ça va pas du tout !

Stephenson ne prit pas ombrage d'une telle agressivité, il avait appris à respecter Emily, ses manières rugueuses ne faisaient pas d'elle une imbécile.

— Et qu'est-ce qui ne va pas ? s'enquit-il patiemment.

— Ben on sait toujours pas si c'tte Geli était la maîtresse d'Hitler et comment elle est morte ! Vous croyez pas qu'ça peut mett'e mon Arthur dans un sacré embarras, hein ?!

— Vous voulez bien me montrer ce dossier s'il vous plaît ?

En coulant un regard à son époux, Emily tendit les documents à *Intrépide*, lequel entama à voix basse une lecture en diagonale.

— L'une des filles de la demi-sœur d'Hitler, aux mœurs légères, une liaison avec Emil Maurice, le chauffeur d'Hitler, accompagne Hitler partout, meurt dans la nuit du 18 septembre 1931 après une violente dispute avec Hitler au cours de laquelle elle prend une balle en plein cœur, on ignore encore s'il s'agit d'un accident ou d'un meurtre… hmm… Effectivement, il y a un point d'ombre.

— Ah ! triompha Emily.

— 'Y a p't-êt'e une solution, intervint le *Coucou*. Si jamais quelqu'un essaie d'me parler de c'tte affaire, j'aurai qu'à m'mett'e dans une colère noire. Normalement, les colères d'Hitler suffisent à fermer sa gueule à n'importe quel nazi.

— C'est également ce que je me suis laissé dire, confirma Stephenson.

— Et 'z'en faites pas, assura Hitchcock, Louise dit qu'j'fais parfait'ment Hitler en pétard.

— 'M'étonne pas, grommela Emily, t'as toujours eu un talent inouï pour imiter, dommage, conclut-elle en songeant que sans ce talent, son mari n'aurait pas été recruté par *Intrépide*.

23 AOÛT 1939. 06 H 14. ALLEMAGNE.

La postérité retiendra cette date fatidique comme celle du sceau d'une union contre-nature, le pacte germano-soviétique. L'Allemagne nazie, celle-là même qui déclarait vouloir abattre le bolchevisme, ce pays dont les dirigeants affirmaient haut et fort « *Slaven sind Sklaven* », le Reich dont le Führer ne cachait pas convoiter les plaines de l'Est, cette belliqueuse nation donc venait de signer un pacte de non-agression avec la terre promise du communisme, l'URSS. La stupeur du monde en général, et des démocraties en particulier, fut totale. Le plus beau était que certaines clauses de ce traité scélérat resteraient secrètes plusieurs semaines. Et pour cause, elles prévoyaient notamment une partition de la Pologne entre la dictature rouge et la tyrannie brune. Ironie de l'histoire, la Pologne allait subir le sort d'une Tchécoslovaquie dont elle avait allègrement participé au dépeçage en annexant la région de Teschen.

Ces considérations géopolitiques n'étaient pas totalement étrangères au *Sturmmann* Merkel. Alors que son regard était habituellement rieur, le caporal ss était ce jour-là concentré sur sa tâche, conduire son camion vers l'est, non loin de la frontière polonaise. Comme la quasi-totalité de ses compatriotes, il était sûr que son Führer recouvrerait le corridor de Dantzig, que le diktat de Versailles avait injustement attribué à ces cochons de Polaques. Faudrait-il pour ça en arriver aux mains avec la Pologne ? Peu importait au chauffeur, sa confiance en Hitler était pleine et entière. Si ces imbéciles d'*Untermenschen* voulaient la guerre, eh bien ils l'auraient ! Quant à lui, Merkel, digne représentant de la race des seigneurs, il accomplirait son devoir, sans faiblir.

Tandis que le camion bringuebalait tranquillement sur une route de campagne déserte, l'Allemand jeta un œil à son bracelet-montre. Tout allait bien, il était dans les temps.

Le *Sturmmann* ignorait ce qu'il transportait. Et il n'en avait cure, l'essentiel était de respecter l'horaire. À l'arrière du véhicule, au milieu de paquetages d'uniformes et de caisses de munitions maintenues par des cordes, trônaient trois coffres en bois verni, eux aussi solidement arrimés. Le plus volumineux était de la taille d'une grosse machine à écrire, il contenait une Enigma destinée à une unité frontalière ss. Les deux autres renfermaient tous les instruments de réglage de l'appareil. Enigma, le nec plus ultra de la cryptographie électromagnétique, l'un des maillons-clés de la chaîne de commandement du Reich.

Par la grâce d'un régime policier écrasant, les routes allemandes étaient très sûres, les supérieurs de Merkel avaient donc jugé superflu de faire escorter le fourgon. Lorsque celui-ci aborda une courbe menant à un petit bois, le ss rétrograda posément, ralentissant l'allure. Connaissant le trajet par cœur, il savait que le virage s'accentuait dans le bosquet. De plus, le soleil rasant l'aveuglait partiellement, l'empêchant de correctement discerner la chaussée. Prudent, le chauffeur leva le pied de l'accélérateur.

Pendant que le camion franchissait à une allure modérée la lisière du bois, cinq hommes attendaient impatiemment le signal de leur chef, dissimulé comme eux dans les fourrés encore humides de rosée. Ce meneur, un borgne à la carrure formidable, observait silencieusement le véhicule. Aucun de ses muscles ne tressaillait, sa respiration même était devenue imperceptible. Tel le félin à l'affût, il savait se contraindre à une immobilité absolue en guettant sa proie.

Coiffés de simples casquettes, vêtus d'habits grossiers, le borgne et ses acolytes étaient fagotés comme des journaliers se rendant aux champs. Malgré leur accoutrement, ils ne ressemblaient pas pour autant à de placides ouvriers agricoles. Nul air bonasse, pas de plaisanteries graveleuses sur la patronne ou ses filles de ferme. Et surtout, à la place des fourches et autres ustensiles, une mitraillette pour chacun.

Ces mystérieux individus se tenaient aux aguets depuis plusieurs heures. Quand le camion arriva, ils n'armèrent pas leurs mitraillettes, ils patientèrent jusqu'à ce que le véhicule tombe dans leur piège : quelques instants auparavant, l'un d'eux avait répandu sur la route une large flaque d'huile, laquelle était invisible depuis la rase campagne. À peine eut-il pénétré sous le couvert des arbres que le chauffeur sentit la direction du fourgon lui échapper.

— *Scheiße* ! gronda le *Sturmmann*.

Se gardant bien de freiner pour éviter de faire un tonneau, il essaya de contre-braquer. Rien n'y fit, le véhicule était incontrôlable. Sans même attendre que le camion achève sa folle glissade, le borgne et deux de ses sbires s'élancèrent vers le point d'impact présumé, un hêtre massif au bord du virage. Un quatrième homme bondit se poster à l'orée du bois.

Le guet-apens avait été calculé avec soin, le fourgon dérapa vers l'arbre à près de 40 km/h. Conducteur expérimenté, le ss ne leva pas les bras devant son visage avant la collision. Au contraire, serrant les dents, baissant la tête pour se prémunir du coup du lapin, il se cramponna fermement au volant. Dans un immense fracas de tôle broyée, le véhicule s'écrasa sur le hêtre. Merkel ne percuta pas le pare-brise mais le volant lui enfonça des côtes. S'il n'avait eu le souffle coupé, il aurait hurlé de douleur.

Abruti par le choc et la souffrance, tâchant tant bien que mal de reprendre sa respiration et ses esprits, le *Sturmmann* n'entendit pas ceux qui s'affairaient déjà à l'arrière du camion, il fut surpris en voyant un quidam ouvrir sa portière. Trop choqué pour discerner la mitraillette pendant à l'épaule de l'individu, Merkel remarqua cependant la pièce de cuir maintenue sur l'une de ses orbites oculaires par un lacet.

« Déjà des secours ?! » s'étonna-t-il intérieurement.

Loin d'arborer la mine prévenante du bon Samaritain, l'homme borgne avait une expression sévère. Ne laissant pas seulement au ss le temps de réagir, il lui empoigna la tête de ses immenses battoirs pour y imprimer un violent mouvement de rotation. Un vilain craquement retentit. Les cervicales brisées, Merkel s'effondra sur le volant, son visage sans vie marqué par la stupeur.

Sans prendre la peine de fermer les yeux du chauffeur, avec la satisfaction du devoir accompli, le borgne descendit tout tranquillement de la cabine du camion. Au même moment, un de ses complices dénicha les coffres en bois parmi la pagaille de caisses renversées et de paquetages. En dégageant la malle principale, l'homme redoutait que le renseignement selon lequel l'Enigma se trouvait dans le fourgon fût erroné. Pire encore, peut-être ces saletés de SS avaient-ils eu vent du piège. En ce cas, le camion n'était qu'un leurre et une cohorte ennemie les encerclait déjà.

Fébrilement, l'homme ouvrit la caisse. Son visage s'éclaira lorsqu'il aperçut l'Enigma, désormais offerte.

— Elle a l'air indemne, dit-il avec soulagement.

— Parfait, répondit un autre, perdons pas de temps, déguerpissons !

Pendant que le borgne et deux autres assaillants assujettissaient chaque coffre à un système de sangles permettant de porter une charge encombrante tel un sac à dos, l'un de leurs complices incendia le véhicule. Puis, prenant soin de ne laisser aucune trace, la petite troupe s'évanouit dans la nature.

Plus tard, après avoir découvert les restes calcinés du camion et de Merkel, les enquêteurs SS conclurent à un accident. Il ne leur vint pas à l'idée que leur précieuse machine de cryptage venait de tomber entre les mains d'individus dont le Reich millénaire avait d'excellentes raisons de se méfier. Un premier clou avait été enfoncé dans le cercueil de l'Allemagne nazie, alors même qu'elle s'apprêtait à conquérir une bonne moitié de l'Europe : croyant leurs communications inviolables, les Allemands utilisèrent Enigma jusqu'à la fin de la guerre.

Qui avait exécuté cette opération coup de poing ? Les Soviétiques, dont Hitler avait prédit dans *Mein Kampf* qu'il les refoulerait à l'est de l'Oural ? Les Français, pour qui la volonté de revanche du Führer n'était pas un secret ? Les Britanniques, qui avaient promis leur aide à la Pologne en cas d'agression étrangère ?

En fait, les services secrets polonais étaient bien conscients que leur gouvernement ne céderait pas devant l'ultimatum allemand, leur pays ne saurait renoncer à son seul accès à la mer. S'ils ne doutaient pas que leur armée s'opposerait farouchement à la Wehrmacht, ils étaient aussi convaincus que l'issue de l'affrontement était écrite, la défaite de leur patrie inéluctable. Dès lors, ils mirent tout en œuvre en vue de la libération de leur peuple. Pour commencer, il fallait mettre l'Enigma en lieu sûr, en Grande-Bretagne.

Une fois l'Enigma acheminée à leur capitale, les services secrets polonais contactèrent le nouveau chef d'état-major de la mission militaire britannique à Varsovie. Celui à qui ils accordaient leur confiance n'était pas une baderne attendant tranquillement l'âge de la retraite. Polyglotte, bardé de médailles chèrement acquises durant la Grande Guerre et spécialiste de la guérilla, le colonel Colin Gubbins était lucide quant au péril nazi.

Néanmoins, Gubbins ne pouvait recevoir en personne l'Enigma, il était sûr que des espions allemands l'avaient à l'œil. Aussi envoya-t-il un de ses acolytes au point de rendez-vous désigné par les Polonais, l'hôtel *Bristol* de Varsovie. Dicté par un impératif de discrétion, son choix final se porta sur un quasi-sexagénaire d'apparence anodine, Alastair Denniston. À l'instar de Gubbins, il était Écossais. Les tempes dégarnies, les traits réguliers, le regard intelligent, volontiers taciturne, son image restait celle du professeur d'allemand qu'il avait été avant d'œuvrer au sein des services de renseignements de la Royal Navy durant la Grande Guerre. Contrairement à son collègue, Denniston n'était pas un homme de terrain, sa spécialité était le décryptage.

25 août 1939. 11 h 38. Varsovie.

Accablé par un soleil de plomb, Denniston déambulait sur un large trottoir en remontant la rive gauche de la Vistule. Malgré son chapeau, la sueur perlait sur son front. Ses préoccupations étaient cependant autres que climatiques, l'Écossais songeait à l'Enigma, se souvenant que sa seule possession était insuffisante pour décrypter les communications allemandes, il fallait également connaître la configuration des réglages de l'engin, lesquels permettaient la bagatelle de cent cinq mille quatre cent cinquante-six combinaisons ! Pire encore, la configuration changeait chaque mois. Toutefois, Denniston était tenace. Aussi espérait-il parvenir à trouver le paramétrage correct à force d'examiner les messages ennemis.

« Chaque chose en son temps, se dit-il, je dois d'abord mettre la main sur cette incroyable machine. »

Voilà qui lui fit penser au péril l'attendant peut-être au *Bristol*, lui le rat de bibliothèque, lui censé depuis son lointain bureau transmettre des informations à ceux dont le rôle était précisément de faire face à l'adversaire. Certes, Gubbins lui avait affirmé qu'il serait plus qu'étonnant que les *Jerries* essaient de recouvrer leur bien au *Bristol*. À cette supposition de bon sens, Denniston aurait préféré une certitude.

Pour se changer les idées, l'Écossais fit mine de s'intéresser à la végétation presque luxuriante bordant la rive opposée du fleuve, en vain. Il avait la désagréable impression que tous les passants, pour la plupart élégamment vêtus dans ce beau quartier, regardaient fixement son fardeau. Celui-ci n'avait pourtant rien d'extraordinaire, une lourde sacoche de cuir fauve, couverte d'étiquettes de noms d'hôtels et de bateaux, à la serrure en cuivre patiné. Sentant l'angoisse monter, Denniston reporta son attention sur l'invraisemblable enchaînement de K, de Z et de W propre au polonais. Voilà qui aurait dû détendre le linguiste qu'il était. En vérité, un authentique agent secret aurait plutôt vérifié qu'il n'était pas suivi. Mais l'Écossais connaissait ses limites, il se savait incapable de déjouer une filature bien menée.

En arrivant en vue du pont de Kierbedż, il emprunta la rue Karowa, large artère s'enfonçant dans la ville. Il se fit à nouveau la réflexion selon laquelle le trafic varsovien n'avait rien à voir avec la frénésie qu'il détestait tant à Londres, et qui commençait à gangrener sa chère Édimbourg. Même l'agent de la circulation, dont la tunique et la casquette blanches tranchaient par rapport à la grisaille des pavés, semblait s'ennuyer. Arpentant le milieu de la chaussée tout en faisant machinalement des moulinets avec sa matraque, le policier observait d'un œil indolent un tramway. Précédé d'une voiture, ce dernier dépassait un gros cheval tirant une carriole lourdement chargée cependant qu'un cycliste avertissait les piétons avec force tintements de sonnette.

En parvenant à l'intersection de Karowa et de la rue Krakowskie Przedmieście, Denniston s'arrêta face à la devanture d'un chapelier. L'intérieur de la boutique étant sombre, la vitrine constituait un miroir dans lequel il put longuement scruter ses arrières sans se retourner. À peu près rassuré, il remonta Krakowskie Przedmieście jusqu'au *Bristol*. Bel immeuble faisant l'angle de la rue, le palace s'élevait majestueusement sur cinq étages. Sa façade en pierres de taille était agrémentée de colonnades tandis qu'une élégante rotonde faisait la jointure entre ses deux ailes.

En entrant dans le vaste hall, l'Écossais comprit immédiatement que l'hôtel n'avait pas été choisi pour son seul charme, de nombreux sujets britanniques y séjournaient. Au sein du brouhaha se détachaient des accents des Midlands et autres pays de Galles. Il ne tarda pas à repérer un amoncellement de bagages à côté du comptoir. Parmi ces derniers devait se trouver une sacoche identique à la sienne. Denniston se doutait qu'un agent polonais l'épiait, peut-être était-ce ce concierge qui faisait trop bien semblant de ne pas le surveiller… ou peut-être pas ! Où qu'il fût, l'homme connaissait son affaire, l'Écossais ne réussissait pas à le deviner.

Les mains moites, espérant qu'un damné nazi n'était pas en embuscade, il dépassa un curieux bonhomme. Enfoncé dans un fauteuil, lisant ostensiblement l'*Evening Chronicle*, affichant moustache en guidon de vélo, costume coupé à Savile Row, panse avantageuse et pipe au bec, l'individu était à ce point une caricature du retraité de l'armée des Indes que Denniston le soupçonna d'être un agent allemand. Tâchant de garder un œil sur ce personnage haut en couleurs, il s'approcha du tas de bagages. Il ne put s'empêcher de soupirer d'aise en découvrant une sacoche, *la* sacoche, derrière une malle imposante. Se contraignant à ne pas jeter un regard derrière lui, l'Écossais déposa son bagage à côté de celui renfermant l'Enigma. Puis, avec un naturel qui l'étonna, il empoigna tranquillement son butin et sortit de l'hôtel d'un pas mesuré.

Sans être le moins du monde inquiété, Denniston convoya ainsi l'appareil de cryptage allemand jusqu'en Angleterre.

3 SEPTEMBRE 1939.

Sans même une déclaration de guerre, l'Allemagne avait commencé quarante-huit heures plus tôt à envahir la Pologne. Après deux interminables jours d'atermoiements, au cours desquels les armées allemandes s'enfoncèrent profondément en territoire polonais, le pathétique Chamberlain finit par suivre l'avis des Communes, il déclara du bout des lèvres la guerre au IIIe Reich. Ce même jour, il se résigna à inviter Churchill dans son cabinet. Comble de bonheur pour le député d'Epping, le Premier ministre lui proposa le poste dont il avait été ignominieusement chassé en mai 1915, celui de premier lord de l'Amirauté. Trop heureux de pouvoir s'impliquer davantage dans la lutte contre le nazisme, Churchill s'empressa bien entendu d'accepter.

Le quartier général de l'Amirauté envoya immédiatement un message aux bases et bâtiments de la Royal Navy :

— *Winston is back* !

Une vague d'enthousiasme déferla sur la marine britannique, au sein de laquelle la combativité de Churchill était légendaire.

Hitler eut une réaction infiniment moins enthousiaste :

— Churchill dans le cabinet, ça veut dire que c'est vraiment la guerre. Maintenant, nous allons avoir la guerre avec l'Angleterre.

Contrairement à son habitude, le Führer n'avait pas commenté la nomination de Churchill dans son style caractéristique, formé essentiellement de phrases interminables. Cela dénotait-il de la surprise de sa part ? En ce cas, l'attaque contre la Pologne constituait son erreur stratégique originelle. Tout son parcours depuis 1933 avait été exemplaire, du point de vue nazi bien sûr : le rétablissement de la conscription, le réarmement, la remilitarisation de la rive gauche du Rhin, l'annexion de l'Autriche et le démantèlement de la Tchécoslovaquie, le pacte d'Acier puis son pendant à l'est, le pacte germano-soviétique.

Individu profondément fataliste, Hitler avait peut-être senti intuitivement que son destin lui échappait pour la première fois depuis son arrivée à la chancellerie, d'où son trouble. Le dictateur venait effectivement de déchaîner des événements qu'il ne maîtrisait plus.

Hitler s'était cependant trompé sur un point, le retour de Churchill à l'Amirauté ne provoquerait pas une guerre à outrance entre la Royal Navy et la Kriegsmarine. Pas plus le Führer que le premier lord ne réalisaient que la nomination de ce dernier était une ruse : le Premier ministre savait Churchill souffrir d'un sens hypertrophié de la solidarité gouvernementale ; une fois à l'Amirauté, espérait Chamberlain, il s'interdirait de critiquer sa politique, alors même que le Premier ministre aurait le dernier mot sur la conduite – ou plutôt l'inconduite ! – de la guerre.

4 septembre 1939. 13 h 25. Ferme Sinclair.

Après avoir accroché son couvre-chef à une patère de l'entrée de la ferme Sinclair, *Intrépide* se rendit au salon, où il était sûr de trouver les époux Hitchcock le déjeuner terminé.

Confortablement installés sur un moelleux sofa, Arthur et Emily se tenaient la main en bavardant. Loin de somnoler après un copieux *lunch*, ils tâchaient de profiter l'un de l'autre, de ne surtout pas perdre une miette d'une précieuse intimité qui allait désormais leur être supprimée. Au lieu de commenter l'actualité guerrière rabâchée à la radio, ces tourtereaux plus que mûrs évoquaient pour la énième fois l'instant magique de leur rencontre, trente et un ans plus tôt.

Hyde Park, juillet 1908, un après-midi radieux, presque trop chaud. Une ravissante brunette et ses amies, dûment chaperonnées par une tante faussement sévère, baguenaudent sur la pelouse manucurée. Une musique s'élève au-dessus d'un attroupement.

Envie de la jeune femme de voir les musiciens, légère bousculade à travers les badauds, jusqu'à ce que l'un d'eux, un frais gaillard solidement campé au premier rang, refuse de s'écarter, lui barrant fermement le passage. L'importun est tête nue, en bras de chemise, il a négligemment jeté sa veste sur son épaule. Nullement démontée, la demoiselle tapote sur ladite épaule musclée, le jeune homme se retourne. Ce qu'il découvre l'enchante : une robe bleu ciel, un petit chapeau assorti sous lequel s'esquisse un adorable sourire, irrésistible mélange d'innocence et de féminité, des yeux rieurs, la plus jolie créature qu'il lui ait été donné de contempler. Le garçon est instantanément saisi par le besoin de protéger cette nymphe. Celle-ci est délicieusement troublée par le regard étincelant du gaillard, par ses immenses yeux bleu clair aux reflets gris qui éclipsent totalement la banalité des traits du visage. Ils expriment d'abord de la curiosité puis une formidable générosité. Elle a l'impression de tomber au fond de ces yeux invraisemblables qui la bouleversent. Le coup de foudre fige les jeunes gens, ils n'entendent plus la musique, ils ne réalisent plus qu'ils sont au milieu d'une foule. Avant même d'en avoir conscience, ils viennent de créer leur monde, un univers dans lequel eux seuls seront admis, ils sont l'un à l'autre, à jamais.

À l'évocation de ces souvenirs, les yeux d'Arthur et d'Emily luisaient de tendresse, l'étreinte de leurs mains s'accentuait, leurs corps se rapprochaient. La soudaine arrivée de Stephenson brisa le charme.

— Salut Bill, dit Hitchcock en s'écartant légèrement de sa femme, ça va ?

— Pas trop mal, merci, et vous Emily, mieux dormi ?

Intrépide savait qu'elle peinait à trouver le sommeil dans la moiteur de l'été canadien. Voilà qui était un comble pour la malheureuse, cuire dans une chaleur presque équatoriale après avoir subi un hiver quasi-polaire !

— C'est pas la gloire, soupira-t-elle, mais j'm'en sors.

— Arthur, continua Stephenson, je ne vais pas y aller par quatre chemins…

— Surtout qu'c'est pas vot'e genre, releva Emily pince-sans-rire.

— 'Sûr, admit-il volontiers. Vous savez que les choses bougent pas mal en Europe, il est temps que vous et moi partions pour l'Angleterre.

Emily crispa instinctivement sa main sur celle de son homme, ainsi que pour le retenir. Celui-ci sentit son cœur s'arrêter, comme s'il avait un raté. Certes le *Coucou* était prêt pour sa mission, bien sûr il s'attendait à recevoir l'ordre de départ depuis que Chamberlain avait déclaré la guerre au Reich, mais Arthur Hitchcock eut peur à ce moment-là, peur de l'épreuve qui approchait, peur de ne plus revoir sa bien-aimée, peur aussi d'échouer.

Intrépide avait toutes les raisons du monde de prendre cette décision qu'il savait douloureuse pour les époux Hitchcock : le cours de l'histoire s'accélérait ; le retour de Churchill à l'Amirauté mettait à sa disposition de considérables moyens grâce auxquels il espérait rapidement organiser l'embuscade aérienne.

— Naturellement, ajouta-t-il, vous resterez ici Emily.

— J'm'en s'rais doutée, maugréa-t-elle.

— Au fait Arthur, pour que vous gardiez l'anonymat en quittant la ferme, vous pourriez porter le passe-montagne que vous aviez l'hiver dernier, non ?

— J'risque de pas avoir froid avec c'tte chaleur, mais 'faut ben prend'e des précautions, ça s'rait trop bête de tout gâcher maint'nant. Et aux p'tits curieux, j'pourrais répond'e que j'préfère masquer ma figure à cause de brûlures graves, hein ?

— Excellente idée, répondit *Intrépide*. Bon, départ dans deux heures, OK ?

Il ne s'agissait pas d'une suggestion mais d'un ordre, les époux Hitchcock en étaient conscients, le *Coucou* acquiesça d'un hochement de tête.

— Parfait, conclut le Canadien en se dirigeant vers l'étage, où se trouvait sa chambre, je vais finir mes préparatifs.

Après qu'il les eut laissés, les conjoints se dévisagèrent interminablement, sans mot dire, se tenant simplement par la main.

Emily rompit le silence.

— C'est pas la peine d'te dire d'êt'e prudent, hein ?

— Ben non, tu sais ben que j'vais pas jouer les héros, autant qu'possib'e, j'f'rai gaffe.

— J'te crois mon cœur, dit Emily en empoignant plus fort la main de son mari, j'te crois.

— J'pens'rai tous les jours à toi, et j'reviendrai, j'te l'promets.

Emily eut une impression de déjà-vu. Elle se souvint que son homme lui avait fait une telle promesse avant d'embarquer sur l'*Invincible*. À l'époque, elle n'avait pas eu de mauvais pressentiment, juste ressenti l'horreur de la séparation. Cela l'avait étonnée, lui faisant réaliser qu'en son for intérieur elle s'était curieusement convaincue de l'invulnérabilité de son époux. Cette conviction n'était pas incompréhensible tant il se dégageait de la personne d'Hitchcock une énergie particulière, que reflétait l'intensité presque surnaturelle de son regard. Mais n'étant pas sotte, Emily avait toujours eu conscience qu'elle ne devait pas prendre ses rêves pour la réalité, comme en 1914, le pire pouvait survenir.

Alors qu'elle eût plus volontiers fondu en larmes, elle s'efforça de sourire, hors de question qu'elle alourdisse le fardeau de son homme en s'effondrant.

— Moi aussi mon ange, j'pens'rai tous les jours à toi, murmura-t-elle, et j't'attendrai, j't'attendrai tant qu'y faudra.

Ravalant un sanglot, fermant les yeux, Emily serra la main de son mari, elle la serra si fort qu'Hitchcock en eut mal.

17 septembre 1939. Angleterre.

Intrépide et le *Coucou* arrivèrent à Londres le jour où l'Armée rouge envahissait la Pologne orientale, en application du pacte germano-soviétique. Les deux hommes s'installèrent dans le pied-à-terre du Canadien, près de Covent Garden. Connaissant le souci de discrétion de son patron, sa gouvernante s'abstint de poser des questions au sujet d'Hitchcock, qui lui fut simplement présenté sous le nom d'Arthur.

Pendant que Churchill reprenait en main la Navy, *Intrépide* et Gubbins mettaient au point la substitution du *Coucou* à Hitler. Cependant, Stephenson dut déchanter en se heurtant à un obstacle *a priori* insurmontable. S'il pouvait désormais faire appel à la Fleet Air Arm, l'aéronavale britannique était équipée de chasseurs désespérément lents. Bien qu'entrés en service en 1939, les Sea Gladiator n'en étaient pas moins de poussifs biplans dont la vitesse de pointe plafonnait à 392 km/h. Voilà qui était bien insuffisant pour intercepter dans des conditions acceptables le quadrimoteur d'Hitler, capable de filer à 360 km/h. Pire encore, le minuscule avantage de vitesse du Sea Gladiator sur le Kondor ne pesait pas lourd face aux 574 km/h du Messerschmitt 109E. L'appareil du Führer étant toujours escorté par une douzaine de ces engins, toute tentative des Sea Gladiator aurait été un suicide totalement inutile.

Il fallait donc trouver des adversaires à la hauteur du Messerschmitt, ce qui nécessitait l'implication du Fighter Command. Mais jamais au grand jamais son patron ne consentirait à prêter ses *lads* sans connaître leur mission. Le premier lord de l'Amirauté ne pouvait donc demander un service à Dowding, il fallait lui donner un ordre. Pour ça, il était impératif d'attendre que Churchill ait étendu son autorité sur l'ensemble des forces armées britanniques.

Attendre, encore et toujours attendre, voilà qui était absolument insupportable au bouillant chef de la Navy, d'autant que la résistance polonaise s'effondrait.

8 NOVEMBRE 1939. 23 H 37. BLETCHLEY PARK.

L'endroit resta anonyme jusque dans les années soixante-dix. Si ses activités auraient dû demeurer secrètes, son nom aurait pu faire date sur le plan architectural car le domaine était affublé d'un manoir paraissant sorti de l'imagination d'un concepteur fou, ses deux étages mariant avec un bonheur très relatif des styles *a priori* incompatibles, le gothique victorien, le baroque et une pointe de Tudor ! Le résultat était à ce point déconcertant que le bâtiment allait être rasé lorsqu'en 1938 il trouva un acquéreur. L'acheteur était-il un amateur de constructions insolites ? Un nostalgique d'*Alice au pays des merveilles* ? Non, il cherchait simplement un coin calme, voire reculé, mais pas trop éloigné de Londres. Le sauveur de la bâtisse monstrueuse était l'amiral *Sir* Hugh Sinclair, directeur des services de renseignements de la Navy.

Dès que Sinclair eut acheté le domaine, *Intrépide* y expédia des mathématiciens de haut vol et autres fanatiques de mots croisés. Alastair Denniston coiffait cet extravagant rassemblement de cerveaux. Leur mission : le décryptage des communications nazies. Avec le temps, dix mille personnes s'entasseront dans le manoir et les huttes avoisinantes. Bletchley recevra le nom de code de *Station X*. Celle-ci fonctionnera vingt-quatre heures sur vingt-quatre et recueillera avant toute autre installation alliée les informations en provenance d'Allemagne.

Petite rouquine à la peau d'albâtre, *miss* Nancy Galloway avait d'étonnants yeux verts moirés d'orange. Son minois était agréable, voire sensuel. Boulotte, la jeune femme aurait pu être fort séduisante, et ce d'autant plus qu'elle s'habillait avec goût. Ses collègues avaient très vite compris qu'elle compensait par une boulimie de mauvais aloi un bégaiement qui lui gâchait l'existence. Certains la plaignaient sincèrement tandis que d'autres…

Galloway trottait fiévreusement dans les longs couloirs glacés et mal éclairés, cherchant son souffle tant en raison de l'effort que de l'excitation. La jeune femme avait enfin le sentiment de faire quelque chose d'important. Elle qui avait été recalée à l'examen d'entrée au MI6 à cause de son fichu défaut d'élocution, elle qui soupçonnait une certaine condescendance de la part des matheux et autres génies des mots croisés sévissant à Bletchley, elle qui avait été reléguée à l'écoute des transmissions allemandes en clair avait une nouvelle explosive, dans tous les sens du terme. Mieux, elle était sûre d'être la première et la seule en Grande-Bretagne à connaître cette information capitale. Ce renseignement totalement inattendu, la jeune femme savait ce qu'elle devait en faire à cette heure tardive, le transmettre au *Boss*.

« Il saura quoi faire ! pensa-t-elle pleine d'enthousiasme, alors que ses pas résonnaient dans le calme des corridors. Peut-être que le cours de la guerre est en train de changer ! »

Le *Boss*. Lui ne la traitait jamais comme une quantité négligeable. Personnage mystérieux pouvant disparaître pendant des semaines, bourreau de travail capable de rester à son bureau jusqu'aux petites heures du matin, celui devant qui Denniston lui-même manifestait le plus profond respect ne toisait personne du haut de son évidente importance.

En arrivant devant la porte de son bureau, *miss* Galloway ne ralentit pas, emportée par son élan, elle l'ouvrit à toute volée.

— *Sir* ! *Sir* ! glapit-elle. Vous… Vous n'allez pas… pas… pas me… me croi… croi… croire !

Voyant l'expression sévère de Stephenson, la jeune femme se rendit compte du caractère pour le moins impromptu de son intrusion.

— Ouuups, prononça-t-elle d'un air gêné en s'arrêtant net.

— Ça ira Nancy.

Le Canadien savait que si sa subordonnée maîtrisait parfaitement l'allemand, son bégaiement avait tendance à s'accentuer dans le feu de l'action. Il devait donc la calmer pour connaître au plus vite l'information qu'elle apportait. De plus, *Intrépide* trouvait son dévouement attendrissant. Voyant la mine contrite de Galloway, il lui sourit paternellement.

— Ne vous inquiétez pas, assura-t-il, asseyez-vous. Alors, quoi de neuf ?

S'étant forgé une image romantique du monde trouble des espions, célibataire en mal d'amour, la traductrice ressentait une attirance qu'elle espérait secrète pour son patron, quadragénaire au visage harmonieux et mélancolique. Que de fois ne l'avait-elle embrassé dans ses rêves ! À la faible lueur de la petite lampe posée sur le bureau, la jeune femme le trouvait encore plus troublant.

« Quoi de neuf ?! aurait-elle voulu s'exclamer. C'est extraordinaire *sir*, je suis enfin digne de votre attention ! J'ai une nouvelle du tonnerre ! »

Au lieu de cela, la malheureuse s'empêtra dans ses bégaiements :

— Un tr… truc incroyable *sir* ! répondit-elle en s'asseyant timidement au bord de sa chaise. Hitler vient d'écha…

Réalisant qu'elle se trouvait pour la première fois en tête-à-tête avec celui qui hantait ses fantasmes, Galloway ferma subitement la bouche. Fuyant le regard d'*Intrépide*, elle s'exhorta intérieurement en serrant les poings :

« Allons Nancy ! Reprends-toi ! »

Avalant sa salive, fixant le bout de ses escarpins, elle recommença courageusement ses explications :

— Hit... Hitler vient d'écha... d'échapper à un attentat !

Stephenson se figea, son sourire disparut. Relevant les yeux, Galloway s'en rendit compte, elle en fut décontenancée, s'étant attendue au moins à une esquisse de contentement.

« Nom de Dieu ! pensa le Canadien. Qui a bien pu faire ça ?! »

— ... Il était à... la brasserie *Bürgerbräukeller*, à... à Munich... Vous savez, celle d'où était partie la tentative de putsch de 1923. Il y va tous les ans vous savez... et une bombe a écla... éclaté juste après qu'il a quitté la salle où il avait fait son discours.

— On est certain qu'Hitler n'était plus dans la pièce au moment de l'explosion ?

— Absolument *sir*, il était par... parti treize minutes avant la dé... déflagration.

Galloway était particulièrement fière de la précision de sa réponse, nul doute que le *Boss* apprécierait !

— Il est donc indemne ?

— J'en ai bien peur *sir*.

— OK, répondit *Intrépide* en se décontractant, merci Nancy, vous pouvez vous retirer. Oh ! Nancy ! lança-t-il à la traductrice alors qu'elle sortait. Excellent travail, continuez comme ça.

— Merci *sir* ! dit Galloway avec un sourire épanoui.

Une fois la jeune femme partie, Stephenson se renversa dans son fauteuil et contempla le plafond. Pendant qu'une lourde pluie tambourinait contre le bow-window, son regard glissa sur la droite du bureau, jusqu'à l'énorme carte murale de l'Europe. Il détestait cette fichue carte, les épingles symbolisant le nazisme s'y multipliaient. Y étaient fixés de petits drapeaux, rectangles rouge sang desquels se détachait un swastika noir dans un cercle blanc. À présent, la malheureuse Pologne avait la sienne. Pour enrayer cette épouvantable épidémie, l'opération *Coucou* serait primordiale, le Canadien en avait la conviction. Mais si les nazis étaient dans l'obligation de se trouver un nouveau Führer, *Intrépide* devrait lui aussi chercher et former un autre sosie.

« Nom de Dieu ! Pas de ça maintenant ! 'Faudrait repartir à zéro ! »

S'efforçant de recouvrer son calme, il se demanda d'où venait le coup. Une manipulation fomentée par les *Jerries* eux-mêmes pour justifier un durcissement de leur politique intérieure ? Ou cet attentat démontrait-il qu'existait bel et bien une opposition allemande au nazisme ? En ce cas, il faudrait coûte que coûte protéger Hitchcock des Allemands refusant de suivre le destin de leur Führer, un comble !

De son côté, le dictateur eut sa propre interprétation de l'attentat. Dans son style ampoulé, il rayonna d'optimisme :

— Désormais, je suis parfaitement fixé ! Le fait que j'ai quitté le *Bürgerbräukeller* plus tôt que d'habitude confirme les intentions de la Providence de me permettre d'atteindre mon but.

Ironie de l'histoire, alors que Stephenson supposait une mise en scène des nazis, Hitler envisagea… un complot britannique !

Chapitre 4

7 MAI 1940. 17 H 48. LONDRES.

Interminable autant que démoralisante, la paix malsaine de la *Phony War* [2] sévissait depuis plus de huit mois le long du Rhin. À part des raids de corps francs, les Alliés s'y gardaient de toute initiative de peur de déchaîner la machine de guerre nazie. Si les Allemands répondaient aux infiltrations des corps francs par d'audacieuses incursions de *Stoßtruppen*, ils juraient leurs grands dieux ne vouloir de mal à personne ! À cette fin, le Reich ne reculait devant aucune hypocrisie : lâchers de ballons de fête foraine au-dessus de la ligne Siegfried, musique entraînante beuglée par des haut-parleurs orientés vers les positions alliées, etc.

À l'opposé de cette inactivité pesante, le vénérable palais de Westminster connaissait une journée tumultueuse. Le temps n'était plus où le Premier ministre Neville Chamberlain, après s'être lavé les mains du sort de la Tchécoslovaquie, brandissait triomphalement un chiffon de papier en revenant de Munich pour croasser au milieu d'une foule extatique : « Voici venue d'Allemagne une paix dans l'honneur, je crois que c'est la paix pour notre temps. » Le moment était arrivé de

2. La Drôle de Guerre. L'expression anglaise était plus réaliste puisque « *phony* » signifie hypocrite.

rendre des comptes, il devait donc s'expliquer devant les Communes sur la débâcle alliée en Norvège.

Depuis deux heures, des députés chahutaient ce chantre du pacifisme, lui renvoyant à la figure son mot malheureux du 5 avril précédent, Chamberlain ayant affirmé qu'Hitler « avait manqué le bus » en n'attaquant pas à l'ouest quand les démocraties commençaient à peine à réarmer.

— *Who missed the bus* ?! raillait inlassablement l'opposition.

Assis à la place traditionnelle du *Prime Minister*, au premier rang à droite du *Speaker*, Chamberlain faisait courageusement face à l'opposition, laquelle le toisait depuis la gauche de la Chambre. Loin d'impressionner, son cran faisait pitié. Longue silhouette légèrement voûtée, surmontée d'un visage aux traits réguliers quoiqu'austères, remuant nerveusement sa moustache impeccablement taillée, laissant courir son regard sévère d'un orateur à l'autre, le Premier ministre évoquait davantage un gibier aux abois que le leader de la majorité. Quant à représenter le chef de guerre du Commonwealth, le plus vaste empire qu'ait jamais connu l'humanité, celui sur lequel le soleil ne se couchait jamais, il ne fallait même pas y songer !

« N'avez-vous rien compris ?! pensait amèrement Chamberlain en fustigeant du regard ses adversaires. Avez-vous déjà croisé un seul de nos compatriotes prêt à mourir pour Dantzig ?! Non ! Bien sûr ! Ma voie, celle de la raison, est la seule possible pour nous épargner un bain de sang ! La fermeté oui, l'aventurisme, jamais ! Asphyxier l'industrie allemande en coupant son approvisionnement en fer suédois, pourquoi pas ? Lancer nos *Tommies* à l'assaut de la ligne Siegfried, en aucun cas ! Que notre tentative en Norvège ait échoué n'est pas la fin du monde, au moins avons-nous limité nos pertes en vies humaines ! *By God*, je ne suis pas, je ne serai jamais un boucher ! »

S'il s'était attendu à un tel déchaînement de l'opposition, le Premier ministre ne se doutait pas que le coup le plus rude viendrait de son propre camp. Sur l'arrière banc du cabinet, un *gentleman* discret achevait de prendre sa décision. Petit, le visage tout en rondeur, la voix monocorde, des manières exquises, Leopold Amery ressemblait davantage à un antiquaire suave qu'à un requin de la politique. Seule la dureté de son regard, que n'atténuaient pas de fines lunettes circulaires, laissait entrevoir la rigueur implacable dont il pouvait faire preuve. Travailleur acharné, administrateur avisé, visionnaire, Amery possédait de nombreux points communs avec un autre membre de la majorité, le premier lord de l'Amirauté Churchill. Si Amery rejoignait ce dernier en sa détestation de la politique d'*appeasement* de son ami Neville, il était en revanche totalement dénué de charisme.

« Ah ! songea avec soulagement Chamberlain quand Amery, s'apprêtant à prendre la parole, se leva lentement, presque à regret. Un peu d'aide serait la bienvenue, encore que j'aurais préféré que ce hâbleur de Churchill monte au créneau, il a infiniment plus de panache que ce vieux Leo ! »

Homme volontiers délicieux, le député commença son discours par une touche humoristique :

— Notre expédition en Norvège me rappelle l'histoire de ce jeune camarade parti traquer le lion en Afrique orientale. Il loua un wagon-lit. Puis, il le fit détacher du train et ranger sur une voie de garage près de l'endroit où il comptait rencontrer un certain lion mangeur d'hommes. Le garçon s'endormit et rêva qu'au matin il se mettrait à la recherche du fauve...

Connaissant l'orateur, Chamberlain réalisa que la comparaison risquait de ne pas être à son avantage, il se tortilla légèrement sur son siège.

— ... Par malheur, continua Amery d'un air affligé, cette nuit-là le lion chassait l'homme. Il grimpa à l'arrière du wagon, ouvrit avec ses griffes la porte coulissante et dévora mon camarade. Voilà en somme ce qui s'est passé en Norvège.

Le ton était donné. Très loin de défendre son ami, Amery dressa contre lui un réquisitoire accablant, plaidoirie d'autant plus dévastatrice qu'elle émanait d'un allié de Chamberlain et qu'elle était récitée d'un ton monotone, presque blasé. Amery n'avait pas pour autant l'âme d'un traître, il était tout simplement convaincu que le Premier ministre n'avait pas sa place au 10 Downing Street en temps de guerre.

Interrompant son discours, le député considéra douloureusement son ami, lequel était stupéfait d'être accablé par l'un des siens. Amery savait le Premier ministre sincère dans sa politique d'*appeasement*, elle ne relevait nullement d'une peur personnelle mais de l'horreur ressentie par toute la génération qu'avait marquée l'hécatombe de la Grande Guerre. Amery n'ignorait cependant pas ce que son ami ne parvenait à comprendre, seule la force arrêterait l'expansion nazie. Conscient qu'il était dépourvu de l'éloquence churchillienne, Amery puisa dans son savoir encyclopédique pour porter le coup de grâce en citant Cromwell :

— Vous avez siégé trop longtemps en ces lieux pour le peu de bien que vous y avez fait. Partez, vous dis-je, et qu'on ne vous revoie plus. Au nom du Seigneur ! Partez !

Le lendemain, encore ébahi par la violence des attaques qu'il avait subies la veille, le Premier ministre ne réalisait pas que son cabinet arrivait à son terme. Après avoir échappé d'extrême justesse à une motion de censure, il eut l'inconscience de proposer à l'opposition un gouvernement de coalition. Sagement, le *Labour* s'abstint de rejoindre le cabinet Chamberlain, navire prenant l'eau de toutes parts.

Si le pouvoir de Chamberlain touchait à sa fin, la situation de Churchill était loin d'être confortable. Premier lord de l'Amirauté, il s'estimait lié par les décisions du cabinet. Conséquence de cette loyauté de mauvais aloi, il endossait les erreurs des autres ! Le Premier ministre allait-il l'entraîner dans sa chute ? D'aucuns jugeaient cette perspective inacceptable. L'un de ces esprits éclairés était le vénérable Lloyd George, celui-là même qui en 1919 avait représenté la Grande-Bretagne à la conférence de la paix à Versailles. Alors que les débats aux Communes poussaient inexorablement Chamberlain vers la porte de sortie de l'histoire, Lloyd George vola au secours de Churchill :

— Je ne crois pas que le premier lord puisse porter l'entière responsabilité de tout ce qui s'est passé en Norvège.

— J'assume l'entière responsabilité de tout ce qui a été fait par l'Amirauté ! riposta vigoureusement Churchill.

Un tel entêtement ne pouvait que le mener à sa perte. Heureusement, Lloyd George était dans la vie publique depuis plus de trois décennies, il sut lui offrir le moyen d'échapper au naufrage du gouvernement de Chamberlain :

— Le très honorable *gentleman* ne doit pas se transformer en abri antiaérien pour protéger ses collègues des éclats d'obus.

La messe était dite. Deux jours plus tard, le roi George VI convoquait Churchill à Buckingham pour lui demander de former un nouveau cabinet.

Une page était tournée. Pendant trop longtemps le terne et timoré Chamberlain s'était accroché au 10 Downing Street. Lui succédait un individu haut en couleurs, capable du meilleur comme du pire. À ceux lui reprochant de changer de camp comme de chemise, Churchill répliquait qu'il ne quittait son parti que lorsque celui-ci abandonnait son idéal. D'une éloquence rare, il avait la réputation méritée d'un alcoolique pouvant ingurgiter sans effet secondaire apparent des quantités industrielles de remontants divers et variés. Dans une société érigeant en art de vivre une certaine forme de modestie et l'*understatement*, il tranchait radicalement. Conscient de sa propre valeur, ayant brigué le pouvoir suprême dès l'adolescence, persuadé de la grandeur de son destin, Churchill affirma dès sa jeunesse : « Si les hommes sont des vers, eh bien moi je suis un ver luisant ! » Prodigieuse était sa mémoire, il pouvait réciter sans la moindre erreur des passages de livres lus des décennies auparavant. Plus stupéfiante encore était la bonne étoile qui le préservait des pires dangers, que ce soit lors d'une charge de cavalerie au Soudan, en narguant les tireurs d'élite boers, pendant les tirs d'artillerie de la Grande Guerre, durant le crash de son avion ou quand un *yellow cab* new-yorkais l'avait renversé. Là où un simple mortel aurait péri, lui s'en sortait tout au plus avec une égratignure ! Mais l'essentiel était ailleurs, Churchill était aussi et surtout un maelström d'idées et de convictions, le tout avec une volonté inébranlable et une énergie inépuisable.

Le nouveau Premier ministre n'eut pas le loisir de savourer son arrivée au faîte du pouvoir. Le jour même, la Drôle de Guerre s'achevait avec fracas, les armées allemandes s'élançaient sur leur front ouest.

Conscient que le pire était à venir, Churchill confia son pessimisme à son garde du corps dès sa sortie de Buckingham :

— J'espère qu'il n'est pas trop tard, j'ai bien peur que si, il ne nous reste qu'à faire pour le mieux.

Les démocraties européennes s'apprêtaient effectivement à récolter ce qu'elles avaient semé. Après avoir cautionné l'absorption de l'Autriche puis le dépeçage de la Tchécoslovaquie, après avoir assisté passivement à l'écrasement et au partage de la Pologne, après s'être contentés d'envoyer quelques armes démodées aux héroïques Finlandais résistant à l'invasion soviétique, après avoir laissé le Reich et l'URSS disposer du sort des pays baltes, après avoir abandonné le Danemark à son sort et après avoir bâclé l'expédition de Norvège, Britanniques, Français, Belges, Luxembourgeois et Hollandais reçurent de plein fouet le choc du blitzkrieg, et quel choc !

Ce choc fut à ce point épouvantable que dans son immortel discours du 13 mai, le Premier ministre mit en garde ses compatriotes :

— Je dois dire à la Chambre, comme je l'ai dit à ceux qui ont rejoint ce gouvernement, que je n'ai rien d'autre à offrir que du sang, de l'effort, des larmes et de la sueur.

Dans le même temps, Hitler exultait, au point d'avouer qu'il avait puisé une partie de son inspiration militaire… en France !

— J'ai lu et relu l'ouvrage du colonel de Gaulle sur les méthodes de guerre moderne avec des unités totalement motorisées, j'y ai appris beaucoup de choses.

Les Hollandais déposèrent les armes le 15 mai. Les Belges ne tinrent pas beaucoup plus longtemps, ils capitulèrent le 28. Quant à l'essentiel des forces mécanisées françaises et du corps expéditionnaire britannique, ils avaient achevé le 26 de se replier sur Dunkerque avec les débris des armées belge et néerlandaise, mais dans la plus grande pagaille. Quatre cent cinquante mille hommes étaient pris au piège. Les panzers étaient prêts à se ruer à la curée. Les Allemands s'apprêtaient non seulement à faire une colossale moisson de prisonniers et de matériel mais aussi et surtout à porter un coup décisif aux Alliés, voire à obtenir leur reddition pure et simple. La situation était désespérée.

22 mai 1940. 14 h 29. Bletchley Park.

Nancy Galloway venait de gagner du galon, ayant été mutée à l'écoute des émissions des quelques agents que Gubbins avait derrière les lignes allemandes.

Intrépide avait veillé à ce que le colonel et son équipe disposent du meilleur émetteur-récepteur sur le marché. Radioamateur, et donc connaisseur, il avait choisi un appareil américain, le National HRO. Achetée pour la somme faramineuse de 235 dollars, cette luxueuse machine allait équiper le *Y Service*, la chaîne d'écoute disséminée à travers toute la Grande-Bretagne.

Debout à côté de la jeune femme, les bras croisés sur la poitrine, suçotant nerveusement sa pipe, Gubbins ne songeait nullement à la fine fleur des armées française et britannique refluant dans un indescriptible désordre sur Dunkerque. Fronçant les sourcils, il attendait en regardant fixement le National HRO derrière lequel était assise Galloway, coiffée de son casque d'écoute. Attendre ! Encore et toujours attendre !

Contrairement à l'Écossais, la traductrice prenait son mal en patience, elle s'apprêtait tranquillement à noter le message quotidien de *Mandarine*. Elle n'avait reçu aucune information palpitante de la part de ce mystérieux agent mais elle avait l'intuition que son attente ne serait pas vaine.

14 H 30.

Réglée comme une horloge, *Mandarine* commença à émettre. Aussitôt, Galloway saisit son crayon et entreprit de retranscrire le message. Au fur et à mesure qu'elle écrivait, son pouls s'accélérait. Si elle ignorait précisément ce que Gubbins ferait de l'information, la jeune femme avait une certitude :

« C'est du tonnerre ! »

L'Écossais comprit qu'il se passait quelque chose d'anormal en voyant Galloway griffonner ligne après ligne car habituellement le message de la Galloise tenait en quelques mots :

« De *Mandarine*. Stop. RAS. Stop. Terminé. »

De plus en plus impatient, il se pencha au-dessus de Galloway pour déchiffrer ce qu'elle consignait. Mais la jeune femme était trop inclinée sur son bloc-notes pour qu'il puisse lire quoi que ce soit. Se redressant brusquement, Gubbins réalisa que *Mandarine* prenait un risque considérable, en émettant aussi longtemps elle risquait de se faire repérer.

« Pourvu que ça en vaille la peine ! » songea-t-il.

Au même moment, Galloway détacha d'un geste sec la feuille du bloc-notes et la tendit triomphalement au colonel. Ce dernier s'en empara fébrilement, sans seulement prendre le temps de remercier la jeune femme comme il le faisait à l'accoutumée. En s'absorbant dans la lecture du message, il cessa de suçoter sa pipe, sur laquelle ses mâchoires se crispèrent. Gubbins avait tant attendu ce message, *le* message, qu'il le relut de nouveau, craignant d'avoir mal compris. Après la relecture, il laissa éclater sa joie, faisant fi du flegme britannique auquel il avait régulièrement du mal à s'astreindre.

— *By Jove* ! brailla-t-il à une Galloway aux anges. Il était temps !

Quelques minutes plus tard, l'Écossais tambourinait sur la porte du bureau de Stephenson.

— Entrez ! cria *Intrépide*.

En poussant la porte, le colonel trouva le Canadien avec Denniston. Assis sur l'unique chaise face à son supérieur, le décrypteur tournait le dos à Gubbins.

De part et d'autre de la large pièce rectangulaire s'alignaient des rayonnages bourrés de dossiers. En avançant vers les deux hommes, le colonel ne put s'empêcher de se demander quels secrets renfermaient ces chemises. Sautant du coq à l'âne, Gubbins pensa qu'il n'était vraiment pas prudent de laisser autant d'informations brûlantes sur de simples étagères. Le colonel ignorait qu'un petit coffre-fort était aménagé dans le flanc gauche du bureau, lequel tournait le dos au bow-window.

— *Hello* Colin, dit Denniston en se retournant lentement vers Gubbins.

Malgré son excitation, ce dernier fut frappé par l'état de Denniston. Normalement posée, la voix du décrypteur n'était plus qu'un souffle à peine audible. Habituellement tiré à quatre épingles, il arborait une barbe de plusieurs jours et son costume était copieusement froissé. Son dos voûté, ses yeux injectés de sang, ses traits tirés, tout dans sa personne exprimait un épuisement infini.

— *Hello* Al, répondit aimablement Gubbins, se gardant de faire le moindre commentaire sur la mine défaite de son compatriote.

« Bon sang ! songea-t-il. On dirait qu'il n'a pas fermé l'œil depuis des jours ! »

Bien que brûlant de curiosité, le colonel connaissait suffisamment son métier pour savoir qu'il n'apprendrait l'objet des préoccupations de Denniston que si *Intrépide* le jugeait utile. Aussi s'abstint-il de poser des questions.

— Félicitations Al, reprit le Canadien en poursuivant manifestement la conversation engagée avant l'arrivée de Gubbins, vous avez fait un excellent travail, je vais transmettre vos déductions à Winston.

Sans exulter, Stephenson était satisfait. Il y avait de quoi, la capture de l'Enigma commençait enfin à porter ses fruits. *Intrépide* avait ainsi une idée à peu près claire des objectifs de l'offensive allemande engagée douze jours auparavant. Cet avantage restait toutefois insuffisant pour que les armées de Sa Majesté gagnent la bataille, il en était conscient. Mais il espérait que Churchill limiterait la casse pour que le Commonwealth poursuive le combat jusqu'à ce que ces fichus Yankees se décident finalement à entrer dans une guerre dont ils ne pourraient plus faire l'économie très longtemps.

Denniston poussa un profond soupir, autant de soulagement que de crainte. Certes, il était immensément fier, le travail titanesque de son équipe servirait au Premier ministre à prendre une décision stratégique, vraisemblablement la plus importante depuis son arrivée au 10 Downing Street. Cependant, la fatigue écrasante ne l'empêchait pas de réaliser qu'il partagerait la responsabilité d'un éventuel échec fondé sur ses déductions.

— Allez vous reposer, ajouta Stephenson, vous l'avez bien mérité.

Denniston acquiesça du chef et sortit du bureau d'un pas traînant.

— À nous deux, dit *Intrépide* au colonel. Quoi de neuf aujourd'hui ?

En guise de réponse, Gubbins se contenta de sourire largement en s'asseyant. Le Canadien ne tarda pas à comprendre.

— Ça y est enfin ?! s'exclama-t-il, n'osant croire que la nouvelle attendue depuis si longtemps était finalement arrivée.

— Oui *sir*, selon notre agent, Hitler va décoller de Berlin pour Charleville, au nord-ouest de Sedan, et rejoindre le poste de commandement de Rundstedt, dans les Ardennes. Si l'on en croit son pilote, Hitler fera d'abord un crochet au-dessus de la Hollande pour atterrir ensuite à Charleville. Tenez, voici le topo de *Mandarine*.

Après le scandaleux traité de Munich, par lequel Hitler s'était arrogé en 1938 le droit d'engloutir presque toute la Tchécoslovaquie, Stephenson avait rencontré Merrill Thomas, jeune Galloise que l'attitude passive de Chamberlain dégoûtait autant que l'appétit insatiable du Führer. Issue d'une famille très aisée, cette demoiselle parlait plusieurs langues, dont l'allemand. Elle était également perspicace, d'une folle témérité, sportive, patriote, et d'une beauté remarquable, surtout selon les canons aryens : grande, pulpeuse sans être rondelette, blonde, les pommettes saillantes, le nez délicat, les lèvres charnues, les yeux d'un bleu turquoise et d'irrésistibles fossettes. Sa mission : s'infiltrer parmi les proches d'Hitler afin de communiquer à *Intrépide* un maximum d'informations sur le Führer.

Monter l'opération *Mandarine* fut une entreprise de longue haleine. Presque un an avant le début de la guerre, une équipe du Canadien avait créé un passé plausible à Thomas et lui avait fourni des papiers d'identité allemands plus vrais que nature. Dès février 1939, la Galloise avait été introduite à Berlin.

Le cœur battant, Stephenson prit le feuillet que lui tendait Gubbins et le lut *in extenso*.

— Le pilote d'Hitler a préparé minutieusement son plan de vol, commenta-t-il.

— Et le plus beau, c'est qu'il n'en a rien caché à *Mandarine* ! Il faut vraiment qu'il soit sous son charme !

De fait, le *Standartenführer* Hans Baur n'avait pas de secret pour la belle Galloise. Après tout, qu'avait-il à craindre ? Non seulement lui-même était un excellent pilote, ayant descendu pas moins de neuf appareils durant la Grande Guerre, mais en outre l'élite de la chasse allemande escortait son Kondor.

— En tout cas, poursuivit sobrement le colonel, je vous avoue que des fois je ressens comme une sorte de malaise en pensant à *Mandarine*…

Superbe euphémisme ! Si l'Écossais n'avait pas rencontré Thomas, il en avait vu des photos. Comme la plupart des hommes, il la trouvait plus que désirable. Le terme « troublante » aurait mieux décrit ce que le prude Gubbins éprouvait en songeant à la sulfureuse Galloise, au point qu'il se reprochait de trop rêver d'elle. Pire encore, il se surprenait régulièrement à imaginer comment *Mandarine* soutirait des informations ultra confidentielles à son amant.

Par exemple, il se la figurait debout dans le salon de Baur. Tandis qu'un éclairage tamisé soulignait la perfection de sa silhouette, que des escarpins à talons aiguilles accentuaient la finesse de ses jambes, la jeune femme souriait de manière entendue en ôtant lascivement sa jupe puis son chemisier. Quant au pilote, quadragénaire empâté quoiqu'encore vigoureux, sa bonne trogne aux petits yeux espiègles avait perdu son expression coutumière, un sourire à la fois bon enfant et taquin. Ne pipant mot, il observait fasciné autant qu'excité le spectacle sublime de *Mandarine* se préparant à l'amour. Confortablement assis dans un canapé, l'aviateur portait encore son uniforme noir de ss. Il avait toutefois ouvert sa veste et enlevé ses bottes rutilantes afin que sa troublante maîtresse puisse facilement le déshabiller.

Sous son regard lubrique, la jeune femme dégrafait son soutien-gorge, prenant soin de caresser ses seins lourds et arrogants en les libérant. Tandis que Baur déglutissait avec difficulté, elle faisait descendre lentement, très lentement sa culotte par terre. Ce faisant, ses mains glissaient sur ses hanches évasées, ses cuisses fuselées et ses jambes parfaitement galbées. Les mains de *Mandarine*, le SS les adorait, Gubbins en était sûr, elles étaient irrésistiblement féminines, à la fois fines et fermes. Et lorsqu'il était fourbu, la perverse Galloise ne s'en servait-elle pas pour se faire jouir, ranimant ainsi le désir de l'aviateur ? Comme s'il y était, le malheureux Écossais voyait *Mandarine* vêtue seulement de son porte-jarretelles, de ses bas et de ses souliers. Pendant qu'elle écartait légèrement les jambes et qu'une de ses mains s'égarait sur la toison du sexe, l'autre main venait envelopper un sein, le cajoler, le soupeser, le pétrir, s'attardant autour de l'aréole, provoquant un gonflement du téton. Alors que le manège libertin de ses doigts hypnotisait Baur, le sourire de Thomas se muait en une expression ensorcelante, ses yeux se plissaient légèrement, sa bouche s'entrouvrait en exhalant un soupir de plaisir. Puis, elle se cambrait effrontément, accentuant sa vertigineuse chute de reins et la rondeur de sa poitrine. Levant les bras pour défaire sa queue de cheval et ôter son collier, elle mettait en valeur ses seins insolents.

Un Gubbins crucifié par le désir imaginait *Mandarine* s'approcher de son amant, lui effleurer le visage de son invraisemblable poitrine mais sans permettre à l'Allemand d'embrasser des tétons qui l'attiraient irrésistiblement. Tandis que la figure de l'aviateur devenait cramoisie, elle lui posait fermement les mains sur les épaules, le contraignant à l'immobilité. Sans relâcher sa prise, elle s'asseyait à califourchon sur lui. Elle l'enserrait de ses cuisses si douces, saisissant fermement à travers l'étoffe de l'uniforme le pénis ne demandant qu'à surgir. Pendant que Baur empoignait les hanches voluptueuses de Thomas, cette dernière se redressait. Continuant à exciter impitoyablement le sexe du pilote, elle prenait garde de maintenir ses seins hors de portée de la bouche frémissante du ss.

Le sentant totalement sans défense, complètement en son pouvoir, la jeune femme commençait d'une voix aussi feutrée que langoureuse, presque un murmure d'amour, à l'interroger.

— Dis-moi *mein Schatz*, susurrait-elle en ouvrant lentement la braguette distendue, pourquoi me laisses-tu, seule et malheureuse à Berlin ?

Ivre de désir, l'Allemand malaxait les divines fesses de *Mandarine*, laissant son regard errer de ses lèvres pulpeuses à ses seins envoûtants. Ce faisant, il livrait des caps, des altitudes, des destinations, des horaires. Il n'y avait aucun mal à cela, n'est-ce pas ? Qu'est-ce qu'une adorable créature, nazie convaincue de surcroît, pourrait faire d'informations dont elle ne comprenait pas le premier mot ? À l'évidence, ce qui plaisait à son insatiable Traudl, c'était bien de l'entendre vanter son importance, sa place de choix auprès du Führer !

Lorsque l'aviateur faisait mine de reprendre ses esprits, la jeune femme lui écrasait fermement un sein sur la bouche, gémissant éperdument pendant que son amant léchait avidement un téton.

Gubbins n'osait se l'avouer, ses coupables visions relevaient du pur fantasme. Au fond de lui, il aurait tant voulu être à la place du pilote !

— … Elle a beau s'être portée volontaire, continua l'Écossais, baissant les yeux tout en essayant de chasser de son esprit l'image tentatrice du corps parfait de Thomas, c'est… c'est bien avec notre bénédiction qu'elle sacrifie son honneur sur l'autel de la patrie.

« Au diable votre morale victorienne ! » faillit riposter Stephenson. Mais croyant Gubbins sincèrement soucieux du sort de son agent, il s'efforça de le convaincre calmement :

— Allons Colin, ne confondons pas tout, voulez-vous ? Si ce qu'elle fait venait à se savoir, et ça ne se saura jamais, sa dignité en ressortirait grandie, j'y veillerais, en tout cas auprès de ceux qui ont le sens du devoir. C'est clair ?

Ces propos étaient sans appel. Bien qu'il ne comprît pas tout à fait le point de vue du Canadien, Gubbins acquiesça sagement du chef.

Avec le message de *Mandarine* en main, *Intrépide* se leva pour aller devant l'énorme carte murale de l'Europe où chaque pays sous la coupe nazie était marqué d'une épingle. En plus de la Tchécoslovaquie et de la Pologne, le Danemark, la Norvège, les Pays-Bas et la Belgique avaient désormais la leur. Pendant que l'Écossais le rejoignait, Stephenson parcourut du doigt sur la carte le trajet de l'avion du Führer. Après quelques instants, son visage s'illumina.

— Voilà ! dit-il en martelant un point sur la carte. Ce sera là, au-dessus d'Alkmaar, qu'on frappera !

— Un peu au nord d'Amsterdam, nos chasseurs ne risqueront pas d'être à court de carburant.

— Précisément, confirma le Canadien, satisfait de lui.

24 mai 1940. 04 h 45. RAF Northolt.

Assis sur l'unique tabouret de la baraque en bois à l'entrée de la base, le *Sergeant* Basil Dwyer savourait un thé brûlant. Entre deux gorgées, il lissait machinalement sa moustache. Quinquagénaire levant volontiers le coude, ce dont attestait son teint couperosé, il prenait son devoir très au sérieux, et s'interdisait ainsi l'alcool durant le service. Son problème immédiat était le sommeil, qu'il sentait monter au moment habituel, avant l'aube. Il espérait que le thé ferait passer son coup de barre.

À Hillingdon, dans la banlieue ouest de Londres, Northolt hébergeait des avions de combat depuis juin 1915. Il s'agissait alors de parer les raids des zeppelins sur la capitale. À l'époque, la Royal Air Force n'existait pas et Dwyer était un tout jeune *2nd class* au visage poupon mangé de taches de rousseur. S'ébouillantant plus ou moins avec son thé, il se souvint avec nostalgie de ces jours fiévreux où tous ceux cantonnés sur la base s'activaient fébrilement pour la défense de Londres.

« Alors qu'maint'nant, pensa-t-il, on a une tripotée d'chasseurs qui restent sur leurs culs pendant qu'les *Jerries* font la loi sur l'continent ! Quelle pitié ! »

Même s'il n'aurait su l'expliquer, Dwyer sentait depuis la veille qu'il y avait de l'électricité dans l'air. Un colonel de l'armée, un « p'tit pète-sec » répondant au nom de Gubbins, lui avait remis une feuille portant le numéro d'immatriculation d'un véhicule qui s'était vu attribuer un accès prioritaire à Northolt. Ledit véhicule devait arriver peu avant l'aube. Lorsque Dwyer avait essayé d'en savoir plus, Gubbins l'avait sèchement remis à sa place :

— Contentez-vous de vérifier le numéro de la plaque et le sauf-conduit, vu ?

Un ton qui ne souffrait aucune discussion ! Le *sergeant* avait prudemment acquiescé puis salué. En repensant à cet ordre, il observait le blondinet de garde avec lui, l'*Aircrewman 1st Class* Tobley. Dwyer lui envia sa sveltesse et sa jeunesse, mais sans jalousie.

« Eh ouais, songea-t-il avec philosophie, en posant une main sur sa bedaine rebondie, on peut pas êt'e et avoir été ! »

La lumière crue de phares puissants le tira de sa rêverie, une voiture au capot interminable s'arrêtait devant la baraque. À cause du black-out, seule une maigre lueur filtrait des larges fenêtres du poste de garde, elle suffisait cependant à faire rutiler les chromes de l'automobile. Le *sergeant* ne pouvait toutefois distinguer les occupants de ce cabriolet à l'évidence luxueux, la capote étant relevée.

« C'est p't-êt'e not'e client. » supposa-t-il en arrachant péniblement sa lourde carcasse au tabouret.

Il prit une lampe torche et sortit de la baraque. La brise nocturne le fit frissonner. Bougonnant et relevant les épaules pour lutter contre la fraîcheur, Dwyer dirigea le faisceau de sa lampe sur la plaque d'immatriculation de la somptueuse Jaguar SS90 que Stephenson s'était offerte en 1937. Le sous-officier éclaira ensuite le feuillet dans sa main et grogna avec satisfaction. Il s'approcha d'*Intrépide*, qui attendait impatiemment derrière le volant. Le *sergeant* remarqua qu'un passe-montagne masquait le visage du passager.

« Qu'est-ce que c'est qu'ce cirque ?! » rouspéta-t-il intérieurement.

Méfiant, il ne quitta pas le Canadien du regard en prenant le sauf-conduit que lui tendait Stephenson. Après avoir saisi le document, il fit un pas en arrière, pour être hors de portée d'*Intrépide*. Puis, il examina longuement le papier.

— C'est OK *sir*, finit par dire le sous-officier.

— Merci *sergeant*, répondit Stephenson.

— C'est bon Tobley, ordonna Dwyer, tu peux les laisser entrer.

Tandis que le jeune homme remontait la barrière à l'entrée de la base, Hitchcock constata qu'il avait les mains moites. Le *Coucou* avait beau vouloir passer à l'action, il était néanmoins mort de peur.

— Pourvu qu'ça soit pas annulé, espéra-t-il à voix haute.

— Annulé ? Ça ne risque pas, reporté peut-être, mais j'ai bon espoir que l'opération *Coucou* puisse débuter aujourd'hui.

Depuis treize jours, le *Lance Corporal* Paul Cavendish et le *Corporal* Kevin Seymour poireautaient à Northolt. Les *Royal Marines* avaient immédiatement été intrigués par leur cantonnement.

— Qu'est-ce qu'on fout sur une base d'la Royal Air Force ? s'était étonné Cavendish.

Armoire à glace dépassant le mètre quatre-vingt-dix, ce rouquin au visage agréable en imposait autant par sa stature que par sa sérénité. La seule apparition de cette nonchalante montagne de muscles suffisait généralement à calmer les esprits tant il était évident qu'il ne fallait surtout pas lui fournir un motif de s'énerver. Pourtant, ses yeux bleus étaient emprunts d'une douceur quasi-angélique qui lui donnait presque un innocent regard d'enfant.

— J'te l'fais pas dire ! avait surenchéri Seymour.

Contrairement à son comparse, Seymour n'attirait pas l'œil. De taille moyenne, les traits ordinaires, il déplaçait sa sèche silhouette avec une grande économie de gestes, au point de sembler indolent. Les apparences étaient trompeuses. Ses yeux gris étaient en perpétuel mouvement, comme s'ils cherchaient constamment à réévaluer la situation tactique. S'il n'avait pas la force herculéenne de Cavendish, Seymour n'était pour autant pas inoffensif, loin de là. Tout en muscles, vif comme un chat, il avait remporté trois ans d'affilée le tournoi de boxe de la catégorie poids moyens dans la Navy. Chose rare, ce n'était pas sa passion pour le Noble Art qui lui avait valu un nez cassé… mais une rencontre intempestive avec un réverbère un soir de beuverie !

— Surtout qu'la devise des *Royal Marines* est « *Per Mare Per Terram* [3] » ! avait ajouté Seymour.

Un esprit contrariant aurait répliqué que la formule remontait à 1785, époque à laquelle l'aviation n'existait pas.

— J'vois qu'une seule explication mon pote, avait-il conclu modestement, les aviateurs préparent un coup tordu, et on est les meilleurs !

S'il est toujours difficile, voire impossible, de départager les membres de troupes d'élite, force était

3. Par mer et par terre.

de reconnaître que Cavendish et Seymour sortaient de l'ordinaire. Virtuoses de la baïonnette, fines gâchettes, capables de courir des kilomètres chargés comme des mules, ils avaient aussi et surtout le bon goût de parler allemand sans accent.

Une demi-heure avant l'arrivée de Stephenson et d'Hitchcock, les *Royal Marines* avaient été tirés de leur sommeil par Gubbins.

— Debout les gars ! avait beuglé le colonel en ouvrant bruyamment la porte de leur chambre spartiate. Vous avez du pain sur la planche !

Le premier à écarquiller un œil avait été Seymour. Il s'était rendu compte presque aussitôt que le soleil n'était pas encore levé.

— Bon Dieu ! avait-il grommelé en s'étirant. L'est quelle heure *sir* ?

— Quatre heures et quart.

— Oooh bordel ! avait protesté Cavendish en se frottant les yeux. C'est pas une heure pour tirer un chrétien du lit !

— Arrêtez de rouspéter, avait répliqué Gubbins en feignant la sévérité. Tenez, avait-il ajouté en désignant deux sacs marins, vos uniformes d'aujourd'hui ! Enfilez-moi ça !

— Nom de nom ! s'était exclamé Cavendish en découvrant les vêtements. Une tenue de *Jerry* !

— Plus précisément, avait répondu le colonel, un uniforme du Ier Fallschirmjäger Regiment. Eh oui *boys* ! Vous serez aujourd'hui des *diables verts* du général Kurt Student !

L'opération *Coucou* devant débuter aux Pays-Bas, qui regorgeaient de troupes aéroportées allemandes,

Stephenson avait voulu que les *Royal Marines* puissent donner le change aux nazis.

Seymour et Cavendish avaient considéré Gubbins avec étonnement, sans bouger.

— Vous attendez quoi ?! avait aboyé l'Écossais. Le dégel ?! Mettez-moi ces frusques ! *On the double* !

Après que les deux hommes eurent revêtu leurs uniformes, le colonel les avait menés à une cabane attenante à un hangar, au fond duquel était à peine visible la silhouette d'un petit avion.

— Entrez les gars, avait ordonné Gubbins, et calez-vous l'estomac. Moi, je reste dehors pour recevoir nos invités.

À l'intérieur de la cabane, les *Royal Marines* avaient été accueillis par un curieux arôme, une odeur de tabac froid et de toasts chauds.

— T'y comprends que'que chose ? avait demandé Seymour à son compère en embrassant l'unique pièce d'un regard circulaire.

Bas de plafond, l'endroit ne payait pas de mine : une vingtaine de mètres carrés, une longue table en bois flanquée de bancs métalliques, un drap blanc dissimulant la moitié d'un mur, une ampoule nue déversant une lumière crue.

— P't-êt'e ben encore un exercice, avait spéculé Cavendish, encore qu'des uniformes all'mands s'imposent p't-êt'e pas pour un exercice.

— On verra bien, avait conclu Seymour avec un haussement d'épaules. Bon, 'faut passer au *breakfast* maint'nant.

Se trouvaient sur la table trois repas sur des plateaux, une grosse théière, un pot de beurre, une petite corbeille à toasts recouverte d'une serviette, un bocal de marmelade et un sucrier : un luxe inouï en cette période de rationnement. Toujours soucieux des détails, Stephenson avait voulu que ses troupes se rassasient dignement avant de se lancer dans une mission dont elles avaient peu de chances de revenir.

Les *Royal Marines* s'étaient assis l'un en face de l'autre et avaient soulevé presque simultanément les cloches au-dessus de leurs assiettes. Chacune contenait une généreuse quantité d'œufs brouillés – pas un infect magma d'œufs en poudre – et deux belles saucisses dorées à souhait, le tout fumant encore par la grâce des couvercles.

— Ça démarre bien en tout cas ! avait commenté Cavendish en se frottant les mains de contentement.

Craignant de jouer les rabat-joie, Seymour s'était gardé de répondre qu'une telle abondance signifiait sûrement que la journée serait chaude.

Alors que les *Royal Marines* commençaient à se restaurer, le colonel Gubbins avait vu approcher une haute silhouette efflanquée. À la lueur de la cigarette de l'individu, il avait discerné les traits juvéniles du *Sergeant* Frank Rymills, auquel deux dents protubérantes valaient le surnom de *Bunny*. Ce dernier avait jeté son mégot puis s'était arrêté devant son supérieur en exhalant un nuage de fumée.

— *Sir*, avait dit Rymills en saluant réglementairement.

— Parfait, avait apprécié le colonel en lui rendant son salut, vous êtes à l'heure, entrez et tâchez de manger quelque chose.

— Oui *sir*.

Quelques minutes après, la Jaguar s'immobilisa devant Gubbins. S'il était l'un des très rares connaissant les tenants et aboutissants de l'opération *Coucou*, il n'avait jamais rencontré Hitchcock, dont il ignorait évidemment l'identité.

— *Sir*, dit respectueusement l'Écossais au *Coucou* en le saluant réglementairement.

Ignorant si l'agent était un civil ou un militaire d'un rang plus élevé que le sien, le colonel était certain d'une chose, il fallait un sacré cran pour accepter cette mission. Il lui avait donc paru naturel d'accueillir ce mystérieux individu avec déférence.

Ne distinguant pas le grade de Gubbins dans la pénombre, Hitchcock ne put s'étonner qu'un officier supérieur le reçoive comme un dignitaire. Préoccupé moins par le respect du colonel que par l'épreuve qui approchait, il lui rendit silencieusement son salut.

— Les autres sont déjà à l'intérieur, dit le colonel en serrant la main de Stephenson.

— Parfait, répondit *Intrépide*.

Ce dernier fit pénétrer Hitchcock dans la cabane et le suivit. Gubbins resta à l'extérieur et referma la porte derrière les deux hommes.

En voyant le *Coucou* entrer, les *Royal Marines* et Rymills furent stupéfaits, ils en cessèrent de mastiquer et ne prêtèrent guère attention au Canadien, civil d'apparence anodine qu'ils ne connaissaient pas. Qu'Hitchcock fût revêtu d'un uniforme allemand les intriguait moins que le passe-montagne.

« Tout ça devient de plus en plus abracadabrant ! » songea *Bunny* en assemblant mentalement les éléments du puzzle qu'il avait déjà.

Pendant que le *Coucou* s'asseyait face à Rymills, Stephenson prit la parole :

— Bonjour *gentlemen*, on est au complet, je vais donc vous exposer votre mission.

Il détacha d'un mouvement sec le drap accroché au mur, découvrant une carte à grande échelle des Pays-Bas.

— *Sergeant*, continua-t-il en s'adressant à Rymills, vous allez convoyer ces honorables *gentlemen* jusqu'à Alkmaar…

Le Canadien désigna du doigt une ville un peu à l'intérieur des terres, en Hollande septentrionale.

— … Là-bas, vous évoluerez en vol circulaire à une altitude de 17 000 pieds jusqu'à ce que…

Tandis qu'*Intrépide* poursuivait ses explications, Seymour attira l'attention de Cavendish par un petit coup de pied. Lorsque son compère le regarda, il lui murmura :

— Ça va chauffer !

Cavendish ne demandait pas mieux, il voulait tant se venger des nazis.

05 H 30.

Encore étonnés d'avoir été tirés du lit avant l'aube, les pilotes du Flight A, du Squadron 609, entrèrent dans l'*intelligence room*. D'une cinquantaine de mètres carrés, la salle des services de renseignements ressemblait à une classe avec ses rangées de chaises alignées devant l'estrade. Comme à l'école, des dessins étaient épinglés aux murs. Loin de figurer d'adorables barbouillages d'enfants, il s'agissait de croquis mortellement sérieux : des plans de face, de profil et de dessus permettaient de reconnaître en un clin d'œil les avions ennemis. Les aviateurs eurent la surprise de voir sur l'estrade un civil inconnu deviser à voix basse avec l'*intelligence officer*, le *Group Captain* Henley. L'individu paraissait d'autant plus petit que la stature de Henley était imposante.

Au-delà de cet étonnement, les pilotes étaient surtout impatients, allaient-ils enfin partir en mission ? L'inactivité leur pesait. À l'instar de toutes les unités équipées du fleuron de la chasse britannique, le Supermarine Spitfire, ce *squadron* était maintenu en Grande-Bretagne par le patron du Fighter Command, le taciturne *Air Chief Marshal* Dowding. Conservant jalousement ses précieux *Spit*, celui-ci n'avait expédié en France que des Hawker Hurricane, appareils certes capables mais moins performants que les Spitfire. Les pilotes du 609 n'avaient ainsi jamais vu le feu, ils restaient l'arme au pied depuis leur arrivée à Northolt, le 19 mai, tandis que beaucoup de leurs camarades des *squadrons* de Hurricane combattaient avec acharnement au-dessus du continent. Les aviateurs du Flight A espéraient pouvoir enfin faire leur devoir, ils n'allaient pas être déçus.

Le visage fermé, l'*intelligence officer* regardait son auditoire prendre place dans la salle. Vétéran de la Grande Guerre, Henley connaissait la mort, il l'avait frôlée à plusieurs reprises et elle lui avait enlevé de très nombreux camarades. Mais c'était la première fois qu'il ne redoutait pas le danger pour lui-même. Désormais, le *group captain* faisait partie de ceux qui restent à l'arrière, de ceux qui envoient au combat de tout jeunes gens.

Une fois les pilotes assis, l'*intelligence officer* se racla la gorge.

— Bonjour *boys* ! entonna-t-il de sa voix de stentor. J'ai le plaisir de vous apprendre que votre unité a été choisie pour une mission très particulière, vous devrez vous rendre aux Pays-Bas, là, à Alkmaar, précisa-t-il en tapotant avec un stick un point sur une carte murale à grande échelle du nord de l'Europe fixée derrière l'estrade. Vous allez intercepter un Focke-Wulf 200 transportant un haut dignitaire nazi.

L'*intelligence officer* s'interrompit, le temps que les aviateurs manifestent leur excitation par quelques bons mots.

— Qui est ce type ?! tonna Herby.

La mâchoire carrée, une foison de taches de rousseur, un nez si petit qu'il ressemblait à celui d'un enfant, cet Écossais à la carrure formidable n'était pas du genre à s'en laisser imposer par les galons et le gabarit de Henley. Loin de refuser de faire son devoir, le *flight lieutenant* souhaitait simplement savoir pour quelle raison il allait risquer sa peau.

Comprenant cette réaction, Stephenson n'avait pour autant pas une minute à perdre. Surtout, il voulait que ses consignes soient appliquées à la lettre, le succès de l'opération *Coucou* en dépendait. Aussi intervint-il d'une voix si basse qu'elle força l'auditoire à tendre l'oreille. Constatant que l'*intelligence officer* l'écoutait avec déférence, les pilotes ne pipèrent mot.

— ... *Gentlemen*, conclut *Intrépide*, vous aurez compris le caractère très spécial de cette mission. Je ne vous étonnerai donc pas en vous disant qu'elle doit rester *top secret*. Ça signifie que vous ne devrez en aucun cas souffler mot à quiconque de ce que vous aurez vu ou entendu aujourd'hui. Une seule exception, vous pourrez demander au *group captain* l'homologation de tout appareil ennemi que vous aurez descendu.

— À ce sujet, compléta Henley, sachez que votre gibier sera escorté par douze Messerschmitt 109, attendez-vous à une chaude réception de leur part.

— Et peut-être même à un brin d'accompagnement lors du retour ? ironisa le *Squadron Leader* McArthur.

— Vraisemblablement, convint Henley, d'autres questions ?

Les pilotes préférèrent garder pour eux les commentaires qui leur vinrent à l'esprit. Après un bref silence, McArthur se leva pour faire face à ses hommes :

— Très bien *gentlemen*, démarrage des moteurs à six heures, décollage à six heures cinq, rendez-vous à Alkmaar à six heures quarante à une altitude de 10 000 pieds. Ajustons nos montres, il est cinq heures trente-sept et cinquante secondes. Un, deux, trois, il est cinq heures trente-huit et zéro seconde. Bonne chance *gentlemen*.

Sur le chemin du *dispersal*, les pilotes réalisèrent alors que les choses sérieuses commençaient. Celui-là songeait à la collision ayant endeuillé son *squadron* à l'époque où ce dernier effectuait sa transformation sur Spitfire, cet autre pensait au jour où il avait échappé à la mort en sautant en parachute de son avion devenu incontrôlable, presque tous avaient connu ou vécu des drames, mais c'était la première fois qu'ils partaient en mission de guerre, c'était la première fois qu'ils se disaient intérieurement : « Cette fois, je devrai tuer ou mourir ». Voler allait devenir plus qu'un sport enivrant, la guerre, leur guerre, commençait.

Chemin faisant, Herby vint à la hauteur du *squadron leader*.

— *Sir*, lui dit-il, la *Phony War* est peut-être finie, mais pour nous c'est la *Bizzare War*, n'est-ce pas ?

— Une chose est indéniable Ron, je ne m'attendais pas plus que vous à ce genre de mission.

— Vous avez une idée sur l'identité du type qu'on est censés intercepter ?

Levant les yeux au ciel, McArthur ne put réprimer un soupir d'exaspération. Mais il s'abstint de souligner le caractère stupide de la question, il se doutait que le *flight lieutenant* désirait bavarder pour évacuer la pression qui montait.

— Comment voulez-vous que je le sache *old boy* ? répondit le *squadron leader* en forçant l'allure.

— Goering peut-être ? persista l'Écossais. Ça serait une belle prise, non ?

— Et pourquoi pas Hitler en personne ?!

Au *dispersal*, pour la première fois, les pilotes vidèrent leurs poches de tout ce qui servirait aux Allemands à obtenir des renseignements sur leur base. Ensuite, chacun plaça dans une poche de sa *Mae West* [4] une boîte de vivres.

Pendant le briefing des *lads* du 609, Rymills et ses passagers approchaient de l'avion garé au fond du hangar. Ce faisant, le *sergeant* repensait à ce jour d'octobre 1939, lorsque Gubbins lui avait présenté le Storch, vilain petit coucou haut sur pattes.

— Comment diable avez-vous pu mettre la main sur un taxi allemand ?! s'était exclamé Rymills.

4. Humour anglais oblige, le gilet de sauvetage jaune était surnommé *Mae West* en hommage à la plastique pulpeuse de l'actrice.

— Un peu long à expliquer, avait marmonné le colonel d'un air énigmatique. Disons que des amis polonais ont eu l'occasion de… de faire un tour en Storch et… et qu'ils ont préféré se poser chez nous plutôt que de tomber entre les griffes des nazis.

— Mmouais, avait grogné l'aviateur, resté sur sa faim.

— De toute façon, ne cherchez pas à en savoir plus, OK ?

— Je n'ai pas le choix.

Gubbins avait acquiescé, gravement.

Le vol du Storch par les Polonais avait été une aubaine. Appareil de reconnaissance et de liaison, il était une proie facile. En revanche, il avait une vitesse de décrochage de seulement 50 km/h. Surtout, cet avion avait une faculté qui le rendait idéal pour une mission très spéciale, il pouvait atterrir sur 18 m et décoller en moins de 45 m, le tout avec quatre personnes à bord. Même le Westland Lysander était incapable de réaliser ce tour de force.

Alors que Rymills commençait sa *checklist*, les *Royal Marines* montèrent à bord du Storch et prirent possession de l'armement de tout parachutiste allemand : un fusil Mauser Kar 98K de calibre 7, 92 mm avec un chargeur de cinq balles engagé, un brellage emportant vingt chargeurs, deux *potato-mashers*[5] et une baïonnette. Ils regardèrent ensuite d'un œil inquiet le curieux système explosif et son détonateur que venait de leur remettre *Intrépide*.

« Ça s'rait bien qu'on n'ait pas besoin d'utiliser c'bazar. » pensa Seymour.

5. « Écrase-patate », appellation familière britannique pour les grenades à manche M24.

N'ayant aucun équipement à vérifier, Hitchcock était cantonné à la passivité, il observait ses trois compagnons achever leurs préparatifs.

— Je crois que vous avez quelque chose à me confier, lui dit Gubbins.

— 'Z'en faites pas, j'avais pas oublié.

— Comment vous vous sentez ? demanda le colonel tandis que le *Coucou* ôtait le gant de sa main gauche.

— Ah ! Nerveux comme avant une première !

« Une première ? se répéta intérieurement l'officier. Notre agent serait un acteur ? »

— Je vous comprends, commenta Gubbins d'un ton neutre pendant qu'Hitchcock retirait son alliance.

— Voilà, déclara celui-ci d'une voix étranglée en présentant son anneau de mariage, c'était ça qu'j'devais vous r'mett'e.

Troublé par la gravité du moment, Gubbins ne sut que répondre. Il saisit délicatement l'alliance et sortit de sa veste un portefeuille défraîchi.

— Soyez sans crainte, assura Gubbins, je ne l'ai jamais égaré, avec moi, votre alliance est parfaitement en sûreté.

Trop ému pour parler, le *Coucou* regarda avec une infinie tristesse sa précieuse bague disparaître dans le portefeuille.

— J'espère que j'vais pas pétocher au point d'tout faire foirer, parvint-il à articuler.

— C'est justement en ayant peur que vous garderez quelques chances de vous en tirer vivant, croyez-en mon expérience.

— Si vous l'dites.

— En tout cas, soyez sûr qu'on fera tout pour vous aider, et surtout pour vous ramener au bercail.

Gubbins évita d'ajouter que les probabilités de récupérer Hitchcock sain et sauf étaient de toute évidence faibles.

Après que Rymills eut fait signe qu'il était prêt, le *Coucou* s'apprêta à monter dans l'avion. À ce moment, le colonel lui tendit la main.

— Je vais vous dire quelque chose qui pourra vous paraître pompeux, énonça Gubbins, pourtant c'est la pure vérité, vous allez changer le cours de l'histoire.

Sachant ce qu'une telle affirmation impliquait, Hitchcock eut du mal à déglutir. Il saisit néanmoins la main du colonel.

— Merci, répondit le *Coucou* avec chaleur, merci beaucoup.

La gorge serrée, il se hissa prestement dans le Storch. À bord de l'appareil, Hitchcock s'étonna du léger tremblement de sa main gauche.

06 H 35. HOLLANDE.

Le *flight* de Spitfire parvenait sans encombre à Alkmaar.

« Dieu merci, songea le *squadron leader*, les *Jerries* n'ont pas de *radiolocation*[6], sinon, ils nous auraient repérés depuis longtemps ! »

Les chasseurs britanniques évoluaient à environ 10 000 pieds, altitude que Baur avait prévue dans cette zone. Fouillant à nouveau du regard le ciel dégagé, McArthur constata avec soulagement que son gibier n'était pas en avance. Aussi décida-t-il de poursuivre sa

6. Radar.

route vers l'est tout en prenant une réserve d'altitude. Le *squadron leader* espérait pouvoir ainsi attaquer avec le soleil dans le dos et l'avantage de la vitesse. Maintenant le strict silence radio observé depuis le décollage, il conserva son cap et tira légèrement sur le manche, ses hommes imitant parfaitement sa manœuvre.

06 H 38. ALKMAAR.

Le Storch arrivait à l'aplomb de la petite ville. Suivant les ordres, Rymills entama une large boucle. Malgré l'absence de nuages, il ne pouvait voir grand-chose d'Alkmaar depuis son altitude de 17 000 pieds, tout au plus distinguait-il les axes principaux et les quelques points de verdure. Rymills et ses passagers savaient qu'ils ne pourraient assister à l'assaut des Spitfire, au moins espéraient-ils n'être pas importunés en restant 7 000 pieds au-dessus de la bagarre.

06 H 43.

Baur était vaguement contrarié, presque sombre. Lui d'habitude si ponctuel avait trois bonnes minutes de retard sur son plan de vol. Il se consola en songeant que ce laxisme n'était pas de son fait, son prestigieux passager lui avait imposé de faire un détour, peut-être pour mieux s'imaginer des combats qui venaient de se dérouler.

L'aviateur était aussi un peu rêveur. Il escomptait que ses fidèles services au Führer depuis 1933 lui vaudraient une promotion. De la même façon que Rommel avait reçu le commandement d'une *Panzerdivision* après avoir dirigé l'escorte terrestre d'Hitler pendant la campagne de Pologne, le *Standartenführer* se voyait bombardé à la tête d'un *Bombergeschwader*. Voilà qui susciterait sans aucun doute un surcroît d'admiration de sa jeune conquête ! Cette pensée éclaira son visage.

« Ah ! se dit-il en imaginant le corps sculptural de *Mandarine*. Cette insatiable Traudl ! »

Ce fut donc d'un œil lubrique qu'il jeta un regard aux huit Messerschmitt volant de part et d'autre de son appareil, à une cinquantaine de mètres. Baur savait que quatre autres chasseurs suivaient le Focke-Wulf, qu'Hitler avait baptisé *Immelmann III* en souvenir de l'as allemand de la Grande Guerre. Il n'ignorait pas non plus que les pilotes de l'escorte pestaient de se traîner autour du quadrimoteur, cela leur interdisait de réagir rapidement. Mais tels étaient les ordres du Führer, et personne, absolument personne ne discutait ses ordres !

Contrairement à Baur, Hitler était d'excellente humeur. Il avait certes dû se réveiller avant l'aube, lui qui d'habitude se couchait vers deux heures du matin pour ouvrir un œil en fin de matinée. Mais, le nez écrasé contre le hublot, confortablement installé dans son siège blindé, il savourait le plaisir de survoler un nouveau pays tombé sous sa coupe. Pris au jeu de sa propre propagande, le dictateur se convainquit de son génie :

« *Ich bin der Führer des deutschen Volkes !*[7] » exulta-t-il intérieurement.

7. Je suis bien le guide du peuple allemand !

06 H 44.

En atteignant 12 000 pieds, McArthur repéra le Focke-Wulf. Malgré les circonstances et à l'instar de Churchill, il admira la silhouette de sa cible, qui avait effectivement l'élégance et la taille démesurée du rapace.

« Comme prévu. » songea le *squadron leader* avec satisfaction en voyant le quadrimoteur et son escorte arriver depuis la direction de Heerhugowaard.

Rompant le silence radio, il donna ses ordres :

— *Bowling* vous appelle, dit-il posément malgré l'excitation qui le gagnait, *Bandits*[8] à trois heures en bas. Section *Blue*, prenez le Kondor, section *Yellow*, à vous les chasseurs d'arrière-garde, section *Green*, chargez-vous des chasseurs à droite. Section *Red*, nous nous occupons des chasseurs de gauche. *Tally Ho* ! »

Un peu étourdi par le grondement assourdissant du moteur du Storch, le *Coucou* tentait de se prémunir du froid sévissant à 5 200 m. Le col de sa veste relevé, il tenait ses mains serrées entre ses cuisses.

À côté de lui, Rymills se tortilla légèrement en entendant la voix lointaine de McArthur dans ses écouteurs.

« C'est parti, pensa le *sergeant*, ça va être à moi dans pas longtemps. »

Le *squadron leader* avait réservé le Kondor à son meilleur tireur, Herby. Il savait que ce dernier visait avec une telle précision qu'il pouvait choisir le moteur du Focke-Wulf sur lequel il allait tirer.

8. « Avions ennemis » dans le jargon de la Royal Air Force.

Les sections de Spitfire se séparèrent. Avant leur manœuvre, les pilotes exécutèrent un demi-tonneau pour que leurs moteurs Rolls-Royce Merlin, dépourvus de pompe à injection, ne calent pas en piqué.

Herby prit une précaution supplémentaire :

— De *Blue 1* à *Blue 3*, restez en couverture.

— Compris *Blue 1*, répondit calmement le *Sergeant* Olenski de sa voix haut perchée, en roulant les R à la façon typique des Polonais.

Celui-ci avait du mérite de garder son sang-froid. Il brûlait de faire payer aux Allemands l'invasion de son pays, qu'il avait quitté huit mois plus tôt. Olenski estimait n'avoir pu tuer son compte de Boches lorsque la Heer et la Luftwaffe avaient écrasé Varsovie, y faisant plus de douze mille morts. De plus, il était bien décidé à laver la souillure qu'il avait ressentie quand les envahisseurs avaient effrontément paradé sur la place Piłsudski. Un frisson de rage le parcourut lorsqu'il eut à nouveau la vision des arrogants Teutons en train de défiler. Le choix de l'endroit n'avait pas été innocent de la part du commandement allemand, la place commémorait un ardent nationaliste de l'entre-deux-guerres, Józef Piłsudski, dont l'une des phrases les plus célèbres était : « Être vaincu sans se rendre, voilà la vraie victoire. »

Alors que les Spitfire étaient encore à un bon kilomètre de leurs proies, un des pilotes de Messerschmitt discerna des points dans son rétroviseur. Les voyant foncer à toute allure, il comprit instinctivement le danger.

— *Achtung* ! hurla-t-il. Ennemi à six heures !

Trop tard, McArthur avait bien mené son guet-apens. Déboulant à plus de 600 km/h, le soleil dans le dos, les chasseurs britanniques étaient restés trop longtemps invisibles pour que les Messerschmitt puissent repousser le premier assaut.

L'avertissement tira Baur de sa rêverie. La concupiscence fit instantanément place à la peur. Peur de s'écraser, peur de brûler vif, peur de sentir les balles ennemies fouailler ses entrailles. Retrouvant ses réflexes de pilote de chasse, sa main droite se crispa sur le manche, ses pieds trépignèrent imperceptiblement sur les palonniers. Légèrement penché en avant, regardant de part et d'autre du cockpit, l'aviateur réagit de la seule manière possible. La maniabilité n'étant pas le point fort de son appareil, il poussa lourdement sur le manche et mit les gaz à fond pour tenter d'échapper à ses poursuivants. Tirées par les quatre moteurs BMW Bramo de 1 200 chevaux, les vingt-deux tonnes du Kondor dépassèrent rapidement 400 km/h.

Plaqué contre le dossier de son siège, les mains agrippées fermement aux accoudoirs, le Führer comprit que quelque chose n'allait pas.

« Un problème mécanique ? » se demanda-t-il, alors que l'habitacle du Focke-Wulf résonnait du hurlement strident des BMW tournant à plein régime.

À l'époque où Hitler voyageait en monomoteur, le moteur de son avion avait calé, provoquant une chute brutale de l'appareil. Il avait fallu toute la maestria de Baur pour faire redémarrer le moteur et éviter le crash. Bien entendu, le dictateur y avait vu un nouveau signe de la Providence.

— Mon destin est bien de conduire le peuple allemand à son inéluctable domination du monde ! avait-il jubilé. C'est écrit !

Bien qu'honorable, l'accélération du Kondor était insuffisante pour échapper à Herby. Piquant à plus de 650 km/h, le *flight lieutenant* vérifia d'un coup d'œil que son collimateur était allumé. Puis, il fronça les sourcils en fixant sa proie. Ainsi focalisé, le pilote ne faisait plus qu'un avec son *Spit*.

Tenant le manche à deux mains pour bien contrôler son appareil malgré la vitesse, il enleva d'un coup de pouce la sécurité des mitrailleuses, faisant passer le bouton de la position *Safe* sur *Fire*. Ce simple geste fit monter en lui un singulier mélange d'émotions, excitation et peur, tant il est vrai qu'en combat aérien l'exaltation du chasseur est indissociable de la crainte d'être abattu. Le pouce droit crispé au-dessus du bouton des mitrailleuses, au sommet du petit volant situé sur le manche, Herby se força à attendre, attendre encore, pour être sûr que ses munitions fassent mouche. 300 m, 250 m, le Focke-Wulf grossissait dans le collimateur, 200 m. Bien que déclinée en dixièmes de seconde, l'attente était interminable. 150 m, la croix noire à liseré blanc sur l'aile gauche du Kondor emplissait presque complètement le système de visée, l'Écossais serra les mâchoires et écrasa le bouton des mitrailleuses. Les huit Browning crachant le feu firent trembler le *Spit*. Herby vit distinctement ses traceuses, menaçantes traînées de fumée blanche, filer à toute allure vers le moteur numéro 2 du Focke-Wulf, juste à gauche du fuselage, et s'écraser sur le capot du BMW. Foudroyé, celui-ci vomit un vilain panache noir.

— Bingo ! clama méchamment le *flight lieutenant* en dépassant le Focke-Wulf.

Il ne triomphait pas encore, sa mission était loin d'être accomplie.

Les mains toujours raidies sur les accoudoirs, le Führer ressentit une légère secousse lorsque les balles d'Herby martelèrent le Kondor. Regardant avec angoisse par le hublot, il crut entrevoir un appareil frappé d'une cocarde tricolore foncer devant son *Immelmann III*.

« Il ne peut rien m'arriver, pensa le tyran pour se rassurer, Goering a sélectionné lui-même les pilotes de mon escorte, ce sont tous des *Experten*. »

Mais Hitler ne pouvait maîtriser tous les paramètres, surtout ce jour-là. Suivant les conseils de Dowding, Stephenson avait choisi le Squadron 609 avec soin, il s'agissait d'une unité d'élite. D'ailleurs, le 609 deviendrait quelques mois plus tard le premier *squadron* de Spitfire à homologuer sa centième victoire.

Le *Pilot Officer* Beaumont était *Blue 2*, le premier ailier d'Herby. Il tenta de faire subir un mauvais sort au moteur numéro 1, à l'extrémité de l'aile gauche du Focke-Wulf. S'il le manqua, Beaumont endommagea néanmoins les volets de l'aile.

Pendant ce temps, Olenski restait en couverture.

Passée la surprise, les Messerschmitt avaient voulu faire face, ils avaient tenté de grimper vers leurs adversaires. Mais l'embuscade avait été bien menée, deux chasseurs allemands avaient été descendus par les sections *Red* et *Yellow*.

Moins adroits ou bien moins chanceux que leurs ailiers, ceux de la section *Green* avaient fait chou blanc, leurs Messerschmitt avaient repris de l'altitude sans dommage et piquèrent aussitôt qu'ils eurent croisé les Spitfire. Dépassant la mêlée opposant leurs camarades aux sections *Red*, *Yellow* et *Green*, ils fondirent en direction du Kondor et de la section *Blue*. Réalisant tardivement que ses objectifs rejoignaient le Focke-Wulf, la section *Green* quitta la mêlée et se lança à leur poursuite. Mais ceux-ci avaient déjà une bonne avance.

Olenski comprit très rapidement que les choses allaient vite se gâter. Après avoir prévenu Herby et Beaumont, il accomplit un demi-tour pour s'interposer entre les siens et les chasseurs déboulant à la rescousse du Kondor.

« *Kristus* ! se dit-il nerveusement. Un contre quatre ! Mauvais temps ! »

Effectivement, les huit Browning de 7,7 mm du Spitfire risquaient de ne pas peser bien lourd face aux deux canons de 20 mm et aux deux mitrailleuses de 7,9 mm équipant chaque Messerschmitt. Courageusement, Olenski continua à grimper vers ses adversaires, zigzaguant légèrement pour compliquer leur visée. Quand ils ne furent plus qu'à 400 m de lui, les Allemands ouvrirent le feu ensemble, utilisant à la fois mitrailleuses et canons. Un mur invisible de balles et d'obus se dressa devant le Polonais. S'il ne pouvait discerner les projectiles, Olenski vit distinctement une nuée de traceuses se ruer à sa rencontre. Il n'eut le temps ni d'avoir peur ni de riposter.

Alors qu'Herby et Beaumont s'apprêtaient à faire une passe frontale sur le Kondor, ils aperçurent le *Spit* d'Olenski ralentir brutalement puis exploser telle une grenade. Éclair aveuglant, pluie de débris incandescents, pas de parachute. Un obus de 20 mm dans un réservoir, ça ne pardonne pas. Les Messerschmitt ne ralentirent même pas, ils foncèrent à travers les restes fumants du Spitfire.

— Bon Dieu ! s'exclama Herby horrifié.

La rage au ventre, l'Écossais se concentra sur son objectif, qui descendait sur trois moteurs.

« Ne pas viser le cockpit, se répéta-t-il intérieurement en se souvenant des ordres, surtout ne pas viser ce foutu cockpit. »

Les quatre chasseurs allemands étaient presque revenus à la hauteur du Focke-Wulf lorsque Herby lui logea une rafale dans le moteur numéro 1. Continuant à presser sur la détente, il cisailla aussi le bout de l'aile gauche de sa proie. Déséquilibré, le Focke-Wulf partit brutalement en vrille.

— *Teufel* ! rugit Baur en sentant son appareil lui échapper.

En basculant brusquement, l'*Immelmann III* évita d'extrême justesse une rafale que Beaumont destinait au moteur numéro 3, à droite de la carlingue. Le *pilot officer* ne parvint qu'à faucher le mât de l'antenne radio du Kondor.

Luttant de toutes ses forces contre les commandes qui ne répondaient plus, croyant sa dernière heure venue, Baur parvint au bout d'interminables secondes à redresser son avion. Mais le *Standartenführer* ne se faisait aucune illusion, le Focke-Wulf ne survivrait pas à une nouvelle passe. Encore haletant, les bras et les épaules endoloris par l'effort, il confia les commandes à son copilote puis gagna péniblement la cabine des passagers, où une odeur fétide prenait à la gorge.

Ceux-ci étaient littéralement tétanisés par la peur. Manquant de glisser sur une flaque de vomi, Baur arriva devant le siège d'Hitler. Il vit que ce dernier était livide. Au moins son Führer ne tremblait-il pas comme d'autres. Le pilote ne s'étonna pas de la maîtrise apparente du dictateur, il savait qu'Hitler avait gagné sa *Eisernes Kreuz* de première classe lors de la Grande Guerre, un honneur particulièrement rare pour un homme de troupe.

— *Mein Führer* ! cria Baur. Vous devez... Vous devez sauter !... Vous... Vous n'avez pas le choix !

Détachant comme à regret les yeux du hublot, Hitler leva la tête vers l'aviateur.

— Vous avez raison, répliqua-t-il, les misérables chasseurs que Goering m'a dégotés ne sont pas à la hauteur, j'aurai plus de chances d'en réchapper en sautant qu'en restant. Heureusement que j'avais tout prévu.

Après avoir resserré la ceinture de son siège, le Führer misa une fois encore sur sa bonne étoile, il tira d'un coup sec sur la manette fichée dans son fauteuil. Sous le regard anxieux de Baur, celui-ci tomba dans le vide, précipitant Hitler vers son destin. Quelques secondes plus tard, le parachute fixé au siège s'ouvrit automatiquement.

Herby et Beaumont ne pouvaient s'offrir le luxe de venger Olenski. La section *Green* ne les ayant pas encore rejoints, ils tentaient tout simplement de sauver leur peau sans pour autant trop s'écarter du Focke-Wulf. Le *flight lieutenant* aperçut le parachute d'Hitler se déployer.

— De *Bowling Blue 1* ! cria l'Écossais. Le parachute ! Le parachute ! Il s'est ouvert !

— Compris *Bowling Blue 1*, répondit tranquillement Rymills.

— De *Blue 1* à *Blue 2* ! ajouta aussitôt un Herby très pressé de se sortir d'une situation malsaine. On dégage !

Beaumont ne se le fit pas dire deux fois, il fila derrière son supérieur qui s'éloignait à tire d'aile du Kondor et des quatre Messerschmitt en furie.

« À moi de jouer ! » songea Rymills.

Le *sergeant* mit en garde ses passagers :

— Accrochez-vous ! Ça va secouer !

Sans autre avertissement, il poussa le manche presque à fond. Prodigieuse accélération, hurlement du moteur, violentes secousses dans la structure qui se répercutaient jusqu'aux sièges. Conçu pour évoluer placidement, le malheureux Storch semblait sur le point de se désintégrer.

Écrasé contre son dossier, le *Coucou* était terrifié, il avait l'impression de tomber comme une pierre. Pire encore, la terre paraissait lui arriver en pleine figure. N'y tenant plus, il ferma les yeux. S'il n'avait été terrorisé, Hitchcock se serait plaint de son estomac, il semblait lui sortir de la bouche.

Loin de l'humeur vengeresse qu'il avait ressentie durant le briefing, Cavendish maudissait Rymills.

« Jamais j'aurais dû embarquer dans un avion piloté par un dingue ! se disait-il en agrippant son siège. Ce type est cinglé ! Complètement cinglé ! »

Seymour n'était pas plus fier, il croyait voir des rivets de l'aile se désolidariser. Espérant qu'il s'agissait d'une illusion d'optique induite par les secousses qu'encaissait le Storch, le *Royal Marine* se força à regarder devant lui. Mauvaise idée. Comme Hitchcock, il eut la sensation que le sol lui sautait au visage. Pour la première fois depuis longtemps, Seymour se signa… d'une main tremblante !

Tenant fermement le manche à deux mains, Rymills était aux anges, savourant chaque instant de ce piqué enivrant. Ses yeux allaient de l'altimètre, dont l'indicateur telle une trotteuse affolée tournait à toute vitesse dans le sens inverse des aiguilles d'une montre, au tachymètre, qu'il ne fallait surtout pas trop pousser sous peine de plier les ailes.

En moins d'une minute, le Storch atteignit l'altitude à laquelle le 609 et ses adversaires continuaient d'en découdre. Le combat tournait nettement en faveur des Britanniques. Privé de radio, Baur n'avait pu prévenir les chasseurs d'escorte qu'Hitler avait sauté. Les Messerschmitt ne s'éloignaient donc pas du Kondor mal en point et les Spitfire luttaient avec un net avantage numérique. Deux Messerschmitt furent descendus pendant que le Storch rattrapait le dictateur.

06 H 48.

S'il ignorait l'identité du *Jerry* suspendu au parachute, Rymills savait que ses passagers devaient l'atteindre avant les Boches. Il ne fallait donc pas que les *Royal Marines* et Hitchcock perdent de précieuses minutes à errer dans Alkmaar. Ainsi, le *sergeant* ne devait pas se poser avant d'avoir déterminé où échouerait le parachutiste.

Rymills exécuta une boucle descendante sans quitter sa cible des yeux. Lorsqu'il fut certain que le vent ne l'emportait pas au diable Vauvert, l'aviateur chercha où atterrir. Il eut vite fait de repérer une rue large et relativement rectiligne longeant le flanc ouest d'un parc vers lequel le dictateur dérivait. Rymills effectua son approche en remontant l'axe nord-sud de l'avenue. Il posa aisément le Storch, sur une trentaine de mètres.

« Quel engin ! » s'émerveilla l'aviateur en engageant vigoureusement les freins.

Avant que leur avion ne soit complètement à l'arrêt, Seymour et Cavendish bondirent sur la chaussée. Ils gagnèrent en quelques foulées la rangée d'arbres bordant le parc. Un genou à terre, partiellement dissimulé par un tronc, chacun des deux soldats mit en joue une extrémité de la rue afin de couvrir Hitchcock. Après quelques secondes, estimant que les lieux étaient à peu près sûrs, Seymour se tourna et adressa un signe de la main au *Coucou*. Aussitôt, ce dernier sauta souplement du Storch.

Après avoir rejoint les *Royal Marines*, Hitchcock vérifia d'un coup d'œil que personne, à part son escorte, ne pouvait voir son visage. Il retira ensuite sa cagoule et la tendit à Cavendish. Seymour crut halluciner en découvrant les traits de l'Anglais.

— Nom de Dieu ! souffla-t-il entre ses dents.

— Tu peux l'dire ! répliqua malicieusement le *Coucou* pendant que Cavendish enfournait le passe-montagne dans une de ses poches. Allons-y ! ajouta-t-il fermement en remettant de l'ordre dans sa coiffure.

Son trac venait de s'envoler, il se sentait fin prêt à entrer en scène. Mieux, il le voulait.

Sous la conduite de Seymour, le trio s'enfonça dans le parc. Les *Royal Marines* et leur protégé trouvèrent Hitler rapidement. Malchanceux, il venait d'atterrir sur un bouquet d'arbres. Son lourd fauteuil blindé avait enfoncé plusieurs branches pour s'arrêter, suspendu à environ un mètre du sol.

« V'là not'e gibier ! pensa Seymour. Il a pas bien l'air redoutab'e ! »

Avant d'approcher du dictateur, les Britanniques restèrent un bref instant à couvert, inspectant les alentours. Quand il estima qu'aucun autre ennemi ne se cachait à proximité, Seymour reprit son avance. Cavendish et le *Coucou* lui emboîtèrent le pas. Les *Royal Marines* parvinrent en premier devant Hitler. Poussant force jurons, celui-ci se débattait comme un beau diable avec la ceinture de son siège, laquelle était coincée. En voyant Cavendish et Seymour, le dictateur cessa de gesticuler et soupira d'aise.

« Enfin de l'aide ! se dit-il. Finalement, cette affaire se termine bien ! »

Recouvrant bien vite sa morgue, Hitler aboya un ordre :

— Vous deux ! Débarrassez-moi de cette damnée ceinture ! *Schnell* !

— *Jawohl mein Führer*, lui répondit docilement Cavendish en dégainant sa baïonnette.

Le temps d'un éclair, le *Royal Marine* ressassa pour la énième fois cette nuit fatidique du 14 octobre 1939, lorsqu'il avait perdu comme une partie de lui-même. Son frère jumeau Peter dormait alors à bord du *Royal Oak*, à l'ancre dans la rade de Scapa Flow. Rien n'aurait dû se passer, la base de la Home Fleet était réputée inviolable. D'ailleurs, les deux sous-marins allemands ayant essayé de s'y introduire durant la Grande Guerre avaient été coulés. Mais cette nuit-là, un redoutable sous-marinier avait tenté sa chance, le *Kapitänleutnant* Günther Prien, skipper du U-Boot *U-47*. Prien parvint non seulement à se jouer des obstacles censés protéger la rade mais il put aussi tirer en toute impunité deux salves de torpilles sur le croiseur. Le *Royal Oak* prit une forte gîte et sombra en quinze minutes, entraînant dans la mort huit cent trente-trois membres d'équipage, dont Peter. Par ce fait d'armes exceptionnel, Prien entra dans l'histoire. Puis, il ramena tranquillement l'*U-47* jusqu'à son port d'attache.

« Tu mérit'rais que j'te saigne comme le porc que t'es ! » songea Cavendish, imaginant une fois encore son jumeau coincé dans les flancs du navire, voyant avec effroi l'eau glacée envahir inexorablement son compartiment, entendant les cris désespérés de camarades eux aussi piégés par les portes étanches, et se sachant condamné à la mort lente qu'est la noyade.

Heureusement pour Hitler, l'une des raisons pour lesquelles Gubbins avait choisi Seymour et Cavendish était leur sens de la discipline. Prenant sur lui, ce dernier se contenta de trancher le tissu de la ceinture d'un coup de lame. Puis, il tendit la main au dictateur pour l'aider à descendre du siège.

« Viens par là saloperie ! » pensa le *Royal Marine*.

Le Führer aperçut le *Coucou* en arrivant gauchement sur le sol. Les cheveux, la moustache, la taille, la corpulence, chaque trait du visage, le regard, tout correspondait avec une absolue et incroyable ressemblance. En découvrant son parfait sosie, Hitler fut bouche bée, ses yeux exprimèrent un abîme de perplexité. Ne lui laissant pas le temps de réagir davantage, Cavendish l'assomma avec le manche de sa baïonnette, prenant soin de ne pas lui fendre le crâne, et amortit sa chute. Après lui avoir enfilé le passe-montagne, il sortit une seringue d'une de ses poches, déchira une manche de la veste de son captif et lui enfonça sans ménagement l'aiguille dans le bras, lui injectant un puissant somnifère.

« V'là qui d'vrait t'calmer pendant un bon moment ordure ! » songea-t-il.

Ensuite, Cavendish enroula le brellage explosif autour de l'abdomen, du cou et de la tête du dictateur. Désormais, il lui suffirait d'armer le détonateur puis de l'actionner pour atteindre l'un des buts de la mission.

— *Gentlemen*, avait dit Stephenson, il est impératif, et j'insiste sur ce terme, il est impératif que les *Jerries* ne puissent récupérer votre prisonnier et surtout l'identifier. Si vous étiez sur le point d'être capturés, vous devriez pulvériser votre homme, quitte à vous sacrifier en le faisant, c'est clair ?

À présent qu'ils savaient qui était leur homme, les *Royal Marines* comprenaient pourquoi *Intrépide* leur avait donné une aussi effroyable consigne.

Pendant que Cavendish préparait le Führer, le *Coucou* s'assura que sa tenue correspondait en tous points à celle d'Hitler.

— À vous d'jouer maintenant, lui dit Cavendish une fois qu'Hitler fut bardé d'explosifs.

— Ouais, répondit Hitchcock sans cérémonie. Eh les gars ! ajouta-t-il avec un sourire forcé. Surtout m'oubliez pas !

— Aucun risque ! assura Seymour en souriant largement.

06 H 54.

Cavendish chargea le dictateur sur son épaule tel un sac de ciment. Précédé de son camarade, il prit la direction du Storch, que Rymills maintenait à l'arrêt. À l'orée du parc, Seymour sentit une boule de plomb se former dans son estomac, une section de fantassins allemands descendait la rue en direction de l'avion. Il fit signe à son compère de s'immobiliser et lui indiqua les arrivants.

— *Shit* ! pesta Cavendish entre ses dents.

Comprenant que sa retraite était sur le point d'être coupée, il arma le détonateur. Mais avant de l'utiliser, Cavendish voulait en découdre.

Les Allemands ne se pressaient pas, ils avançaient au pas. Méfiants, répartis de part et d'autre de la rue, ils progressaient en voûtant les épaules, le fusil à la main, regardant de toutes parts. Quelques Hollandais les épiaient par leurs petites fenêtres, leur curiosité piquée quelques minutes auparavant par le vrombissement du Storch. Ils essayaient à présent de comprendre pourquoi les envahisseurs patrouillaient de bon matin dans leur rue d'habitude si calme. Heureusement, les Hollandais demeurèrent prudemment chez eux.

Restés à couvert, les *Royal Marines* n'avaient pas été repérés.

« Des casques en forme de pot d'chambre, observa Seymour intérieurement, pas d'bottes mais des brod'-quins. Aucun doute, des parachutistes, des clients sérieux. Deux cont'e douze, 'va falloir frapper vite et surtout fort, sinon... »

Résolu à vendre chèrement sa peau, Cavendish posa rudement Hitler au sol. Il prit ses deux grenades et les réunit prestement par le manche au moyen d'une cordelette. Le *Royal Marine* n'ignorait pas que la puissance des M24 résidait moins dans leur fragmentation que dans leur souffle. Il savait aussi que l'effet de balancier induit par le manche permettait de lancer assez loin ces engins diaboliques.

« Arrivez les gars ! dit Cavendish. J'ai une p'tite surprise pour vous ! »

Lorsqu'il estima la section suffisamment près, à environ 80 m, Cavendish dévissa le chapeau métallique à la base du manche de chaque grenade, libérant ainsi une perle de porcelaine liée au détonateur. D'un mouvement sec, il détacha les perles. Sans perdre une seule seconde, Cavendish empoigna les manches et jeta de toutes ses forces les M24 vers les Allemands. L'un d'eux vit virevolter les grenades. Il se jeta sur le sol en tâchant de prévenir ses camarades :

— Grena...

La double explosion produisit un claquement assourdissant, les deux rangs de maisons bordant le haut de la rue formant une caisse de résonance. Un ruissellement de verre brisé se déversa sur les fantassins.

Rymills n'avait pas remarqué les ennemis qui approchaient, le moteur de l'avion l'empêchant de voir droit devant lui. La déflagration le fit sursauter.

— Bon Dieu ! souffla-t-il.

L'aviateur se tordit le cou pour tenter d'apercevoir ce qui se passait, en vain. Il se contraignit à attendre le retour des *Royal Marines*, ne se faisant aucune illusion sur son sort s'il était capturé. Rymills avait beau porter un *battle-dress* de la RAF, il était bel et bien aux commandes d'un avion à croix gammée.

En entendant l'explosion, Hitchcock s'accroupit instinctivement, regardant anxieusement autour de lui.

« Pourvu qu'y s'en sortent ! » espéra-t-il.

Son inquiétude ne concernait pas que les *Royal Marines* et Rymills, il savait que si les Allemands parvenaient à récupérer Hitler, ou du moins à identifier son cadavre, ils ne tarderaient pas à comprendre que lui n'était qu'un imposteur. Le *Coucou* savait qu'alors il n'aurait aucune clémence à attendre de la part des nazis, toute invocation des lois de la guerre ne ferait que s'esclaffer ses bourreaux.

Il régnait dans la rue un silence presque surnaturel. Seul était audible par intervalles le vagissement lointain d'un bébé, que le fracas des grenades avait sûrement effrayé. L'explosion avait gravement blessé les quatre parachutistes de tête. Pendant que leurs camarades reprenaient leurs esprits, Seymour se jeta à plat ventre devant les arbres. Le nord de la rue dans sa ligne de mire, il mit en joue les fantassins.

Lorsqu'il avait entraîné les *Royal Marines*, Gubbins leur avait expliqué l'inutilité de tuer systématiquement leurs ennemis :

— Écoutez-moi bien les gars, il est certain qu'un *Jerry* mort ne vous embêtera plus, mais il est tout aussi sûr qu'un *Jerry* blessé réclame des soins. Un estropié mobilisera le temps et l'énergie de plusieurs personnes. Donc, si vous pouvez, évitez de tuer. Blessez, sérieusement bien sûr, mais évitez de tuer, compris ?

Au contraire, lors du briefing, *Intrépide* avait donné des consignes implacables :

— Personne ne doit pouvoir raconter le kidnapping, et je dis bien personne. Vous éliminerez tous ceux qui croiseront votre route, vu ?

Alors que son camarade trottait vers le Storch, Hitler sur l'épaule et le détonateur à la main, Seymour ajusta un Allemand qui bougeait encore. Concentré sur sa mission, il agissait par automatisme. Le *Royal Marine* retint sa respiration et appuya posément sur la détente, comme à l'entraînement. Seymour atteignit sa cible en pleine tête. Un tir de 80 m, en d'autres termes, avec une arme aussi précise que le Mauser, un tir à bout portant pour une gâchette de sa classe.

En entendant le coup de fusil, le *Coucou* se plaqua contre le sol.

« Nom de Dieu ! se dit-il en serrant les poings. L'temps s'gâte ! »

L'aboiement du Mauser fit à nouveau sursauter Rymills, dont l'inquiétude se mua en anxiété. Machinalement, le pilote porta une main sur le manche et l'autre sur la manette des gaz.

— Ça va foirer ! bougonna-t-il. Ça va foirer !

Seymour répéta sa manœuvre : quatre balles, quatre morts instantanées. Puis, il changea de chargeur. Le *Royal Marine* exécuta tout aussi proprement trois autres parachutistes qui rampaient pour se mettre à couvert. Après avoir achevé deux blessés, il changea encore de chargeur et élimina enfin les deux derniers Allemands. Le tout ne prit pas plus de quatre-vingt-dix secondes.

Pendant ce temps, Cavendish hissait Hitler à bord du Storch. Lorsque le dictateur y fut calé, le *Royal Marine* arma son fusil pour couvrir la retraite de son ami, qui avait commencé à courir vers l'appareil.

À peine essoufflé par un sprint d'une centaine de mètres, Seymour s'engouffra dans l'avion. Satisfait, son comparse jeta un dernier coup d'œil dans la rue puis embarqua à son tour. Avant même que les *Royal Marines* ne bouclent leur ceinture, Rymills remit les gaz à fond puis lâcha les freins. Au bout de quelques secondes, le Storch décolla.

— *McDuf* sur le retour, annonça le pilote en scrutant nerveusement le ciel.

— Compris *McDuf*, répondit McArthur. *Bowling* vous appelle, continua-t-il à l'attention de ses hommes, rompez le combat et descendez à 5 000 pieds.

Ignorant que les Spitfire les abandonnaient pour escorter le Storch, les pilotes des Messerschmitt rescapés ne demandèrent pas leur reste.

06 H 58.

À plat ventre près du siège d'Hitler, Hitchcock entendit avec soulagement le Storch décoller.

« C'est sûr'ment bon signe, espéra-t-il en se levant lentement. En tout cas, ça y est, maintenant t'es livré à toi-même mon gars ! »

Le *Coucou* observa les alentours, attendant les Allemands.

« 'Manqu'rait p'us qu'des Hollandais arrivent d'abord et m'fassent la peau ! » réalisa-t-il.

Hitchcock n'eut pas longtemps à patienter, un petit groupe de parachutistes se dirigeaient vers lui.

« Maint'nant, pensa nerveusement le *Coucou*, ça passe ou ça casse ! »

En croyant reconnaître son Führer, le sous-officier commandant la section fut presque paralysé. Il réussit néanmoins à beugler « *Heil Hitler* ! » Encouragé par cette première réaction, Hitchcock salua d'un geste sec de la main droite.

— Conduisez-moi sur-le-champ auprès de votre officier ! ordonna-t-il d'un ton impérieux.

— *Jawohl mein Führer* ! clama l'*Unteroffizier*.

« Ça marche ! exulta intérieurement le *Coucou*. Ça marche ! »

07 h 09. Alkmaar.

Tirant machinalement sur la cigarette pendant à la commissure de ses lèvres, l'*Oberleutnant* Ernst Braun ferma inconsciemment un œil pour empêcher la fumée d'y entrer. Tête nue, ce qui n'était pas un luxe en cette matinée déjà chaude, il était seul dans un petit bureau. L'endroit restait propret, en fait dans le même état qu'il l'avait trouvé quand lui et ses hommes avaient réquisitionné le commissariat pour le reconvertir en *Kommandantur*.

Braun présentait une apparence insolite, ses joues très roses et sa bouche lippue paraissaient trop juvéniles pour son corps de décathlonien. Sa jeunesse ne l'empêchait cependant pas d'assumer le commandement de la compagnie de parachutistes cantonnée depuis peu à Alkmaar, le capitaine commandant auparavant l'unité ayant été l'un des nombreux tués de la prise de l'aérodrome de Valkenburg.

L'*Oberleutnant* astiquait consciencieusement son Pistole 08, plus connu sous le nom de *Luger*. Non pas que son arme ne fût pas immaculée mais cette activité le plongeait dans une sorte d'absence émotionnelle. Se concentrer sur le nettoyage puis l'assemblage du 9 mm lui évitait sinon de penser, du moins de revoir encore et encore ces insoutenables images de camarades déchiquetés, baignant dans leur sang, d'entendre leurs cris déchirants avant que la morphine ne fasse effet.

« Il est bien gentil ce nabot de Goebbels de prétendre qu'on n'a quasiment pas eu de pertes, pensa amèrement Braun, ça fait une belle jambe à ceux qui restent sur le carreau ! »

Et que dire du drame des civils ?! L'*Oberleutnant* n'osait même pas imaginer Rotterdam et ses centaines de morts.

Entendant la porte du bureau s'ouvrir, il redressa la tête, s'apprêtant à tancer vertement celui qui avait eu le culot d'entrer sans frapper. Quelle ne fut pas sa stupeur de voir l'un de ses sous-officiers s'effacer devant son Führer ! Braun se leva d'un bond, faisant tomber son pistolet.

— *Heil Hitler* ! parvint-il à articuler.

Hitchcock lui rendit son salut.

— Savez-vous ce qu'il est advenu de mon avion ? demanda-t-il sévèrement.

Devant le mutisme emprunté de Braun, le *Coucou* poursuivit :

— Très bien, prenez immédiatement contact avec vos supérieurs à qui vous transmettrez l'ordre suivant : tous les occupants de mon avion, je dis bien tous, sont tenus au secret jusqu'à nouvel ordre. Le même traitement est appliqué aux pilotes de mon escorte. Ceci fait, vous organiserez mon convoyage par la route jusqu'à Charleville. Si je pars d'ici un quart d'heure, j'ai quelques chances de ne pas arriver trop tard dans l'après-midi au quartier général de Rundstedt. Est-ce clair ?

— *Jawohl mein Führer* !

— À présent, faites-moi accompagner jusqu'à une pièce d'où je pourrai téléphoner sans être importuné.

— *Jawohl mein Führer* !

Braun sortit en toute hâte pour donner ses consignes. Quelques instants plus tard, le *Coucou* se trouvait seul dans un bureau sur cour, dont l'occupant venait visiblement de déguerpir.

Après que son escorte eut refermé la porte, Hitchcock soupira de soulagement.

« Pour l'moment, pensa-t-il, ça gaze, pourvu qu'ça dure ! »

Les mains encore moites, le *Coucou* s'assit derrière le bureau, jetant un œil inquiet au portrait d'Hitler déjà fixé au mur.

Il décrocha le téléphone.

— Allô, dit le parachutiste de faction au standard.

— Passez-moi Berlin, ordonna rudement le *Coucou*, le *Generalfeldmarschall* Goering, en priorité éclair.

— *Jawohl mein Führer* !

Hitchcock n'avait pas eu besoin de s'identifier auprès du standardiste. À l'évidence, la rumeur selon laquelle le Führer se trouvait dans la *Kommandantur* s'était répandue comme une traînée de poudre.

En attendant que la communication soit établie, le *Coucou* sentit la nervosité le gagner, il allait passer un test déterminant. Goering, Hermann Goering, l'ogre insatiable dont l'appétit n'avait d'égal que la soif de richesses et de pouvoir, le dauphin désigné d'Hitler connaissait celui-ci depuis l'aube du nazisme. Si Hitchcock parvenait à le tromper, il pourrait à coup sûr duper n'importe qui.

Il ne fallut pas longtemps pour que la voix du maréchal retentisse dans le téléphone. Elle incarnait autant la bonhomie que la satisfaction.

— *Heil Hitler* ! Que me vaut le plaisir de votre appel *mein Führer* ?

Suivant le scénario concocté par Stephenson, le *Coucou* hurla à pleins poumons :

— C'est inadmissible ! C'est incroyable ! Il doit y avoir un fichu traître dans ma Luftwaffe ! J'exige des explications ! Vous êtes un incapable ! Vous !... Vous !...

Tandis qu'Hitchcock feignait l'apoplexie, Goering luttait contre l'affolement, essayant de comprendre ce qui lui valait un tel savon.

— *Mein Führer*, quémanda-t-il d'une petite voix, que se passe-t-il ?

— Que se passe-t-il ? répéta le *Coucou* en singeant Goering. Vous osez me demander ce qu'il se passe ?! reprit Hitchcock en vociférant de plus belle. Mais vous n'êtes bon qu'à être le grand veneur du Reich ! C'est à quelqu'un d'autre que je devrais confier le commandement de ma Luftwaffe ! Bougre d'incapable !

La peur de Goering allait grandissant. S'il avait régulièrement entendu Hitler hors de lui, jamais le maréchal n'avait subi un tel déchaînement, lui le disciple de la première heure, lui qui avait versé son sang lors de la tentative de putsch en 1923, lui qui proclamait à qui voulait l'entendre : « Si c'est la volonté du Führer, eh bien deux et deux font cinq ! »

— *Mein Führer*, hier encore, à Polch, vous m'avez félicité et… et vous m'avez même promis que la Luftwaffe prendrait davantage part à la victoire, et voilà qu'aujourd'hui vous m'estimez incapable. Je… je ne comprends pas.

— Hier ? répondit le *Coucou* décontenancé.

— Mais oui, vous ne vous souvenez pas ?

« Eeeh meeerdeuu ! songea Hitchcock. C'est ben ma veine ! Stephenson m'a pas prévenu de c'tte rencont'e. »

Mais le *Coucou* était fin prêt pour sa mission, il sut improviser.

— Hier, non, continua-t-il d'un ton épuisé, je ne me rappelle rien, le choc sans doute, il faut dire que je ne saute pas tous les jours en parachute.

— En quoi ?! s'égosilla Goering d'une voix presque femelle.

— Vous m'avez bien compris, répliqua Hitchcock en réalisant qu'il venait de surmonter l'obstacle. Ce matin, mon avion a été attaqué, et Baur s'est sacrifié, enfin je crois, il m'a conseillé de sauter, c'était la voix de la raison, j'ai donc obtempéré.

Le maréchal n'en crut pas ses oreilles, l'embuscade aérienne contre Hitler le plaçait au bord du gouffre, il pouvait être limogé d'un instant à l'autre, voire pire. La terreur le paralysa, l'empêchant même d'articuler le moindre mot.

Devinant sa frayeur, le *Coucou* battit le fer tant qu'il était chaud.

— Quoi qu'il en soit, reprit-il d'une voix ostensiblement fatiguée, j'ai ordonné que Baur, son équipage, ses passagers et mon escorte soient mis au secret. Je compte sur vous pour y veiller.

— Naturellement *mein Führer* !

— Il est absolument hors de question que le monde entier apprenne qu'il est possible de m'abattre comme n'importe qui. Vous veillerez personnellement à ce que cette lamentable affaire ne s'ébruite pas.

— *Jawohl mein Führer* !

Satisfait de sa prestation, Hitchcock raccrocha.

À l'autre bout du fil, Goering était dans tous ses états. Vautré dans un canapé de son extravagant manoir de chasse, le maréchal soufflait laborieusement, telle une baleine échouée. Regardant anxieusement le téléphone, il le raccrocha avec lenteur, comme si le combiné pouvait exploser sans crier gare. Après cet effort, Goering sentit la sueur perler sur son front. En tirant son mouchoir pour s'éponger, le maréchal perdit le contrôle de ses mains qui se mirent à trembler. Lâchant le mouchoir, Goering les observa, stupidement. Il ne lui vint pas à l'idée d'être dégoûté par sa peur, lui l'héritier durant la Grande Guerre du commandement de la glorieuse escadre Richthofen à la mort du légendaire *Baron rouge*. Du téméraire pilote de chasse, du sportif accompli repoussant constamment ses limites, ne restait qu'un obèse affectionnant les uniformes grotesques, un pathétique courtisan dont l'obsession de tous les instants était de plaire encore et toujours à son maître. Ce fut précisément cet asservissement, dans lequel il excellait, qui lui donna la force de repartir de l'avant.

Goering se redressa brusquement et empoigna le téléphone. Le maréchal exécuta d'abord à la lettre les ordres du *Coucou*. Il ordonna ensuite une enquête pour tout savoir de l'attaque dont avait été victime « son bien-aimé Führer ».

« Je dois coûte que coûte trouver un imbécile pour porter le chapeau ! » se dit-il.

07 h 52. RAF Northolt.

Quelques minutes plus tôt, Stephenson était au mess. Seul devant un thé qu'il avait laissé refroidir, il enchaînait cigarette sur cigarette. Lorsqu'un planton était venu l'avertir que les appareils du raid franchissaient les côtes britanniques, le Canadien avait bondi de sa chaise pour courir rejoindre le hangar du Storch.

Faisant les cent pas devant le bâtiment, il était partagé entre des sentiments contradictoires. D'un côté, la perspective d'avoir infiltré le *Coucou* l'électrisait. De l'autre, il voulait être sûr que son agent était réellement à pied d'œuvre avant de crier victoire. Rien n'indiquait effectivement qu'Hitchcock n'avait pas été démasqué, le cours de la guerre restait désastreux et après une nuit blanche, *Intrépide* était perclus de courbatures et avait les yeux irrités.

En se cambrant pour soulager son dos, il repensa à ce que Churchill venait de lui dire au téléphone :

— Vous rendez-vous compte que nous venons sans doute de réussir la plus belle duperie de toute l'histoire militaire ?

Stephenson esquissa un sourire, l'optimisme de Churchill pouvant réellement être contagieux.

Le Canadien entendit le vrombissement encore lointain d'avions à l'approche, des Spitfire précédaient le Storch et entamaient leur prise de piste. Comptant les appareils, *Intrépide* constata qu'il en manquait un.

« Un mort, pensa Stephenson, un seul mort pour une mission capitale, ce gars n'a pas été sacrifié en vain. Peut-être d'ailleurs qu'il est toujours en vie, après tout, les *Jerries* font des prisonniers. »

Pendant que le Storch se présentait en bout de piste, cinq Spitfire firent à basse altitude un tonneau de victoire. Malgré les circonstances, cette acrobatie amusa Stephenson, elle le ramena vingt-trois ans en arrière. Le visage fouetté par le vent, *Intrépide* avait amoureusement fignolé son premier tonneau, une petite voix lui demandant s'il exultait d'avoir vaincu à la loyale un adversaire opiniâtre ou simplement d'être en vie.

— Que c'est bon de vivre ! s'était-il exclamé à pleins poumons. Waouuu !

Revenant dans l'instant présent, le Canadien supposa que les auteurs des tonneaux se feraient sermonner dès le débriefing, les commandants d'unité détestant que leurs hommes prennent le risque de faire des acrobaties à basse altitude.

Lorsque le Storch toucha le sol, Cavendish eut la nette impression qu'un poids lui était ôté de sur la poitrine. Le *Royal Marine* avait tant redouté que Rymills ne joue les acrobates en arrivant à Northolt qu'il était resté tendu jusqu'à l'atterrissage, lequel fut pourtant un exemple de douceur. Pendant que l'avion roulait vers son hangar, Cavendish débarrassa Hitler du brellage explosif.

Suivant les ordres, Rymills n'arrêta pas son appareil devant Stephenson, il le fit avancer jusqu'au fond du hangar.

— Tu parles d'une mission ! maugréa l'aviateur en coupant le contact.

S'il savait que l'objectif avait été atteint, le *sergeant* ignorait l'identité du prisonnier, *Intrépide* n'ayant pas jugé indispensable que le pilote ait connaissance de l'opération *Coucou*. Rymills pouvait donc supposer que sa peau valait bien plus cher que le gain politique, voire même militaire, obtenu par l'enlèvement d'un ponte nazi.

Pendant que l'aviateur mettait à jour son carnet de vol, les *Royal Marines* sautèrent du Storch, au pied duquel le Canadien les attendait.

— Comment ça s'est passé ? leur demanda-t-il.

— On a récupéré not'e type sans trop de problèmes, répondit Cavendish. En repartant vers l'avion, on a quand même rencontré des *Jerries*, douze. 'Y caus'ront p'us jamais.

— Une balle dans la tête pour chacun, compléta Seymour.

— Pas vu de civils ? s'inquiéta Stephenson.

— Non, répliqua Cavendish, heureusement.

— Bien, commenta le Canadien en soupirant de soulagement, très bien même. Vous pouvez considérer votre mission accomplie, ajouta-t-il en tendant la main à Cavendish.

Pendant que Stephenson échangeait également une poignée de main avec Seymour, Rymills descendit du Storch.

— Excellent travail *sergeant*, le complimenta *Intrépide*.

— Si c'est vous qui le dites *sir*, rétorqua aigrement l'aviateur, tout ce que je sais, c'est que j'ai pris des risques sans savoir au juste pourquoi.

— Allons, répondit patiemment *Intrépide*, vous vous doutez bien que le secret a sa raison d'être mon garçon. Soyez sûr d'une chose, vous n'avez pas risqué votre peau pour rien, OK ?

Après avoir acquiescé d'un hochement du chef, le pilote salua et s'éloigna en bougonnant.

Laissant Rymills à sa mauvaise humeur, le Canadien se hissa à bord du Storch, à l'intérieur duquel Hitler reposait, inconscient et menotté. Stephenson lui enleva le passe-montagne, contemplant le monstre d'un œil mauvais. Un sentiment de justice immanente s'empara d'*Intrépide*.

« Je te casserais volontiers tous les os salopard, pensa le Canadien, mais ça n'est ni le lieu, ni le moment, et surtout, il y a encore tant à faire ! »

À commencer par disposer de la personne du Führer.

Intrépide rejoignit les *Royal Marines*.

— Vous vous reposerez plus tard Seymour, ordonna-t-il. Pour l'instant, allez vous changer. Dans dix minutes, vous devrez avoir embarqué à bord du Halifax, continua le Canadien en désignant d'un geste de la main un bombardier lourd. Vous escorterez notre type jusqu'au Canada…

Pour Stephenson, la solution avait été évidente, Hitler serait coupé du monde. Il serait toujours temps après la guerre de le rapatrier pour le juger.

— … Il y attendra la fin des hostilités, c'est compris ?

— Oui *sir*.

— Cavendish, poursuivit Stephenson, chargez notre prisonnier dans le Halifax.

— OK *sir*.

— Oh, j'allais oublier, ajouta le Canadien en tendant le passe-montagne au *lance corporal*, remettez-lui ça, voulez-vous ?

13 H 46. ALKMAAR.

Après avoir expédié le *Coucou* vers la Belgique, Braun se trouvait dans un hangar jouxtant la *Kommandantur*. Dubitatif, il examinait un à un les cadavres de douze de ses hommes. Les corps étaient alignés soigneusement, côte à côte, à même le béton du sol. Chaque dépouille avait les bras le long des flancs, les jambes jointes, comme au garde-à-vous, de telle sorte que l'*Oberleutnant* se faisait la curieuse impression de passer les morts en revue.

— Hartmann, dit-il en se tournant vers le sous-officier qui l'accompagnait, rappelez-moi où vous les avez trouvés.

— Ben comme j'vous l'ai dit tout à l'heure, dans la rue près du p'tit parc, vous savez *Herr Oberleutnant*, celui où j'ai récupéré le Führer.

— Quatre hommes criblés d'éclats, commenta sombrement Braun, sûrement des grenades, une balle dans la tête pour chacun. Quelle sale affaire ! Et en prime, le Führer qui tombe du ciel juste à côté ! Mais qu'est-ce que ça veut dire bon Dieu ?!

— J'en ai aucune idée *Herr Oberleutnant*.

Reportant son attention sur les cadavres, Braun pensa que la guerre avait bien cessé d'être fraîche et joyeuse. Il savait que certains officiers allemands avaient utilisé des prisonniers de guerre hollandais comme boucliers humains pour forcer des points de résistance néerlandais. Il n'ignorait pas que des troupes spéciales du Reich déguisées en civils avaient été larguées en Hollande. Issu d'une longue lignée d'officiers, l'*Oberleutnant* était dégoûté par ces méthodes sans honneur.

Il devait envoyer un rapport au quartier général de la division, Goering allait disposer d'une pièce maîtresse dans le puzzle que constituait l'infiltration du *Coucou*. L'étau se resserrait déjà autour d'Hitchcock.

17 h 50. Hôtel de ville de Charleville.

Au deuxième étage de la petite bâtisse aux façades recouvertes de lierre, la salle des délibérations du conseil municipal était sans prétention. Percé de deux larges fenêtres à double battant donnant sur la rue du Théâtre, l'endroit paraissait avoir respiré le calme permanent, voire un ennui de tous les instants. D'ailleurs, même les portraits de notables accrochés aux murs blancs semblaient s'ennuyer ferme. Tranchant bizarrement avec cette torpeur, le manteau de la cheminée était agrémenté d'un joli trophée aux cuivres étincelants, célébrant sans doute quelque victoire lors du championnat de football départemental des Ardennes.

À côté de la coupe trônait depuis peu l'un des symboles de l'activité frénétique régnant désormais à Charleville, un téléphone de campagne allemand. Son vilain fil vert-de-gris courait le long des plinthes puis sous la porte pour relier la pièce au local voisin, lequel était devenu le centre de communication du général von Rundstedt. Fini le morne traintrain !

Les tables étroites, derrière lesquelles les élus s'étaient assis pour débattre sans passion de l'organisation d'une quelconque manifestation, avaient été rassemblées en un vaste rectangle sur lequel étaient déployées les imposantes cartes d'état-major du groupe d'armées A.

Groupe d'armées A. Cette expression impersonnelle, administrative au point d'en paraître anodine, désignait le fer de lance des envahisseurs teutons, leur *Schwerpunkt*, leur centre de gravité, pour employer le jargon en vogue à Spandau. Redoutable cavalerie de l'ère mécanisée, ses quarante-cinq divisions comptaient la majeure partie des blindés et de l'infanterie motorisée du Reich. Placées sous le commandement du talentueux *Generaloberst* von Rundstedt, ces troupes d'élite avaient réussi ce que nombre de stratèges avaient jugé impossible, la percée décisive à l'ouest, entre la ligne Maginot et la Dyle, pour ensuite foncer bride abattue en France jusqu'à la Manche.

La tête de cet irrésistible rouleau compresseur, son état-major, venait de s'installer à Charleville. Ce modeste chef-lieu sortait ainsi de l'anonymat d'une façon dont il se serait bien passé.

Sifflotant tout en mettant de l'ordre dans la salle des délibérations, l'*Obergefreiter* Emil Schmitt était satisfait, il avait de quoi. Quadragénaire rondouillard aux manières bonhommes, Schmitt était l'ordonnance de von Rundstedt, il avait la chance de ne plus servir au front.

« J'ai déjà donné, autant laisser la place aux jeunots ! »

Effectivement, l'*Obergefreiter* avait largement payé de sa personne. Comme beaucoup de ses camarades, il avait en août 1914 volontairement quitté son foyer en braillant gaiement « *Nach Paris* ! » À cet engouement naïf avait rapidement succédé l'horreur de la guerre des tranchées. Des positions imprenables, sur lesquelles les vagues d'assaut se brisaient stérilement, au prix de milliers de morts. Des déluges déshumanisants d'obus, arrachant dans un fracas terrifiant de monstrueux geysers de terre aux champs de bataille jonchés de cadavres et de blessés souvent mutilés, broyant aveuglément ennemis et amis. Le froid, la maladie et l'ennui de ce qui tenait lieu d'existence dans les lacis de tranchées, ponctués par un imprévisible obus isolé ou le vice d'un tireur d'élite. Les camarades qui tombaient les uns après les autres, sans que cela parût encore avoir un sens. Schmitt était sorti pratiquement indemne de cette géhenne, avec une épaule cassée par un éclat de shrapnel à Verdun puis les poumons légèrement brûlés par les gaz dans la forêt d'Argonne.

Au soulagement légitime de l'armistice avait succédé la colère envers les embusqués de l'arrière, toute cette juiverie qui avait poignardé l'armée dans le dos, lui déniant une juste victoire, lui imposant le diktat de Versailles. Versailles, ce torchon de papier comme disait très justement le Führer. Quel désastre ce traité inique avait-il épargné au malheureux *Vaterland* ? L'hyperinflation avait balayé les modestes économies de sa famille, la guerre civile plus ou moins larvée avait plongé presque tout son fier pays dans le chaos. Et ces salauds de Français, si souvent rossés, ils avaient même eu le culot d'occuper le cœur industriel de l'Allemagne pendant sept interminables années. Sept ans ! Tant et tant d'humiliations !

Mais tout ça était fini et bien fini. Tout souriait à l'Allemagne depuis que la Providence avait placé son destin entre les mains fermes mais paternelles d'un homme hors du commun. Comme Schmitt, ce sauveur restait modeste, n'ayant pas oublié ses origines populaires. Mais contrairement à l'immense majorité de ses concitoyens, ce patriote exemplaire faisait passer sa personne loin derrière l'intérêt supérieur du *Volk*, allant jusqu'à se refuser les joies du mariage et de la paternité.

Quel miracle cet homme tant décrié par la racaille bolchevique et la juiverie internationale n'avait-il accompli ? Trop longtemps affaiblie, humiliée, méprisée, l'Allemagne était devenue plus forte que jamais, le monde entier tremblait désormais devant elle, et ça n'était que justice ! Certes la prospérité promise par le Führer n'était pas encore à la portée de tous, mais chaque vrai Allemand vivait maintenant dignement.

« Béni soit le Führer ! » se dit Schmitt pour la énième fois.

Catholique pratiquant, l'*Obergefreiter* condamnait la persécution menée par le parti contre l'Église. Mais par la grâce de la propagande du docteur Goebbels, il n'en tenait pas rigueur au Führer. Schmitt était persuadé que si Hitler avait eu connaissance de toutes les injustices commises par les nazis, de leur corruption évidente, il y aurait mis bon ordre, comme il l'avait fait avec ce porc de Roehm.

En cette fin de journée, alors que les troupes allemandes continuaient à mener la vie dure aux Alliés, Schmitt veillait plus prosaïquement à ce que les fenêtres de la salle des délibérations restent ouvertes, il ne s'agissait surtout pas que la pièce empeste le tabac quand le Führer arriverait. Jetant un ultime regard sur les lieux, l'*Obergefreiter* remarqua une bouteille de Cointreau oubliée à côté du téléphone, voilà qui irriterait le Führer ! Il était tout de même curieux qu'un type aussi bien négligeât les bienfaits d'un bon alcool. Allez ! Après tout, chacun avait droit à ses petites bizarreries !

Empoignant la bouteille, l'*Obergefreiter* s'assura que personne ne pouvait le voir. L'œil brillant de gourmandise, il la déboucha et en porta le goulot à ses lèvres.

« Aaaah ! pensa-t-il avec contentement, alors que le Cointreau réquisitionné pour son général lui chauffait agréablement le gosier, ça vaut pas un bon schnaps, mais ça s'laisse boire ! »

Schmitt était sur le point de s'octroyer une autre gorgée quand il entendit le roulement d'une lourde voiture sur les pavés. Dissimulant la bouteille derrière son dos, il se pencha à une fenêtre.

« C'est sûrement lui ! pensa-t-il en voyant une énorme Mercedes noire décapotée ralentir devant la mairie. Ça doit êt'e le Führer ! »

L'*Obergefreiter* s'empressa de ranger le Cointreau et quitta précipitamment la salle des délibérations. En dévalant l'escalier menant au perron, Schmitt aperçut du coin de l'œil von Rundstedt et son chef d'état-major, l'*Oberstleutnant* von Sondersen, remonter tranquillement le couloir. L'*Obergefreiter* savait que ces messieurs avaient prévu d'attendre Hitler devant la carte des opérations. C'était donc à lui, Emil Schmitt, qu'incombait l'honneur inouï d'accueillir le Führer ! L'ordonnance allait voir le Führer en chair et en os ! Il allait côtoyer le plus grand chef militaire de tous les temps ! Fou de joie, il descendit en toute hâte à la rencontre de son idole.

Le *Coucou* sortait de voiture quand Schmitt parvint au perron. Cependant que les gardes présentaient bruyamment armes, l'*Obergefreiter* fut submergé par l'émoi. N'ayant vu Hitler que dans les journaux et aux actualités cinématographiques, il n'avait jamais imaginé, même dans ses rêves les plus fous, approcher celui qui était devenu un dieu vivant pour la grande majorité des Allemands. Il était tellement ému qu'il s'étonna à peine de découvrir un Führer de taille ordinaire. En revanche, Schmitt fut fasciné par les yeux étincelants d'Hitchcock, ce dernier jouant de façon fort convaincante le dictateur sûr de son pouvoir et de sa destinée.

« Quel homme ! » songea-t-il.

Pendant que le *Coucou* s'avançait vers l'entrée, l'ordonnance claqua des talons et poussa un « *Heil Hitler !* » tonitruant. Fidèle à son personnage impérieux, Hitchcock lui rendit à peine son salut.

— Le *Generaloberst* von Rundstedt a été averti de votre arrivée *mein Führer*, énonça Schmitt en souriant de toutes ses dents. Si vous voulez bien me suivre *mein Führer*.

Il fit demi-tour et entreprit de remonter dignement les marches du perron.

— *Schneller* ! vociféra le *Coucou* en levant les bras au ciel.

Comme s'il venait d'être cravaché, l'*Obergefreiter* accéléra franchement la cadence. Mais loin d'être peiné par la rudesse de son idole, il jubila, estimant participer d'une certaine manière au cours de l'histoire.

Parvenu presque au pas de charge devant la salle des délibérations, l'*Obergefreiter* ouvrit vivement l'un des battants de la porte. Se figeant au garde-à-vous, il annonça l'auguste visiteur d'un ton qu'il voulait martial.

— *Meine Herren, der Führer kommt* !

En pénétrant dans la pièce, le *Coucou* fut accueilli par ce qu'il savait être d'authentiques junkers. Ainsi que l'exigeait l'usage de leur caste, les gentilshommes claquèrent des talons en se mettant au garde-à-vous. Sacrifiant également au rite nazi, ils tendirent le bras droit et clamèrent « *Heil Hitler* ! » Loin d'afficher le sourire extatique des courtisans du Führer, leurs visages n'exprimaient aucune joie particulière. Hitchcock crut même déceler dans leur retenue une certaine réserve, pour ne pas dire une distance, laquelle ne pouvait être mise sur le seul compte du professionnalisme d'officiers supérieurs en campagne.

Le *Coucou* reconnut immédiatement le plus âgé. Grand, mince, les traits réguliers et sévères, arborant une moustache poivre et sel impeccablement taillée, Karl Rudolf Gerd von Rundstedt incarnait l'aristocratie prussienne. Comme la plupart de ses compatriotes, ce vétéran de la Grande Guerre reconnaissait aux nazis le mérite d'avoir rétabli l'ordre et écarté la menace rouge. Mais à l'instar de la majorité de ses pairs, le *Generaloberst* méprisait souverainement Hitler et les siens. À ses yeux, les nazis n'étaient qu'un ramassis d'opportunistes incultes. De plus, il se méfiait de l'aventurisme qu'il constatait dans la politique étrangère du IIIe Reich. Aussi et surtout, cet aristocrate supportait mal de recevoir des ordres d'un individu de médiocre extraction, fût-il chancelier. Imperméable à la propagande de

Goebbels et consorts, le *Generaloberst* avait développé envers le nazisme une haine si coriace qu'il avait pris sa retraite anticipée en 1938. Malheureusement pour les Alliés, ses talents d'organisateur étaient tels qu'Hitler l'avait rappelé dès 1939 pour lui confier le commandement du groupe d'armées sud lors de l'invasion de la Pologne.

Après que von Rundstedt eut présenté au *Coucou* son chef d'état-major, les trois hommes se penchèrent sur la carte des opérations. D'un ton neutre, le *Generaloberst* commença le récit des événements du jour. Hitchcock écouta silencieusement, arborant une mine radieuse quand von Rundstedt évoqua « le spectaculaire effondrement des lignes françaises ».

— *Mein Führer*, intervint alors von Sondersen en désignant du doigt un point sur la carte, la Ire Panzerdivision a atteint le fleuve Aa, qui se jette dans la mer à Gravelines. Guderian est donc à 16 km de Dunkerque.

— L'encerclement de l'ennemi y est quasiment achevé, confirma von Rundstedt, c'est pourquoi j'ai accordé un jour de repos aux unités blindées.

Le *Generaloberst* avait encore des réserves quant aux possibilités du blitzkrieg. Ainsi, il redoutait qu'en s'enfonçant profondément derrière les lignes alliées les panzers ne s'exposent dangereusement au risque d'une contre-attaque.

— Vous avez fort bien fait ! approuva chaudement le *Coucou*.

Cet enthousiasme n'était pas feint, il se souvenait d'une des obsessions de Stephenson, presque tout ce que la Grande-Bretagne comptait de troupes terrestres se trouvait en France, des mois seraient nécessaires pour recruter et surtout entraîner de nouvelles divisions alors que quelques semaines suffiraient pour réarmer les unités coincées sur le continent si l'on parvenait à les ramener au bercail.

— Il faut à tout prix faire rembarquer les *Tommies* ! lui avait répété *Intrépide*.

Se rappelant ces mots, Hitchcock réalisa qu'il allait donner raison à Gubbins, il allait « changer le cours de l'histoire ». Tandis que von Rundstedt et son chef d'état-major l'observaient en silence, attendant peut-être un commentaire plus circonstancié de la part du stratège amateur qu'ils voyaient en Hitler, le *Coucou* empoigna les bords de la table, les serrant à en faire blanchir ses phalanges. Hitchcock regarda l'un après l'autre ses interlocuteurs, puis il assena son premier coup à l'édifice nazi :

— Il faut à présent ménager mes panzers, dit gravement le *Coucou*, ma Luftwaffe donnera leur reste aux ennemis, Dunkerque sera laissée à l'aviation. Quant à l'offensive terrestre vers le nord, elle sera exécutée uniquement par l'infanterie.

25 MAI 1940. 12 H 33. DUNKERQUE.

Seul sur une colline, un officier allemand observait à la jumelle la cohue de troupes alliées s'entassant pêle-mêle dans Dunkerque. Malgré des paupières tombantes, le regard étincelant était indubitablement celui d'un redoutable meneur d'hommes. Exprimant autant la volonté que l'audace, il semblait proclamer : « Je suis maître de moi comme de l'univers ! »

Dès 1929, quand la Reichswehr n'était plus que l'ombre d'elle-même, il avait préconisé la création d'un corps de panzers. L'arrivée d'Hitler au pouvoir lui avait permis d'imposer un concept promis à un brillant avenir, celui de la coopération entre l'artillerie, les blindés et l'aviation. Théoricien du blitzkrieg, cet individu en était aussi l'un des plus éminents praticiens.

Pinçant nerveusement les lèvres, le *Generalleutnant* Heinz Guderian regardait des essaims de Stuka tourner au-dessus de Dunkerque comme autant d'oiseaux de proie. Il se doutait que les aviateurs n'avaient pas la tâche facile. Non seulement la chasse alliée les harcelait mais en plus d'énormes colonnes d'une fumée grasse et noire s'élevaient des entrepôts de carburant déjà bombardés, voilant leurs objectifs. De temps en temps, un Junkers 87 quittait cette ronde sinistre. Tel le rapace fondant sur sa cible, l'appareil piquait à la verticale, son train caréné figurant de manière frappante les serres du prédateur prêt à saisir son gibier. Loin de se figurer le hurlement à briser les tympans de la sirène fixée sur le train de l'avion, Guderian pensait à von Brauchitsch, le commandant en chef de la Heer :

« Pourvu qu'il soit parvenu à convaincre le Führer de revenir sur sa décision d'hier ! Il le faut ! »

Piaffant d'impatience, Guderian attendait l'ordre qui allait enfin l'autoriser à jeter sa Ire Panzerdivision au milieu de la fabuleuse pagaille régnant à Dunkerque.

— *Herr Generalleutnant* ! entendit-il derrière lui.

Baissant ses jumelles, il se retourna. Un *Oberfeldwebel* des transmissions se tenait au garde-à-vous. Guderian lui rendit son salut.

— Un message *Herr Generalleutnant*, reprit le soldat en tendant un feuillet.

— Ah ! répondit Guderian de sa voix nasillarde en s'emparant du document. Voyons ça !

Plein d'espoir, le *Generalleutnant* entama sa lecture. Ce qu'il découvrit le stupéfia :

APPLICATION : IMMÉDIATE

DE : OKH

À : *GENERALLEUTNANT* GUDERIAN

RÉFÉRENCE : OPÉRATIONS DU 25-5-1940

HALTBEFEHL. PANZERDIVISIONEN I, II ET X RESTENT SUR LEURS POSITIONS JUSQU'À NOUVEL ORDRE. CECI EST, JE RÉPÈTE, CECI EST UN *FÜHRERBEFEHL*.

SIGNÉ : W. VON BRAUCHITSCH

« C'est impossible ! » se dit Guderian en sentant sa nuque s'empourprer.

Croyant avoir la berlue, il relut le message. Pas de doute ! L'ordre était clair ! À défaut d'être intelligent ! De rage, Guderian froissa le papier en boule. Seule la présence du sous-officier l'empêcha de jeter le feuillet par terre pour le piétiner. Guderian en aurait pleuré. Sa Ire Panzerdivision pouvait débouler en une heure dans Dunkerque ! Et tout ce qu'il lui était permis de faire, à lui, Guderian, lui le téméraire meneur des Ire, IIe et Xe Panzerdivisionen, lui qui avait fait la percée décisive à Sedan, c'était d'observer impuissant la Luftwaffe s'acharner stérilement sur un ennemi désemparé !

« Damné caporal de Bohême ! » hurla-t-il en lui-même.

C'était la première fois que ce génie de l'arme blindée maudissait celui qu'il croyait être son Führer.

Le 22 mai, le jour même où *Mandarine* avait communiqué l'itinéraire aérien du Führer à Bletchley, Denniston avait indiqué à Stephenson que l'un des buts de l'offensive allemande était sûrement une ruée vers la Manche. *Intrépide* avait aussitôt transmis ce pronostic à Churchill.

— Il faut agir ! s'était enflammé celui-ci.

L'action, la nécessité impérieuse de l'action face au danger était une obsession churchillienne. Le *Prime Minister* avait été tellement dégoûté par l'inertie britannique lors de la montée du nazisme qu'il faisait apposer sur chacune de ses innombrables instructions un papillon autocollant rouge portant une inscription comminatoire : « *Action this day* ! »

Sachant qu'à moins d'un miracle les Alliés ne pourraient arrêter le rouleau compresseur allemand, Churchill avait pris la décision qui s'imposait :

— Je vais immédiatement charger Ramsay de préparer l'éventualité d'un rapatriement du corps expéditionnaire !

Aussitôt dit, aussitôt fait ! Mis dans la confidence, le vice-amiral avait mobilisé, en un temps record, huit cent quarante-huit capitaines parmi les marins pêcheurs, les yachtsmen, la marine marchande, sans oublier bien sûr la Royal Navy. Il avait constitué une invraisemblable armada de destroyers, d'escorteurs, de bateaux de plaisance, de chalutiers, de bateaux-pompes, et jusqu'à de vieilles gabares qui naviguaient sur la Tamise. Pour ce qui s'annonçait comme tout autre chose qu'une navigation de plaisance, Ramsay n'avait rien laissé au hasard. Toutes les embarcations, de la plus petite à la plus grande, avaient un point d'approvisionnement, notamment en carburant, chaque capitaine avait sa feuille de route.

La mission de cette flotte de la dernière chance ? Franchir les 74 km séparant Douvres de Dunkerque pour rapatrier la BEF, le tout sous le déluge de feu et d'acier que ne manqueraient pas de déverser l'artillerie allemande et des nuées de Stuka, sans oublier les hauts-fonds et les mines mouillées par la Kriegsmarine. Une gageure, pour ne pas dire une folie ! D'ailleurs, les obstacles paraissaient à ce point formidables que Ramsay avait limité son ambition à rapatrier environ quarante-cinq mille hommes, soit seulement le dixième des troupes prises au piège dans la nasse de Dunkerque. Évidemment, il était entendu que les soldats abandonneraient tout leur matériel en France.

Pour préserver le secret dans lequel opérait Bletchley, il était hors de question de révéler l'organisation minutieuse mise sur pied par Ramsay, la propagande britannique présenterait donc cette opération comme une improvisation géniale.

Commencée le 26 mai, *Dynamo* s'acheva le 4 juin sur un étonnant bilan : 338 226 combattants, dont 123 095 Français, purent être évacués. L'objectif de Ramsay avait été plus qu'atteint ! Les Allemands ne firent que trente-cinq mille prisonniers, presque tous des Français ayant participé aux combats d'arrière-garde. Malgré les rodomontades de Goering, les chefs de la Heer ne s'y trompèrent pas. Comme le constata le général Brennecke, « il n'est pas agréable de penser que nous retrouverons en face de nous ces hommes réarmés. » Il ne croyait pas si bien dire !

Avec *Dynamo*, le *Coucou* marquait le premier point du camp allié.

Néanmoins, le salut de la liberté était loin d'être assuré, ce que Churchill rappela aux Communes le 4 juin :

— Nous devons bien nous garder de considérer cette délivrance comme une victoire. Les guerres ne se gagnent pas par des évacuations. Nous nous battrons en France, nous nous battrons sur les mers et sur les océans, nous nous battrons dans les airs, avec une confiance et des moyens sans cesse croissants. Nous défendrons notre île à n'importe quel prix. Nous nous battrons sur les terrains d'atterrissage, nous nous battrons dans les champs et dans les rues, nous nous battrons dans les collines. Jamais nous ne nous rendrons ! Et même si notre île, ou une grande partie de celle-ci, devait se trouver conquise et affamée, ce que je ne crois pas un seul instant, alors notre empire d'outre-mer, armé et protégé par la flotte, poursuivrait la lutte jusqu'à ce que Dieu fasse que le Nouveau Monde, avec toutes les ressources de sa puissance, s'avance pour secourir et libérer l'Ancien.

Salué par un tonnerre d'applaudissements, le Premier ministre contempla longuement son auditoire, affichant l'air têtu et renfrogné du bouledogue qui refusera d'abandonner le combat, quoi qu'il advienne. Churchill se doutait que son discours entrerait dans l'histoire mais ses pensées allèrent ailleurs que vers des considérations académiques.

Quittant un moment des yeux les députés, il laissa son regard errer sur les boiseries sans prétention de la Chambre des communes, il embrassa du regard ces lieux austères où avaient résonné les tirades de ses aînés, parmi lesquels son père adoré, Lord Randolph. Alors, peut-être saisi par une prémonition, Churchill l'indomptable eut peur, non pour lui-même bien sûr mais pour ce vénérable palais de Westminster, ce saint des saints de la démocratie britannique. Fermant les yeux un bref instant, il fit en lui-même une courte prière :

« Et fasse notre Seigneur que le *Coucou* épuise la bête malfaisante du nazisme en la faisant courir après des chimères. »

Amen !

Chapitre 5

Brûly-de-Pesche, un point aussi anonyme que verdoyant sur la carte de Belgique. Le 23 mai 1940, les Allemands avaient rompu la monotonie pastorale de ce canton perdu au milieu de la forêt de Couvin, ils avaient évacué sans la moindre explication les vingt-huit villages aux alentours. Trois jours plus tard, des centaines d'ouvriers et quelques ingénieurs de l'organisation Todt étaient arrivés. En à peine onze jours, ces bâtisseurs frénétiques avaient fait surgir de terre des bâtiments aux noms évocateurs : *Führerhaus* (maison du Führer), *Führerbunker* (bunker du Führer), etc. Ils avaient également aménagé une piste à partir de laquelle un Storch pourrait décoller et atterrir. L'obsession germanique du détail avait été poussée jusqu'à l'aménagement d'un chemin piétonnier et d'une pièce d'eau, surnommée *das Schwimmbad* (la piscine). Rien n'était trop beau pour le Führer ! Détail touchant, les ingénieurs du bon docteur Todt avaient démontré savoir manier autre chose que le béton en faisant ressembler la *Führerhaus* à un très coquet chalet bavarois !

Le 6 juin, le *Coucou* s'était installé dans ce QG de campagne voulu par Hitler pour suivre au plus près l'avance de ses troupes. Il n'ignorait pas que le Führer avait été surnommé *Wolf* tant par son père que par les tout premiers nazis. Se rappelant aussi que le dictateur aimait attribuer des pseudonymes à ses lieux de travail, il avait surnommé l'endroit *Wolfsschlucht*, le ravin du loup.

18 JUIN 1940. 14 H 40. BRÛLY-DE-PESCHE.

Avant d'aller retrouver Mussolini à Munich, le *Coucou* déambulait sur le chemin forestier. Le pas lent, les mains croisées derrière le dos, il humait l'air humide. La forêt, presque une futaie tant elle paraissait clairsemée, laissait facilement percer une clarté blafarde. Malgré la large visière de sa casquette, Hitchcock était presque indisposé par cette lueur, au point de cligner régulièrement des paupières.

Voulant être seul, prétextant le besoin de méditer, il avait donné congé à ceux qui avaient souhaité l'accompagner. Seul, le *Coucou* l'était, au point que le désespoir l'étreignait. Loin derrière les lignes ennemies, il se faisait l'impression d'être enterré vivant. En vérité, Hitchcock l'était, cela faisait presque un mois qu'il s'était enfoui dans son terrier de taupe. Coupé de tout contact avec ceux qui lui étaient chers, il se sentait parfois plus mort que vif. Bien sûr, il savait que Stephenson faisait l'impossible pour établir un moyen de communication. En attendant, une solitude de tous les instants l'oppressait.

Le regard perdu vers les profondeurs de la forêt, Hitchcock tâchait de se réconforter en songeant qu'il avait réussi un exploit, le miracle de Dunkerque. Le *Coucou* ne pavoisait cependant pas, loin de là. S'il n'était plus hanté en permanence par la crainte d'être démasqué, il était conscient que les possibilités de faire un faux pas restaient légion. Malgré son étonnante mémoire, n'allait-il pas confondre un sbire du Führer avec un autre ? Avait-il suffisamment compris Hitler pour être capable en toute circonstance de réagir comme lui ? Une parole malheureuse n'allait-elle pas le trahir ? À cette angoisse s'ajoutait le spectre de la défaite, le *Coucou* sachant son pays ô combien vulnérable à une tentative d'invasion. Pourrait-il la prévenir sans se compromettre ? Cette dernière question plus que toute autre le minait. Hitchcock savait qu'il ne pouvait simplement rapatrier les troupes allemandes derrière la ligne Siegfried, un tel geste le ferait sûrement démasquer. Or, *Intrépide* lui avait dit et répété que sa mission, et donc sa personne, étaient infiniment plus importantes que des considérations militaires à court terme. La Couronne pouvait se permettre de perdre une voire plusieurs batailles, même sur le sol britannique, elle ne devait en aucun cas sacrifier son agent le plus précieux. Mais peut-être au moins le *Coucou* parviendrait-il à gagner encore un peu de temps avant que les nazis ne s'élancent sur la Grande-Bretagne.

« À voir ! » songeait-il encore et encore.

Hitchcock devait non seulement supporter un terrible isolement, il lui fallait aussi prendre de la distance par rapport à ce qu'il observait et entendait sous peine de devenir complètement fou. Issu d'une société démocratique, se conduisant naturellement comme un citoyen responsable, le *Coucou* devait imiter un dictateur percevant son peuple non comme un rassemblement d'individualités mais comme une race. À ses yeux, Hitler et sa clique se comportaient envers leurs compatriotes non comme des gouvernants dignes de ce nom mais tels des éleveurs de bétail : pour l'élite nazie, parmi laquelle les blonds aux yeux bleus n'étaient d'ailleurs pas nombreux, le Graal était la préservation de la race des seigneurs. Dans cette perspective, tous les abus étaient possibles, il en avait conscience.

Heureusement pour Hitchcock, Hitler n'avait pas l'habitude de s'immerger dans les détails du gouvernement. Il lui arrivait certes de suivre quelques affaires de près, mais d'une manière générale le Führer était resté le paresseux qu'il avait été dès l'enfance, préférant laisser ses sous-fifres s'échiner. Dès lors, si le *Coucou* était trop souvent confronté à l'immonde, certaines horreurs lui étaient épargnées.

Sachant que la France ne tarderait pas à capituler, Hitchcock avait fait convoquer les plénipotentiaires français à l'endroit précis où en 1918 les représentants allemands avaient rendu les armes, dans le wagon de Foch, au sein de la forêt de Compiègne. Il était certain qu'Hitler aurait orchestré une mise en scène particulièrement humiliante pour recevoir la reddition de la rivale tant haïe.

S'il était un pays que le dictateur détestait presque autant que la Russie, c'était bien la France, l'arrogant vainqueur d'hier, l'ennemi enfin abattu. Hitchcock ne doutait pas que le Führer aurait été d'une extrême dureté envers elle. À mesure que la bataille de France arrivait à son terme, il avait donc cherché le moyen d'adoucir le calvaire qu'allaient subir les Français, et il l'avait trouvé. La marine de guerre française, la plus puissante flotte que la France ait eue depuis Colbert, serait l'épouvantail idéal. Le *Coucou* n'ayant pas encore compris à quel point les nazis déifiaient Hitler, il avait marché sur des œufs en expliquant à la cour du Führer qu'il fallait à tout prix éviter que la redoutable marine française ne soit écœurée au point de rallier les ports anglais.

Goering, l'ineffable Goering, aurait dû s'insurger devant une telle absurdité.

— *Mein Führer* ! aurait-il dû protester. Nous venons de conquérir la maîtrise du ciel français, et vous connaissez la précision de nos Stuka. Vous n'avez qu'un mot à dire *mein Führer*, aurait-il dû ajouter en se gonflant d'importance, tel le paon séduisant sa femelle, et rien ne pourra empêcher nos avions d'envoyer par le fond cette flotte française qui vous inquiète tant !

Effectivement, si nombre de bâtiments français mouillaient en Afrique du Nord, la base de Toulon abritait des dizaines de vaisseaux, parmi lesquels les redoutables croiseurs de première classe Colbert, Foch, Dupleix et Algérie. En fait, Goering aurait pu faire mieux, beaucoup mieux encore, s'il n'avait craint que la Kriegsmarine, rivale de sa Luftwaffe, ne prenne trop d'importance :

— *Mein Führer*, aurait-il pu conseiller en souriant d'un air complice, cette flotte française sera pour nous un prodigieux butin. Vous qui avez monté de main de maître l'assaut contre Eben-Emael, vous savez mieux que quiconque que nos parachutistes peuvent prendre une forteresse réputée imprenable. Laissez-les sauter sur Toulon et la Kriegsmarine deviendra assez forte pour disputer les mers aux Anglais.

Mais non, au lieu de défendre les intérêts du Reich, Goering préféra suivre aveuglément celui qu'il croyait être son Führer. Voilà qui lui laisserait d'autant plus le loisir de paresser et de piller les nombreux musées français.

Les marins allemands ne réagirent pas plus intelligemment. Aucun n'objecta que l'amiral Darlan aurait déjà ordonné à ses escadres de rejoindre la Royal Navy s'il avait voulu continuer la guerre.

Ce fut ainsi qu'au grand étonnement du *Coucou*, les nazis avaient gobé l'appât, l'hameçon et la ligne. Alors que le Reich avait exigé la capitulation pure et simple de la Pologne, du Danemark, de la Norvège, des Pays-Bas puis de la Belgique, il allait gratifier la France d'un armistice aux conditions certes draconiennes mais qui, Hitchcock l'espérait, éviterait le pire ; tout le territoire ne serait pas occupé, près de la moitié du pays resterait gouvernée par les Français.

En ce début d'après-midi, Hitchcock se triturait furieusement les méninges. Au-delà de considérations stratégiques, il devait être à chaque instant fidèle au caractère du Führer. Et justement, alors que la France s'apprêtait à capituler, le *Coucou* se demandait si Hitler n'aurait pas marqué le coup autrement qu'en imposant l'humiliation de l'armistice. Hitchcock savait que si le dictateur détestait copieusement les Français, il admirait Paris. Passionné d'architecture et d'urbanisme, le Führer avait la réputation de puiser une partie de son inspiration artistique dans ses études de la Ville Lumière.

« Voyons, qu'est-ce que c't animal d'Hitler aurait fait ? »

Claquant impatiemment des doigts, ainsi que le faisait le Führer lorsqu'il était énervé, Hitchcock envisageait différentes hypothèses.

« Brûler Paris parc'qu'il est trop beau ? s'interrogea-t-il non sans dégoût. Non, Hitler est sûr que Berlin s'ra bientôt la plus belle ville au monde. Défiler sous l'Arc de Triomphe ? Ça s'rait idiot, c'est dans sa prop'e capitale qu'Hitler voudrait parader. »

L'appel d'un coucou le tira de sa réflexion. Intrigué, il cessa de marcher. Il leva la tête, essayant de repérer l'oiseau qui était devenu pour ainsi dire son totem. Le chant du volatile retentit à nouveau, plusieurs fois et très distinctement, Hitchcock put ainsi discerner sa silhouette gris bleu, tandis que l'oiseau le considérait fixement depuis une branche haute. Au bout de quelques secondes, le coucou se lassa de ce face-à-face et s'envola.

— T'en as d'la chance de pouvoir déguerpir, lui lança Hitchcock, souriant tristement en suivant brièvement le vol de l'oiseau.

Un peu moins crispé après cette rencontre insolite, il reprit sa promenade. Au bout de quelques pas, son visage s'illumina.

« J'y suis ! se dit-il en claquant des doigts. J'vais faire un p'tit tour à Paris ! »

Fidèle à son personnage de pseudo-artiste, le *Coucou* se mit aussitôt en devoir d'imaginer une visite digne d'un passionné d'architecture, du moins à l'idée qu'il s'en faisait. Dans la même veine, il décida de se faire accompagner par deux des artistes préférés du Führer, l'architecte Speer et le sculpteur Breker. Voilà qui le changerait des militaires et autres politiques !

23 JUIN 1940. 05 H 07. FRANCE.

Baur était radieux, son Kondor minutieusement réparé tournait comme une horloge suisse. Surtout, son Führer ne semblait pas lui tenir rigueur de son initiative lors de l'embuscade aérienne. Après cette dernière, le *Standartenführer* avait vécu dans le remords et l'angoisse. Remords d'avoir conseillé au dictateur de sauter alors que le Focke-Wulf avait finalement pu s'échapper. Angoisse en songeant à sa réaction. N'allait-il pas reprocher à son pilote d'avoir traversé l'affaire sans une égratignure alors que lui, Hitler, avait dû sauter au beau milieu de la chasse ennemie ? Avoir été mis au secret pendant trois jours avait évidemment avivé les craintes de Baur. Mais tout ceci était du passé. Ce fut donc avec son calme coutumier qu'il posa l'*Immelmann III* à l'aérodrome du Bourget.

Trois énormes Mercedes décapotées attendaient le *Coucou* et sa suite au pied de l'avion. Fidèle aux habitudes du Führer, Hitchcock s'assit à côté du chauffeur tandis que Speer et Breker, mal à l'aise dans des uniformes d'emprunt, prirent place à l'arrière, sur les strapontins.

05 H 52. PARIS.

Les Mercedes approchaient de l'opéra Garnier. Connaissant l'admiration d'Hitler pour ce chef-d'œuvre néo-baroque, le *Coucou* l'avait choisi comme première étape de sa visite. En cette heure matinale, les Parisiens, du moins la poignée qui n'avait pas quitté la capitale et ceux qui l'avaient regagnée après l'exode, étaient encore chez eux. Enveloppées par une brume que le soleil du petit matin peinait à percer, les rues désertes donnaient à la métropole l'apparence lugubre d'une ville fantôme. Souvent assis, Hitchcock se levait parfois pour mieux voir, se cramponnant d'une main gantée au haut du pare-brise tout en maintenant soigneusement fermé son long manteau de cuir brun pour se prémunir de la fraîcheur. Sous le masque du dictateur tenant dans sa main une capitale ennemie, le *Coucou* ressentait une infinie tristesse. N'étant jamais venu à Paris, il se l'était imaginé grouillant de vie. Mais en cet instant, toute animation, la moindre joie de vivre l'avaient déserté. La capitale lui paraissait comme écrasée par une chape de plomb, ce qui n'était d'ailleurs pas très éloigné de la réalité.

« Combien d'temps ? se demanda-t-il avec inquiétude tandis que sa voiture ralentissait devant l'opéra. Combien d'temps *ça* va durer ? »

Hitchcock ne s'interrogeait pas sur la durée de sa visite, prévue pour quelques heures. Il n'aurait pu définir exactement le *ça*, ce dernier englobant autant l'occupation de Paris que la durée de la guerre. Bien sûr, il y avait dans sa question de la pitié pour les Parisiens, que le *Coucou* imaginait cloîtrés chez eux ; il y avait aussi de la peur. Comment les siens parviendraient-ils à endiguer le flot nazi ? Par quel miracle son pays réussirait-il ce qu'aucun autre n'avait accompli, arrêter l'expansion allemande ?

« Un miracle, songea Hitchcock, d'une certaine manière, j'en ai fait un à Dunkerque. Est-ce que j's'rais pas une sorte d'instrument divin ? »

Son destin hors du commun le mettait dans une situation si critique que, comme beaucoup d'hommes placés au bord du gouffre, le *Coucou* se sentait plus proche de son créateur, ou à tout le moins d'une entité qui l'aiderait à faire triompher le bien.

05 h 53. Paris.

Décidément, René Lebreton n'était pas gâté par la nature. Petit, les traits ingrats, les dents plantées comme par grand vent, le crâne dégarni bien qu'il n'eût pas atteint la quarantaine, il avait été réformé à cause d'une jambe trop courte. Le béret vissé sur la tête, emmitouflé dans un épais gilet, il essayait de tuer le temps en feuilletant un vieux numéro de *L'Intransigeant* dans son kiosque à journaux, établi devant l'opéra. Sa femme l'empoisonnait chaque matin en lui répétant qu'il n'avait rien à faire dans son kiosque, qu'il ferait mieux de demeurer chez lui. Mais avec une magnifique obstination, le marchand de journaux persistait à vouloir « rester à son poste ». Peut-être était-ce justement parce qu'il avait été réformé que Lebreton refusait catégoriquement tout ce qui pouvait représenter à ses yeux une désertion. Il avait beau ne plus avoir ni client ni livraison de journaux, il était à pied d'œuvre depuis une demi-heure.

N'ayant pas cédé à la panique lors de l'avancée allemande sur Paris, le marchand de journaux voulait croire que les choses reprendraient bientôt leur cours normal. Après tout, le maréchal Pétain n'avait-il pas conseillé aux Français de « taire leur angoisse pour n'écouter que leur foi dans le destin de la patrie » ? Guidée par le héros de Verdun, nul doute que la France éternelle parviendrait à se relever !

« 'Faudra du temps pour ça, avait estimé Lebreton après avoir écouté religieusement la voix chevrotante de Pétain le 17 juin, mais on va y arriver. »

Alors que la plupart de ses compatriotes allaient de Charybde en Scylla, le marchand de journaux parvenait à trouver un autre motif de satisfaction : cette place de l'Opéra qu'il aimait tant, ce lieu féerique paraissait n'être qu'à lui. Si à cette heure matinale l'endroit n'était habituellement fréquenté que par quelques autobus ou de rares taxis, voire par ceux qui travaillaient dans les brasseries aux alentours, la place était ce jour-là totalement déserte, seuls quelques pigeons apportaient un semblant d'animation. Aussi Lebreton fut-il intrigué en entendant plusieurs véhicules s'arrêter devant le palais Garnier. Son kiosque tournant le dos à la sortie du métro, le marchand de journaux ne pouvait apercevoir les automobiles. Plus curieux qu'un concierge, il se leva pour se pencher hors du kiosque. Il s'arrêta net en percevant des intonations gutturales.

« Foutus Chleuhs ! siffla-t-il entre ses dents. On dirait toujours qu'y s'engueulent ! »

Grimaçant de dégoût, il se rassit, se promettant de faire la bête si un Fridolin s'avisait de lui demander son chemin. Sa colère redoubla, son estomac se crispa douloureusement. Saletés de Boches ! En entrant à Paris, les Frisés ne s'étaient pas contentés de défiler inlassablement, ils avaient écumé les magasins, achetant tout ce qui était à vendre.

« Pire que des saut'relles ! avait pensé Lebreton. 'Y z'ont tout raflé ! »

Conséquence, les Parisiens manquaient de tout, la faim s'installait. Combien de temps cela durerait-il ?

La mine renfrognée, ruminant à cause de privations qu'il n'avait jamais imaginées, le kiosquier regardait fixement devant lui, écoutant les bruits de bottes approcher. Il ne s'attendait certes pas à voir arriver une troupe car les pas n'étaient pas cadencés.

Cependant, sa mauvaise humeur céda la place à l'étonnement lorsqu'il aperçut le premier Allemand. L'homme progressait à reculons, presque courbé en deux, une caméra collée à l'œil. Lebreton l'ignorait, en procédant ainsi le caméraman créait une impression de haute stature pour ceux qu'il filmait. Sa surprise se mua en stupéfaction quand il vit apparaître le *Coucou*. Suivi d'une vingtaine d'Allemands, comme lui en uniforme et le nez en l'air, Hitchcock marchait d'un pas mesuré. Il admirait la fluidité de l'allégorie en pierre d'Échaillon représentant *La Danse* sculptée par Jean-Baptiste Carpeaux, enserrée dans sa niche de la façade du palais Garnier. En arrivant à la hauteur du kiosque, le *Coucou* s'étonna de découvrir Lebreton, le premier Français qu'il lui était donné de rencontrer depuis son atterrissage au Bourget.

« Matinal le bonhomme. » songea Hitchcock.

Ce dernier fut soulagé de voir le marchand de journaux, il lui sembla d'une certaine manière que la vie reprenait timidement son cours à Paris. Cette constatation le mit de bonne humeur, au point qu'il sourit sous cape en remarquant les yeux éberlués de Lebreton.

Dans l'entrée du palais Garnier, Edmond Kruch, sexagénaire distingué, patientait depuis un quart d'heure. Ignorant l'identité de ceux qu'il attendait, Kruch en savait bien assez à son goût. La veille, il avait été prévenu que des dignitaires allemands de premier plan visiteraient l'opéra très tôt. Quand bien même il se serait agi du général commandant les troupes d'occupation, peu lui importait, il avait un travail à faire et il entendait bien l'accomplir avec toute sa rigueur habituelle. Voilà pourquoi il avait décidé de passer la nuit au palais Garnier. Dépourvu d'*Ausweis*, Kruch avait en effet craint de ne pouvoir arriver à l'heure à cause du couvre-feu.

Sensible à la propagande alliée, le commandement allemand avait ordonné à ses troupes de faire honneur au Reich. « *Wir sind keine Barbaren* » avaient assené les officiers à leurs hommes. Par conséquent, loin de la caricature d'une soldatesque braillarde, les envahisseurs se comportaient plutôt avec politesse, voire avec gentillesse. Cédant leur place dans le métro, ils souriaient aux jolies Parisiennes, dont certaines ne demandaient qu'à flirter avec ces jeunes gens bronzés et avenants. Kruch ne se laissait pas abuser par ce vernis. Fils d'Alsaciens ayant émigré à Paris après la défaite de 1870, il était un Parisien atypique. D'abord, il parlait parfaitement allemand. Aussi et surtout, il éprouvait une méfiance innée envers le pangermanisme. Ayant encore de la famille en Alsace, Kruch n'ignorait rien de l'efficacité avec laquelle les Allemands réussissaient à imposer, mieux, à greffer leur culture dans un pays qu'ils venaient de soumettre, ses compatriotes allaient de gré ou de force changer leurs manières de faire. Oh bien sûr tout ne serait pas mauvais, il y aurait même peut-être de salutaires changements. Mais bon sang ! La France ne pouvait être ravalée au rang d'une vulgaire colonie boche ! Elle était la patrie des Droits de l'Homme ! Le berceau des Lumières ! Et s'il n'y avait que ça ! Son beau pays était aussi le lieu de prédilection d'un certain art de vivre. En témoignait cet opéra grandiose dont Kruch était l'un des guides, ce monument bien vivant qu'il prenait un plaisir quasi sensuel à faire découvrir tant aux simples touristes qu'aux hôtes de marque.

Au-delà de ces considérations patriotiques, Kruch était bourrelé d'inquiétude pour son fils cadet, Charles, lieutenant au 13e régiment de dragons. La dernière fois que le guide avait eu de ses nouvelles, son unité se ruait en Belgique. Depuis, plus rien, plus rien que la peur, plus rien que l'angoisse qui tourmente celui imaginant son enfant mort. Mort pour quoi ? Pour sauver la Pologne ? Et puis quoi encore ?! On avait déclaré la guerre à l'Allemagne lorsqu'elle avait attaqué les Polonais, la belle affaire ! On ne l'avait fait qu'à contrecœur, deux interminables jours après le début de l'offensive allemande. Et après ?! Plus rien ! L'immobilisme ! Et son fils chéri, ce garnement de vingt-trois ans, portrait craché de sa mère avec son regard toujours rieur, la prunelle de ses yeux, il aurait peut-être été sacrifié pour tout ce cirque ?! Redoutant rationnellement cette funeste possibilité, le guide refusait viscéralement de l'admettre. Il voulait se persuader que si le pire était arrivé à son garçon, lui, Edmond Kruch, vétéran de la Somme, le ressentirait dans ses tripes. Charles avait peut-être… Pas peut-être ! Il avait forcément embarqué avec beaucoup d'autres à Dunkerque. Alors que lui faisait les cent pas dans l'opéra, son rejeton avait certainement rejoint à Londres ce général pratiquement inconnu. Comment s'appelait-il déjà ? Ah oui, de Gaulle.

Étrange gaillard celui-là. D'abord, nul ne savait à quoi il ressemblait, le bonhomme était sorti de l'anonymat avec une telle rapidité qu'il restait presque inconnu du public. Ensuite, on ne savait trop comment ce type avait pu s'immiscer dans un cabinet Reynaud en plein naufrage. Ce qui était certain, c'était que dès le lendemain de l'appel de Pétain, ce de Gaulle avait d'une voix assez pompeuse enjoint les Français à se rallier à lui, en Angleterre, « dans l'action, dans le sacrifice et dans l'espérance ». Rien que ça ! Difficile de qualifier un tel individu. Nommé le 5 juin sous-secrétaire d'État à la Guerre, ce militaire-politicien avait-il pris goût au pouvoir au point d'espérer tirer les marrons du feu, par exemple dans l'empire d'outre-mer ? Ou était-il vraiment ce qu'il prétendait être, un patriote indomptable pour qui « la France a perdu une bataille mais pas la guerre » ?

« L'avenir le dira sûrement. » songea Kruch en soupirant.

Le *Coucou* gravit les quelques marches menant au perron sud de l'opéra. Précédé du caméraman, tandis qu'un officier tenait ouverte l'une des portes en bois à double battant, il pénétra dans le palais Garnier. Le hall était essentiellement orné de sculptures représentant des compositeurs de renom. Hitchcock avait étudié soigneusement les lieux, comme l'aurait sans doute fait Hitler. Aussi savait-il que ce diable de Garnier, au moyen d'un jeu savant d'ombre et de lumière, par l'alternance de scènes intimes et de décors grandioses, avait minutieusement mis en scène le cheminement du spectateur de façon à ce que son émotion ne cesse de croître, du seuil jusqu'au fauteuil. Le *Coucou* apprécia donc à sa juste valeur ce raffinement discret tout en sachant qu'il s'agissait en quelque sorte d'un hors-d'œuvre. Le plus beau restait à découvrir. Impatient, Hitchcock délaissa le hall et grimpa deux à deux les marches menant au grand escalier, au pied duquel il fut stoppé net. Il était ébloui, à tous points de vue. Illuminé comme pour une soirée de gala, l'opéra brillait de tous ses feux.

Volupté des torchères en bronze, dont les somptueux bouquets de lumière semblaient une invite vers l'imposant escalier à double révolution, lequel menait aux foyers et aux étages. Ravissement des mille reflets de lumière sur les fresques d'Isidore Pils, figurant au plafond d'exquises allégories de la musique. Enchantement des proportions, dont l'harmonie donnait un sentiment de majesté sans pour autant écraser le visiteur. Blancheur éclatante du marbre des marches, sa pureté virginale tranchant avec la sensualité troublante des torchères aux seins effrontément offerts. Fasciné, presque envoûté, ne sachant où donner de la tête au milieu de tant de splendeur, Hitchcock resta bouche bée sous la nef du grand escalier. Ses yeux brillaient d'émerveillement.

Submergé par la magnificence du palais, le *Coucou* en oublia d'ouvrir son lourd manteau de cuir. Instinctivement, il serra la main droite, celle avec laquelle il tenait la menotte d'Emily lorsque les époux se promenaient ensemble. En cet instant, il voulut tant, il eut tellement besoin de partager avec sa chère femme le bonheur de découvrir l'opéra, qu'il dut refouler un sanglot.

Aux antipodes de cet attendrissement, Kruch fut saisi par un accès de colère.

« C'est lui ! se dit-il en voyant le *Coucou* tourner sur lui-même pour tout admirer, ne rien perdre de ces lieux extraordinaires. C'est ce foutu salopard ! »

Ayant conservé son sang-froid dans l'enfer des tranchées de la Grande Guerre, le guide parvint à garder un masque impassible malgré le dégoût que lui inspirait son visiteur. Ramenant machinalement vers l'arrière sa chevelure argentée, il prit une profonde inspiration. Puis, il se dirigea posément vers ses indésirables clients.

— *Guten Morgen meine Herren*, déclara-t-il d'un ton ferme en s'inclinant légèrement, permettez-moi de vous guider.

Comme l'aurait fait Hitler, Hitchcock le congédia d'un geste dédaigneux et entreprit de conduire lui-même la visite.

« Bien sûr, ironisa intérieurement le guide, tu sais tout mieux que tout le monde, n'est-ce pas ? »

S'attendant à ce que les visiteurs se perdent, Kruch se contenta de les suivre. À un moment donné, le *Coucou* s'immobilisa.

— Attendez, dit-il, j'étais sûr qu'il y avait un salon ici, je me serais perdu ?

— Non, en aucune façon, intervint le Français, impressionné malgré lui, la pièce que vous évoquez est murée pour cause de rénovation.

— Là ! triompha Hitchcock. Vous voyez comme je connais bien la maison !

En sortant de l'opéra, le *Coucou* se ravisa, puis il se retourna vers Kruch. Ce dernier restait à l'écart, l'observant d'un air neutre. Hitchcock supposa que l'ostensible indifférence du Français dissimulait de l'animosité. Le *Coucou* se figura qu'à la place du guide, il aurait eu envie de botter le fondement d'Hitler pour le bouter hors du palais Garnier, de ce lieu extraordinaire dont il venait de tomber amoureux. Attristé par la frustration du guide, il voulut donc alléger sa peine.

Comment le faire sans se trahir ? Le *Coucou* adressa un furtif signe de la main à Wilhelm Brückner. Vétéran de la Grande Guerre aux manières aimables, membre du parti nazi depuis 1922, ayant participé à la tentative de putsch de 1923, cet adjudant, intime d'Hitler, souffrait d'une faille majeure face à ses rivaux, une franchise tirant sur la candeur.

En quelques enjambées, il fut aux côtés du *Coucou*. Tout en reportant son regard vers Kruch, Hitchcock se pencha vers l'adjudant.

— Donnez à ce Français un pourboire conséquent, murmura-t-il.

— *Jawohl mein Führer*, acquiesça l'aide de camp à voix basse.

Il sortit de son portefeuille un billet de cinquante marks et se rendit auprès du guide en lui souriant d'un air engageant, certain qu'il saurait apprécier la générosité du Führer. Ayant fait une partie de ses études à Strasbourg, quand l'Alsace était allemande, Brückner s'adressa à Kruch dans un français hésitant.

— Merci infiniment de nous avoir reçus de si bon matin cher monsieur, dit-il aimablement en tendant le pourboire.

Nullement attendri par l'accent de ses ancêtres, Kruch toisa l'adjudant.

« Comme si j'avais le choix ! » eut-il envie de riposter.

Sagement, le Français mit un pavé sur sa langue. Puis, il remarqua que la gratification était considérable. Cela ne changea en rien son humeur. Bien qu'acceptant d'habitude les pourboires, le guide n'envisagea pas un seul instant de prendre le billet. Serrant les mâchoires, Kruch foudroya Hitchcock du regard cependant que celui-ci l'observait. Puis, il secoua négativement la tête, gardant ostensiblement les mains croisées derrière le dos.

Dépité autant qu'étonné, l'aide de camp rejoignit le *Coucou*.

— *Mein Führer*, annonça Brückner avec embarras, le guide n'a pas voulu être payé.

— C'est bien ce qu'il m'a semblé. Tenez, ordonna-t-il à Breker, essayez à votre tour.

La manœuvre était adroite. Ayant vécu à Paris, où il avait fréquenté notamment Jean Cocteau et Jean Renoir, le sculpteur n'avait rien du nazi hautain. Si quelqu'un pouvait amadouer un Français traumatisé par la déconfiture de son pays, c'était bien cet artiste à la physionomie avenante.

Breker n'eut pas davantage de succès, tout au plus parvint-il à obtenir un semblant d'explication de la part du guide :

— Je n'ai fait que mon devoir.

07 H 21.

Lorsque Hitchcock arriva aux Invalides, la température s'était radoucie, il put enlever ses gants et troquer son manteau en cuir contre un léger imperméable blanc, lequel tranchait par rapport aux *Feldgrauen* de sa suite. En pénétrant dans la crypte, le *Coucou* ralentit l'allure, marchant presque sur la pointe des pieds, comme s'il craignait de troubler le calme de la sépulture. Hitchcock se découvrit alors qu'il avait jusque-là conservé son couvre-chef. Exécuté instinctivement, ce geste l'étonna. Il en déduisit qu'il était sensible moins à la splendeur des lieux qu'à la savante mise en scène du tombeau de Napoléon.

« 'Y a pas à dire, ces *Froggies* ont le sens de la grandeur ! »

Pendant que ses suivants se découvraient à leur tour, Hitchcock descendit au niveau inférieur. Certain qu'Hitler était fasciné par Napoléon, il souhaitait se recueillir devant le sarcophage.

Débouchant dans la galerie circulaire, le *Coucou* s'arrêta. Tenant devant lui sa casquette à deux mains, tête baissée, faisant ostensiblement montre d'humilité, il contempla longuement le cercueil. En fait, Hitchcock n'observait pas vraiment le sarcophage, il ne s'émerveillait pas du cadre imaginé par l'architecte Visconti pour rendre un éternel hommage à celui qui s'était proclamé « empereur des Français ». Loin de ce qu'il avait ressenti au palais Garnier, il ne tomba pas en pâmoison devant les blocs de porphyre rouge de Russie, dont la couleur se mariait pourtant admirablement bien avec l'imposant socle de granit vert des Vosges. En revanche, Hitchcock lut un à un, presque avec lenteur, les noms des principales victoires de l'Empire.

Que la Grande Armée ait emporté dans ses bagages les Droits de l'Homme, que Napoléon ait été l'un des plus grands stratèges de l'histoire, qu'il ait sorti l'État français de l'ornière dans laquelle la Révolution l'avait enlisé, tout cela ne comptait pas aux yeux du *Coucou*. Comme tous ses compatriotes, il voyait en Bonaparte un conquérant, un liberticide ayant fait le malheur de son peuple. Aussi et surtout, Napoléon avait envisagé l'invasion de l'Angleterre. Obnubilé par le terrible danger menaçant encore une fois sa patrie, Hitchcock réalisa mieux qu'il ne l'avait jamais fait la singularité de son destin : la Providence l'avait désigné, lui, humble citoyen, pour contrer le dessein d'un conquérant au moins aussi ambitieux que l'empereur des Français. Considérant ainsi les conséquences d'un échec, le poids écrasant de son fardeau, sa gorge se noua, ses paumes devinrent moites, ses doigts se crispèrent sur les bords de sa casquette. Pour la première fois depuis qu'il s'était hissé à bord du Storch, sa main gauche trembla.

2 juillet 1940. Forêt-Noire.

Sans pouvoir se l'expliquer, le *Coucou* évitait Berlin. Aussi avait-il quitté la Belgique pour gagner la Forêt-Noire, où Hitler avait un quartier général qu'il avait surnommé *Tannenberg*. Situé au sommet d'une colline agrémentée d'une légère brise, l'endroit était agréable, de grands pins y bruissaient avec indolence, apportant une senteur qu'Hitchcock appréciait. Il trouvait ce poste de commandement apaisant, il le préférait nettement au *Wolfsschlucht*, pourtant également tranquille. Le fait que le *Coucou* commençât à se sentir mieux signifiait vraisemblablement qu'il entrait vraiment dans la peau de son personnage. Peu porté sur l'introspection, constamment préoccupé par sa mission, Hitchcock n'était pas encore arrivé à une telle conclusion.

Bien que souffrant souvent de troubles du sommeil, il se surprenait à dormir presque correctement à *Tannenberg*, le tambourinement de la pluie sur les bâtiments le berçait plus qu'autre chose. Même reposé, Hitchcock ne devait cependant pas relâcher sa garde un seul instant, une vigilance constante était de mise, précaution d'autant plus vitale ce jour-là qu'il attendait la visite de Goebbels.

Si le *Coucou* détestait naturellement presque tout l'entourage d'Hitler, il éprouvait une répugnance particulière envers le ministre du Reich à l'Éducation du peuple et à la Propagande, dégoût d'autant plus vif que la physionomie de l'intéressé n'avait rien d'engageant. Petit brun au visage sec, Goebbels avait une bouche mince, parfois cruelle, en parfait accord avec un regard souvent dur, à l'occasion flamboyant. Faute d'avoir prouvé son patriotisme durant la Grande Guerre, car réformé à cause de son pied bot, il était pétri de frustration, et donc d'autant plus agressif. Il était presque l'un des fidèles de la première heure, ayant rejoint le NSDAP dès 1924. Écrivain raté et plumitif, Goebbels avait trouvé sa voie dans le nazisme. Non seulement il y avait exploité ses talents d'orateur mais surtout il y avait perfectionné la technique de propagande dite du *Grand Mensonge*. Cette trouvaille consistait à affirmer, et surtout à répéter constamment, une absurdité avec un aplomb phénoménal de telle façon que le public, convaincu que personne ne pouvait inventer une telle aberration, venait à prendre l'énormité pour argent comptant.

Comble de malheur pour le *Coucou*, le docteur faisait partie des intimes d'Hitler. Les mauvaises langues racontaient que le Führer était même intervenu dans la vie conjugale de son ministre quand celui-ci avait eu une liaison tapageuse avec la très séduisante actrice tchèque Lída Baarová. Selon les derniers potins, le dictateur avait fait pression sur *Frau* Goebbels pour qu'elle renonce à quitter son époux. Mieux, d'aucuns prétendaient que la troublante Magda, grande blonde aux yeux de braise, avait épousé ce nabot de Goebbels autant par dépit de n'avoir pu mettre le grappin sur son bien-aimé Führer qu'afin de rester, par ce mariage, dans son entourage immédiat.

Assis face au *Coucou* dans le très spartiate bureau d'Hitler, Goebbels souhaitait notamment évoquer le prochain discours d'Hitchcock au Reichstag. Misant sur la sympathie notoire d'Hitler envers l'Angleterre, le *Coucou* se proposait de paraître conciliant, laissant ostensiblement le temps à Churchill de choisir entre la poursuite de la guerre, une guerre que de l'avis général le Royaume-Uni ne pourrait que perdre, ou la paix, une paix que le Premier ministre ne saurait accepter puisque les nazis refuseraient de rendre leur liberté aux peuples qu'ils avaient soumis.

— *Mein Führer*, s'étonna Goebbels, ne craignez-vous pas que la clique judéo-maçonnique ne manipule une fois encore ce pantin de Churchill pour qu'il dédaigne votre offre généreuse ?

Le ministre ne se permettait pas de mettre en cause la décision de son idole, il s'efforçait seulement de la comprendre.

— Vous avez sans doute raison, convint prudemment un *Coucou* redoutant le moindre faux pas, mais que voulez-vous ? Je veux adresser un ultime appel au bon sens du peuple anglais, n'oublions pas qu'il s'agit d'un peuple nordique.

— C'est certain, admit pensivement Goebbels, c'est certain.

— Bien, en tout cas, si ce pochard de Churchill repousse ma proposition, la postérité ne me considérera pas comme un fauteur de guerre.

— Excellent *mein Führer* ! Nous pourrons ainsi démontrer que comme Athènes en son temps, le Reich n'aura fait que des guerres nécessaires !

Ce genre de contrevérité n'embarrassait guère Goebbels, dont la propagande avait par exemple eu le culot de dépeindre l'invasion de la Pologne comme un acte de légitime défense.

— Certes, enchaîna le *Coucou* en se décontractant quelque peu devant l'enthousiasme du ministre, et ce sera Churchill qui portera le chapeau, c'est bien lui qui sera jugé comme seul responsable de la poursuite des hostilités. Vous allez rire, poursuivit Hitchcock en souriant malicieusement, je me fais l'effet de déposer dans le nid de Churchill un œuf de coucou.

Stupéfait que son Führer plaisantât sur un sujet aussi sérieux que la politique étrangère, Goebbels écarquilla les yeux, ne sachant que répondre. Cette stupeur fit craindre le pire à Hitchcock, il s'imagina sur le point d'être démasqué. Avec une affreuse précision, le *Coucou* sentit son cœur avoir un raté, la terreur monta en lui, sa respiration devint laborieuse. S'il parvint, au prix d'un effort surhumain, à garder le sourire, Hitchcock perdit néanmoins la notion du temps et des choses, chaque seconde s'étira interminablement, le gentil tambourinement de la pluie de juillet se fit claquement assourdissant.

Goebbels commença à glousser. Son gloussement se mua en un rire hideux, quasi-hystérique. Ce débordement d'hilarité prouva au *Coucou* que la crise était surmontée, son sourire s'accentua, son souffle redevint régulier.

Certain d'avoir frôlé la catastrophe, Hitchcock ne pavoisait pas. Les paumes moites, il plaqua sa main gauche contre sa cuisse pour neutraliser un nouveau tremblement.

— En tout cas, reprit-il, nos impératifs de propagande ne nous interdisent en aucune façon de nous préparer à en finir avec la criminelle obstination de *Herr* Churchill. Il faut agir, et dès à présent.

Sous le regard admiratif d'un Goebbels s'efforçant de retrouver son sérieux, Hitchcock s'empara énergiquement du téléphone.

— Passez-moi Keitel, ordonna-t-il au standardiste.

Confinant à la bêtise, la fidélité à Hitler du commandant en chef de l'OKW ne faisait aucun doute. Le Führer s'en amusait à l'occasion, confiant à Speer que Keitel était « loyal comme un chien ». Certains méprisaient secrètement ce carriériste et le surnommaient *Lakaitel*[9].

Quelques instants plus tard, la voix de baryton de Keitel retentissait dans l'écouteur :

— *Heil Hitler* !

— Keitel, il n'est pas certain que les Britanniques entendent mes appels à la raison, c'est pourquoi je vous ordonne d'étudier les conditions d'invasion de l'Angleterre, *sofort* !

— *Jawohl mein Führer* ! brailla l'officier en claquant des talons.

Sans autre commentaire, Hitchcock raccrocha.

Il avait parfaitement conscience d'emprunter une voie des plus étroites, préparer l'invasion de sa patrie pour mieux l'empêcher. Réussirait-il ce tour de force ?

9. Laquais en allemand se dit *Lakai*.

10 JUILLET 1940. BERLIN.

Ayant sacrifié pas moins de cent quatre-vingt-six chasseurs pendant la bataille de France, la Luftwaffe n'avait pas totalement pansé ses plaies. Mais après son échec à Dunkerque, Goering brûlait de démontrer que ses aviateurs restaient les meilleurs serviteurs de la cause nationale-socialiste. Peu lui importait que ses hommes se soient couverts de gloire et qu'ils ne fassent presque jamais le salut nazi, ce qu'il lui fallait, c'était apporter toujours davantage la preuve de l'efficacité de *sa* Luftwaffe. Son prestige, et donc son rang de numéro deux du régime, étaient à ce prix.

Bien que le temps fût pluvieux au-dessus d'une bonne partie de la Manche et de l'Angleterre, la Luftwaffe reprit les hostilités, concentrant ses efforts contre le trafic maritime. La manœuvre n'était pas stupide, le Royaume-Uni devait recevoir la bagatelle d'un million de tonnes de marchandises par semaine afin de poursuivre la guerre. Porter gravement atteinte aux va-et-vient des trois mille cargos reliant la Grande-Bretagne au monde provoquerait son asphyxie. Cela ne devait pas être. La réaction du Fighter Command ne se fit pas attendre, la chasse britannique vola à la défense des marins.

Au prix de vingt-trois aviateurs, les Allemands estimèrent avoir abattu plus d'une dizaine de chasseurs britanniques. Le rapport des pertes leur était défavorable mais ils pouvaient se le permettre, alignant pas moins de mille deux cent cinquante chasseurs et mille trois cents bombardiers face aux six cents appareils du Fighter Command. Aux yeux du monde, une formule résumait ce dramatique face-à-face : David contre Goliath.

Hitchcock s'était résigné à gagner la capitale du Reich quatre jours plus tôt. En cette fin d'après-midi, il était seul, plus seul que jamais dans l'antre du nazisme, dans l'immensité du bureau d'Hitler à Berlin. Bien que sensible au confort, le *Coucou* n'appréciait pas les lieux, il les haïssait, il jugeait totalement absurde, pour ne pas dire obscène, le goût de la démesure du Führer.

Le terme convenant le mieux pour décrire ce cabinet de travail était « mégalomanie ». Se prenant ni plus ni moins pour « l'un des plus grands hommes de l'histoire », Hitler avait souverainement méprisé la chancellerie héritée de la république de Weimar, qui correspondait selon lui à « une entreprise de savon ». Pour conférer au Reich millénaire la chancellerie propre à impressionner ses visiteurs, il avait fait appel à Albert Speer.

Ce fils de bonne famille avait suscité l'intérêt du dictateur non par ses convictions politiques – le nazisme ne l'obsédait guère – mais par un talent en phase avec les goûts architecturaux du Führer. Il s'était fait reconnaître en concevant l'aménagement spectaculaire du Champ de Mars à Nuremberg, lieu de prédilection des grand-messes nazies. En côtoyant Hitler, Speer avait conçu pour lui une véritable fascination. Quant au Führer, il était à ce point enchanté par les créations de Speer qu'il avait fait de ce dernier son architecte fétiche, voire à l'occasion son confident.

Au début de 1938, Hitler lui avait ordonné de concevoir et de faire bâtir en à peine douze mois un ouvrage digne d'un destin qu'il croyait exceptionnel. Pour relever ce défi, Speer avait eu un budget illimité.

— Le coût est immatériel, lui avait dit le Führer de manière surréaliste.

Le résultat avait été à la hauteur des folles ambitions du dictateur. Création pharaonique, appelée par les Berlinois *Neue Kanzlei*, cette nouvelle chancellerie emplissait Hitler de fierté. Aux yeux d'un Führer ivre d'orgueil, l'ouvrage prétendait incarner tant la grandeur que le rayonnement culturel du IIIe Reich. Bien entendu, le cabinet de travail d'Hitler avait d'extravagantes proportions : 27 m de long, 15 m de large et presque 10 m de hauteur sous plafond ! Sans surprise, la magnificence des matériaux le disputait au luxe du mobilier.

Le *Coucou* trouvait symptomatique que cette pièce fût plus grande que la Chambre des communes, dans laquelle quatre cent vingt-sept députés s'entassaient sans se ridiculiser. Il y voyait une énième différence entre sa patrie et le Reich. Si la Couronne ne répugnait pas à éblouir par le faste de son cérémonial, elle gardait le sens de la mesure.

Assis derrière le vaste bureau marqueté, face à un immense portrait de Bismarck, Hitchcock lisait le rapport des opérations du jour de la Luftwaffe.

« Ça y est, réalisa-t-il, la bataille d'usure a commencé. »

Inquiet, le *Coucou* se demandait s'il avait pu donner à Churchill ce qui lui manquait le plus, du temps. Hitchcock voulait croire que le Premier ministre utilisait à fond chaque instant. Cet espoir était au-dessous de la vérité. Qui pourrait imaginer un mortel capable d'une activité presque incessante ? Frappées du fameux papillon rouge « *Action this day* ! », instructions comminatoires et questions inquisitrices pleuvaient sur les fonctionnaires, les ministres et les chefs d'état-major. Le ministre de la Production aéronautique devait « s'assurer que tous les avions livrés… sont effectivement incorporés dans des escadrilles immédiatement utilisables ». Le ministre des Colonies recevait l'ordre de « rapatrier les onze bataillons de troupes régulières britanniques immobilisées en Palestine ». Il fallait que le ministre de la Sécurité intérieure indique « qui est chargé du camouflage des cibles industrielles par rideaux de fumée et quels progrès ont été accomplis en ce domaine ». Le vice-chef d'état-major naval était sommé de décrire les « mesures… prises pour la protection des convois dans la Manche maintenant que la côte française est occupée ». Quant au ministre de l'Intérieur, il était tout simplement contrecarré : « il n'est pas question d'autoriser l'évacuation vers le Canada des enfants britanniques car ce serait désastreux pour le moral de la population. » Etc.

S'intéressant à tout, Churchill voulait tout voir, tout inspecter de ses propres yeux. À cette fin, il s'était fait aménager un train. Doté d'une salle de conférences, d'un bureau, d'une chambre à coucher, d'une salle de bains – indispensable pour un Premier ministre travaillant même pendant ses ablutions ! – mais surtout de tous les moyens de communication modernes, ce 10 Downing Street sur rails permettait à l'infatigable Churchill d'être omniprésent. Défenses côtières, usines d'armement, casernes, stations radar, rien, absolument rien n'échappait à son attention, à son souci du détail, à sa volonté farouche de tout faire pour préparer la Couronne à la bataille qui s'annonçait impitoyable.

Dans cette course contre la montre, le Premier ministre ne gaspillait pas une heure, pas une minute, pas une seconde.

S'il ne mesurait pas pleinement l'énergie débordante de Churchill, le *Coucou* échafaudait des *scenarii* dans lesquels sa patrie échappait de justesse à la défaite. Il se voyait ainsi conférer au Premier ministre le temps de faire réarmer la division qui ferait pencher la balance du côté britannique lorsque les troupes ennemies prendraient pied en Angleterre.

Autre hypothèse, infiniment plus échevelée, mais nullement irréaliste : grâce à Hitchcock, Churchill aurait le temps de faire construire l'ultime chasseur, dans lequel grimperait péniblement un pilote éreinté par d'incessants combats. Cet aviateur au bord de l'épuisement, rare survivant du Fighter Command, abattrait le bombardier allemand, lui aussi bien mal en point, qui aurait pu envoyer par le fond l'un des derniers destroyers de la Home Fleet. Sauvé *in extremis*, troué comme une passoire après avoir essuyé moult tirs ennemis, ce vaisseau coulerait les dernières barges regorgeant de panzers, cette poignée de blindés sans lesquels les fantassins allemands bloqués sur une plage du Kent seraient irrémédiablement condamnés à l'anéantissement.

Ce genre de supputations donnait presque le vertige au *Coucou*. La bataille d'usure dans la Manche commençait, il en était sûr, la victoire de l'un ou l'autre camp pouvait dépendre de très peu, Hitchcock voulait coûte que coûte l'offrir à son Premier ministre.

Sa mélancolie redoubla, et ce d'autant plus que cela faisait sept interminables semaines qu'il était derrière les lignes ennemies.

Il continuait à espérer que Stephenson parviendrait à infiltrer un agent qui lui transmettrait enfin des consignes. Non seulement les considérations militaires n'étaient pas sa tasse de thé – il craignait donc de se tromper – mais de plus, un lien avec *Intrépide*, même des plus ténus, lui permettrait de se sentir un peu moins seul.

Le Canadien faisait l'impossible pour établir une liaison, il en allait de l'intérêt de la Couronne, le *Coucou* en était conscient. Mais quand cet agent serait-il en place ? Le lendemain ? Dans un mois ? Dans un an ? Tout ce qu'Hitchcock savait, c'était l'absurde mot de passe qu'il réciterait en prenant contact avec lui, « le *Coucou* aime le beurre frais ».

20 juillet 1940. Berchtesgaden.

Presque trois semaines s'étaient écoulées depuis qu'Hitchcock avait ordonné à Keitel d'étudier les plans d'invasion de l'Angleterre. Presque trois semaines ! Injustifiable sur le plan militaire, faisant trépigner d'impatience tout ce que le Reich comptait de stratèges, ce répit inespéré pour la Couronne avait été obtenu facilement, le *Coucou* avait simplement pris son temps en préparant l'offre de paix à la Grande-Bretagne. Il avait d'autant plus aisément fait traîner les choses qu'à son instigation l'Allemagne avait fêté des victoires qui l'étonnaient encore. Récompensant les exécutants des récentes conquêtes – Goering avait même été honoré d'un grade créé pour lui, celui de *Reichsmarschall* – ces festivités avaient détourné les dirigeants nazis du projet d'invasion de l'Angleterre. Quant à la populace, après avoir redouté une répétition de l'hécatombe de la Grande Guerre, elle avait follement acclamé ses troupes qui avaient défilé dans les rues pavoisant aux couleurs du national-socialisme. Mieux encore, le Reich était sorti de cette débauche de propagande plus que jamais persuadé de l'infaillibilité de l'imposteur qui allait tout mettre en œuvre pour mener l'Allemagne à sa perte.

Hitchcock savait qu'il ne devait pas s'endormir sur ses lauriers. Il lui fallait passer à l'étape suivante, conséquence logique du refus de Churchill de déposer les armes : faire accélérer les préparatifs d'invasion de sa propre patrie. En vue d'une épreuve redoutable pour lui et d'un moment capital pour l'Allemagne, le *Coucou* se retira à Berchtesgaden, comme l'aurait sans doute fait Hitler.

Berchtesgaden, coquet village des Alpes bavaroises niché au fond d'une vallée dominée par les deux mille cinq cent vingt-deux mètres de l'Hoher Göll, à quelques kilomètres du lac Königssee et de l'Autriche. Berchtesgaden, son paysage de carte postale avec ses bois de conifères et ses alpages fourmillant de fleurs aux couleurs éclatantes.

Contrairement aux bourgades qui ne sortiraient de l'anonymat que par le hasard des combats, le nom de Berchtesgaden était connu de toute l'Allemagne, et même au-delà. Il s'agissait d'un lieu saint du nazisme depuis qu'à sa sortie de la prison de Landsberg, le Führer y avait achevé sa bible, *Mein Kampf*. En 1928, il y avait loué la *Haus Wachenfeld*, charmant chalet blotti au milieu d'une forêt de l'Obersalzberg, hauteur surplombant la vallée et tournant le dos à un majestueux éperon au sommet couronné de neige éternelle. En 1933,

Hitler avait acheté la demeure et l'avait rebaptisée *Berghof*.

Sans prétention, aménagé de manière rustique, le chalet s'élevait sur trois niveaux. Pourvu de larges fenêtres donnant sur un panorama grandiose, le rez-de-chaussée était constitué d'un vaste salon-salle à manger et d'une cuisine. Les chambres se trouvaient au premier étage. Celle du Führer était meublée simplement, pour ne pas dire de manière spartiate. Un lit métallique recouvert d'un édredon côtoyait une table de chevet, sur laquelle trônaient une lampe et un petit vase agrémenté de fleurs alpines. L'étroite porte-fenêtre donnait accès au balcon, presque une coursive, courant autour du premier étage. Après son arrivée au pouvoir, Hitler avait chargé l'architecte Alois Degano d'ajouter au *Berghof* un jardin d'hiver, un garage surmonté d'un solarium et une extension pour ses adjudants. Au fil des ans, le domaine ferait l'objet de multiples agrandissements et totaliserait soixante pièces. Si le Führer souhaitait que son repaire alpin reflète sa grandeur, il n'apprécierait que très moyennement les routes goudronnées qui le sillonneraient bientôt à l'initiative de Bormann.

Son origine autrichienne expliquait sans doute qu'Hitler ait choisi le *Berghof* pour y installer sa retraite, l'endroit où il se ressourçait, à un jet de pierre de sa patrie. Pour autant, le dictateur n'était pas un inconditionnel de la montagne. Sujet au vertige, il confierait à Speer avoir voulu interdire l'alpinisme et le ski alpin à cause des accidents qu'ils occasionnent. Le Führer prétendrait n'avoir toléré ces sports que parce que « les troupes de montagne trouvent leurs recrues parmi les idiots » pratiquant ces activités ! En revanche, il s'adonnait depuis toujours et avec plaisir à la randonnée en moyenne montagne.

Londonien et plus encore marin, Hitchcock s'était surpris à tomber sous le charme du domaine alpin. La pureté de l'air, le paysage grandiose, le sifflement d'une marmotte signalant un danger à ses congénères, le tintement des cloches des troupeaux, tout le ravissait, tout le décontractait. Même les myriades de fleurs qui indifféraient Hitler l'enchantaient. En prime, le protocole nazi était allégé, l'autorisant à fréquemment délaisser la tenue pseudo-militaire du Führer au profit de vêtements plus confortables, tel un complet civil ou, plus rarement, un accoutrement prisé par le dictateur au *Berghof*, veste de sport bavaroise bleue et cravate jaune.

En cette fin juillet, Hitchcock s'octroyait une fantaisie. Alors qu'Hitler ne se promenait jamais seul, un *Coucou* en mal d'intimité faisait une randonnée solitaire. Comme à Brûly-de-Pesche, il attribua cette entorse à un besoin impérieux de méditation en une période cruciale pour le Reich.

Émergeant d'un sous-bois, l'Anglais remarqua que le sol devenait spongieux, sans doute à cause de quelque source affleurant tout près. Bien que le sentier ne descendît que légèrement, Hitchcock savait une chute possible.

« Gaffe ! » songea-t-il en regardant avec appréhension la pente abrupte en aval du chemin.

Redoutant une glissade qui le précipiterait dans l'étroit couloir d'avalanche où saillaient des rocailles menaçantes, sachant qu'il ne parviendrait à s'arrêter qu'une quinzaine de mètres plus bas en se cramponnant à des arbustes, le *Coucou* prit soin de planter fermement sa canne de marche. Puis, il progressa prudemment, à petits pas, jusqu'à la partie du sentier asséchée par le soleil. Satisfait d'avoir franchi sans encombre cette mauvaise passe, il soupira d'aise et fit une pause pour contempler le panorama. Singulièrement, le ciel était d'un bleu azuréen alors que la vallée située en contrebas était couverte de nuages masquant totalement Berchtesgaden. En dévorant le paysage des yeux, le *Coucou* réalisa qu'il se sentait moins oppressé, comme moins vulnérable, dans le cadre préféré du Führer, paradoxe d'autant plus étonnant qu'il se trouvait au plus profond du territoire ennemi.

« Nom de Dieu, jura-t-il silencieusement en martelant rageusement le sol de sa canne, est-ce que ce salaud d'Hitler et moi on f'rait pas plus que s'r'ssembler physiqu'ment ? »

Acteur né, imposteur accomplissant une mission qu'il savait vitale, le *Coucou* était entré à fond dans son personnage. Dès lors, persister à penser dans sa langue maternelle était un moyen de se raccrocher à l'humanité, afin de ne pas sombrer totalement dans l'esprit tourmenté du Führer. Malgré cette soupape de sûreté, les constants allers-retours entre les ignobles pensées du dictateur et les sentiments d'une taupe enfouie chez l'ennemi mettaient ses nerfs à très rude épreuve, au point qu'Hitchcock guettait avec appréhension les premiers signes de schizophrénie. Cette crainte redoublait chaque fois qu'il se découvrait un point commun avec celui dont il connaissait l'extrême monstruosité.

Ce jour-là, à l'évidence ravi dans le contexte où Hitler s'épanouissait, le *Coucou* se demanda s'il ne se perdait pas lui-même, s'il ne devenait pas le Führer. Cette pensée lui glaça le sang.

L'image d'Emily vint à lui, la chaleur de son sourire l'irradia jusqu'au fond de son âme. Retrouvant son calme, Hitchcock réalisa que son amour pour elle ferait toujours la différence entre lui et Hitler. Si celui-ci ne vivait pas sans femme, depuis la mort de sa nièce Geli les présences féminines ne correspondaient pour lui qu'à de simples repos du guerrier, même si Eva Braun était sans doute plus qu'une maîtresse.

Ne sachant presque rien de cette dernière, le *Coucou* l'évitait comme la peste. Bien entendu, il ne devait en aucun cas coucher avec elle, précaution élémentaire à deux titres : tous les hommes étant différents, la jeune femme aurait facilement dévoilé l'imposture ; surtout, des rumeurs circulaient selon lesquelles Hitler était un désaxé impuissant. Dans son ignorance de l'attitude du dictateur envers sa maîtresse, Hitchcock se demandait s'il pouvait la tolérer dans son entourage ou s'il devait au contraire la chasser, par exemple en prétextant une inadmissible insolence. Ainsi, le *Coucou* avait répondu par la négative à toutes les requêtes de Braun de le rejoindre, tant à *Tannenberg* qu'au *Berghof*. À son insu, il agissait contrairement aux habitudes du Führer, ce dernier étant toujours accompagné d'Eva à Berchtesgaden.

Secouant la tête, le *Coucou* reprit lentement sa marche. Ses pensées revinrent vers la situation militaire. Lisant chaque jour un rapport d'opérations de la Luftwaffe, il constatait avec angoisse que la bataille s'intensifiait dans les cieux britanniques.

« Et c'foutu Stephenson qui m'transmet toujours pas d'instruction ! » grogna-t-il.

Laissé à lui-même, Hitchcock devait s'efforcer de raisonner en stratège. Dès lors, pour détourner la Wehrmacht de la Grande-Bretagne, ne devait-il pas envisager une feinte, ou plutôt une diversion, une magistrale et *kolossal* diversion ?

« Voyons, qu'est-ce qui serait plus appétissant pour ces salauds d'nazis que de dérouiller les Anglais ? La gloriole d'une victoire totale à l'ouest, 'y z'aimeraient, c'est sûr, mais c'est surtout cont'e les Russkofs qu'Hitler est r'monté, non ? Alors… Alors…'faudrait miser sur l'idéologie pour essayer de diriger les nazis vers la Russie. Pas simple. Risqué. Ouais, mais est-ce que j'ai l' choix ? À voir ! »

31 JUILLET 1940. 15 H 55. BERGHOF.

— *Meine Herren, der Führer kommt* ! entendit le *Coucou* en arrivant d'un pas rapide au Grand Salon.

La simplicité rustique de la *Haus Wachenfeld* n'était plus, les 200 m² du Grand Salon donnaient sur une extravagante baie vitrée. Fierté du Führer, mesurant pas moins de 32 m², cette fenêtre panoramique avait le bon goût de coulisser dans le plancher pour procurer une meilleure vue. Une hauteur sous plafond de 4 m, des meubles marquetés, des tapis persans, des tapisseries de prix et un piano à queue contribuaient à démontrer que le *Berghof* était le siège du pouvoir nazi lorsque Hitler s'y trouvait.

Quand Hitchcock franchit le seuil de la pièce, ses trois visiteurs claquèrent les talons et clamèrent « *Heil Hitler* ! » en tendant le bras droit. En de telles circonstances, le dictateur savourait sa puissance et sa revanche envers un destin longtemps contraire. Non seulement le pouvoir lui était monté à la tête mais de plus, le culte de sa personne avait dépassé le seul but consistant à faire rentrer dans le rang ceux pouvant contester son autorité : le Führer avait fini par se convaincre qu'il était exceptionnel, que tous les Allemands lui devaient une soumission totale. Le *Coucou* était néanmoins persuadé qu'Hitler restait au fond de lui-même un petit caporal autrichien. Sinon, comment expliquer son besoin maladif d'impressionner ? Sans quoi, pourquoi son malaise devant les junkers, cette caste qui l'avait commandé durant la Grande Guerre ? Hitchcock trouvait significatif que ce trouble donnât lieu à des débordements de rage envers ceux que le Führer avait jugés incapables de mener l'Allemagne à la victoire en 1918.

Par égard pour leur hôte, les visiteurs prirent soin de ne pas se placer à contre-jour, ils étaient alignés selon leur rang non loin de la longue table en marbre autour de laquelle se tenaient les réunions militaires. Le *Coucou* leur serra la main en respectant l'ordre de préséance.

Le premier était le dauphin d'Hitler, Goering. Hitchcock le toisa de haut en bas :

« Eh ben, songea-t-il, t'es beau avec ton uniforme blanc ! On dirait un clown ! »

Le deuxième visiteur était Keitel, arborant fièrement son bâton de *Generalfeldmarschall* reçu quelques semaines plus tôt.

Le troisième homme était Erich Raeder, le *Großadmiral* commandant la Reichsmarine depuis 1928. Bien que critique à l'égard des nazis, Raeder avait très tôt trouvé un terrain d'entente avec un Führer ignare en stratégie navale, il voulait pour le Reich une puissante flotte de surface. Cette obsession d'un autre âge était une bénédiction pour les Alliés, Raeder aurait dû donner la priorité à l'arme qui avait saigné à blanc leurs marines durant la Grande Guerre, aux bâtiments qui avaient révolutionné le combat naval, les U-Boote. Bénéficiant de la confiance d'Hitler, le *Großadmiral* avait veillé au développement de la Kriegsmarine malgré la jalousie de Goering.

Officiellement, le *Coucou* avait convoqué au *Berghof* les trois plus puissants militaires du Reich pour évoquer l'invasion de l'Angleterre. En fait, il voulait surtout préparer sa diversion. Il convia donc ses visiteurs à prendre place dans les confortables fauteuils installés autour d'une table circulaire, près de la baie vitrée.

— Comme vous le savez *meine Herren*, dit-il en s'asseyant, je vous ai fait venir au sujet de l'invasion de l'Angleterre. Ah ! Ce n'est pas tant que je tienne à me lancer dans cette aventure, mais ces damnés Anglais ne sont vraiment pas raisonnables. Enfin, ils auront bien cherché leur châtiment ! Puisque l'Angleterre est une île, poursuivit Hitchcock à l'attention de Raeder, votre présence à cette réunion est évidemment indispensable.

— Naturellement *mein Führer*, convint celui-ci, toutefois il est de mon devoir de rappeler que la Kriegsmarine a subi de lourdes pertes pendant la conquête de la Norvège, elle ne peut donc assurer seule la protection et le transport des troupes pendant la traversée du *Kanal*.

Stupéfait par cette réponse, Keitel faillit laisser tomber son monocle. Quant à Goering, que son rival préférât rester au second plan dépassait ses espérances.

Au lieu de l'explosion attendue par Keitel et Goering, Hitchcock commenta calmement la position du *Großadmiral* :

— Votre point de vue se défend.

Les maréchaux n'en crurent pas leurs oreilles, ils n'étaient pas au bout de leurs surprises.

— Permettez-moi d'ajouter *mein Führer*, surenchérit Raeder, qu'il serait plus qu'hasardeux de tenter une traversée du *Kanal* sans la maîtrise du ciel, il est donc impératif que la Luftwaffe en chasse les Anglais et...

— Aucun problème *mein Führer* !... tonna Goering jovialement.

Passé son étonnement, le *Reichsmarschall* reprenait l'initiative. Soucieux de préserver son statut, il ne pouvait laisser Raeder dialoguer tranquillement avec son Führer comme si lui, Hermann Goering, n'était qu'un figurant.

— ... Donnez-moi trois jours de beau temps, fanfaronna-t-il en agitant son bâton, et je clouerai au sol l'aviation anglaise !

La discussion prenait là un tour qu'Hitchcock n'aimait pas. S'il pouvait difficilement interdire les escarmouches entre les aviations des deux camps, il souhaitait encore brider la Luftwaffe.

— Quand je pense que je suis contraint à cette invasion par l'entêtement de ce dégénéré de Churchill, dit-il, secouant la tête d'un air navré. Ah ! La seule raison logique qui puisse pousser cet ivrogne à rejeter mon offre de paix ne peut qu'être cette damnée Russie ! Ça crève les yeux ! Seul ce crétin, ce politicien de bas étage peut faire un tel calcul ! Quand je songe aux faiblesses criantes de l'Armée rouge ! Absurdité ! L'entêtement de Churchill confine à la stupidité ! N'a-t-il pas compris à quel point le bolchevique est faible ?!...

Moins adroit que Goering dans la flatterie, Keitel se contentait d'afficher un sourire crispé. Aussi prudent que méfiant, satisfait au surplus que *der Dicke* veuille à nouveau que sa Luftwaffe soit en première ligne, Raeder demeurait sur la réserve, attendant la suite.

— ... N'a-t-il donc rien retenu de la campagne de l'Armée rouge en Finlande ?! Mais non ! Ce médiocre croit encore que le Russe peut faire contrepoids au Reich ! La solution à nos problèmes est évidente !

L'Anglais dévisagea les officiers, qui restaient soigneusement cois. Puis, ainsi qu'il l'avait fait à Charleville face à von Rundstedt, il prit une profonde inspiration avant de se lancer :

— Abattre la Russie, c'est enlever son dernier espoir à l'Angleterre ! Elle acceptera alors mon offre de paix. C'est aussi et surtout fournir au peuple germanique le *Lebensraum* que j'ai toujours vu à l'est !...

Depuis la Grande Guerre, la pensée stratégique allemande étant hantée par la perspective d'une guerre sur deux fronts, les plus puissants militaires du Reich auraient dû s'insurger, ils auraient dû conseiller d'en finir avec une Grande-Bretagne affaiblie avant de s'en prendre au colosse soviétique. Hitchcock avait redouté une telle protestation, il avait même craint d'être considéré comme fou. Pire encore, appréhendant peut-être qu'une guerre meurtrière avec l'URSS ne compromette leurs privilèges, les dignitaires nazis risquaient de vouloir se débarrasser de lui. Mais de manière tout à fait extraordinaire, ses interlocuteurs s'abstinrent de le contredire. Le *Coucou* n'en revint pas.

— … Il est enfin manifeste que la Russie reste un adversaire, quel que soit son régime politique. Elle cherchera toujours à faire barrage au pangermanisme, et donc à la mission que la Providence nous a confiée. Le Russe ne reculera pas devant l'usage de la force, il ne l'a jamais fait. Moltke l'avait très bien compris puisqu'il avait conseillé au kaiser dès 1911 une guerre préventive contre le tsar. Vous connaissez la suite *meine Herren*. Quoi qu'il en soit, j'ai décidé de reporter le début de l'offensive aérienne contre l'Angleterre au 10 août et l'éventuelle invasion au 15 septembre. Ensuite, …

Aucun des militaires n'avait cillé lorsqu'il avait ajourné l'offensive aérienne puis qualifié l'invasion d'éventuelle. Immensément soulagé, Hitchcock jubila en se lançant dans l'un des interminables monologues qu'affectionnait Hitler.

Après la réunion, pendant que ses rivaux se retiraient, Goering alla devant la fenêtre panoramique. À l'évidence, le *Reichsmarschall* n'admirait pas le paysage, il avait quelque chose derrière la tête, le *Coucou* en fut contrarié, et ce d'autant plus qu'il avait espéré se débarrasser de ses visiteurs après son discours. Il supposa que le patron de la Luftwaffe allait solliciter une énième faveur. Lorsque les deux hommes furent seuls, Goering s'approcha de lui, triturant nerveusement son bâton.

— *Mein Führer*, dit-il visiblement gêné, puis-je requérir un bref entretien ?

Afin d'accroître l'embarras du *Reichsmarschall*, Hitchcock ne répondit pas immédiatement. Pour faire bonne mesure, il ne lui proposa pas de s'asseoir, il l'examina, presque avec curiosité. Curieux spectacle en effet que celui de cet obèse, grotesque créature hybride, meunier par la couleur de l'uniforme et sapin de Noël par le clinquant des décorations.

— De quoi s'agit-il ? finit par rétorquer Hitchcock d'un ton agacé.

— Eh bien voilà, je suis toujours bouleversé par ce qui vous est arrivé en mai dernier et…

— Quoi donc en mai dernier ? l'interrompit le *Coucou*, dont la tête résonnait déjà d'un violent signal d'alarme.

— Vous savez bien *mein Führer*, répondit le *Reichsmarschall* en fuyant le regard de son hôte, lorsque vous avez dû sauter en parachute.

— Ah ! s'exclama durement Hitchcock, maîtrisant un tremblement de son bras gauche en croisant les mains derrière le dos. Je ne risque effectivement pas d'oublier !

— Et vous avez bien raison, convint Goering en déglutissant difficilement. Toujours est-il que… qu'il y a quelques jours, j'ai lu un rapport d'un officier de Student, c'est étrange mais… mais ses hommes vous ont récupéré sans coup férir dans un bois alors qu'à deux pas de là, douze de ses parachutistes ont été ni plus ni moins assassinés.

— Assassinés ?

— *Jawohl mein Führer*, confirma le *Reichsmarschall* en fixant le bout de ses bottes, le terme n'est pas trop fort, une balle dans la tête pour chacun. Ils ont été surpris par une attaque à la grenade pour être ensuite liquidés, ils n'ont même pas eu le temps d'utiliser leurs armes.

— Comment pouvez-vous en être sûr ?

— Leurs chargeurs étaient pleins.

Hitchcock ne s'émerveillait pas de l'exploit des *Royal Marines*, il était à cent lieues de considérations militaires. La peur au ventre, il imaginait les mâchoires du piège se refermer sur lui.

— Cette affaire est effectivement étrange, commenta-t-il pour se donner un peu de temps.

Le *Coucou* sentait une boule de plomb se former dans son estomac. Une violente crispation stomacale lui arracha presque un cri de douleur. Instinctivement, il porta une main à son ventre endolori. Hitchcock avait beau retourner le problème dans tous les sens, la difficulté demeurait entière, comment empêcher Goering de poursuivre l'enquête ? Il ne savait même pas vers quelle impasse aiguiller le *Reichsmarschall*, *Intrépide* lui ayant caché comment il avait eu connaissance des faits et gestes d'Hitler.

— Et l'inexplicable ne s'arrête pas là *mein Führer*, selon ce rapport, un de nos avions de liaison aurait été aperçu à côté de l'endroit où votre parachute vous a porté.

— En quoi cela serait-il étrange ? répliqua le *Coucou* dont la respiration devenait laborieuse.

— Le fait est *mein Führer* qu'aucun de nos appareils de liaison ne se trouvait ce jour-là dans le secteur.

« La fuite en avant ! chuchota une petite voix dans la tête d'Hitchcock. Essaie la fuite en avant ! Vite ! »

Le *Coucou* se déchaîna :

— Mais vous m'assommez à la fin avec vos avions qui patrouillent sans raison ! rugit-il, marchant de long en large en brandissant un poing. L'ennemi réussit à m'attaquer, moi, Adolf Hitler, votre Führer, et tout ce qui vous intéresse c'est une escarmouche de fantassins et un avion qui se perd ?! Mais quel outrage ! Mais quel scandale ! Bon sang ! Vous êtes complètement inconscient ma parole !

La bave aux lèvres et reprenant sa respiration, Hitchcock cessa d'aller et venir pour se planter mains sur les hanches face à un Goering chancelant.

— Faites donc rentrer dans votre crâne épais, brailla-t-il de plus belle en roulant des yeux, se cambrant comme s'il prenait son élan pour bondir à la gorge du *Reichsmarschall*, que je n'ai que faire de vos stupides élucubrations ! Contentez-vous de veiller à ce que mon escorte de chasseurs soit digne de ce nom ! Il me déplairait fortement de devoir à nouveau m'extraire d'un appareil en perdition !

Puis, foudroyant Goering du regard, Hitchcock s'approcha davantage de lui et baissa la tête, tel le chien s'apprêtant à mordre. Alors qu'instinctivement le *Reichsmarschall* reculait, le *Coucou* reprit la parole d'une voix basse, sourde, presque inaudible, qu'il espérait menaçante :

— Une chose est sûre en tout cas, si cela devait se reproduire, je n'aimerais pas être à votre place...

Hitchcock ponctua sa phrase en enfonçant profondément un index dans la poitrine adipeuse de Goering.

— ... *Ist es klar* ?

— J'ai... J'ai déjà donné des ordres en ce sens *mein Führer* ! marmonna un *Reichsmarschall* au bord de l'évanouissement.

Comprenant qu'il avait une fois encore surmonté la crise, qu'il venait de sauver sa tête, le *Coucou* réprima difficilement un soupir de soulagement.

— C'est bon, cracha-t-il avec dédain, vous pouvez disposer.

— *Heil Hi... Hitler* ! bredouilla Goering en claquant mollement des talons.

Hitchcock lui rendit son salut d'un geste sec, sans desserrer les dents. Suant de peur, le *Reichsmarschall* exécuta laborieusement un demi-tour et quitta le Grand Salon en espérant que ses jambes ne le trahiraient pas, qu'elles le porteraient jusqu'à sa voiture. Une fois la porte refermée derrière Goering, le *Coucou* n'eut même pas la force de se traîner jusqu'à un fauteuil, il s'effondra à genoux, se tenant le ventre à deux mains tandis que des larmes coulaient sur ses joues.

« Mais combien d'temps j'vais pouvoir t'nir ?! » se demanda-t-il en se tordant de douleur.

Personnage terne, nazi de la première heure, le *General der Artillerie* Alfred Jodl était chef d'état-major de l'OKW, ce qui faisait de lui le bras droit de Keitel. L'une de ses innombrables tâches était le choix des noms de code. Aussi consciencieux qu'efficace, Jodl ne brillait cependant pas par son imagination. Tout ce qu'il trouva pour l'offensive aérienne fut *Adlertag* (le jour de l'aigle). Il ne fit pas beaucoup mieux concernant l'invasion, l'appelant *Seelöwe* (lion de mer). Même un espion amateur aurait deviné que la cible était l'Angleterre, dont l'emblème représente un lion.

Commencé le 13 août, l'*Adlertag* vit la Luftwaffe frapper sans discernement le sud et l'est de l'île. Cette agitation ne menant à rien, le Reich rationalisa ses objectifs. Pour user les chasseurs britanniques, il fallait les forcer à affronter les *Jagdgeschwader*. Le moyen idéal était de matraquer l'infrastructure même du Fighter Command. Si le quartier général de Dowding au prieuré de Bentley était le cerveau de la chasse britannique, la *Chain Home*, la ligne de radars, constituait ses yeux. Certaines stations radar avaient été attaquées, parfois même détruites. Par bonheur, le piètre stratège qu'était Goering avait ignoré ces premiers succès, préférant se concentrer sur des cibles moins ingrates que d'étroites tours métalliques hautes de 110 m. Les choses allaient changer.

18 août 1940. 12 h 57. Poling.

Reliées par des câbles tendus d'une structure à l'autre, trois vilaines tours de radar défiguraient le paysage pastoral du West Sussex, près du village de Poling, à quelques kilomètres du littoral sud. Construites dans le plus grand secret, elles avaient suscité les plus folles rumeurs. La base de chacune rappelant celle de la tour Eiffel, certains y avaient vu une tentative insolite de singer le monument continental. D'autres avaient spéculé que ces hideuses installations pouvaient darder un faisceau mortel sur un attaquant venu du ciel.

Disséminés sous les bouquets d'arbres alentour, des baraquements logeaient la centaine de militaires affectés au fonctionnement et à la garde de la station. Non loin des tours, une médiocre baraque en bois percée d'une unique fenêtre abritait le précieux écran radar et un téléphone de campagne.

La *Corporal* Avis Hearn avait rejoint la WAAF six mois plus tôt, en même temps que son fiancé, son beau Johnny au sourire éclatant, était incorporé dans la RAF. Son imagination juvénile avait été enflammée par une affiche de propagande. Bien conçue, celle-ci représentait sous un ciel rougeoyant une ravissante jeune femme en *battle-dress* de la RAF se tenant crânement devant un pilote en tenue de vol, le tout sous le slogan « *Serve in the WAAF with the men who fly* ». S'identifiant parfaitement à la jolie auxiliaire, Hearn s'était engagée dès que son Johnny adoré avait quitté l'université pour s'enrôler dans le Fighter Command.

En appuyant sa bicyclette contre la baraque de l'écran radar, la *corporal* ignorait que les événements du jour lui vaudraient la *Military Medal*, honneur tellement rare que seules six femmes le reçurent durant la seconde guerre mondiale. Comme toujours avant de prendre son service, elle jeta un regard vers le ciel, le soleil était radieux.

— Beau temps pour les bombardiers, soupira tristement Hearn.

Tâchant de chasser cette sombre pensée, la jeune femme entra dans la cabane.

13 H 02.

La WAAF baignait dans la fraîche pénombre de la baraque. Son opulente chevelure relevée en un élégant chignon, la jeune femme était coiffée d'un casque de standardiste. Assise sur une chaise en bois, son séduisant visage légèrement éclairé par le halo vert de l'écran, Hearn se concentrait sur le tube cathodique. Ce qu'elle y voyait ne lui plaisait guère, une masse d'avions quittaient les côtes françaises et fonçaient plein nord. Rouage discipliné de la défense scientifiquement mise au point par Dowding, la *corporal* savait ce qu'elle devait faire, avertir au plus vite la station de filtrage de Stanmore.

— Poling, annonça Hearn sur le ton posé, impersonnel que lui avait inculqué son instructeur pour qu'elle reste compréhensible même dans les pires circonstances, plusieurs dizaines de *Bandits* vers le Sussex, *Angels 15*[10].

— Bien reçu Poling, répondit Stanmore, terminé.

La jeune femme reporta son attention sur l'écran. Plus la *corporal* le regardait, plus l'évidence s'imposait, les échos sur la vitre verdâtre arrivaient vers Poling, le raid se dirigeait sur elle. Pour la première fois de sa vie, elle qui avait mené une existence si ce n'était insouciante, du moins privilégiée, allait courir un danger mortel, cette journée pourrait être sa dernière. Il lui fallut de longues secondes pour assimiler ce redoutable état de fait. Lorsqu'elle eut pleinement conscience de la situation, ses épaules se voûtèrent, sa gorge se noua. Pour se redonner contenance, elle lissa les plis de sa jupe pourtant impeccable.

Les antennes radar étant orientées vers le sud, la jeune femme ne pouvait voir si des chasseurs britanniques venaient à sa rescousse. Mais connaissant l'importance des stations de *radiolocation*, elle pensa, elle *espéra* anxieusement que les *lads* atteindraient Poling avant les *Huns*. Qui sait ? Peut-être même que le Squadron 238 serait de la partie ! Peut-être qu'ainsi son Johnny lui sauverait la vie ! Cet espoir la rassura un instant. Mais l'angoisse reprit inexorablement le dessus. S'efforçant de respirer profondément pour garder son sang-froid, l'opératrice serra les poings. Ses ongles longs, qu'elle aimait à faire glisser sur le corps musclé

10. 15 000 pieds.

de son rugbyman de Johnny, s'enfoncèrent dans ses paumes. Hearn ne le remarqua pas, elle était obnubilée par l'écran.

Implacablement, sur le petit écran radar les échos approchaient de Poling, comme s'ils étaient animés d'une volonté propre. Le fracas des armes ne tarderait pas à se déchaîner, la *corporal* en était certaine, les secondes s'égrenaient silencieusement, pas un bruit ne lui parvenait.

« Le calme avant la tempête. » pensa-t-elle nerveusement.

Le silence oppressant ne dura pas, de lointains grondements de moteurs d'avions devinrent perceptibles. Soudain, la sonnerie stridente du téléphone la fit sursauter. Tout en s'éclaircissant la voix, la *corporal* décrocha.

— Po…, commença-t-elle.

— Planquez-vous ! Vite ! hurla de sa voix rauque Webster, *sergeant* du poste d'observation établi non loin de là.

« Et pourquoi pas déserter ?! » faillit riposter la jeune femme.

— Je ne peux pas partir ! Stanmore a besoin de mes informations !

Le sous-officier n'entendit pas cette réponse, il se ruait à couvert alors qu'un hurlement déchirant emplissait l'air, un Stuka piquait sur la cabane. Presque assourdi par la sirène de l'avion, un sifflement se fit entendre, le bombardier larguait ses bombes. Le comprenant, Hearn fut saisie d'effroi. Agrippant la table de l'écran, rentrant la tête dans les épaules, l'opératrice tint bon, elle resta à son poste. Tandis que l'horrible sifflement s'intensifiait, la jeune femme perçut difficilement une voix dans l'écouteur :

— Poling ! Ici Stanmore ! L'écho ! Il est juste au-dessus de vous !

— Vous croyez ?! cria Hearn avec un humour surnaturel. Les bombes me tombent sur la tête !

Fracas de fin du monde, la terre se souleva sous les pieds de la malheureuse. En état de choc, l'opératrice ne se rendit pas compte que la baraque s'effondrait, la plongeant dans une quasi-obscurité. La WAAF reprit rapidement ses esprits, elle releva tant bien que mal sa chaise et se rassit. Malgré ses tympans meurtris par le tonnerre des explosions, alors que résonnaient grondements de moteurs et staccatos de mitrailleuses, Hearn discerna la voix dans l'écouteur.

— Ça va ?! Ça va ?! répétait Stanmore frénétiquement.

— Oui ! Continuez à écouter mon écho !

L'opératrice démontrait avec éclat à quel point un responsable de l'*Air Ministry* s'était fourvoyé en prétendant doctement que « les femmes peuvent être émotionnellement instables devant la tension des opérations ».

Hearn resta devant son écran jusqu'à ce que la ligne soit coupée. Alors seulement elle réalisa que le tube cathodique ne fonctionnait plus, qu'une obscurité totale l'entourait, qu'une poussière suffocante voletait autour d'elle. Le calme, le calme mortel, presque assourdissant, l'oppressa plus encore que les terrifiantes déflagrations, l'opératrice se sentit engloutie dans un insondable océan de silence. Au lieu de s'extraire des décombres, la jeune femme s'effondra, éclata en sanglots et prit sa tête entre ses mains. La WAAF demeura ainsi prostrée pendant ce qui lui sembla des heures. L'opératrice ne leva les yeux que lorsque la porte de la cabane lui tomba presque dessus cependant qu'une forme humaine, presque indéfinissable, se frayait un chemin jusqu'à elle. En parvenant sans trop savoir comment à l'air libre, les jambes flageolantes, Hearn fut éblouie par la clarté du jour. Clignant douloureusement des paupières, aspirant goulûment l'air frais, soutenue par l'officier venu à son secours, elle se rendit compte que tout n'était plus que décombres et désolation. La cabane, les tours du radar, l'antenne radio et jusqu'à sa bicyclette, tout avait été impitoyablement pulvérisé, broyé, anéanti. Seul un miracle lui avait permis d'en réchapper.

Les dix-huit Stuka avaient payé cher leur assaut. Pendant que des Spitfire du Squadron 152 avaient tenu en respect les chasseurs d'escorte allemands, des Hurricane du Squadron 43 avaient massacré les bombardiers jusqu'au dernier.

Les *lads* de Dowding luttaient avec l'énergie du désespoir. Ils étrillèrent si bien les *Stuka-Geschwader* que la Luftwaffe les retira purement et simplement de la bataille. Mais rien ne pouvait arrêter le rouleau compresseur allemand, rien. À peine huit jours après le déclenchement d'*Adlertag*, la chasse britannique était exsangue. Churchill en fut bouleversé. Son discours du 20 août aux Communes rendit aux héroïques pilotes du Fighter Command un hommage qui marqua durablement les mémoires :

— Jamais dans l'histoire des conflits humains autant n'a été dû par tant de gens à un si petit nombre.

Là encore, ce lyrisme immortel ne pouvait masquer la dure réalité. Plus le Fighter Command perdait de pilotes, plus la Grande-Bretagne s'approchait du gouffre. Envoyé par Roosevelt en mission exploratoire au Royaume-Uni, Bill Donovan, le père de la future OSS, ancêtre de la CIA, résuma la situation au président dans une lettre du 24 août. Quoique dépourvue de l'élégance churchillienne, sa prose avait le mérite de la clarté :

« ... Les défenseurs se partagent un total de sept cent quatre-vingt-six pièces de campagne, cent soixante-sept canons antitanks et deux cent cinquante-neuf blindés inadéquats, assez pour deux divisions contre les quarante divisions allemandes attendant de franchir la Manche. Il reste à peine plus de mille pilotes à la RAF, épuisés par d'épouvantables bombardements. La Royal Navy a l'air d'une flotte de vieilles baignoires pleines de trous. La perte de destroyers lors de l'évacuation de troupes à Dunkerque n'a pas laissé la flotte en état de s'opposer à une invasion... »

Ce que décrivait Donovan, Churchill et Stephenson ne l'ignoraient pas, la Couronne était en passe de perdre la bataille. Tous leurs espoirs reposaient encore une fois sur le *Coucou*... mais aussi sur *Mickey*.

24 AOÛT 1940. 15 H 26. BERLIN.

Hitchcock se morfondait dans le bureau de la chancellerie. Dans l'immensité de cet absurde cabinet de travail, il tournait comme un lion en cage, arpentant la pièce de long en large. L'inactivité lui était d'autant plus odieuse qu'il savait son pays soumis à de terribles bombardements. Tout ce qu'il avait pu faire pour rendre moins rude le sort de ses compatriotes avait été d'interdire le bombardement des civils. Piètre consolation alors que Goering, bien qu'il perdît beaucoup d'hommes, était peut-être en train de gagner la bataille, et donc la guerre.

En entendant toquer, le *Coucou* chassa ses sombres pensées pour se concentrer sur son rôle. Il ne devait en aucun cas paraître abattu. Laisser voir une saine fatigue due à un travail écrasant, soit, mais surtout n'être pas triste.

— Entrez ! cria-t-il pour être audible de l'autre côté de la lourde porte.

Elle s'ouvrit sur l'*Untersturmführer* Linge, le valet d'Hitler.

Heinz Linge était né un peu avant la Grande Guerre, il avait donc grandi dans l'ombre de la défaite puis dans le chaos d'une république en déliquescence. Linge avait été très tôt fasciné par le discours national-socialiste. Correspondant au mythe du mâle aryen, son imposante carrure lui avait valu au début des années trente d'être coopté par la garde prétorienne du Führer, la SS. Cependant, ses mœurs l'avaient amené à cultiver secrètement des accointances avec la SA. Depuis la liquidation de celle-ci, Linge arborait une expression mitigée, à mi-chemin entre la mélancolie et la méfiance, en y ajoutant un zeste de rancœur, de telle sorte que son visage exprimait une tristesse de tous les instants. Certains de ses camarades s'en étonnaient.

L'Allemand entra dans le bureau, tenant un plateau en argent sur lequel se trouvaient une bouteille et un verre en cristal frappé des initiales AH. Pour la énième fois, le *Coucou* fut frappé en le voyant par la peine qu'il dégageait.

« Quelle tête ! pensa Hitchcock. Avec ses yeux cernés, on dirait un croque-mort qui vient d'enterrer sa mère ! C'est pas sur lui qu'j'vais pouvoir compter pour m'changer les idées ! »

— *Mein Führer*, je vous apporte de l'eau fraîche.

« Comme si j'm'en rendais pas compte ! » railla intérieurement le *Coucou*.

Se contraignant à l'indifférence, il répondit laconiquement :

— *Sehr gut* Heinz.

« Encore d'la flotte ! pesta-t-il en lui-même. Bon Dieu ! Qu'est-ce que j'donn'rais pas pour une bonne pinte de bière ! »

Avançant à pas comptés, Linge parut mettre une éternité à parvenir au massif bureau en acajou, sur lequel il déposa cérémonieusement le plateau. Puis, l'Allemand posa la bouteille pleine et le verre propre sur le bureau, au-delà du sous-main et du porte-plume. Ensuite, la bouteille entamée et le verre utilisé gagnèrent le plateau. Enfin, et toujours avec une lenteur étudiée, Linge déboucha la bouteille pleine et remplit à moitié le verre propre. S'attendant à ce que le SS reparte, le *Coucou* s'étonna de le voir venir à lui. Quand il fut près d'Hitchcock, Linge se pencha à son oreille.

— Le *Coucou* aime le beurre frais, murmura-t-il en gardant son expression déférente.

Hitchcock sursauta, comme s'il avait reçu une décharge électrique. Passé le premier étonnement, il craignit d'avoir mal entendu. Plissant les paupières, il saisit fermement un bras du SS et lui ordonna de répéter. Ce dernier s'exécuta.

« Ô Seigneur ! songea Hitchcock. Ça y est, j'suis p'us seul ! »

Son soulagement était tel qu'il tituba de joie. Sa pression sur le bras du valet s'atténua mais Hitchcock ne lâcha pas pour autant prise. Après trois mois d'une solitude écrasante, il avait enfin un allié ! Car à ses yeux, Linge n'était plus un ennemi, il était instantanément devenu sa bouée, son seul soutien dans un océan d'adversité.

L'Allemand considérait avec un mélange d'étonnement, de bienveillance et de soulagement cet agent sûrement étranger, dont il ignorait évidemment l'identité. Que celui dirigeant le Reich ne soit plus Hitler lui avait paru tellement énorme que, craignant ainsi d'être manipulé, Linge avait redouté le pire en récitant le mot de passe.

— Ne perdons pas de temps, reprit le SS à voix basse, sinon, nous risquons d'attirer l'attention.

— D'accord, chuchota le *Coucou*, vous avez des instructions ?

— Oui, vous devez obliger Goering à concentrer ses efforts sur les grandes villes anglaises.

— C'est de la folie ! s'insurgea Hitchcock d'une voix étouffée en lâchant le bras de Linge. Il va y avoir un massacre de civils !

— Tels sont les ordres, je n'en sais pas plus, désolé. Il faut que je reparte à présent, bonne chance.

En s'éclipsant, Linge se demanda s'il avait fait le bon choix, ça n'était pas du peuple anglais dont il voulait se venger mais des SS, et de tous leurs suppôts.

Recruter *Mickey* avait été tout sauf simple. En 1938, *Intrépide* avait fait la connaissance d'un jeune diplomate vaudois, Vincent Métaz, en poste à Berlin. Le Canadien avait compris que celui-ci haïssait autant le nazisme qu'il aimait les hommes. Surtout, Stephenson avait réalisé que le Suisse abhorrait la neutralité dans laquelle son pays se drapait plus que jamais pour se laver les mains des ambitions territoriales du Reich. *Intrépide* n'avait eu aucun mal à lui faire miroiter un moyen de combattre le nazisme. Recrue enthousiaste, Métaz avait voulu choisir lui-même son nom de code. Son choix s'était curieusement porté sur le petit du kangourou, appelé *Joey* par les Australiens. Revenu à Berlin, et suivant les instructions du Canadien, l'Helvète avait cherché à s'aboucher avec un proche du Führer. Plus facile à dire qu'à faire !

Il lui avait presque fallu un an pour approcher Linge. Avant d'essayer de le séduire, Métaz avait voulu être certain que le valet pouvait être retourné. Dès que *Joey* eut découvert une étrange ambiguïté de l'Allemand à l'égard de la ss, il était passé à l'action, son coup de maître ayant consisté à miser sur un traumatisme du valet pour l'amener à trahir sa patrie.

Six ans auparavant, Linge était l'un des amants d'Ernst Roehm, héros de la Grande Guerre et chef charismatique de la SA. Éphèbe de vingt-et-un ans, le ss avait été envoûté par Roehm, dont la brutalité, la bestialité même, s'effaçaient dans l'intimité au profit d'une tendresse qui l'avait bouleversé. Au-delà de son attirance pour Roehm, le valet avait préféré les inclinations politiques de la SA, qui constituait à ses yeux le dernier bastion du national-socialisme dans un Reich où l'élite nazie se souciait surtout de son enrichissement et où même la ss s'éloignait à grands pas des préoccupations populaires.

— Sache mon mignon, lui avait dit et répété son amant, qu'Adolf a trahi la cause, il est devenu le laquais des industriels et des junkers, ses ministres s'embourgeoisent avec sa bénédiction, lui-même se goinfre de gigantesques royalties sur les ventes de *Mein Kampf* alors que son extravagant train de vie est intégralement pris en charge par l'État. Ce qu'il nous faut Heinz, c'est une seconde révolution nationale-socialiste, rien de moins, tu comprends ?

Linge avait donc partagé son temps entre ses obligations de SS et ses extases avec les SA. Il était même parvenu à s'amuser des précautions que nécessitait sa sécurité, se travestissant avec de fausses lunettes et un feutre profondément enfoncé sur la tête pour aller retrouver Roehm. Sa double vie, parfois difficile mais toujours exaltante, dura jusqu'au soir du 29 juin 1934.

Ce que l'histoire appellerait la nuit des Longs Couteaux fut un drame pour le valet, son monde s'effondra quand Hitler fit liquider tous les chefs SA par la SS. En apprenant l'assassinat de son amant, Linge crut devenir fou de douleur. Mais il n'envisagea pas de se venger, comment l'aurait-il fait ? Instrument privilégié de la volonté du Führer, la SS n'avait-elle pas démontré sa toute-puissance ? Quant à s'en prendre à Hitler, c'était hors de question, toute tentative contre sa personne aurait été un suicide.

Lorsqu'en août 1940 *Joey* lui avait proposé de trahir un Reich décadent, le valet avait été stupéfait. Sa première question avait concerné le dictateur, qu'était-il advenu de lui ? Métaz avait répondu par la vérité, il l'ignorait. Supposant que le Führer avait été exécuté, le valet y avait vu un signe du destin, de cette fameuse Providence si souvent citée par Hitler lui-même. Comme l'avait espéré *Joey*, la soif de vengeance de Linge n'était pas assouvie, il voulait également que tous les suppôts du tyran paient pour avoir trahi le national-socialisme, pour leur ostensible embourgeoisement mais aussi et surtout pour le meurtre de Roehm. Oh oui ! Ils devaient payer !

23 AOÛT 1940. 19 H 53. LONDRES.

La veille du jour où *Mickey* avait transmis ses instructions à Hitchcock, Stephenson avait rencontré Churchill dans l'une des *Cabinet War Rooms*. Profondément enterrées tout près de Westminster, ces salles constituaient un réseau de pièces dans lequel le gouvernement pourrait continuer à travailler malgré les bombes.

Après s'être enfoncé sous terre, *Intrépide* avait été mené par une ordonnance en grand uniforme, voisinage du *Prime Minister* oblige, au-delà de la *Map Room*, où un officier mettait soigneusement à jour de larges étiquettes fixées sur une immense carte murale du monde.

Malgré les circonstances, il avait souri en passant devant le panneau d'affichage informant les infortunés troglodytes des avatars de la météo : « chaud et sec » indiquait l'écriteau de bois.

« Ces Anglais ! avait pensé le Canadien. 'Sont vraiment obsédés par le temps qu'il fait ! »

Il avait également dépassé la fièvre bruyante de la *Telephone Room*, où trônait une vaste table rectangulaire au centre de laquelle étaient alignés une dizaine de téléphones, certains rouges, d'autres verts, blancs ou noirs, les officiers de service notant les messages ou transmettant des dépêches. Puis, le Canadien avait été introduit non dans le bureau du Premier ministre mais dans la salle à manger de sa suite. Habitué des lieux, Stephenson n'en remarquait plus l'austérité. Petite pièce basse de plafond où flottaient des effluves de la cuisine toute proche, ses murs de briques blanches étaient agrémentés de quelques toiles. Le mobilier en bois verni était plus que succinct : une modeste console où étaient rangés couverts et verres ; une table ronde autour de laquelle tenaient quatre chaises ; deux petits buffets, dont l'un supportait l'inévitable téléphone. Un tapis recouvrant presque tout le parquet faisait des efforts méritoires pour donner une touche de chaleur.

Le Canadien s'était fait une joie d'annoncer une excellente nouvelle au Premier ministre, attablé ce jour-là avec Lord Beaverbrook, petit bout d'homme connu tant pour son énergie débordante que pour son caractère exécrable. Ce génie des affaires avait un rôle déterminant, Churchill l'avait nommé *Minister of Aircraft Production*. La mine sombre, chacun vautré sur une chaise, les deux hommes étudiaient un graphique illustrant les pertes en pilotes de chasse et le rythme de production des nouveaux chasseurs. Si la seconde courbe augmentait sensiblement, la première croissait plus vite encore. En d'autres termes, les cockpits des chasseurs britanniques seraient bientôt vides.

— Bonjour Winston ! *Hello Beaver*[11] ! avait salué gaiement Stephenson.

Nullement sensibles à sa bonne humeur, Churchill et Beaverbrook lui avaient rendu tristement son salut. Voyant cela, *Intrépide* s'était rembruni. Puis, il

11. « Littéralement « castor ».

s'était assis et avait patiemment attendu que son compatriote prenne congé pour entrer dans le vif du sujet :

— Winston, nous allons enfin pouvoir contacter le *Coucou* !

— Alléluia ! s'était exclamé le Premier ministre en se redressant subitement. Ah ! Espérons qu'il soit encore temps !

— La situation est si grave ?

— Elle est dramatique, si *Beaver* produit plus de chasseurs que nous n'en perdons, nous sommes incapables de former des pilotes aussi vite que les *Jerries* tuent nos *lads*. Dowding est formel, nous sommes en train de perdre.

— Il faut lui donner de l'air.

— La belle affaire ! Comment ?!

— 'Faut à tout prix que la Luftwaffe change de cible. Voyons, 'faut que les *Jerries* frappent n'importe où sauf sur l'infrastructure du Fighter Command, et de préférence sur un objectif qui ne soit pas stratégique. Évitons de désigner comme cibles au *Coucou* les ports et l'industrie aéronautique.

— Allons Bill ! Nous ne pouvons quand même pas faire en sorte que les bombes tombent en rase campagne ! Le *Coucou* serait totalement discrédité ! Il pourrait même être percé à jour !

Ce qui était inacceptable, *Intrépide* le savait. Et comme toujours, il avait appréhendé le problème rationnellement, scientifiquement. Les bras croisés, le Canadien avait fermé les yeux pour s'isoler mentalement, afin de ne pas subir la tension qu'il avait ressentie dans le regard de son interlocuteur.

Pouvait-on ordonner au *Coucou* de déclarer victoire pour faire cesser les assauts contre l'Angleterre ?

En ce cas, il y aurait à peu près deux chances sur trois pour qu'Hitchcock soit démasqué, impensable là encore. Et même si les nazis ne découvraient pas le pot aux roses, le Reich ne resterait pas inactif. Ayant asservi une bonne partie de l'Europe, étant abondamment approvisionnée en matières premières par les Soviétiques, l'Allemagne pourrait multiplier dans de terrifiantes proportions sa production d'armement. Le Canadien savait qu'en 1938 le Reich avait lancé la construction d'un petit porte-avions, heureusement inachevé. Il était hors de question de laisser la Kriegsmarine renforcer sa flotte sous-marine tout en constituant des escadres de porte-avions, elle deviendrait surpuissante tandis que les États-Unis mesuraient chichement leur aide. Le temps jouait en faveur de l'ennemi, il n'était pas plus possible d'assister passivement à l'inutile sacrifice du Fighter Command que d'attendre stérilement qu'un Reich déjà dominateur ne devienne invincible. *By Jove* ! Il devait bien y avoir une fichue solution ! L'issue, s'il en existait une, pourrait être une diversion. Oui, ça devrait être une diversion. Il fallait imaginer une manœuvre épuisante pour la Luftwaffe, une ruse qui saignerait l'ennemi, qui l'empêcherait de devenir plus fort.

Simple dans son principe, l'idée restait à étoffer, comment appâter un Goering ne reculant devant absolument aucune horreur tout en veillant à ce que la chasse britannique ait le temps de panser ses plaies ? À l'évidence, une cible pourrait détourner les nazis. La Luftwaffe avait montré à Guernica, Varsovie puis Rotterdam de quelle ignoble façon elle brisait le moral de ses adversaires. Oui, la solution, effroyable mais vitale, était sûrement là.

Sentant un goût écœurant lui monter à la bouche, ressentant un déchirement dans sa poitrine, comme si son âme épouvantée voulait fuir un monde devenu fou, Stephenson avait compris, il allait proposer à Churchill de choisir entre l'abject et l'inacceptable. À ce moment-là, *Intrépide* aurait voulu n'avoir jamais vu le jour.

— 'Y aurait bien une solution, avait-il repris en rouvrant des yeux humides de larmes difficilement refoulées, faire tomber les bombes là où ça fait mal, très mal, mais sans que ça compromette nos capacités à poursuivre la guerre.

Comprenant ce que cela impliquait, le Premier ministre avait blêmi.

— Vous ne pouvez pas me demander ça Bill !

Concevant de la pitié pour son interlocuteur, le Canadien n'avait pas répondu, il avait pressenti ce que Churchill allait faire.

— Vous avez raison Bill, avait murmuré le Premier ministre en voûtant les épaules, accablé plus que jamais par son écrasante responsabilité, excusez-moi. Il faut… il faut… Ô Seigneur ! Je n'arrive même pas à l'exprimer !

Posant les coudes sur la table, joignant les mains comme s'il priait, serrant les doigts au point que ses bras tremblaient, Churchill avait frissonné de dégoût envers lui-même autant que d'horreur. Puis, le Premier ministre avait énoncé d'une voix étranglée ce qu'il savait être l'unique solution pour sauver le Fighter Command, pour ne pas perdre la guerre :

— Il faut que l'Allemagne bombarde à outrance nos villes, les pertes en vies humaines vont être catastrophiques, effroyables.

— C'est vrai, sûrement des dizaines de milliers de personnes, mais je ne vois pas d'autre issue.

Sachant qu'il ne se pardonnerait jamais le conseil donné à Churchill, *Intrépide* avait également réalisé que si sa tactique s'avérait vaine, il en perdrait la raison.

— C'est d'accord Bill, avait répondu le Premier ministre avec une infinie lassitude, c'est d'accord, faites transmettre les instructions au *Coucou*. Quant à moi, je vais donner des ordres au Bomber Command, nous bombarderons Berlin, ça servira d'excuse à notre homme pour qu'il dirige la hargne de Goering sur nos civils.

— Euh, Winston, je ne crois pas que vous puissiez faire bombarder Berlin comme ça.

— Que voulez-vous dire ?

— Si c'est nous qui commençons les raids de terreur, l'opinion américaine verra en nous des fauteurs de guerre. Et comme vous le savez, Roosevelt a les plus grandes difficultés à nous envoyer de l'aide.

— Hmmm, je vois. Que proposez-vous ?

— Faire croire que des bombes allemandes sont tombées sur Londres.

— Provoquer nous-mêmes des dévastations dans Londres ?! Mais vous vous rendez compte de ce que vous osez me demander ?! Vous avez perdu la raison !

Presque insulté par Churchill, Stephenson se garda de riposter, il était sûr qu'entre deux maux le Premier ministre choisirait le moindre, aussi douloureux que soit le choix.

— Ah ! croassa Churchill. Au point où nous en sommes ! C'est entendu, faites le nécessaire au plus tôt, je me chargerai ensuite du Bomber Command.

Le Premier ministre et Stephenson n'avaient pas traîné. Dans la nuit du 24 août, des hommes de Gubbins avaient fait exploser des charges aux quatre coins de Londres. Le lendemain, la presse britannique s'était déchaînée contre la Luftwaffe, l'accusant d'un « acte d'une insigne barbarie ». La nuit suivante, des bimoteurs Handley Page Hampden avaient mené un raid de représailles dans la banlieue de Berlin.

4 SEPTEMBRE 1940. 21 H 14. BERLIN.
SPORTPALAST.

Construit en 1910 pour héberger les manifestations sportives en hiver, le *Sportpalast*, bâtiment de style néo-baroque, pouvait abriter dix mille personnes. Féru de propagande, Goebbels l'appelait affectueusement « notre grande tribune politique ».

Sous un ciel d'oriflammes nazies fixées au plafond, aveuglé par de puissants projecteurs, debout derrière un pupitre sur lequel reposaient deux micros et les feuillets portant les grandes lignes de son discours, le *Coucou* transpirait, ainsi que le faisait Hitler en haranguant les foules.

Après avoir comme le Führer débuté calmement son allocution, il avait progressivement chauffé un auditoire ne demandant qu'à s'enflammer. Même si la mobilisation n'était pas totale, nombre d'hommes étaient sous les drapeaux, le public était ainsi essentiellement féminin. Ouvrières, infirmières et autres secrétaires étaient suspendues aux lèvres d'Hitchcock. Entre deux tirades, l'assistance scandait follement « Hitler ! Hitler ! Hitler ! »

L'hystérie n'était qu'apparente, il suffisait au *Coucou* de lever la main pour qu'un silence absolu s'abatte. Une telle obéissance écœurait Hitchcock. L'assistance était bel et bien d'une discipline toute militaire, à l'image de l'alignement des sièges.

En approchant de la partie la plus abjecte de son discours, Hitchcock sentit son organisme se révolter, une nouvelle crispation stomacale le foudroya. Alors qu'il reprenait son souffle, le public l'acclamait éperdument. Dégoûté autant que fou de rage, il fut sur le point d'éclater de colère, de crier ses quatre vérités à cette foule fanatique. Il s'y voyait déjà :

— Êtes-vous aveugles ?! s'imaginait-il hurler. Êtes-vous stupides ?! Ou alors êtes-vous tous devenus fous ?! Les nazis vous ont promis la paix et l'Allemagne a fait la guerre à presque tous ses voisins. Le parti vous a fait miroiter la prospérité ! Mais que croyez-vous qu'il restera de votre précieux confort quand le temps des victoires faciles ne sera plus ?! Ouvrez les yeux avant qu'il ne soit trop tard !

Le *Coucou* parvint à se contenir, à ne pas perdre son sang-froid. Pendant que la douleur reculait, il parcourut du regard l'assemblée, se demandant parmi ces gens combien seraient encore en vie après la guerre. Puis, résigné à exécuter ses monstrueuses instructions, Hitchcock leva le bras pour faire taire le public. Une fois le silence rétabli, il brailla de plus belle :

— *Herr* Churchill nous montre sa dernière trouvaille ! Des attaques aériennes de nuit ! Il se livre à ces opérations non parce qu'elles ont des chances d'être efficaces mais parce que ses forces aériennes ne peuvent se risquer à survoler de jour le sol allemand ! Dieu m'est témoin que j'ai essayé d'épargner les Anglais !

Ils ont pris mon humanité pour de la faiblesse ! Ils y répondent en assassinant nos femmes et nos enfants !

Jugeant avoir suffisamment attisé l'instinct sanguinaire de l'auditoire, il poursuivit en rugissant :

— Pendant que la Royal Air Force largue deux ou trois tonnes de bombes, nous larguerons en une seule nuit cent cinquante, deux cent trente, trois cents ou quatre cents tonnes ! Quand ils déclarent qu'ils intensifieront leurs attaques contre nos villes, nous raserons leurs villes jusqu'au sol ! Nous ferons cesser les agissements de ces pirates nocturnes ! vociféra le *Coucou* en agitant frénétiquement un poing vengeur vers le ciel. Les Anglais débordent de curiosité, poursuivit-il d'une voix sourde pour paraître plus menaçant, ils ne cessent de demander « Pourquoi ne vient-il pas ? »

Après un bref silence, le *Coucou* hurla à pleins poumons :

— Attendez ! Attendez ! Il arrive ! L'heure sonnera où l'un de nous deux cédera ! Et ce ne sera pas l'Allemagne nationale-socialiste ! Que Dieu nous aide ! *Sieg Heil* !

Sous un tonnerre de « *Sieg Heil* ! », il tourna brusquement les talons. Tandis que son escorte le menait jusqu'à une voiture, que résonnaient les clameurs de la foule, un Hitchcock trempé de sueur enfila un manteau pour ne pas prendre froid malgré la tiédeur de la nuit.

Alors que la limousine regagnait la chancellerie, il eut une vision d'apocalypse : des cadavres démembrés et noircis au milieu de Chelsea, la cathédrale Saint-Paul éventrée, le palais de Buckingham réduit en un amas de ruines. Le cœur au bord des lèvres, le *Coucou* fit arrêter en catastrophe la Mercedes. Sitôt celle-ci immobilisée, il se jeta hors de l'automobile et vomit éperdument, douloureusement. Ce malaise l'affaiblit tant qu'Hitchcock dut être soutenu pour remonter en voiture.

À la chancellerie, il était encore bouleversé au point de se retrouver dans l'appartement privé d'Hitler pour ainsi dire sans s'en rendre compte. Toujours ému, le *Coucou* ne prêta pas attention au contraste saisissant entre le faste des salles officielles de la chancellerie et la simplicité de la chambre du Führer. D'une vingtaine de mètres carrés, peinte curieusement en rose, celle-ci était médiocrement meublée, un lit en fer blanc côtoyant deux chaises et une table. Seule fantaisie, un portrait de la mère du dictateur était fixé au-dessus de la tête du lit.

L'absence totale d'œuvre d'art dans les appartements privés d'Hitler, que ce fût à Berlin ou au *Berghof*, avait interloqué Hitchcock. Il en était venu à supposer que le Führer n'accordait de l'importance à l'art que dans le domaine public. L'art ne serait pas une fin en soi mais un moyen de participer à la soi-disant grandeur du nazisme.

Le *Coucou* suspendit sa veste dans l'unique placard. Celui-ci l'avait frappé moins par son indéniable profondeur que par le strict alignement de la quarantaine de chemises brunes. Impeccablement repassée, suspendue à un cintre, chacune arborait sur la manche gauche un insigne nazi.

Pendant qu'il refermait la porte du placard, il entendit toquer.

« Quoi encore ?! Peuvent pas m'fout'e la paix ?! »

Se forçant à emprunter un ton autoritaire, il demanda :

— Qui est-ce ?!

— C'est moi Adolf, répondit Eva Braun, je peux entrer ?

Depuis son arrivée à Berlin, il la voyait à peine, jouant presque à cache-cache avec elle. Secouant tristement la tête, Hitchcock pensa pouvoir s'autoriser un court tête-à-tête.

— Ça va, tu peux venir.

— Comment ça s'est passé ? demanda timidement la jeune femme en entrant dans la chambre.

Vêtue d'un cœur croisé vert et d'une jupe noire à pois blancs dévoilant largement ses jolies jambes, Braun était ravissante.

— Épuisant.

Il savait que Braun ne se mêlait jamais de politique. Même si elle avait eu des velléités de le faire, Hitler avait été plus que clair, son rôle se bornait à celui d'amante. Lors d'une de ses confidences à Speer, ce dernier avait été choqué quand le dictateur lui avait affirmé qu'un « homme supérieurement intelligent doit toujours avoir une femme primitive et stupide ».

— Tu veux que je fasse monter du champagne ? proposa la jeune femme.

Notoirement hostile à l'alcool, le dictateur ne dédaignait cependant pas quelques gorgées de champagne en compagnie de sa maîtresse.

— Non *Tschapperl*[12], tu es gentille, ça ira, merci.

En s'entendant appeler par le petit nom que lui avait attribué le Führer, Braun sentit une vague de chaleur la parcourir délicieusement, elle espéra que son homme voudrait bien lui faire l'amour. Il est vrai

12. Appellation familière bavaroise pour un animal domestique.

que le *Coucou* ne lui avait jamais donné du *Tschapperl*. Et pour cause, ce n'était pas les services de Stephenson qui lui avaient appris l'existence de ce surnom affectueux mais Linge. Quand il le pouvait, celui-ci décrivait à Hitchcock les manies et tics d'Hitler. Si certaines de ces informations lui étaient déjà connues, d'autres lui étaient totalement inédites.

— Comme tu veux, dit Braun, un petit massage peut-être ?

« Ça peut pas m'faire de mal. » songea le *Coucou*.

Il acquiesça d'un grognement. La jeune femme commença à lui masser délicatement les épaules.

— Ça va mieux *mein Wolf* ? murmura-t-elle d'une voix langoureuse.

— Oui, convint Hitchcock en sentant monter une érection, tu as eu une excellente idée.

— Ça serait sans doute plus agréable si tu étais allongé, susurra la jeune femme, tu ne crois pas ?

En guise de réponse, Hitchcock ôta sa chemise et ses bottes. Puis, il se laissa tomber sur la couche, face la première, faisant protester les ressorts du lit. Braun s'assit au bord du matelas et se mit en devoir de lui masser le dos, alternant douceur et fermeté. Au bout de quelques minutes, le *Coucou* se détendit, au point qu'il dut réfréner un ronronnement de satisfaction, ignorant si le Führer laissait transparaître son plaisir.

Décidant d'abréger sa frustration, Hitchcock ferma les yeux et fit sa respiration régulière, mimant le sommeil. Croyant que son homme dormait, Braun soupira de déception. Ce soupir chavira le cœur du *Coucou*. Nullement amère, au contraire attendrie, la jeune femme se leva puis déposa un très léger baiser sur sa joue.

« La caresse d'une aile de papillon. » pensa Hitchcock, lui aussi ému.

Un instant d'humanité en une époque épouvantablement inhumaine, il en avait tant besoin. Cette marque d'amour, bien qu'obtenue par une imposture, le toucha jusqu'au fond de l'âme, elle lui donna un surcroît de force pour continuer sa mission. Espérant avoir trouvé une alliée malgré elle dans sa mission, Hitchcock sourit intérieurement. Il parvint à garder les yeux clos tandis que Braun s'en allait sur la pointe des pieds.

Goering déchaîna ses hommes sur Londres dès le 7 septembre. Durant cette seule journée, pas moins de quatre cent trente-six Londoniens périrent et mille six cents autres furent blessés. Comme l'avaient escompté Churchill et Stephenson, le martyre des civils ne fut pas vain. Alors que la Luftwaffe perdait de plus en plus d'équipages et d'appareils, Dowding vit ses pertes en pilotes se stabiliser pour ensuite régresser lentement. Pour limiter l'hécatombe de ses aviateurs, le Reich privilégia les raids nocturnes. Malgré l'incurie de leur service de renseignements, les chefs des Luftflotten II et III, respectivement Kesselring et son collègue Sperrle, constatèrent la vanité de cette campagne de terreur. Aussi protestèrent-ils énergiquement auprès du *Reichsmarschall*. Rien n'y fit, celui-ci resta sourd à leur bon sens. Persuadé du génie de son Führer, il leur expliqua que deux et deux faisaient… cinq !

12 OCTOBRE 1940.

Si les rapports de Goering claironnaient les pertes sévères du Fighter Command, les équipages de la Luftwaffe ne se laissaient pas abuser par cette propagande. Et pour cause, si la prééminence des bombardements de nuit n'avait pas fait cesser les attaques diurnes, ces dernières se heurtaient sans arrêt à une chasse britannique qui semblait renaître de ses cendres.

De leur côté, Churchill et *Intrépide* se gardaient d'envoyer de nouvelles instructions au *Coucou*. Bien que le calvaire des civils les torturât jusque dans leurs cauchemars, ils savaient que l'équilibre des forces basculerait tant la Couronne se renforçait chaque jour.

Privé de toute directive, Hitchcock prit l'initiative d'invoquer l'étonnante génération spontanée des chasseurs anglais pour reconnaître officiellement l'échec d'*Adlertag*, lequel imposait l'ajournement de *Seelöwe*. Pour autant, le *Coucou* laissa se poursuivre les raids, il était hors de question de paraître conciliant avec la Grande-Bretagne et de courir le risque d'être démasqué.

Le Premier ministre et Stephenson ne pavoisaient pas. Non seulement ils devaient vivre avec leur décision de faire bombarder les civils mais en plus Bletchley avait suffisamment progressé pour prédire où les bombardiers allemands frapperaient. Or, Churchill ne pouvait faire à l'avance évacuer telle ou telle ville sous peine de dévoiler à l'ennemi que ses codes avaient été décryptés, il était hors de question de renoncer à l'avantage déterminant que conférait Bletchley.

13 NOVEMBRE 1940. 10 H 55.
10 DOWNING STREET.

Le mois précédent, une bombe de gros calibre était tombée à proximité, détruisant plusieurs salles et tuant trois fonctionnaires. Prudemment, la résidence du Premier ministre avait été vidée de la plupart de ses meubles et objets d'art. Évidemment, cela n'empêchait en rien l'indomptable Churchill de continuer à y travailler. Bien au contraire, encore et toujours fasciné par « les yeux étincelants du danger », il mettait un point d'honneur à ne pas déserter ses appartements, à ne pas constamment se terrer dans les *Cabinet War Rooms*.

Stephenson aimait le 10 Downing Street. Malgré son récent dénuement, ce lieu chargé d'histoire conservait une réelle majesté. Mais en franchissant le hall d'entrée dépouillé de ses tapis de prix, *Intrépide* n'était pas d'humeur à s'extasier devant le revêtement du sol, cet exquis damier de marbre noir et blanc. En pénétrant dans la *Cabinet Room*, il y trouva Churchill seul, avachi à la place traditionnelle du Premier ministre, entre la cheminée de marbre blanc et la longue table dont le plateau de bois fauve évoquait la forme d'un navire. Des fenêtres perçait une lueur blafarde, triste à mourir, typique de l'automne londonien, aussi les lustres étaient-ils allumés.

Plus morose que le temps, mâchouillant nerveusement un cigare, Churchill ruminait, il était en proie à ce mal aussi discret que tenace qui le tourmentait par à-coups depuis l'enfance, le *black dog*. Le Premier ministre avait beau se répéter que la Luftwaffe s'épuisait inutilement en bombardant des civils, le sacrifice de ses compatriotes le désespérait.

— Winston, dit *Intrépide* en s'asseyant lourdement face à son hôte, il se trame quelque chose de pas ordinaire pour la nuit prochaine.

— Je vous écoute, grommela Churchill.

— Une histoire de fous, cinq cents bombardiers pour une destination unique, un raid d'une ampleur inégalée.

— Grand Dieu ! Que va-t-il rester de notre malheureuse capitale ?!

— Londres n'est pas l'objectif, c'est Coventry qui est visée.

— Cinq cents bombardiers pour Coventry ! Ce fou de Goering veut anéantir la ville !

— Vraisemblable.

Les deux hommes se turent. Leur silence n'était pas un refuge, il n'allégeait en rien des responsabilités qui en auraient fait craquer plus d'un. Ce mutisme illustrait leur écrasant sentiment d'impuissance, le tourment de ces consciences qui se savaient dramatiquement démunies face aux impératifs de la guerre secrète, laquelle les piégeait dans l'immédiat de façon inhumaine afin que plus tard l'ennemi soit à son tour sans défense.

— On ne pourrait pas au moins trouver un prétexte pour évacuer les enfants ? proposa faiblement Stephenson.

— Oui, oui, acquiesça le Premier ministre dans un souffle, ce sera mieux que rien. Je vais les faire expédier vers des camps de vacances, voilà qui devrait paraître plausible. Pour le reste, ajouta un Churchill désespéré, les mesures habituelles, pompiers et ambulanciers seront tous à leurs postes.

14 novembre 1940. 19 h 20. Coventry.

Hurlements des sirènes, roulements assourdissants de l'artillerie antiaérienne. Approchant de sa cible, la première vague de bombardiers emplissait le ciel d'un grondement sourd, continu, vacarme annonciateur d'une apocalypse comme n'en avait pas encore connu l'humanité. Obligés de prendre de l'altitude pour rester hors de portée de la DCA, les bombardiers bénéficiaient d'une aide dûment prévue par les météorologues allemands. Éclairant la cité des Midlands d'une lueur surnaturelle, presque diabolique, la lune permit aux équipages de la Luftwaffe d'accomplir en toute impunité leur mission inhumaine, *Mondscheinsonate*.

Pendant dix interminables heures, des vagues et des vagues de bombardiers s'acharnèrent méthodiquement. Rien ne fut épargné, rien. La cathédrale du XIVe siècle fut pratiquement anéantie. Les hôpitaux, les cinémas, les clubs, les bains publics mais aussi les abris furent frappés. Selon la BBC, quatre mille trois cent trente maisons furent rasées, de même que les trois quarts des usines.

15 novembre 1940. 09 h 25. Coventry.

Aussi loin que le regard portait, une mer de décombres sur laquelle flottaient une fumée tenace et des nuages de poussière. Ici, exténués après une nuit d'efforts, des secouristes aux mains en sang, le désespoir se lisant sur leurs visages noircis, extrayaient délicatement des ruines, avec tendresse, un corps sans vie. Là, pathétique à l'extrême, quelque pan de mur montrait qu'à la place d'un pitoyable amas de gravats s'était fièrement dressé pendant des siècles un hôtel particulier à l'architecture raffinée. Ailleurs, devant des décombres calcinés, un couple sans âge aux vêtements élimés. Lui, silhouette efflanquée triturant nerveusement la casquette avec laquelle il venait de s'essuyer le visage, clignait des paupières autant à cause de la poussière que de cette catastrophe dépassant ses pires cauchemars. Elle, habituellement débordante d'énergie, serrait éperdument dans ses mains rongées par les produits ménagers une petite théière en argent, unique rescapée d'un service à thé ayant trôné sur le manteau de la cheminée. Drame aussi poignant que digne que celui de ces pauvres gens refoulant difficilement leurs sanglots face à l'anéantissement d'une modeste bicoque, leur seul bien. Plus loin, un solide gaillard et sa robuste matrone, deux adolescents aux jambes encore grêles à leurs côtés. Hébétée par une nuit de bombardements, brisée par le chagrin, cette famille s'effondrait à genoux devant deux dépouilles désarticulées, les cadavres défigurés de ses aïeux. Là-bas, une vilaine camionnette du *Ministry of Information* roulait au pas sur la chaussée défoncée, les minces pinceaux de lumière de ses phares fouillant les nuages de poussière, éclairant d'un faisceau lugubre, presque dérisoire, des fragments du squelette de la ville anéantie. Le timbre métallique, agressif, de l'annonce beuglée par le haut-parleur vissé sur le toit du véhicule indiquait aux populations sinistrées où trouver des vivres et un abri, comment survivre après toute cette démence. Et encore et toujours cette maudite poussière qui piquait les yeux et irritait la gorge.

L'enfer, voilà l'image qui s'imposait à Churchill et *Intrépide* tandis qu'ils se frayaient tant bien que mal un chemin dans les rues, du moins dans ce qu'il en restait. L'impuissance, la rage et la culpabilité les suppliciaient au plus profond d'eux-mêmes. Bien que n'étant pas sanguinaires, ils rêvaient pourtant de vengeance. Oh bien sûr le Bomber Command n'était pas encore assez fort pour raser une ville de la taille de Coventry. Mais la RAF pourrait bien anéantir quelque bourg de la Ruhr, n'est-ce pas ? Comment condamner la folie criminelle d'Hitler et des siens si l'on s'y complaisait aussi ? Il fallait reprendre ses esprits, ne pas laisser la haine former un écran apaisant entre la raison et une réalité insoutenable.

Que faisaient le Premier ministre et Stephenson en ces lieux ? Pourquoi au contraire ne se ménageaient-ils pas, eux dont le temps était compté ? Churchill répondait à des impératifs de propagande, il voulait montrer sa compassion, comme le faisait souvent la famille royale. Aussi et surtout, les deux hommes estimaient que leur devoir leur commandait de se frotter à l'ignoble réalité, à une catastrophe qu'ils auraient pu éviter, si seulement l'Histoire leur avait laissé le choix.

— Même les voies de tramway, observa sombrement Churchill, regardez, on dirait qu'une main de géant les a tordues.

— Les premiers rapports chiffrent le nombre de morts à un millier.

— Des barbares ! s'indigna le Premier ministre en rendant son salut à l'un des nombreux soldats réquisitionnés pour déblayer les rues. Les nazis ne sont que des barbares ! S'il est vrai que c'est nous qui les avons dirigés sur les civils, ces démons y trouvent un évident plaisir, pour ne pas dire une jouissance.

— C'est le moins qu'on puisse dire, leur agence de presse vante ce raid comme le plus sévère de toute l'histoire de la guerre. Les *Jerries* ont vraiment l'air fiers d'eux, écœurant !

— Autant que Dieu est mon juge, poursuivit Churchill pendant que les deux hommes contournaient un cratère, nous devons faire cesser cela, le Fighter Command a suffisamment été préservé, il doit à nouveau assumer la défense de notre ciel.

— Il y a peut-être mieux à faire que remettre en première ligne nos chasseurs convalescents. Réfléchissons.

Perdus dans leurs pensées, le Premier ministre et Stephenson observaient une équipe de la défense passive. Bravant une fuite de gaz, ignorant un mur menaçant de s'écrouler, des sauveteurs enlevaient à mains nues des moellons. Quelqu'un avait entendu, ou croyait avoir discerné, une voix appeler à l'aide sous les décombres.

— Héroïques, admira le Canadien, ces gens sont héroïques.

Puis, se retournant vers son interlocuteur :

— Dites-moi Winston, et si on envoyait les nazis se défouler ailleurs ?

— Je ne demande pas mieux, mais où ? Je ne suis guère enclin à les voir porter secours aux Italiens en Afrique, nous sommes encore trop faibles en Égypte, nous risquerions de perdre le canal de Suez. Et ça, nous ne pouvons nous le permettre.

— Et les Balkans ? Les nazis ont quelques sympathies pour le régime grec, non ?

— Certes, mais les Grecs en sont aux mains avec Mussolini. Il serait difficile pour notre *Coucou* de choisir ostensiblement entre l'ami fasciste et une Grèce presque alliée de l'Allemagne.

— Et si on débarquait des troupes là-bas pour aider les Grecs à repousser les Italiens ? On pourrait ensuite faire prétendre au *Coucou* qu'il ne tolérera pas une présence britannique sur le continent européen, non ?

— Dans l'absolu, pourquoi pas ? Mais immédiatement, c'est impossible, sauf à dégarnir de manière inconsidérée nos forces en Afrique.

— Et l'ennemie idéologique ? Je veux dire la Russie ? N'oublions pas qu'Hitler a clamé à qui voulait l'entendre que le *Lebensraum* de son fichu Reich se trouve dans les plaines de l'Est.

— Faire cela maintenant n'aurait aucun sens, aucun militaire allemand sain d'esprit n'entamerait une campagne contre l'URSS en novembre, l'hiver russe est trop épouvantable, même pour les nazis. C'est au printemps qu'il faut attaquer l'ogre soviétique. En plus, ce que l'Armée rouge nous a montré en Finlande n'est guère brillant. N'oublions pas que les Russes ont dû déployer pas moins d'un million d'hommes pour faire déposer les armes à deux cent mille Finlandais. Sans compter que dans cette aventure Staline aurait perdu environ un demi-million de soldats. Il est donc à craindre que si une guerre éclatait dès le printemps prochain entre le Reich et les bolcheviques, l'Allemagne en sorte vainqueur et nous nous retrouverions au point de départ, à nouveau seuls face aux nazis, qui disposeraient en plus du gigantesque réservoir de matières premières russe.

— Problème qui serait d'autant plus aigu que l'opinion américaine est plus isolationniste que jamais. Bon sang ! 'Doit bien y avoir une foutue solution ! Hmm, Winston, reprit le Canadien en enjambant une canalisation éventrée, et si on agissait en deux temps ?

— Que voulez-vous dire ?

— D'abord on disperserait progressivement les *Jerries* autour de la Méditerranée, le plus tôt serait le mieux d'ailleurs, ensuite on lancerait l'Allemagne contre la Russie quand la belle saison serait bien avancée, en espérant que les Rouges tiennent jusqu'à ce que la neige freine l'avance nazie, hmm ?

— Grand Dieu Bill ! Vous rendez-vous compte à quel point ça élargirait la guerre à d'autres peuples ?

— Absolument, mais s'il faut jouer à Dieu, autant le faire intelligemment, faisons en sorte que les États totalitaires s'entre-déchirent pendant que les démocraties préparent des jours meilleurs, non ?

— Peut-être avez-vous raison, grommela Churchill, laissez-moi y réfléchir.

16 NOVEMBRE 1940. 11 H 36. BERLIN.

Linge aidait le *Coucou* à se vêtir à son lever.

— J'ai de nouvelles instructions à vous transmettre, chuchota *Mickey*.

— Il était temps ! Voilà presque trois mois que j'improvise ! Bon, je vous écoute Heinz.

— Vous devez préparer l'invasion de l'URSS pour le second semestre de l'année prochaine.

Il n'avait donc pas fallu une journée à Churchill pour se ranger à l'idée d'*Intrépide*, pour lancer le Reich à l'assaut de la Russie. Cette perspective ravissait Linge, s'il avait rejoint les nazis, c'était entre autres choses pour contrer la montée du bolchevisme en Allemagne.

— Entendu.

— Entre-temps, vous devez progressivement disperser des troupes autour de la Méditerranée. D'abord un petit nombre d'unités en Afrique et après d'autres dans les Balkans. Le plus urgent pour le moment, c'est la Luftwaffe, il faut qu'elle ralentisse son activité au-dessus de l'Angleterre.

Dès le lendemain matin, Hitchcock ordonna au trio Goering-Keitel-Raeder d'étudier pour 1941 les plans d'anéantissement de l'ennemi absolu, le bolchevisme. Il n'échappa à aucun des trois militaires que ce projet signifiait l'abandon pur et simple de *Seelöwe*. Goering se garda de protester, occultant ainsi l'échec de sa Luftwaffe dans les cieux britanniques. Raeder était ravi de voir écartée une tentative d'invasion dans laquelle il aurait pu perdre jusqu'à la dernière de ses unités de surface. Quant à Keitel, il n'avait tout simplement pas l'indépendance d'esprit d'oser critiquer une décision du Führer.

Tandis que le *Coucou* orientait la machine de guerre nazie loin de la Grande-Bretagne, Churchill préparait ses compatriotes à « l'éventualité » d'un conflit entre l'Allemagne et l'Union soviétique :

— Hitler doit nous envahir ou échouer. Mais s'il échoue, il se reportera forcément vers l'est.

Bien que la Wehrmacht s'éloignât progressivement du Royaume-Uni, les raids se poursuivaient. Il fallut attendre le 10 mai 1941 pour qu'ait lieu l'ultime bombardement majeur de Londres. Malgré son échec sur le plan stratégique, le Blitz infligea de considérables pertes aux civils britanniques : quarante-trois mille morts et plus de cent trente-neuf mille blessés !

Fait capital à une époque où l'Allemagne semblait invincible, l'*Adlertag* constituait la seconde défaite du Reich millénaire. Comme à Dunkerque, Goering s'était révélé incapable d'accomplir sa mission, même s'il ignora à quel point il avait été près de réussir.

Le Fighter Command et le *Coucou* avaient gagné ce que l'histoire appellerait la bataille d'Angleterre. L'expansion à l'ouest des nazis était terminée, à jamais.

Chapitre 6

18 NOVEMBRE 1940. 16 H 24. BERLIN.

Deux jours seulement après avoir relégué officiellement *Seelöwe* aux oubliettes, le *Coucou* entreprit de disperser les troupes allemandes là où elles n'avaient rien à faire.

Sous son regard sévère, Linge introduisit cérémonieusement dans le cabinet de travail du Führer un vétéran de la Grande Guerre imbu de sa personne. Sans les épais tapis, sa démarche saccadée aurait bruyamment résonné. Pinçant les lèvres, fixant Hitchcock à travers ses petites lunettes cerclées de métal, le *Generaloberst* Franz Ritter Halder figea sa longue silhouette en un garde-à-vous impeccable. Puis, claquant les talons de ses bottes rutilantes, le très rigoureux et méticuleux chef d'état-major de la Heer éructa le rituel « *Heil Hitler* ! » en tendant le bras droit.

— Bonjour Halder, prenez place, dit le *Coucou* en désignant une des deux chaises face au bureau.

— Merci *mein Führer*.

— Halder, je vous ai fait venir car Mussolini me préoccupe, sa marine s'est si bien fait étriller à Tarente que selon Raeder, je le cite, « la Méditerranée ne serait plus que l'étang de Cunningham ».

Bien obligé de reconnaître le rôle déterminant d'Hitler dans les victoires en Pologne, en Norvège et à l'ouest, Halder estimait néanmoins à la limite du supportable qu'un stratège de son calibre, issu au surplus d'une lignée de militaires de carrière, s'inclinât devant un simple caporal-politicien.

— Effectivement *mein Führer*, parvint-il à convenir, les Italiens n'ont guère brillé.

— Cette situation ne doit pas durer, nous ne pouvons céder l'initiative à ces maudits Anglais en Méditerranée.

Le *Coucou* estimait jouer une partie serrée en expliquant au *Generaloberst* que le Reich allait voler au secours de son allié fasciste alors qu'au début du mois il lui avait affirmé vouloir laisser « les Italiens se débrouiller tout seuls ». Hitchcock n'assimilerait que très progressivement la docilité de la caste militaire, il s'apercevrait que si certains officiers se permettaient de discuter des ordres, ils finissaient presque tous par les appliquer.

Tandis qu'Hitchcock marquait une pause, Halder comprit qu'une mauvaise nouvelle l'attendait.

— Le Reich de mille ans ne peut tolérer plus longtemps cet affront Halder ! L'Italie est notre alliée et le monde entier doit savoir que nos amis sont intouchables ! C'est pourquoi j'ai décidé le transfert d'unités de la Luftwaffe dans des bases en Italie du Sud ! Le premier objectif de ces unités sera d'interdire le trafic maritime britannique en Méditerranée. Et ça n'est que le commencement car bientôt...

Imitant à la perfection le Führer, le *Coucou* se lança dans un monologue qui s'annonçait interminable. Consterné, le chef d'état-major de la Heer procéda ainsi qu'il le faisait depuis qu'il subissait Hitler, il écouta la suite d'une oreille distraite. Mais en son for intérieur,

Halder bouillait, s'imaginant interpeller Hitchcock vertement :

« *Mein Führer*, nous n'avons absolument aucun intérêt en Méditerranée ! Alors pourquoi y envoyer des troupes ?! Que les Italiens nettoient eux-mêmes leurs écuries ! »

Sachant qu'une telle candeur lui vaudrait un limogeage, Halder ravala sa surprise et sa grogne.

6 FÉVRIER 1941. 14 H 56. BERLIN.

Depuis maintenant un mois les unités de la Luftwaffe déployées en Italie harcelaient rudement la Royal Navy. Le *Coucou* n'entendait pas en rester là. Debout devant une fenêtre du bureau d'Hitler, il regardait sans vraiment la voir une averse de neige tant les flocons donnaient aux choses des formes adoucies, presque anesthésiantes. Malgré cela, l'impatience le tenaillait car celui qu'il attendait n'était pas un béni-oui-oui, son agacement envers sa hiérarchie étant notoire. Bien qu'un tel tempérament puisse compliquer sa mission, Hitchcock appréciait le panache du personnage. De plus, il était friand des bons mots attribués à cet officier, comme par exemple : « L'effort économise le sang, le sang sauve des vies et la matière grise épargne les deux ! »

Le *Coucou* avait choisi de recevoir ce quidam non retranché derrière le bureau d'Hitler mais assis dans le confortable coin salon aménagé près d'une porte. Conscient qu'il allait rencontrer un héros, celui qui en 1917 avait reçu malgré son jeune âge la plus haute décoration du kaiser, *Pour le Mérite*, Hitchcock n'avait pas envie de lui imposer la distance qu'il réservait plutôt à un mécréant comme Halder. Il eut un pincement au cœur en pensant que, contrairement à lui, cet homme avait la chance de pouvoir écrire chaque jour à sa chère épouse, Lu.

« S'il savait comme j'l'envie ! » songea Hitchcock alors que Linge ouvrait l'une des portes monumentales.

— *Herr Generalmajor* Rommel ! annonça solennellement *Mickey*.

— *Heil Hitler* ! clama Rommel.

Sans être un nazi bon teint, le *Generalmajor* avait développé de l'admiration pour le Führer alors qu'il commandait son escorte en 1939 :

« … Hitler possède un pouvoir magnétique sur les foules… Il se met à parler sur le ton de la prophétie. Il agit sur l'impulsion et rarement sous l'empire de la raison. Il a l'étonnante faculté de rassembler les points essentiels d'une discussion et de lui donner une finalité. Une forte intuition lui permet de deviner la pensée des autres. Il sait manier avec habileté la flatterie. Sa mémoire infaillible m'a beaucoup frappé… Son goût des statistiques est étonnamment développé : il peut aligner des chiffres précis sur les troupes de l'ennemi, les diverses réserves de munitions, avec une réelle maestria qui impressionne l'état-major de l'armée… »

Au printemps 1940, Hitler lui avait ainsi confié la VIIe Panzerdivision. Celle-ci avait foncé si vite en France que l'état-major de la Heer ignorait parfois où elle se trouvait. Les admirateurs de Rommel eurent vite fait de la surnommer la *division fantôme*.

— Ah ! Rommel ! Vous voilà enfin ! s'exclama joyeusement le *Coucou*. Quel plaisir de vous revoir ! Asseyez-vous, comment allez-vous ?

— Très bien *mein Führer*.

— Très bien ? Un meneur comme vous doit trouver la vie bien morne ces temps-ci, non ?

— Savoir attendre fait également partie de mon devoir *mein Führer*, répliqua Rommel en esquissant un sourire qu'il savait charmeur.

— Bien, bien. Vous vous doutez sûrement que je ne vous ai pas convoqué uniquement pour m'enquérir de vos états d'âme, venons-en au fait. J'ai envoyé Funck en Tripolitaine parce que je ne supporte plus de voir Mussolini bousculé par ces damnés Anglais. En vérité, je redoute carrément que l'Italie soit tellement écœurée de défaites qu'elle ne finisse par sortir de la guerre. Ceci serait inacceptable, le pacte d'Acier s'en trouverait ridiculisé, et le Reich avec…

Malgré son enthousiasme, le *Generalmajor* sut rester de marbre, tout au plus croisa-t-il les jambes en attendant la suite.

— … Quoi qu'il en soit, Funck est revenu assez tiède de sa mission exploratoire, il n'est à l'évidence pas l'homme de la situation. C'est donc à vous que je veux confier le commandement des troupes que je vais déployer en Afrique. Pour le moment, je n'ai que peu d'hommes à mettre à votre disposition, vous devrez dans l'immédiat vous contenter du Ve régiment de panzers. Mais dans quelques semaines la XVe Panzerdivision sera expédiée en Libye. J'ajoute que pour ne pas froisser les susceptibilités italiennes, vous serez placé sous l'autorité du général Garibaldi…

Voilà qui n'était pas du goût de Rommel, mais il se garda bien d'en faire part, et ce d'autant plus qu'il imaginait déjà d'éclatantes victoires sous le soleil d'Afrique.

— … Toutefois, j'ai dûment chapitré le Duce, pas de guerre statique. En cas d'éventuel désaccord entre vous et Garibaldi, et j'insiste sur le terme éventuel, ajouta le *Coucou* en fixant durement Rommel dans les yeux, mon état-major tranchera, est-ce clair ?

Hitchcock ne voulait surtout pas lui laisser carte blanche.

« Ce bougre est trop doué, avait-il raisonné, 'faut pouvoir l'tenir en laisse, sinon il serait foutu d'aller jusqu'au Caire. »

— *Jawohl mein Führer* ! s'exclama Rommel avec enthousiasme.

Le *Coucou* aussi était satisfait, il expédiait hors d'Europe l'un des plus brillants tacticiens ennemis.

Si le déploiement allemand en Afrique fut laborieux, les choses allaient se dérouler plus vite dans les Balkans. Le très germanophile dictateur Ioánnis Metaxás était mort d'une leucémie le 29 janvier. Dès la fin février, de considérables forces allemandes s'acheminèrent en Bulgarie, prêtes à fondre sur la Grèce : la XIIe Armee, la Ire Panzergruppe, la IIe Panzerdivision et le VIIIe Fliegerkorps. Un marteau pour aplatir une fourmi ! D'autant plus que l'armée grecque avait déjà fort à faire avec vingt-quatre divisions italiennes sur les bras !

Le 7 mars 1941, le successeur de Ioánnis Metaxás, Alexandros Korizis, autorisa les premiers éléments britanniques à débarquer au Pirée, à Volos et à Larissa. Personne n'en fut surpris, les allées et venues du secrétaire britannique aux Affaires étrangères, Anthony Eden, n'avaient pas échappé aux services de renseignements nazis. Les Grecs furent cependant déconcertés, au lieu des vingt-trois bataillons promis, les troupes britanniques étaient réduites à seize bataillons.

« Voilà qui sera bien assez pour justifier l'invasion nazie » avait estimé Churchill.

Effectivement, l'attaque contre la Grèce débuta le 6 avril. Elle mit en cause tant d'unités qu'elle permit à Hitchcock d'ajourner « de quatre semaines au maximum » l'offensive contre l'URSS. Le *Coucou* avait bien calculé son coup. Les Grecs déposèrent les armes le 27 avril, après trois semaines de violents combats au cours desquels ils firent mieux que se défendre. Puis, les troupes affectées à l'invasion de la Russie durent remonter vers le nord, se réorganiser et se préparer pour une nouvelle campagne. Hitchcock avait obtenu le mois de répit qui bouleverserait le calendrier de l'attaque contre l'URSS.

Barbarossa. Ce nom de code n'était pas la trouvaille du laborieux Jodl mais celle du *Coucou*. Voulant stimuler les nazis en frappant leur imagination, il avait attribué au piège espéré fatal pour le Reich un nom évocateur, celui d'un empereur révéré par l'Allemagne, Frederick Barbarossa.

Les plans d'invasion de l'URSS furent élaborés par le duo von Brauchitsch-Halder. Si ce dernier était incontestablement compétent, le commandant en chef de la Heer n'avait rien à lui envier.

Le *Generalfeldmarschall* Heinrich Alfred Hermann Walther von Brauchitsch, un charmeur aussi capable qu'arriviste, avait décroché une affectation dans la prestigieuse Garde prussienne dès la Grande Guerre. Comme nombre de ses pairs, ce fils de général aurait pu s'opposer aux bruyants et dangereux amateurs qu'étaient les nazis. Malheureusement, son ambition dévorante l'empêcha encore et encore d'influer sur le cours de l'histoire. En 1938, tandis que naissait en pleine crise tchécoslovaque une conjuration contre Hitler, von Brauchitsch s'obstina à ne pas choisir son camp, répondant en ces termes aux sollicitations des aspirants putschistes :

— Je ne ferai rien mais je n'empêcherai personne d'agir.

Son caractère, que d'aucuns assimilaient à un manque de caractère, en fit la créature du Führer. En cela, il rejoignait Keitel alors même qu'il était infiniment plus intelligent que le servile commandant en chef de l'OKW. Von Brauchitsch était à ce point un protégé d'Hitler que ce dernier lui prêta la considérable somme de quatre-vingt mille reichsmarks lorsqu'il quitta sa richissime mais vieillissante épouse pour convoler avec une très jeune, mais fort peu argentée sympathisante nazie.

Autant le dictateur s'était mêlé de tout lors de l'élaboration des campagnes du printemps précédent, autant Hitchcock fit preuve de retenue pendant la gestation de *Barbarossa*. Von Brauchitsch et Halder en furent particulièrement surpris, surtout qu'était en cause l'offensive contre l'ennemi absolu, l'*Untermensch* bolchevique. Le *Coucou* n'était cependant pas resté passif. Lorsque von Brauchitsch proposa que Moscou soit l'un des premiers objectifs, il le toisa de haut en bas avant de lui cracher avec mépris :

— Seuls des cerveaux pétrifiés dans des conceptions fossiles peuvent se laisser hypnotiser par une capitale ennemie. Moscou n'est qu'un nom. Les vraies citadelles soviétiques sont Leningrad et Stalingrad. Quand elles seront prises, le bolchevisme s'effondrera.

À force de fréquenter l'état-major allemand, cessant dès lors d'être ignare en stratégie, Hitchcock avait compris qu'il fallait éviter une bataille déterminante avant l'hiver. Les Russes pouvaient se permettre de perdre des territoires, pas de sacrifier l'intégralité de l'Armée rouge pour sauver Moscou.

Bien que dévoué à Hitler, von Brauchitsch restait hanté par la déroute de la Grande Armée. C'est pourquoi il essaya de prêcher la prudence :

— *Mein Führer*, le Russe est certes faible, mais la guerre motorisée a ses limites car…

Le *Coucou* savait que la servilité de l'entourage d'Hitler n'excluait pas la compétence, aussi avait-il conscience de devoir coûte que coûte étouffer toute velléité d'indépendance d'esprit parmi les stratèges allemands. Sinon, le Reich ne se jetterait pas aveuglément dans la chausse-trappe imaginée par *Intrépide*. Pour accomplir sa mission, Hitchcock disposait de plusieurs armes, dont la manière forte. Le *Coucou* l'utilisait d'autant plus volontiers que s'il pouvait estimer un ennemi de la trempe de Rommel, il méprisait souverainement les courtisans tel von Brauchitsch.

— De quelles limites me rebattez-vous donc les oreilles ?! vociféra Hitchcock en s'empourprant. La Russie est vaste ! La belle affaire ! Mais je n'ai pas chaussé les bottes de Napoléon ! J'ai des unités motorisées pour transporter mes troupes ! Sans même parler de ma Luftwaffe !

Ni le *Coucou* ni von Brauchitsch n'ignoraient que de très nombreuses unités hippomobiles peuplaient encore la Heer, notamment dans l'artillerie et le train.

Dès lors, forcément éloignées de leur ravitaillement, les divisions motorisées pourraient-elles reproduire le blitzkrieg dans l'immensité des plaines de l'Est ? Bien sûr que non, le commandant en chef de la Heer le savait. Mieux, son intérêt personnel étant indéfectiblement lié à la fortune du Reich, il devait empêcher que sa patrie ne se perde en Russie. Aussi trouva-t-il le courage de contredire son maître :

— Vous avez incontestablement raison *mein Führer*, énonça-t-il suavement, se faisant l'effet d'un artificier devant une machine infernale, toutefois, ce sont moins les distances qui m'inquiètent que la nature du terrain, il n'y a quasiment pas de routes et...

— Assez Brauchitsch ! Votre pessimisme m'est insupportable ! Faut-il vous rappeler que vous étiez contre l'Anschluss et l'invasion de la Tchécoslovaquie ?! Avez-vous oublié les craintes dont vous m'avez fait part il y a deux ans ?! Le Reich ne pourrait soi-disant pas gagner une guerre ! Ah ! Quelle prescience ! Je suis plus que las d'écouter vos objections ! Vous vous êtes toujours trompé !

Craignant les coups de gueule de son Führer, von Brauchitsch redoutait plus encore d'être englouti dans la catastrophe qu'il voyait poindre à l'est. Par conséquent, rassemblant ce qui lui tenait lieu de courage, von Brauchitsch repartit à l'assaut :

— *Mein Führer*, bredouilla-t-il, dans l'hypothèse peu probable où la campagne ne serait pas menée aussi promptement que nous l'espérons tous, peut-être serait-il prudent de commander des équipements d'hiver pour l'ensemble des troupes qui...

— Mais vous êtes sourd à la fin ! Je vous ai dit et répété que *Barbarossa* s'achèvera avant l'arrivée du froid ! Nous n'équiperons pour l'hiver que les troupes nécessaires à l'occupation de la Russie !

— Je...

— Rien du tout Brauchitsch ! Quand le Russe sera abattu, je laisserai un cinquième de la Heer occuper notre nouvelle conquête et je démobiliserai le reste ! Je continuerai la guerre contre l'Angleterre avec la Luftwaffe et la Kriegsmarine ! Le débat est clos ! D'ailleurs, il n'y a jamais eu de débat ! Il m'a encore fallu vous expliquer des choses pourtant simples à comprendre ! Voilà tout !

Ce genre d'humiliation était d'autant plus cuisant qu'infligé de préférence en présence d'Halder. Hitchcock comptait ainsi briser toute résistance à l'état-major de la Heer. Von Brauchitsch n'était pas au bout de ses peines.

30 mars 1941. 16 h 28. Berlin.

Trois hommes, murés dans un mutisme oppressant, étaient menés par une ordonnance ss le long des interminables couloirs de la chancellerie.

Le premier était von Rundstedt. Élevé au rang de *Generalfeldmarschall* après la défaite de la France, il avait reçu le commandement des quarante-deux divisions du front sud de *Barbarossa*, dont sept cent cinquante panzers appuyés par la IVe Luftflotte de Loehr.

À ses côtés venait le *Generalfeldmarschall* Wilhelm Ritter von Leeb. Contrairement à von Rundstedt, son titre de noblesse n'était pas héréditaire, il l'avait gagné sur les champs de bataille de la Grande Guerre. Des traits sévères, une lippe presque méprisante, un regard dur et un crâne chauve lui conféraient l'apparence austère d'un moine soldat. Affichant ses convictions religieuses, critiquant ouvertement les nazis, ce Bavarois avait tout pour être la bête noire d'Hitler, d'autant qu'il avait aidé à mater la tentative de putsch national-socialiste de 1923. Mais von Leeb était si brillant que le Führer s'était résigné à lui attribuer de conséquentes responsabilités dès l'offensive contre la Pologne. Il allait tenir dans sa main les vingt-neuf divisions de l'aile nord de *Barbarossa*, cinq cent soixante-dix panzers couverts par la Ire Luftflotte de Keller.

Le troisième quidam était le farouche *Generalfeldmarschall* Moritz Albrecht Franz Friedrich Fedor von Bock. Moins doué que ses collègues, von Bock possédait néanmoins une pugnacité à toute épreuve. Connu, voire reconnu, pour considérer la mort au champ d'honneur comme la plus grande gloire que puisse espérer un soldat, il était l'un des rares officiers supérieurs qu'Hitler n'avait pas limogés en 1933. Il s'était tant distingué durant les précédentes campagnes que von Brauchitsch lui avait attribué le poids principal de *Barbarossa*, au centre. Par conséquent, il disposerait des moyens les plus importants : IXe Armee, *Generaloberst* Strauß, IIe Panzergruppe, *Generaloberst* Guderian, IIIe Panzergruppe, *Generaloberst* Hoth, IVe Armee, *Generalfeldmarschall* von Kluge et la plus puissante Luftflotte, la IIe, *Generalfeldmarschall* Kesselring. Du beau linge, et pas moins de neuf cent trente panzers !

Ces prestigieux maréchaux ignoraient pourquoi ils étaient convoqués. Hitler acceptait-il finalement d'entendre raison ? Renonçait-il à ouvrir un second front ? Osant tout au plus se jeter un regard au détour d'un couloir, les trois hommes étaient nerveux, ils avaient appris à se méfier des initiatives du Führer, même si force était de reconnaître que l'aventurisme du caporal de Bohême avait assez bien réussi au Reich de mille ans.

De prime abord, la nervosité paraissait incongrue chez un trio si impressionnant. Après tout, ces hommes s'étaient couverts de gloire en Pologne puis à l'ouest, leur réputation avait fait le tour du monde, ils étaient des meneurs exceptionnels, ils avaient connu la défaite de la Grande Guerre et la récente griserie de victoires. Et pourtant…

Au bout de longues minutes, ils parvinrent à la galerie de Marbre. Vraisemblablement inspiré de la galerie des Glaces de Versailles, l'endroit était démesuré. Le long de ses cent quarante-six mètres s'étirait une impressionnante rangée de fenêtres monumentales par lesquelles entrait la faible lumière printanière. Le mur opposé était percé des portes du bureau d'Hitler et des cabinets de travail de ses adjoints. Entre celles-ci, le long du mur, se trouvaient des tables basses autour desquelles étaient disposés de confortables fauteuils. En cette période de l'année, la clarté des lieux provenait surtout des innombrables candélabres en bronze fixés aux cloisons, leurs mille feux se reflétant sur le marbre fauve du sol et la marmorite blanche des murs.

Semblant presque petit dans un endroit aussi vaste, von Brauchitsch attendait sur un siège. Après un coup d'œil anxieux à ses collègues, le commandant en chef de la Heer se leva et tira sur les pans de sa veste pour s'assurer qu'aucun faux pli ne gâchait son apparence. Tandis que les derniers venus le saluaient, la porte du bureau d'Hitler s'ouvrit.

— *Meine Herren*, brailla Linge, *der Führer kommt* !

Comprenant que le *Coucou* refusait à ses visiteurs l'accès à son cabinet, qu'il les recevrait dans la galerie de Marbre, von Brauchitsch sentit sa nervosité grandir. Comme ses collègues et l'ordonnance, il se figea au garde-à-vous dans un bruyant claquement de talons. Quand Hitchcock sortit du bureau d'un pas lent, ses hôtes firent le salut nazi en clamant « *Heil Hitler* ! » Voulant montrer qu'il n'était pas d'humeur à être contredit, Hitchcock ne leur rendit pas immédiatement leur salut, tête baissée, il les menaça silencieusement du regard.

L'évidente hostilité du *Coucou* n'était pas feinte. À ses yeux, ces maréchaux symbolisaient le militarisme allemand, fléau sans lequel le nazisme serait sûrement resté un cauchemar circonscrit aux frontières du Reich. Bien sûr ces hommes avaient protesté quand la Gestapo et les SS avaient persécuté les Juifs en Pologne, mais ils ne l'avaient fait que du bout des lèvres. Ces dignes soldats auraient pu… Non ! Ils auraient *dû* se retourner contre leur maître nazi et le renverser. Le plus beau était qu'ils pouvaient encore le faire, la situation s'y prêtait d'autant plus que von Rundstedt, von Leeb et von Bock allaient commander l'intégralité du front est. Ce qui était impossible à un simple divisionnaire, voire à un Guderian commandant plusieurs *Panzerdivisionen*, restait à leur portée. Comment les nazis contrecarreraient-ils la mutinerie de tout le front russe et de ses deux mille deux cent cinquante panzers ? Évidemment Goering, le dauphin d'Hitler, s'opposerait à une telle révolte mais sa Luftwaffe serait tout au plus capable de freiner la mutinerie, aucune force aérienne n'étant jusqu'alors parvenue seule à stopper une armée.

Et qui sait ? Les aviateurs combattraient-ils la Heer ? Rien n'était moins sûr, ils ne daignaient même pas faire le salut nazi. Certes une insurrection plongerait le Reich dans le chaos. Mais un désordre, même incommensurable, ne valait-il pas mieux que la barbarie ?!

En tout cas, von Rundstedt, von Leeb et von Bock paraissaient fermement décidés à rester sur leurs derrières de singe. Pire encore, leurs protestations après la campagne de Pologne avaient certainement soulagé leurs précieuses consciences. Même s'ils ne l'admettraient probablement jamais, ces officiers émérites étaient bel et bien devenus les complices des nazis, Hitchcock en avait la conviction. Dès lors, il entendait les confronter à leurs responsabilités, surtout si cela allait dans le sens de sa mission.

Pressentant donc que l'entretien ne serait guère réjouissant, von Brauchitsch sentit son pouls s'accélérer. Il se força à respirer posément, comme le lui avait conseillé son cardiologue. Après avoir toisé ses hôtes, le *Coucou* leur serra la main, mais sans leur adresser la parole. Assistant à la scène, *Mickey* sut qu'Hitchcock allait frapper fort. Dans cette atmosphère malsaine, aucun des maréchaux n'osait piper mot. Après la dernière poignée de mains, le *Coucou* fit un pas en arrière, moins pour embrasser du regard ses visiteurs que pour mettre entre eux et lui la distance séparant le maître du laquais. Se tenant face aux maréchaux, bras croisés derrière le dos pour brider tout tremblement intempestif de sa main gauche, il cracha littéralement son laïus :

— La guerre contre la Russie ne peut pas être conduite suivant les lois de l'honneur, dit le *Coucou* en fixant longuement un à un les maréchaux, c'est une lutte idéologique et une lutte de races qui appelle un degré sans précédent de dureté. Les officiers doivent se défaire de leurs conceptions chevaleresques périmées et cesser de s'imaginer que tout se terminera par un armistice après lequel le vainqueur et le vaincu n'auront plus qu'à se serrer la main. Je sais bien que c'est au-dessus de la compréhension de mes généraux, mais notez bien que je veux être obéi. La Russie n'a pas reconnu les conventions de Genève, elle ne fera pas de quartier à mes SS. J'entends donc que les commissaires politiques de l'Armée rouge ne soient pas considérés comme des combattants et que capturés, ils soient immédiatement liquidés.

Sans laisser le temps à son auditoire stupéfait de réagir, Hitchcock tourna les talons et regagna le bureau au pas de charge.

Le premier à se ressaisir fut von Leeb :

— C'est une honte !

— Il nous humilie ! renchérit von Bock.

De manière significative, il s'inquiétait moins d'une infamie que de préserver son inestimable honneur.

— C'est non seulement criminel, ajouta von Rundstedt, c'est aussi stupide ! Les Russes auront forcément connaissance de cette démence ! Et à partir de là, ils se battront avec l'énergie du désespoir ! Vous devez le lui faire comprendre Brauchitsch ! Il le faut !

Von Rundstedt avait mis le doigt sur la motivation d'Hitchcock.

« 'Faut qu'les Russkofs s'battent comme des enragés, avait-il raisonné, 'faut pas qu'y s'conduisent comme des moules, comme en Finlande. Et pour ça, 'faut qu'y z'aient une trouille de tous les diab'es. »

Entouré, pour ne pas dire encerclé par ses collègues hors d'eux, le pitoyable von Brauchitsch ne savait que faire.

— *Meine Herren*, gémit-il, vous avez incontestablement raison, mais… mais comprenez-moi, il ne faut pas exaspérer le Führer sinon…

— Exaspérer le Führer ?! s'emporta von Leeb. Vous rendez-vous compte de l'ampleur de l'insulte ?!

— Évidemment, répondit faiblement le commandant en chef de la Heer, mais je ne peux le prendre de front, je dois trouver un moyen de le faire revenir sur sa décision sans qu'il ait le sentiment de se déjuger.

— Hmm ! Plus facile à dire qu'à faire, commenta aigrement von Bock.

Effectivement. Malgré les timides mais indéniables efforts de von Brauchitsch, le *Kommissarbefehl*, l'ordre d'extermination des commissaires, devint une directive officielle de l'OKH.

Hitchcock n'en resta pas là car, sans estimer les junkers, il doutait de les voir appliquer sans rechigner ses consignes de cruauté. Sachant qui trouverait des volontaires enthousiastes pour les plus inhumaines besognes, il ordonna le 13 mai que les arrières de la Wehrmacht en Russie soient administrés par le maître de la Gestapo et des SS, le sinistre *Reichsführer* Himmler. Un des premiers fidèles d'Hitler, besogneux terne dont l'ambition n'avait d'égale que l'absence d'humanité, Himmler ne reculait devant aucune horreur pour aller au-devant des souhaits délirants de son Führer, le *Coucou* ne l'ignorait pas. Toutefois, il n'imaginait pas à quel point le *Reichsführer* se dépasserait dans l'épouvantable : à cette fin, Himmler chargea les

Einsatzgruppen d'exterminer non seulement les cadres communistes mais aussi et surtout les Juifs, les Tziganes et autres homosexuels. Le décor était planté, une guerre comme l'Europe n'en n'avait sûrement plus connu depuis l'Antiquité, une guerre totale, allait se livrer à l'est.

Pendant que le *Coucou* s'efforçait de piéger le Reich, Stephenson et Churchill constataient avec stupeur que l'URSS était la seule à ne pas s'inquiéter des concentrations de troupes allemandes le long de la frontière partageant la Pologne entre les deux dictatures. Comment l'acheminement et le déploiement de cent trente-neuf divisions pouvaient-ils donc passer inaperçus ?! Le Premier ministre craignit que le répit obtenu par la conquête des Balkans ne suffise pas aux Russes pour tenir jusqu'à l'hiver. Aussi leur fit-il transmettre des informations décryptées par Bletchley. Réponse du ministre des Affaires étrangères Molotov par l'intermédiaire de la très officielle agence TASS :

« Les milieux responsables soviétiques croient nécessaire de déclarer que ces rumeurs [concentrations de troupes et intentions agressives de l'Allemagne] sont des manœuvres maladroites de ceux qui ont intérêt à l'élargissement et à la prolongation de la guerre. »

Illustration frappante de l'adage « Il n'est pire aveugle que celui qui ne veut pas voir » !

22 JUIN 1941. 00 H 15. POLOGNE.

Pendant le solstice d'été, l'obscurité ne durait guère plus de trois heures dans les plaines de l'Est, au point que les Russes surnommaient cette période « les nuits blanches ». À couvert sous un bouquet d'arbres, Guderian observait à la jumelle la ville fortifiée de Brest-Litovsk, sur l'autre rive du Bug encore en crue. Le temps était si calme qu'aucune brise ne ridait la surface de la rivière. Le *Generaloberst* était l'un des trois millions d'Allemands s'apprêtant à envahir l'Union soviétique. Son premier objectif serait la forteresse, qu'il avait prise en 1939 et que le Reich avait cédée aux Rouges dans le cadre de l'accord germano-soviétique. Après un profond soupir, Guderian laissa ses jumelles pendre sur sa poitrine, il regarda avec fascination les étoiles se refléter dans la rivière. Ce faisant, le *Generaloberst* s'émerveillait moins de l'harmonie de la nature que de l'insouciance des Russes. Reprenant ses jumelles, il s'assura que malgré l'évidente concentration de troupes allemandes rien ne bougeait du côté oriental du Bug, rien sauf quelques soldats s'exerçant... au défilé ! Mieux encore, rien n'avait été mis en place pour défendre la ville.

Le *Generaloberst* ne pavoisait pas, au contraire, il repensa à ce jour fatidique où les plans de *Barbarossa* lui avaient été exposés. Loin de s'enthousiasmer, il n'en avait pas cru ses yeux. Estimant que le Reich hitlérien était moins à même de supporter une guerre sur deux fronts que ne l'avait été l'empire wilhelmien, il n'avait caché ni sa déception ni sa répugnance.

Le *Generaloberst* avait le sentiment que la guerre prenait une autre dimension, ou plutôt qu'elle entrait dans une nouvelle phase. Il ne doutait pas que ses troupes, dont les véhicules arboraient fièrement le G blanc désignant leur commandant en chef, enfonceraient facilement les lignes russes. Mais Guderian avait la conviction que l'époque des victoires faciles touchait à sa fin. Comme von Brauchitsch avait tenté de le faire admettre au *Coucou*, il savait le pays un redoutable adversaire. Oui les distances étaient formidables, mais ça n'était pas tout, loin de là, l'hiver était épouvantablement meurtrier, avec des températures pouvant chuter à moins 50°. De plus, l'automne était marqué par la *Schlammperiode*.

— Une véritable *Schweinerei* ! fulminait Guderian, anticipant qu'une boue à la formidable force de succion figerait véhicules, hommes et bêtes de bât.

Comment être certain que la Heer échapperait aux rigueurs du climat alors que juin touchait déjà à sa fin ?! Quant au réseau routier, le *Generaloberst* le savait embryonnaire. À l'ouest, chaque division avait eu sa propre route goudronnée. À l'est, il fallait au mieux espérer une route par armée. Pire encore, le goudron étant une denrée rare, la plupart des routes étaient en terre battue, une forte pluie les transformait en magmas de boue.

Guderian n'avait pas non plus gobé l'argument selon lequel abattre la Russie amènerait la Grande-Bretagne à accepter la paix.

— L'allié naturel des Britanniques n'est pas le Slave ! avait-il martelé à von Bock. C'est le Yankee ! Vous devez le comprendre !

Parlant couramment anglais et français, le *Generaloberst* avait une ouverture d'esprit sur l'étranger peu commune, il avait ainsi traduit les ouvrages sur la guerre de mouvement de Charles de Gaulle et Henry Liddell Hart. Friand d'actualités internationales, Guderian avait compris la signification de la loi dite Prêt-Bail, annoncée le 17 décembre 1940 par Roosevelt et votée le 11 mars 1941 par le Congrès américain. Taillée sur mesure pour la Couronne, à l'époque au bord de la banqueroute, cette loi autorisait le président à décider discrétionnairement que *tel ou tel pays* aurait un accès illimité à la puissance industrielle américaine et paierait *ultérieurement*. Conséquence, seules les attaques de U-Boote contre la marine marchande britannique pourraient éventuellement empêcher le Royaume-Uni de se renforcer chaque jour davantage. Il n'avait pas non plus échappé à Guderian que le vote même de cette loi démontrait que l'opinion américaine sortait de l'isolationnisme pour se ranger du côté britannique. Roosevelt avait ainsi pu proclamer solennellement le 29 décembre 1940 que l'Amérique devenait « l'arsenal de la démocratie ».

Ce qu'en revanche le *Generaloberst* ne pouvait pas savoir, c'était qu'*Intrépide* prenait une part aussi discrète qu'active dans l'éducation de l'opinion américaine. Stephenson chapeautait une agence basée à New York, la British Security Coordination, dont l'une des tâches était d'exposer au grand jour toutes les activités pro-allemandes d'organisations américaines ayant pignon sur rue. Après avoir éprouvé une sincère sympathie pour les Britanniques lors du Blitz, les Yankees avaient découvert avec stupeur combien leur société était gangrenée par le nazisme.

« Tant de chemin parcouru en presque deux ans, songea anxieusement Guderian, tant de victoires, et pourtant, nous revoilà devant l'épouvantail absolu, un front à l'est alors que la guerre n'est pas finie à l'ouest. Fichu caporal bohémien ! »

Le *Generaloberst* regarda sa montre, plus que trois heures. Dans trois heures pile l'artillerie allemande ouvrirait le feu, il ne serait plus possible de revenir en arrière, le Reich devrait vaincre ou sinon… Étreint par l'angoisse, le prodige du blitzkrieg ressentit un poids lui oppresser la poitrine, qui l'eût cru ?!

16 juillet 1941. 18 h 06. 10 Downing Street.

Churchill et Stephenson étaient dans la *White Drawing Room*. Haute de plafond, cette agréable pièce était habituellement réservée à la vie privée du Premier ministre. La blancheur des murs aurait paru fade si elle n'avait été rehaussée par l'acajou des quelques meubles encore présents, la couleur fauve du parquet et plus encore par le rouge éclatant des lourds rideaux. Churchill y recevait volontiers les visiteurs ayant un impératif de discrétion.

Amoureux de peinture et peintre amateur, le Premier ministre déplorait qu'en raison du Blitz ce salon ait été dépouillé de ses œuvres de Turner. Mais ce jour-là, il était à mille lieues de considérations artistiques. Le visage fermé, vautré dans un petit canapé, il buvait sans parvenir à le savourer un excellent whisky. Et pour cause, assis face à lui, *Intrépide* relatait sombrement les derniers développements de *Barbarossa*.

L'exposé du Canadien était dramatique, pour ne pas dire tragique : sous un ciel outrageusement dominé par la Luftwaffe, les virtuoses menant les *Panzerdivisionen* donnaient la pleine mesure de leur talent ; les Russes avaient beau se battre avec l'énergie du désespoir, ils restaient pour l'essentiel commandés par des incapables ; conséquence, Guderian et consorts allaient de victoire en triomphe.

— *By Jove* ! s'exclama Churchill. La situation des Soviétiques n'est vraiment pas brillante !

— 'Y se pourrait qu'on ait fait une erreur en jetant les *Jerries* sur eux. Au train où vont les choses, les nazis auront bientôt gagné à l'est et alors...

Intrépide n'osa achever sa phrase. Lui qui avait cru comme Churchill que la bataille d'Angleterre signifiait un tournant irréversible dans la guerre, lui qui avait espéré que les plaines russes seraient le tombeau de la soldatesque allemande entrevoyait la possibilité que le Reich sorte plus fort que jamais de la campagne de Russie.

Incorrigible optimiste, le Premier ministre souligna les rares points positifs évoqués par le Canadien :

— Quoi qu'il en soit cher ami, ne perdons pas de vue que l'ennemi se heurte à de considérables difficultés d'approvisionnement, sans oublier que son infanterie a du mal à rattraper les blindés. Et il n'est pas inintéressant de constater que les Allemands ont presque l'air énervés par la fréquence élevée des contre-attaques suicides russes.

Si la propagande du bon docteur Goebbels occultait soigneusement la résistance acharnée des Soviétiques, Bletchley avait justement apprécié le jusqu'au-boutisme de l'Armée rouge. De son côté, sous couvert de critiquer les *Untermenschen*, le *Coucou* prit un malin plaisir à vanter leur courage auprès de celui dont les troupes déposaient les armes avec un entrain frôlant le ridicule :

« Les Russes se battent avec un fanatisme vraiment stupide, écrivit-il au Duce. Les hommes, dans les casemates, préfèrent se faire sauter plutôt que de se rendre. Ils contre-attaquent avec la bestialité primitive de l'animal pris au piège et qui, fou de rage, se jette contre les barreaux de sa cage. »

— C'est vrai, reconnut *Intrépide*, mais toutes ces contre-attaques n'empêchent pas les *Jerries* d'aller de l'avant et de faire des brassées impressionnantes de prisonniers.

— Certes, comme à Minsk et hier à Smolensk, trois cent mille captifs chaque fois, n'est-ce pas ?

— C'est ça, l'attitude des Russes est vraiment aberrante, 'vois pas l'intérêt de sacrifier en vain tant de troupes, vraiment pas.

Délaissant son whisky, Churchill se passa les mains sur le visage, comme s'il essayait de retrouver une réalité rassurante après un épouvantable cauchemar. Futile tentative, ce que le Premier ministre vivait dépassait ses pires phobies, il secoua tristement la tête. Churchill étant avant tout un farouche lutteur, son abattement ne dura pas, il se mua en révolte :

— Grand Dieu ! rugit le Premier ministre en se redressant dans le canapé. Staline n'a-t-il rien compris aux leçons de l'histoire ?! Ne sait-il pas que sa seule chance est de se retirer et d'attirer les hordes nazies vers le fin fond de l'immensité russe ?! Ignore-t-il que c'était ainsi qu'Alexandre Ier avait piégé Napoléon ? Voilà qu'en dépit du bon sens le plus élémentaire ce moujik rassemble stupidement ses troupes devant Moscou pour la défendre jusqu'à la dernière limite ! Ah ! Quel meilleur moyen pour les Allemands d'en finir avec l'Armée rouge ?!

— 'Faut à tout prix que les *Jerries* évitent la capitale.

— C'est une évidence Bill ! Mais une évidence difficile à appliquer ! Rappelez-vous que le *Coucou* a déjà eu suffisamment de mal à freiner Guderian la semaine dernière. À la réflexion, poursuivit Churchill en se calmant… Hmmm… Je crois… Je crois que notre agent devrait taper lourdement du poing sur la table au sujet de Moscou. Voyons, pour le moment les commandants d'unité ont une forte tendance à délaisser les ordres pour faire ce qu'ils estiment préférable, n'est-ce pas ?

— 'Sûr, c'est-à-dire anéantir ce qui reste des Rouges devant la ville.

— C'est cela Bill, je songe en particulier à ce Guderian, en voilà un qui est vraiment obnubilé par Moscou.

— On va dire au *Coucou* de le limoger ? Ça ferait un sacré exemple pour les *Jerries* qui refusent de suivre les ordres.

— Renvoyer dans ses foyers un officier au sommet de sa gloire ?! Ne craignez-vous pas que certains nazis en viennent à s'interroger sur la santé mentale de leur Führer ?

— Ça pourrait marcher.

— Ou pas. Je crois le *Coucou* trop précieux pour que nous lui fassions prendre un tel risque au sujet de l'affaire de Moscou. Trouvons autre chose si vous le voulez bien.

Son hôte avait raison et Stephenson le savait. Il ne fallait surtout pas sacrifier Hitchcock, ce dernier avait encore tant à accomplir. Mais était-il réellement trop tard pour embourber la Wehrmacht à l'est ? Peut-être pas.

— Dites-moi Winston, et si nous soufflions le chaud et le froid ?

— Mais encore ?

— Voilà comment je vois les choses… commença

le Canadien en espérant ne pas se tromper, conscient qu'il n'avait plus droit à l'erreur.

27 juillet 1941. 14 h 12. Turinshchina.

La progression allemande avait cessé depuis cinq jours. Non pas que l'Armée rouge fût enfin parvenue à contrer la Wehrmacht, le *Coucou* avait imposé une « halte temporaire », prétextant qu'il fallait reconstituer les lignes de ravitaillement et que l'infanterie rattrape les panzers.

Après avoir survolé les restes fumants de Smolensk, Halder regardait le paysage à travers un hublot du Junkers 52 l'amenant d'Allemagne. Ce qu'il voyait le déprimait : le ruban bleu du Dniepr faisait un détour par le sud avant de reprendre la direction du Levant ; le damier des champs s'étendait à perte de vue ; seuls rompaient la monotonie quelques bouquets d'arbres et une pauvre route, sans doute en terre, qui serpentait de-ci de-là ; s'étirant au-delà de l'horizon, cette immensité paraissait sans limite. Comment la Wehrmacht pourrait-elle s'emparer d'une telle vastitude ? Cette question tourmentait encore et encore le chef d'état-major de la Heer depuis la gestation de *Barbarossa*.

Quand le trimoteur entama sa prise de piste, le *Generaloberst* sentit ses oreilles se boucher, ce qui accentua son mal de tête dû au grondement des moteurs après tant d'heures de vol. S'efforçant de saliver et de bâiller pour déboucher ses oreilles endolories, Halder ruminait. Pourquoi devait-il quémander l'obéissance d'un officier dont le devoir était justement d'obéir ?

Pourquoi ce quasi-rebelle n'était-il pas sommé de se rendre auprès du Führer afin de se faire chapitrer ? Pourquoi lui, Halder, lui le brillant chef d'état-major de la Heer était-il ainsi mis à contribution ? N'avait-il pas mieux à faire ?!

« En tout cas, songea le *Generaloberst*, cette escapade sera au moins l'occasion de changer d'air ! »

En descendant de l'appareil, il s'arrêta net. Évanouie sa joie de se dégourdir les jambes, disparue son impatience d'être délivré du vacarme des moteurs de l'avion, le soleil l'éblouissait, la chaleur l'accablait, le chef d'état-major de la Heer était dans une étuve, il grimaça douloureusement. Bien qu'ayant entendu parler du climat russe, le *Generaloberst* n'avait pas anticipé une telle fournaise. Il faillit défaillir, au point de ne pas remarquer l'officier qui le saluait au pied de l'avion.

— *Oberstleutnant* Dietrich, LIIe Stukageschwader... dit l'aviateur pour se présenter.

Jeune pour son grade, l'homme n'avait visiblement pas usurpé ses galons, une assez vilaine cicatrice partant de sa tempe gauche jusqu'à la base de son menton démontrait qu'il avait subi l'épreuve du feu. Au surplus, la *Ritterkreuz* pendait à son col.

— ... *Bitte Herr Generaloberst*, ajouta-t-il avec sollicitude en désignant une voiture, permettez-moi de vous faire les honneurs de la base.

Clignant des yeux pour essayer de s'accoutumer à la luminosité, reprenant difficilement contenance, Halder salua laborieusement son hôte.

— Non merci, répondit-il sèchement, le temps m'est compté.

— Comme vous voudrez *Herr Generaloberst*, dit l'aviateur soulagé.

La perspective de chaperonner un dignitaire ne l'avait que très modérément stimulé, il préférait de loin imiter ses hommes et profiter d'un repos bien mérité.

Après avoir grimpé péniblement à l'arrière de la Kübelwagen décapotée, Halder embrassa du regard l'aérodrome. En vérité, le terme aérodrome était exagéré, s'agissant d'une base aménagée récemment avec une piste de fortune. Le génie n'avait même pas eu le temps de construire une tour de contrôle, tout au plus avait-il planté une manche à air au bord de la piste en herbe qui, attestant de l'absence de toute brise rafraîchissante, pendait tristement. Les appareils basés si près du front étaient des Stuka. Alors que ces bombardiers avaient été retirés des cieux britanniques pour n'être pas exterminés jusqu'au dernier, ils pouvaient opérer impunément en Russie, la chasse soviétique ayant été neutralisée. Quant aux équipages, ils se détendaient. Bravant la chaleur, les plus sportifs jouaient au football. Quelques-uns écrivaient, relatant sans doute leurs exploits et leur certitude d'en finir bientôt avec les *Ivans*. D'autres jouaient aux dames tandis que certains, pour la plupart torses nus, lézardaient tout simplement. Pendant ce temps, les équipes au sol apprêtaient sans hâte les bombardiers en vue de combats qui ne tarderaient pas à reprendre. Trop éloigné de l'avion d'Halder, tout ce beau monde n'avait pas prêté attention à l'arrivée du chef d'état-major de la Heer. N'étant guère habitué à l'indifférence, ce dernier ravala un juron tandis que sa voiture démarrait.

Quand la Kübelwagen commença à rouler, le *Generaloberst* se sentit mieux, l'air avait beau être chaud, son souffle était vaguement rafraîchissant.

« Détestable corvée ! » pesta-t-il intérieurement tandis que la voiture bringuebalait méchamment sur une route infestée de nids de poule.

Repensant à celui qu'il allait rencontrer, le chef d'état-major de la Heer fut à nouveau interloqué par le caractère paradoxal du personnage. Comment ce bougre pouvait-il à la fois faire fi de certains ordres tout en ayant des affinités avec des nazis prêchant l'obéissance aveugle ?

Après vingt minutes d'une route détestable, la voiture s'immobilisa près d'un groupe de véhicules semi-chenillés hérissés d'antennes. Sur la plate-forme arrière de l'un d'eux, un officier se tenait debout, derrière les opérateurs du matériel de communication. Agrippant d'une main l'armature métallique destinée à fixer une bâche en cas d'intempéries, l'homme était coiffé d'un casque d'écoute, ses jumelles pendaient sur sa poitrine, il parlait avec animation dans un micro. Ses propos devaient être joyeux car il se mit à rire à gorge déployée. Son hilarité cessa brusquement dès qu'il aperçut le *Generaloberst*. En même temps que son visage s'assombrissait, l'officier se débarrassa du casque d'écoute qu'il portait. Prenant soin de maintenir ses jumelles plaquées sur son torse, Guderian sauta prestement du véhicule pour se diriger avec assurance vers la Kübelwagen.

Depuis le début de *Barbarossa*, ses *Panzerdivisionen* avaient progressé tellement vite que d'aucuns le surnommaient *Schneller Heinz*, Heinz le rapide.

« Peste ! songea avec envie Halder. Il est bronzé comme un plaisancier ! »

— *Heil Hitler* ! entonna Guderian.

— *Heil Hitler* ! Ah ! Guderian ! J'ai de bonnes nouvelles pour vous !

— Vous m'envoyez enfin sur Moscou ?

Ignorant ostensiblement la question, le *Generaloberst* continua sur un ton qu'il voulait enjoué :

— D'abord, j'ai le privilège de vous annoncer que vos troupes ne constituent plus une *Panzergruppe* mais une *Armeegruppe*, c'est la rançon de la gloire !

Il marqua une pause, espérant une manifestation sinon de reconnaissance, du moins de contentement. C'était bien mal connaître son interlocuteur, les honneurs et le pouvoir l'intéressaient nettement moins que la satisfaction du devoir accompli.

— Mieux encore, reprit un Halder plutôt dépité, le Führer vous a accordé les feuilles de chêne pour votre *Ritterkreuz* !

Guderian se contenta de hausser un sourcil.

« Ça s'annonce mal. » réalisa Halder.

— Dans son infinie sagesse, poursuivit-il sur la pointe des pieds, le Führer a décidé de vous soustraire à l'autorité de Kluge. Je crois que vous ne vous entendez guère, n'est-ce pas ?

— Vous voulez rire ?! Kluge n'est qu'une médiocrité excessivement prudente !

Schneller Heinz savait que son visiteur estimait von Kluge mais il n'en avait cure, son propos n'était pas de flatter une huile de l'OKH, Guderian avait une guerre à gagner, lui !

— Hmm ! répliqua Halder en s'interdisant de remettre à sa place celui qu'il considérait comme un insolent tankiste. Voilà qui a le mérite de la clarté !

— Et qui aura le privilège douteux de me supporter ?

— Nul autre que Bock ! triompha le chef d'état-major de la Heer, espérant enfin amadouer Guderian. Vous passez directement sous son commandement ! Vous voilà satisfait j'imagine !

— Exact… concéda *Schneller Heinz*.

Ce dernier n'estimait pas que relever d'un supérieur compétent fût un privilège, il jugeait que c'était dans l'ordre naturel des choses, tout simplement.

— … Bock est un officier capable.

— Mieux que ça, il n'est pas dénué d'humanité, je ne crois pas m'avancer en affirmant qu'il vous a épargné le *Kommissarbefehl*.

— De quoi parlez-vous ?

— *Ach* ! Disons qu'il s'agit d'une… d'une excentricité du Führer.

La sympathie notoire d'Hitler envers Guderian recommandait de ne pas critiquer ouvertement le premier devant le second. Aussi Halder relata-t-il très prudemment le pourquoi du comment de l'infâme *Kommissarbefehl*. Son interlocuteur resta impassible.

— Quoi qu'il en soit, poursuivit le *Generaloberst*, vous aurez la charge de la conquête des indispensables richesses de l'Ukraine qu'il vous…

— L'Ukraine ?! Vous vous payez ma tête ! L'ennemi est devant Moscou ! brailla Guderian en pointant une main vers l'est. C'est là que nous devons l'abattre ! C'est…

— *Nein, nein, nein*… l'interrompit Halder en secouant la tête.

Regardant autour de lui, ce dernier constata avec embarras que plusieurs personnes avaient cessé de s'affairer pour jouir franchement du spectacle, et quel spectacle ! Le chef d'état-major de la Heer se faisait remonter les bretelles par *Schneller Heinz* ! Voilà qui déplaisait fortement à l'ombrageux *Generaloberst*, lequel parvint néanmoins à garder son calme.

— … La décision de l'OKH est prise, ajouta le chef d'état-major de la Heer, est-il nécessaire de vous préciser qu'il s'agit de la parole du Führer ?

— N'en faites pas trop Halder ! Je ne suis pas sot !

— Et je ne suis pas non plus n'importe qui ! Allez au diable ! Ou alors faites usage de cette intelligence dont vous êtes si fier !

— Je ne vous permets pas !

— Pour permettre ou interdire, il faut commander ! Et je n'ai aucun ordre à recevoir de vous, *klar* ?!

Tels deux taureaux s'affrontant du regard avant de charger, les deux hommes se fixèrent méchamment. Aucun ne baissa les yeux.

— Allons, dit le chef d'état-major de la Heer en s'efforçant de recouvrer son sang-froid, évidemment que vous n'êtes point stupide, mais écoutez-moi voulez-vous ? Je ne prétends pas que cet ordre soit… comment dire ?… opportun. J'ai d'ailleurs plaidé votre cause auprès du Führer, Brauchitsch également, mais en vain comme vous vous en doutez. Enfin, un ordre est un ordre, vous le savez comme moi, non ?

— *Jawohl*, admit Guderian.

Alors que Stephenson avait imaginé *Barbarossa* pour détourner la Wehrmacht de l'Angleterre, il avait conçu la conquête de l'Ukraine comme une diversion dans La Diversion, il fallait absolument que l'Armée rouge tienne jusqu'à l'hiver. Ignorant d'où venait le coup, supposant que le stratège amateur qu'était Hitler préférait s'emparer de l'opulente Ukraine avant d'achever l'ours russe, *Schneller Heinz* était écœuré :

« Comment gagner une guerre sur deux fronts en divisant encore et encore nos forces ?! »

23 AOÛT 1941. 11 H 26. NOVY BORISSOV.

Perdue à l'est de la Bérézina, la modeste bourgade était réduite à un amas de décombres. Les Allemands n'étaient pas les seuls responsables des dévastations, Staline avait ordonné la tactique de la terre brûlée, imitant ainsi le tsar Alexandre Ier face à Napoléon.

— Il ne faut pas, avait martelé le Petit Père des Peuples dans son discours radiodiffusé du 3 juillet, abandonner à l'ennemi une seule locomotive, un seul wagon de chemin de fer, une seule livre de grain, un seul bidon d'essence. Tout ce qui a de la valeur et qui ne peut être emporté, vous le détruirez.

Plus facile à dire qu'à faire, surtout lorsque la Wehrmacht vous pilonne sans relâche. Aussi l'état-major de von Bock avait-il trouvé un bâtiment encore debout et dont les trois niveaux pouvaient abriter des dizaines d'hommes, un ancien QG de l'Armée rouge. Malgré les impacts d'obus et les rafales d'armes automatiques, les fresques de la façade restaient visibles. Une immense effigie de Staline à la place d'honneur, au beau milieu, souriait benoîtement aux hordes teutonnes. Dessous, le dieu Lénine discutait d'égal à égal avec le Vojd. Pour faire bonne mesure, des portraits de camarades de moindre importance ainsi que d'ouvriers et de soldats anonymes symbolisaient la symbiose entre un prolétariat obligatoirement heureux et une fière *nomenklatura* forcément moins soucieuse de ses prérogatives que de ses responsabilités. Les Russes n'avaient pas eu le temps de dynamiter le prétentieux édifice mais les fenêtres avaient volé en éclats. Dans la même veine, meubles, installation électrique et plomberie avaient été saccagés. Besogneux infatigables, les Allemands étaient néanmoins parvenus à rendre les lieux sinon présentables du moins habitables.

Dans le cabinet de travail de von Bock, ce dernier et Guderian attendaient Halder de pied ferme, ne touchant que fort peu à leurs verres d'armagnac. Tout en devisant, le *Generalfeldmarschall* caressait distraitement un chien. Berger au pelage ras noir et blanc, l'animal regardait von Bock avec des yeux éperdus de reconnaissance.

— Allons Moujik, lui dit gentiment le *Generalfeldmarschall* lorsque le chien devint remuant, calme.

— Comment l'avez-vous appelé ? s'étonna Guderian.

— Moujik. Vous savez, je n'ai rien contre les Russes en général et leurs paysans en particulier. Il ne m'a donc pas paru incongru de lui donner un nom propre à sa condition et à son origine.

Mangeant depuis peu à sa faim, l'animal restait maigre comme un lacet. Son instinct ne lui dictait nulle défiance envers les fascistes, peut-être même sentait-il que *Barbarossa* lui avait sauvé la vie : dressé par ses maîtres soviétiques à se faire sauter contre un blindé, il avait été débarrassé de sa charge explosive par les envahisseurs.

Cette fois-ci, Halder avait la chance de n'être pas trimbalé dans une modeste Kübelwagen mais à bord d'une Mercedes. Néanmoins, bien loin de savourer les triomphes de la Wehrmacht, il se faisait l'effet d'aller à l'abattoir, ayant la tâche peu enviable de faire avaler les dernières élucubrations de son supposé Führer au sujet de *Barbarossa*. La rencontre promettait d'être chaude !

Lorsque sa voiture s'arrêta devant le quartier général de von Bock, les sentinelles portèrent armes impeccablement. En leur rendant leur salut, Halder remarqua que les gardes restaient stoïques malgré la chaleur étouffante. Il ne s'en étonna pas, sachant que la troupe gardait un excellent moral puisque sa progression n'était jamais entravée par un ennemi incapable de réaction intelligente. Après un échange de politesses réduit au strict minimum, il entra d'un air décidé dans le vif du sujet :

— *Meine Herren*, le Führer conçoit la résistance russe devant Kiev comme une opportunité.

— Hmm ! grogna von Bock pour marquer son mécontentement.

— Il note, poursuivit le *Generaloberst* à l'attention de son hôte, que vous avez pris sur Rundstedt une avance de 300 km...

Halder illustra son propos en dessinant de l'index le contour des lignes allemandes sur une carte.

— ... Votre front est sur le flanc de Boudienny. Une colossale bataille d'anéantissement est possible estime le Führer. En comparaison, même les succès de Minsk et de Smolensk pâliront. Quant à vous, continua-t-il à l'attention de Guderian, vous devrez pivoter là, autour de Roslavl, et attaquer au sud. Kleist attaquera au nord, de votre jonction naîtra le plus grand encerclement de toute la guerre. Voyez, conclut tristement

Halder, qui à l'évidence ne croyait pas ce qu'il disait, la solution ukrainienne n'est donc pas dictée uniquement par des raisons écono...

Trop, c'en était trop pour *Schneller Heinz*, il ne pouvait continuer à écouter de telles inepties.

— Et pourquoi ne pas débarquer des troupes à Vladivostok pour nous emparer des richesses de la Sibérie ?! C'est... C'est aussi ridicule que navrant !

— Je partage évidemment le point de vue de Guderian, commenta sévèrement von Bock, il faut absolument faire entendre raison à l'OKH.

— Et je ne vous parle même pas des difficultés matérielles pour exécuter cet ordre imbécile ! rouspéta *Schneller Heinz*. Il me faudrait parcourir des centaines de kilomètres vers le sud sur ces fichues routes ! L'OKH a-t-il bien conscience en son infinie sagesse que les routes considérées comme bonnes par nos services de renseignements sont en réalité de simples pistes ?!

— Est-ce un si gros problème, alors que nous sommes au beau milieu de l'été ? objecta faiblement Halder.

— Un problème ?! tonna Guderian en levant les yeux au ciel. Un problème ?! Mais bon sang ! Figurez-vous qu'avec ce temps sec la poussière soulevée par les fantassins et surtout par les panzers obstrue les moteurs et asphyxie mes hommes ! Quant à la visibilité, n'en parlons pas ! Si ! Au contraire ! Parlons-en ! Apprenez qu'hier toute une compagnie de motocyclistes s'est jetée dans un fossé ! Les pauvres diables avaient cru voir dans la poussière un char russe alors qu'il s'agissait d'un simple tombereau de paysan chargé de fumier !

Le *Generaloberst* se garda de répliquer qu'il ne saisissait pas cet argument : la route menant à l'objectif qui obnubilait ses interlocuteurs, Moscou, ne pouvait être moins poussiéreuse que les pistes ukrainiennes ! Voyant que *Schneller Heinz* peinait à recouvrer son calme, il préféra opter pour une curiosité polie :

— Toute une compagnie ? demanda-t-il en feignant l'incrédulité.

— Comme un seul homme ! assura Guderian.

— Diable ! ironisa von Bock. Nos vaillants soldats terrassés par du fumier. Quelle pitié ! Et le nombre de blindés ennemis, dit-il au chef d'état-major de la Heer, l'OKH a-t-il compris à quel point il est phénoménal ?

— Je ne suis pas inquiet à ce sujet, intervint *Schneller Heinz*, lorsque j'ai rencontré le Führer ici même au début du mois, je lui ai fait part du problème. Ah ! Vous ne devinerez jamais ce qu'il m'a répondu !

En citant mot pour mot la réponse du *Coucou*, il était encore estomaqué :

— Si j'avais cru que les Russes avaient autant de blindés que vous l'avez écrit dans *Achtung – Panzer !*, je crois que je n'aurais pas commencé cette guerre.

— J'ignore si je dois rire ou pleurer, commenta von Bock.

— *Meine Herren*, reprit Halder d'une voix étouffée, il faut… il faut que vous sachiez que le Führer n'écoute plus personne, absolument plus personne. Si vous saviez…

Dans un silence pesant, le chef d'état-major de la Heer regardait le bout de ses bottes, honteux du ton geignard qu'il venait d'employer. Quant à Guderian et von Bock, ils étaient sous le choc de l'ordre relayé par Halder.

— Il y a peut-être encore un espoir, hasarda le *Generalfeldmarschall*. Nul n'a plus d'autorité que vous auprès du Führer, dit-il à Guderian, il voit en vous le théoricien des panzers, le perceur de Sedan, le vainqueur de Minsk. D'ailleurs, vous êtes apparemment le seul à qui il ait jamais avoué s'être trompé.

Schneller Heinz comprit où son supérieur voulait en venir.

— C'est entendu, dit-il, j'irai plaider ma cause auprès du Führer.

24 août 1941. 19 h 02. Rastenburg.

Fidèle à son personnage, le *Coucou* avait ordonné dès l'hiver 1940 qu'un quartier général lui fût aménagé en Prusse orientale afin de diriger *Barbarossa*.

« Et comme ça, avait-il calculé, ça m'fait une excuse d'plus pour pas rester dans c'tte foutue chancellerie ! »

Pour une raison inconnue, l'endroit choisi était inhospitalier au possible. Hitchcock avait baptisé ce QG *Wolfsschanze*, l'antre du loup. En décidant d'y déménager la maisonnée d'Hitler, il n'avait pas réalisé compliquer singulièrement la tâche de *Mickey*. Ne pouvant plus rencontrer *Joey*, Linge s'était vu remettre par le Suisse une radio miniaturisée. Dans la mesure du possible, le valet ne devait s'en servir que pour recevoir des instructions, il devait éviter d'émettre sous peine d'être repéré par radiogoniométrie.

Après avoir goinfré ses secrétaires de cakes pendant le café quotidien, Hitchcock venait de regagner la solitude de son cabinet de travail. Sur le bureau en bois impeccablement rangé se trouvaient une lampe quelconque, une petite pile de rapports soigneusement alignés, un sous-main en cuir fauve, un pot à crayons qui lui était assorti et un téléphone noir. Quelques chaises rembourrées de paille et un buffet complétaient l'ameublement. Percés de deux petites fenêtres, les murs de béton ressemblaient aux cloisons d'un chalet bavarois par la grâce de plaquages en bois clair. Le ronronnement de l'air conditionné couvrait le gazouillis des oiseaux, mais le *Coucou* n'en avait cure, son intuition lui disait que le rapport au sommet de la pile allait le bouleverser. Sur la couverture cartonnée blanche, le grade et le nom de l'auteur s'étalaient fièrement sous l'aigle allemand tenant dans ses serres un swastika, *Reichsführer* Himmler. Aussi, avant de prendre place derrière le bureau, Hitchcock hésita, envisageant même de laisser un aide de camp lire le rapport pour prendre les « éventuelles mesures nécessaires ». Après tout, l'opération *Coucou* n'avait qu'une finalité militaire, son but n'était pas d'empêcher l'accomplissement du mal.

Mais une curiosité morbide poussa Hitchcock à tirer lentement la chaise et à s'y asseoir. D'un geste étudié, il saisit le rapport et le déposa sur le sous-main. Le *Coucou* toisa d'un œil méfiant le document. L'introduction lui apprit qu'au fur et à mesure de la progression de *Barbarossa*, les *Einsatzgruppen* avaient rationalisé leur méthode. Après s'être « contentés » d'assassiner les hommes « juifs, criminels, fonctionnaires soviétiques et asiatiques », les suppôts d'Himmler avaient « standardisé » leurs procédures, les rendant ainsi plus efficaces. Standardisé ! L'inhumanité, ou plutôt la bestialité pouvait donc être « standardisée » ! Malgré lui, Hitchcock poursuivit sa lecture, il plongea en plein cauchemar. Il découvrit ainsi que loger une balle dans la nuque d'un civil sans défense pouvait ébranler ce qui tenait lieu de conscience à un assassin des *Einsatzgruppen*. Aussi, pour ménager les nerfs de leurs précieux tueurs, deux commandants, Blobel et Ohlendorf, avaient instauré une salutaire distance entre bourreaux et victimes, imaginant le « système des sardines » :

Alors qu'un soleil de plomb écrase la steppe, des hommes juifs s'escriment à creuser un fossé. Fourbus par la tâche, assoiffés, ils osent ralentir la cadence. Hurlements des ss. Plus motivé que ses acolytes, l'un d'entre eux descend dans le fossé.

— Toi ! crie-t-il au premier Juif ayant levé les yeux vers lui.

L'interpellé se redresse tant bien que mal. Rachitique dont l'Armée rouge n'a pas voulu pour chair à canon, il n'en peut plus. N'imaginant même pas se servir de sa pelle pour tenter de se défendre face à un soldat en armes, craignant un nouveau coup, il fait un pas en arrière.

— N'aie pas peur, lui dit calmement le ss, et allonge-toi là-bas.

Surpris puis soulagé d'échapper à un injuste châtiment, le Juif se prend à espérer que l'Allemand a un accès de pitié, qu'il le laisse se reposer. Le malheureux obtempère. Le ss s'approche de lui et lui tire une balle en pleine tête.

— Un de moins ! s'exclame-t-il fièrement, en cherchant du regard l'approbation de son officier.

Fouetté par la terreur, le ballet des pelles reprend de plus belle tandis que sont rassemblés non loin de là, sans ménagement, femmes, enfants et vieillards. Aux pleurs des enfants et gémissements de leurs mères font écho les aboiements rageurs des chiens tenus en laisse par les ss. De temps en temps, pour se distraire, l'un d'eux lâche son molosse sur un « braillard » : éclats de rire parmi les *Einsatzgruppen*, ces Juifs ne comprennent-ils pas qu'ils doivent faire silence ?! Quand le fossé est prêt, les ss ordonnent à ceux qui l'ont creusé de rendre leurs pelles, lesquelles auront hélas trop d'occasions de resservir, puis de s'allonger côte à côte, telles des sardines. Incrédulité parmi les travailleurs de force, certains croient avoir mal entendu. Pourquoi se terrer au fond d'une tranchée ? N'ont-ils pas creusé assez vite après l'exécution de l'un des leurs ? Pluie de coups et d'injures sur ceux qui n'obéissent pas assez vite. Quand les « sardines » sont alignées, les bourreaux se postent de part et d'autre du fossé qu'ils arrosent de longues rafales. Le staccato des mitraillettes glace le sang des futures victimes, toutes fixent avec horreur la fosse dont ne remonte personne :

— Nous avons été menés ici pour être abattus ! Ce champ est un abattoir à ciel ouvert !

Trop terrifié pour implorer la pitié, le rang suivant se couche silencieusement sur les cadavres encore chauds et la fusillade reprend.

Le rapport d'Himmler s'achevait par un tableau dont les colonnes récapitulaient soigneusement les lieux, les dates et le total des meurtres : le *Reichsführer* dressait des statistiques, comme il avait dû le faire à l'époque où il était éleveur de poulets, lorsque sa comptabilité exigeait que soit « rationalisée » l'exploitation des gallinacés ; Minsk : 2 278, Dnipropetrovsk : 15 000, etc. Presque 100 000 personnes par mois ! Cent mille !

Sur ce nombre terrible, insoutenable, Hitchcock laissa le rapport lui glisser des mains. Alors que le document abject tombait par terre, des larmes roulèrent sur ses joues. Le *Coucou* n'aurait su dire s'il pleurait de rage ou d'horreur.

« J'vais m'réveiller, ça peut pas êt'e vrai ! Ça peut pas êt'e vrai ! »

Confronté à une réalité encore plus épouvantable que la guerre, Hitchcock dut se résoudre à admettre qu'il ne rêvait pas, des humains avaient été exterminés comme de la vermine par d'autres *humains*. Les mains moites, le *Coucou* posa les coudes sur le bureau. S'efforçant de respirer régulièrement, il se massa doucement les tempes du bout des doigts, sentant des tremblements s'emparer de sa main gauche.

Recouvrant son sang-froid, Hitchcock chercha une échappatoire à cet enfer. Pouvait-il déclarer hors la loi les abominations des *Einsatzgruppen* ? Qui s'opposerait à cela ? Tout nazi ne devait-il pas une obéissance aveugle à son satané Führer ? Hélas, le *Coucou* connaissait trop bien le national-socialisme et ses apôtres. Leur idole, Hitler, avait érigé les Juifs en boucs émissaires de tous les maux affligeant la race des seigneurs. Annoncée, prophétisée par le dictateur dès janvier 1939, l'extermination des Juifs était devenue une drogue à laquelle ne renoncerait pas l'élite nazie. Himmler espérait évidemment que son rapport lui vaudrait de chaudes félicitations. Et louanges il y aurait ! Sinon, lui, Hitchcock, pourrait n'être plus en mesure de poursuivre sa mission.

Sa mission. Sa croix oui ! Comment Churchill et Stephenson pouvaient-ils exiger qu'il cautionne des massacres comme nul n'aurait osé les imaginer ?! Il fallait arrêter l'opération ! Mais si Hitchcock faisait ça, Goering, voire Himmler ou Goebbels lui succéderait.

Voilà qui ne mettrait pas un point final aux abominations. Pire, le Reich pourrait même gagner la guerre. La mission n'était pas qu'une croix, elle était aussi une prison, le *Coucou* devait coûte que coûte rester à son poste.

Alors qu'il se sentait plus que jamais écrasé par son destin, Hitchcock se souvint d'un épisode que lui avait narré Linge, une conversation entre Hitler et Speer. Les propos du Führer remontaient à la fin de 1936, ils avaient frappé *Mickey* au point que ce dernier pouvait les réciter :

— Il y a deux possibilités pour moi, mener à bien tous mes plans ou échouer. Si je réussis, je serai l'un des plus grands hommes de toute l'histoire. Si j'échoue, je serai condamné, méprisé et damné.

Ces dires avaient fait comprendre au *Coucou* que le dictateur n'était pas fou, contrairement à ce que beaucoup croyaient. Il avait parfaitement conscience de faire table rase de tout un système de valeurs pour imposer le sien. Le bien et le mal ne sauraient lui être dictés par les valeurs judéo-chrétiennes. Dès lors, toutes les monstruosités devenaient concevables, aucune ne pouvait être écartée. Privé des garde-fous de la morale, le nazisme s'épanouissait dans la bestialité.

« Maudits nazis ! Oh non z'êtes pas cinglés ! 'Z'êtes que des porcs ! 'Z'êtes tous des salauds ! Mais j'vais pas vous laisser vous en tirer ! J'compte ben avoir vot' peau ! Jusqu'au dernier ! »

Il ponctua cette résolution en assenant un formidable coup de poing sur le bureau, le téléphone en trembla sur son socle. S'il n'avait été hors de lui, Hitchcock aurait grimacé sous la douleur qui sourdait dans sa main. Mais il était à des lieues de sa souffrance, la fureur masquait ses sensations. Sans qu'il s'en rende compte, sa mission prenait une nouvelle dimension, l'opération *Coucou* n'aurait plus seulement une vocation militaire, Hitchcock allait aussi s'ingénier à liquider le nazisme, à tout prix.

28 AOÛT 1941. 16 H 28. RASTENBURG.

À leur descente d'avion, Guderian et Halder prirent place à bord d'une Mercedes. Malgré la chaleur, elle était capotée.

— Pourquoi ne pas décapoter ? s'étonna *Schneller Heinz*. Il ne pleut pas.

— On voit que vous n'êtes jamais venu en ce lieu oublié des dieux ! Vous verrez, non seulement le climat est malsain, humide et lourd à souhait, en plus les moustiques y sont aussi nombreux que voraces !

Après quelques minutes de route, la voiture s'engagea dans le marais au sud-est de Kœnigsberg. Tandis qu'elle franchissait champs de mines et points de contrôle, Guderian comprit la réflexion d'Halder en constatant que certains gardes portaient sur leur casque une résille faisant office de moustiquaire. Lorsque la Mercedes s'immobilisa dans une petite forêt, *Schneller Heinz* dénombra une huitaine de bunkers, tous bâtis sur un seul niveau. Des filets de camouflage accrochés aux arbres rendaient l'endroit invisible depuis le ciel.

— C'est la *Sperrkreis 1*, commenta le chef d'état-major de la Heer.

— Lugubre.

— Je suis bien d'accord. Quand je pense aux sornettes que raconte Goebbels sur ce QG !

— À savoir ?

— Hmm ! Il nous le dépeint comme « une centrale de la conduite allemande de la guerre et un lieu de vacances permettant au Führer de travailler dans le calme », récita Halder, agitant les mains tel un montreur de marionnettes. Balivernes oui !

« Qu'importe, songea Guderian, je ne viens pas m'installer. »

Alors qu'ils sortaient de voiture, von Brauchitsch courut vers eux. Visiblement, il les attendait et il était fébrile.

— Ah ! Je suis ravi de vous revoir *meine Herren*, commença von Brauchitsch en oubliant de saluer les arrivants. Je me doute de l'objet de votre visite, ajouta-t-il à l'adresse de *Schneller Heinz*, je vais donc être franc avec vous. Je vous interdis, je dis bien je vous interdis, d'évoquer la question de Moscou.

— Mais..., essaya d'objecter Guderian.

— Il n'y a pas de mais ! glapit un von Brauchitsch presque hystérique.

« Il sue la peur ! » réalisa *Schneller Heinz* stupéfait.

— La décision du Führer est prise, poursuivit le commandant en chef de la Heer. Toute nouvelle insistance ne pourrait que provoquer des orages inutiles et j'ai eu plus que ma ration d'orages ! Croyez-moi ! Que vous mettiez le Führer au courant de la situation, soit, mais promettez-moi surtout de ne pas prononcer le nom de Moscou !

Loin d'obtempérer, Guderian se mura dans un mutisme obstiné. Bras croisés sur la poitrine, il toisa sévèrement son interlocuteur. Sachant à quel point *Schneller Heinz* pouvait faire preuve d'entêtement, von

Brauchitsch craignit le pire. Perdant toute dignité, il se fit implorant :

— Promettez-moi ! gémit-il.

« Usé, pensa Guderian avec mépris, cet homme est usé. »

Par pitié, il cessa de faire sa mauvaise tête.

— Ne vous inquiétez pas, assura-t-il.

Fermant les yeux, le commandant en chef de la Heer poussa un long soupir, comme s'il venait d'échapper à un péril mortel.

Après cette édifiante entrée en matière, Guderian fut introduit dans le *Generalstabskartenbunker*. Autour des cartes étaient installés plusieurs chaises et un fauteuil, lequel était évidemment réservé au *Coucou*. Au grand étonnement de *Schneller Heinz*, ni von Brauchitsch ni Halder ne le suivirent dans le bunker, où il retrouva Hitchcock, Keitel, Jodl et quelques autres officiers. Guderian fut immédiatement frappé par l'atmosphère malsaine, laquelle ne pouvait s'expliquer par la seule absence de fenêtre, quelque chose clochait.

« Juste le Führer et ses bonzes de l'OKW, pensa Guderian. Pourquoi la Heer n'est-elle pas représentée ? Elle n'a plus droit à la parole ? »

Autre surprise, assis dans le fauteuil, Hitchcock avait une petite mine, il triturait nerveusement des crayons de couleur posés sur une carte.

La semaine précédente, Hitchcock avait été examiné par le médecin d'Hitler, un sieur Théo Morell. Les conclusions de Morell n'avaient pas été fameuses, loin de là. Outre de l'hypertension, le docteur avait diagnostiqué une légère attaque et les premiers symptômes de l'artériosclérose.

« Pas gai tout ça ! avait songé amèrement le *Coucou*. 'Faudrait pas qu'c'tte guerre s'éternise, sinon, j'risque de pas arriver au bout ! »

— *Mein Führer*, avait déclaré le médecin en rangeant son stéthoscope dans sa sacoche, je crois que vos insomnies, vos troubles gastriques et votre petit malaise cardiaque sont la conséquence de votre charge écrasante de responsabilités.

— J'admire votre sang-froid *Herr Doktor* !

Hitchcock n'avait qu'une confiance très modérée en Morell, binoclard sale et adipeux aux antipodes de l'image du bon toubib. De plus, il savait que le médecin profitait sans vergogne de la clientèle d'Hitler pour fabriquer et commercialiser des médicaments douteux, dont la *Russen Puder*, censée agir contre les poux ! Pire encore, grâce à sa seule notoriété parmi les proches du dictateur, le docteur était parvenu à imposer sa camelote à la Wehrmacht, un fabuleux marché !

— Enfin, continua le *Coucou*, tout devrait rentrer dans l'ordre une fois que j'en aurai fini avec le Russe.

— Je le crois aussi, avait prudemment répondu Morell. Entre-temps, je vais si vous le voulez bien vous administrer des injections de glucose. Je vais aussi vous poser des sangsues. Pour faire bonne mesure, je vais également vous prescrire des vitamines et des comprimés de Mutaflor. Vous verrez, avait-il ajouté en souriant, je les prépare moi-même, ça aide à lutter contre les bacilles intestinaux.

— Hmm ! Tout ça ne me dit guère si le tremblement de ma main gauche va cesser !

— Je l'espère *mein Führer*, je l'espère.

Schneller Heinz ne fut pas invité à s'asseoir. À juste titre il y vit une marque de défiance. Fidèle à sa promesse, il évita d'évoquer le sujet de Moscou et décrivit la préparation de ses hommes en vue de l'offensive sur l'Ukraine. Pendant tout ce temps, le *Coucou* lui jetait des regards en coin tout en tripotant ses crayons, tel un enfant gâté que l'ennui insupporte. Le mutisme des autres officiers n'avait rien d'encourageant, au point que Guderian crut deviner dans leurs expressions de la désapprobation. Cette coterie savait-elle pourquoi il était venu à Rastenburg ?

— Alors Guderian ! s'exclama sans gaieté Hitchcock une fois que *Schneller Heinz* eut achevé son exposé. Après les fatigues qu'elles ont essuyées, vos troupes sont-elles encore capables d'un sérieux effort ?

— Pour un grand but compréhensible à chaque soldat, ma réponse est oui.

— Vous parlez naturellement de Moscou, observa le *Coucou* d'un ton neutre.

Schneller Heinz n'avait pas rompu son serment, c'était Hitchcock qui avait prononcé le nom fatidique. Il ne criait pas pour autant victoire, il savait que le calme ostensible de son interlocuteur pouvait n'être qu'une ruse destinée à le mettre en confiance pour mieux le faire parler.

— *Jawohl mein Führer*, mes soldats ont couvert leurs panzers et leurs camions de « *nach Moskau* ».

En prononçant ces mots, il s'attendit sinon à une explosion du *Coucou*, du moins à un raidissement de son attitude. À son grand étonnement, Hitchcock resta impassible, si ce n'était le léger tremblement de sa main gauche. Enhardi, Guderian osa poser une question, culot devenu impensable au pitoyable von Brauchitsch :

— *Mein Führer*, puis-je vous exposer les raisons qui selon moi commandent de marcher immédiatement sur la capitale ennemie ?

— Je vous écoute.

— Sur le plan strictement militaire, Moscou est l'objectif primordial. C'est là que se trouve le nœud de communications adverse, le seul lien entre la Russie du Nord et la Russie du Sud, de la Russie asiatique et de la Russie européenne.

À part le ronronnement de l'air conditionné, un silence de mort régnait, mais Guderian n'en avait pas conscience, il était focalisé sur son but, obtenir enfin l'autorisation de foncer sur la jugulaire de l'Armée rouge, Moscou. Sentant que les seules considérations stratégiques ne lui permettraient pas d'emporter la décision, il cita le *Coucou* contre lui-même :

— *Mein Führer*, vous n'avez cessé de dire et de répéter que le but de cette campagne est la destruction des forces ennemies. Or, c'est devant Moscou, c'est pour la défense de leur capitale que les Russes entassent tous les moyens qu'ils peuvent encore rassembler, c'est là en conséquence qu'il faut chercher l'anéantissement.

Lâchant les crayons, Hitchcock se racla la gorge. S'appuyant lourdement sur la table, il se leva en grimaçant puis regarda *Schneller Heinz* dans les yeux.

— Vos arguments ne manquent pas de pertinence Guderian, comme toujours devrais-je ajouter…

Schneller Heinz crut exploser de joie, le Führer avait enfin compris !

— … mais vous considérez les choses au niveau du front, ce qui est somme toute bien naturel. Quant à moi, j'ai le devoir d'analyser les faits d'un point de vue plus large…

L'allégresse de Guderian retomba, il réalisa que Hitchcock allait balayer sa logique.

— … et pour commencer, poursuivit le *Coucou* sur un ton professoral, je suis tenu de me préoccuper du sort de mon peuple. À cet égard, l'Ukraine m'est indispensable en raison de ses ressources agricoles et industrielles. La conquête de la Crimée s'impose également, il s'agit d'un porte-avions dangereux pour les pétroles roumains. Une fois ces objectifs stratégiques atteints, il nous restera ensuite amplement le temps de prendre Moscou avant l'hiver, soyez-en sûr.

Après ce bref exposé, Hitchcock fixa un à un ceux qui avaient assisté à cette chose éminemment rare, un débat à Rastenburg. Chacun était conscient du rôle qu'il devait jouer. Quant à Keitel, il avait l'impression d'être soulevé du sol lorsque le regard de son Führer se posait sur lui. Aussi Hitchcock fut-il sûr de lui en interrogeant ce triste aréopage. Sa main gauche avait beau trembler, sa voix demeurait ferme, il était bien le maître.

— *Meine Herren*, questionna-t-il d'une manière qui ne souffrait aucune discussion, qui de Guderian ou de moi-même vous a convaincus ?

— Vous *mein Führer* ! s'écrièrent les courtisans à l'unisson.

Schneller Heinz comprit, il avait perdu son temps. Sans demander son reste, il salua et prit congé. Tandis qu'il sortait du bunker au pas de charge, Jodl trotta derrière lui.

— Ne vous faites pas de souci Guderian, lui dit le chef d'état-major de l'OKW en arrivant à sa hauteur, l'intuition du Führer est absolument infaillible, il a toujours raison.

Furieux, *Schneller Heinz* s'arrêta net, au point que Jodl faillit lui rentrer dedans. Serrant les poings, il fit brusquement volte-face, son regard plongea dans celui du chef d'état-major de l'OKW. Tenté de souffleter ce courtisan, il se ravisa, réalisant que Jodl voulait seulement être aimable. Dédaignant de répondre, Guderian tourna les talons et s'en alla, écœuré.

« Foutu caporal de Bohême ! » songea-t-il une fois encore.

2 OCTOBRE 1941.

La diversion ukrainienne avait fonctionné à merveille. Au lieu de porter le coup de grâce à l'Armée rouge, la Heer avait gaspillé un temps précieux à capturer plus de six cent cinquante-cinq mille Soviétiques dans la région de Borispol.

— La plus importante prise de prisonniers de toute l'histoire ! avait croassé un Keitel extatique.

Quel aveuglement ! Pour ne pas dire quelle bêtise ! Comment lui, Keitel, lui le commandant en chef de l'OKW, pouvait-il négliger que Moscou et le gros de l'Armée soviétique restaient saufs ?! Aussi et surtout par quel miracle ignorait-il l'essentiel ?! À savoir que la température fraîchissait, que les feuilles des arbres commençaient à tomber, que le ciel se peuplait de nuages pansus, que la pluie menaçait. Ce que les Russes appelaient la *raspoutitsa*, la saison sans chemin, allait priver les Allemands de la mobilité indispensable au blitzkrieg. Ainsi, les mâchoires du piège imaginé par Stephenson étant prêtes à happer la Wehrmacht, Hitchcock poussa les nazis dans la souricière, il lança ce que

Guderian et tant d'autres avaient réclamé à cor et à cris depuis des mois, l'opération *Typhon*, l'assaut contre la capitale soviétique.

Tandis que débutait l'offensive, le *Coucou* fit aux fidèles Keitel et Jodl une déclaration martiale dont il les savait friands :

— Nous avons enfin créé les conditions préliminaires qui vont nous permettre de porter à l'ennemi le grand coup final qui provoquera son anéantissement avant l'hiver. Aujourd'hui commence la grande, la dernière bataille de l'année.

En réalité, Hitchcock était tendu :

« Pourvu qu'les Russkofs tiennent le coup et s'fassent pas bouffer tout crus d'vant Moscou ! »

Ces craintes étaient fondées, l'Armée rouge était exsangue. Bien sûr elle alignait devant sa capitale un demi-million de soldats, chiffre impressionnant. Mais il s'agissait surtout de moujiks sous-équipés. Beaucoup étaient incapables de lire les instructions, nombre d'entre eux n'avaient que leurs mains nues pour faire face à l'invincible envahisseur. Ainsi, un bataillon de six cent soixante-quinze hommes n'avait que deux cent quatre-vingt-quinze fusils, cent vingt grenades, neuf mitrailleuses, cent quarante-cinq revolvers et deux mille cocktails Molotov !

Sur cette armée de miséreux, la Wehrmacht jetait la crème de ses unités blindées. Combattant presque sans interruption depuis plus de trois mois, ces dernières n'étaient certes plus aussi fraîches qu'au début de *Barbarossa*. De plus, la IIe Panzergruppe de Guderian arrivait à marche forcée d'Ukraine tandis que la IVe Panzergruppe de Hoepner venait laborieusement de Leningrad. Les Allemands étaient plus que motivés, ils allaient en finir avec les *Ivans*, ils pourraient même rentrer chez eux pour Noël. Par ailleurs, les mille cinq cents avions de la IIe Luftflotte étaient maîtres du ciel moscovite. Les diversions des Balkans et d'Ukraine suffiraient-elles aux Russes pour tenir jusqu'à l'arrivée de celui qu'ils appelaient le *général Hiver* ?

À l'instar du *Coucou*, Churchill et Stephenson retenaient leur souffle.

— C'est l'heure de vérité Bill, dit le *Prime Minister*, si les Soviétiques s'effondrent, l'Allemagne sera très bientôt plus puissante que jamais.

— Sûr, mais si nos calculs sont exacts, les *Jerries* sont dans un bourbier qui pourrait bien être leur tombe, et il ne nous restera qu'à leur porter le coup de grâce… en quelque sorte !

Typhon démarra sur les chapeaux de roue. *Schneller Heinz*, conscient de mener une course contre la montre, marcha à un rythme d'enfer, 80 km le premier jour et 160 pendant les trois jours suivants. Quand ses troupes enlevèrent Orel, les Russes s'y attendaient tellement peu que les panzers firent irruption derrière un tramway rempli d'ouvriers rentrant déjeuner chez eux !

Halder s'efforçait à l'optimisme, il espérait que la victoire finale sortirait de « ces étincelantes journées d'automne ». Une ombre à ce beau tableau dans son journal :

« La IIe Panzergruppe est gênée dans ses mouvements par le mauvais temps. »

Lucide malgré ses victoires, Guderian n'avait qu'une hantise, que ce « mauvais temps » ne l'empêche d'anéantir l'Armée rouge avant les premières neiges. Aussi réclama-t-il à l'OKH des vêtements d'hiver.

— Ne présentez plus des requêtes inutiles de ce genre ! riposta Rastenburg.

Le *Coucou* veillait. Pire, la Heer commençait à se débattre dans un océan de boue, la *raspoutitsa* était là ! Sous un véritable déluge, les pistes devenaient des fondrières, les champs des magmas spongieux, *Schneller Heinz* sentait venir la catastrophe.

29 OCTOBRE 1941. 07 H 41. TOULA.

Gorgée d'eau, la médiocre route reliant Orel à Toula s'effondrait sous le poids des panzers. Alors qu'une lourde pluie tambourinait bruyamment sur le toit de son véhicule de commandement, Guderian était trop atterré pour être ulcéré.

Comment ne pas perdre courage alors que le ciel de plomb n'annonçait aucune embellie ? Comment ne pas désespérer tandis que l'averse s'abattait inexorablement sur sa IIe Panzergruppe, ou IIe Panzerarmee selon sa nouvelle et dérisoire dénomination ? Comment ne pas se sentir impuissant quand ses sapeurs s'escrimaient en vain à rendre praticable ce qui devenait une rivière de fange ?

N'y tenant plus, il ordonna à l'un de ses sous-officiers des communications de lui passer le QG de von Bock. Au bout de quelques minutes, la voix lointaine du *Generalfeldmarschall* se fit entendre dans le casque d'écoute que Guderian plaquait contre son oreille.

— C'est de la folie ! s'exclama *Schneller Heinz* sans préambule. Cette fichue boue aspire littéralement mes canons, mon équipement et jusqu'aux bottes de mes hommes ! Mes camions s'enfoncent jusqu'aux essieux !

Mes chevaux jusqu'au poitrail ! *Gott im Himmel* ! Pourquoi chercher à faire avancer les blindés alors que le ravitaillement est cloué sur place ?! Faute de carburant, mes panzers s'arrêtent ! Faute de munitions, mon artillerie se tait ! Faute de vivres, mes hommes crient famine !

— Je suis au courant, l'un de mes commandants d'infanterie m'a appris que son unité n'a pas eu de pain depuis neuf jours, neuf jours ! Ça ne peut plus durer !

— Et ce n'est pas tout ! J'ai fait sur la route de Toula la connaissance d'un monstre !

— Le fameux T-34 j'imagine.

— *Jawohl Herr Generalfeldmarschall* ! brailla Guderian en secouant vigoureusement le chef de haut en bas. Et croyez-moi, il mérite pleinement de faire sensation ! Les obus de nos malheureux panzers rebondissent comme des balles sur son blindage incliné et ses larges chenilles lui confèrent une maniabilité inouïe là où nos blindés sont à la peine. Le pire, c'est son foutu canon de 76 mm ! Lorsqu'il touche un de nos panzers, on entend une longue explosion en profondeur, puis un ronflement, c'est l'essence qui flambe. Et ce ronflement est trop fort, Dieu merci, pour que nous percevions les effroyables hurlements humains !

À la mi-novembre, le gel solidifia la boue, il transperça aussi les tenues en coton des troupes allemandes. Avec effroi, *Schneller Heinz* voyait débouler l'horreur absolue, l'hiver russe. Il n'y avait plus un instant à perdre ! Il fallait impérativement habiller les hommes ! La raison commandait d'établir des positions retranchées ! Il était indispensable de raccourcir le front où c'était possible ! Naturellement, le *Coucou* fut intraitable, il exécutait sa mission aussi implacablement que l'oisillon imposteur pousse hors du nid les œufs qu'il y trouve.

Guderian continuait donc à marcher sur Moscou, Guderian restait invaincu, mais Guderian était désespéré :

« Je ne puis concevoir comment nous réussirons à redresser la situation d'ici le printemps prochain. » écrivit-il à son épouse.

Cependant, face à ses hommes, *Schneller Heinz* devait afficher un optimisme sans faille, et ce d'autant plus qu'il lui fallait exécuter l'ordre de l'OKH, avancer, encore et encore !

— Un gros effort maintenant, parvint-il à prétendre devant ses tankistes transis, couverts de vermine et affamés, et en allant de l'avant, nous nous épargnerons des souffrances infiniment plus grandes dans l'année qui vient.

23 novembre 1941. 10 h 23. Yasnaia Poliana.

Debout derrière une fenêtre du manoir où Tolstoï était né, tandis qu'une rafale de vent hululait entre les bouleaux parmi lesquels l'écrivain avait aimé se promener, Guderian grattait avec une baïonnette le givre se formant à l'intérieur du carreau. Mais cette activité stérile n'arrivait pas à lui changer les idées, pas plus que le ciel radieux au-dessus de la campagne.

Il avait mal, horriblement mal, *Schneller Heinz* souffrait non pour lui mais pour ses hommes, qu'il savait exposés à un ennemi devant lequel son imagination était impuissante, un adversaire face auquel ses troupes étaient totalement dépourvues, le froid, et quel froid !

Abominablement intense, moins 30°. Et encore ! À l'abri du vent ! Et ce foutu vent ne se privait pas de souffler, loin de là ! Le froid en devenait si ignoble qu'il vous transperçait jusqu'à l'os, qu'il s'insinuait en vous jusqu'à anéantir votre volonté. Cette saloperie n'en restait pas là ! Oh non ! Après vous avoir brisé, elle vous consumait à petit feu, méthodiquement, en commençant par les membres, le nez et les oreilles. Pendant que vous perdiez le contrôle de votre corps, vos bronches protestaient à chaque inspiration tant l'air glacé les irritait. La mort, une délivrance, ne venait que bien plus tard, quand même votre conscience avait lâché prise, durant votre sommeil.

Que pouvaient les exhortations de Guderian face à un tel fléau ?! *Schneller Heinz* ne pouvait même pas sauver ses hommes en les faisant bouger ! Sa malheureuse IIe Panzerarmee était ensevelie sous d'invraisemblables quantités de neige ! Rien, il n'y avait décidément plus rien à faire, le désastre tant redouté arrivait. Mais Guderian était Guderian, il ne pouvait se résoudre à assister passivement à un tel massacre. Il devait tenter quelque chose ! Oui, mais quoi ?!

N'y tenant plus, il rallia d'un coup d'aile le QG de von Bock, à Orsha, nœud de communication sur la route de Moscou. En descendant d'avion, tandis que la neige tassée crissait sous ses bottes, il croisa de nombreux fantassins marchant péniblement au canon. Pour essayer de se fondre dans le paysage d'une blancheur éclatante, ils s'étaient drapés dans des couvre-lits et autres nappes pris à l'habitant. Certains avaient même peint leur casque en blanc. Singulièrement, l'un d'eux s'était couvert d'une nappe à carreaux. Guderian le considéra tristement, le pauvre bougre serait visible comme le nez au milieu de la figure, mais au moins aurait-il un peu moins froid qu'avec son seul *Feldgrau* !

Devant le QG de von Bock, datcha partiellement incendiée par les Soviétiques, *Schneller Heinz* fut réglementairement salué par les sentinelles. Les fiers soldats de l'été dernier n'étaient plus, ils s'étaient transformés en miséreux au regard de chien battu. Les gardes s'étaient rassemblés autour d'un maigre feu de bois. Les plus chanceux avaient enfilé sur leur mince uniforme d'été une peau de mouton retournée très grossièrement cousue. Pour que leur crâne ne soit pas en contact avec le métal abominablement glacial de leur casque, les pauvres diables s'étaient entouré la tête d'écharpes, ne laissant dépasser que leur visage. Détail qui aurait pu paraître comique en d'autres circonstances, ils portaient d'énormes brodequins de corde. Totalement inutilisables au combat car trop encombrantes, ces chaussures dignes du Bonhomme Michelin leur évitaient au moins de redoutables engelures.

En pénétrant dans le QG, *Schneller Heinz* fut rapidement mené à von Bock. Tandis que le brave Moujik restait couché près du poêle chauffé à blanc, le *Generalfeldmarschall* et ses aides de camp étaient penchés sur une carte d'état-major. Chaque division y était figurée par un petit palet de bois, noir pour les unités allemandes et rouge pour les troupes soviétiques.

— *Heil Hitler* ! entonna Guderian avec dérision en allant serrer la main de son hôte.

Von Bock n'eut pas le cœur de brailler le salut nazi, il préféra se soucier du confort de son visiteur :

— Désirez-vous boire quelque chose de chaud pour vous remettre de votre vol ?

— *Danke Herr Generalfeldmarschall*, plus tard si vous voulez bien. Pour l'heure, permettez-moi de vous demander de suspendre l'offensive !

Il était évident que Guderian ne voulait pas une simple suspension de *Typhon* mais bel et bien son report au printemps.

— La plupart de mes moteurs ne parviennent même plus à tourner, poursuivit *Schneller Heinz*. Je vous rappelle que la glycérine que j'avais commandée m'a été refusée ! La pénurie d'essence est telle que pour empêcher les moteurs des panzers de geler, nous en sommes réduits à les chauffer avec de grands feux de bois.

Attendant une réaction, un mot de compassion, Guderian s'interrompit. Le visage fermé, von Bock ne desserrait pas les dents. Pourquoi ce mutisme ? Le *Herr Generalfeldmarschall* ne comprenait-il pas ? Ne savait-il rien des réalités du front ? Il fallait coûte que coûte que Bock sache ! Il allait y veiller ! Le salut de sa IIe Panzer-armee était à ce prix !

— Quant aux souffrances de la troupe, reprit-il, elles dépassent l'entendement...

La détresse de ses hommes l'usait littéralement, en décrivant leur calvaire sa voix n'était plus seulement nasillarde, le désespoir la rendait stridente.

— ... Comment voulez-vous que des hommes ne possédant que leur tenue d'été résistent à des froids pareils ?! Certains régiments signalent quatre cents cas d'engelure. Quatre cents ! Les blessés gèlent dans les hôpitaux de campagne. En plus, aucun repas chaud ne leur est distribué. Autre chose, j'ai perdu énormément d'officiers, beaucoup de compagnies sont commandées par des sergents et des régiments par des lieutenants. Il faut arrêter cette démence *Herr Generalfeldmarschall* !...

Sans s'en rendre compte, Guderian avait empoigné un petit palet rouge et ponctuait chacun de ses arguments en le cognant bruyamment sur la carte.

— ... Il faut utiliser les panzers comme blockhaus ! plaida-t-il d'une voix étranglée faisant saillir une veine à son cou. Il faut équiper les arrières ! Il faut reporter la prise de Moscou au printemps ! Il... Il le faut absolument *Herr Generalfeldmarschall* !

Au bord des larmes, il conclut son plaidoyer en assenant un formidable coup de palet sur la carte. L'agencement minutieux des disques représentant les forces en présence en fut bouleversé. *Schneller Heinz* n'en avait cure. Espérant de tout son être avoir enfin touché von Bock, il leva vers son supérieur un regard suppliant. Mais le *Generalfeldmarschall* savait, il *savait* ce que Guderian ignorait, il ne broncha pas. Même s'il ne l'avait pas montré, von Bock n'était pas indifférent à la détresse de son subalterne. Mieux, il éprouvait une certaine compassion pour lui. Mais comment expliquer la situation à un Guderian visiblement au bord de la crise de nerfs ? Von Bock eut une idée. Avec une lenteur étudiée, il empoigna le combiné de son téléphone et lui tendit l'écouteur.

— Passez-moi Rastenburg, ordonna le *Generalfeldmarschall*, le *Generaloberst* Halder en priorité éclair.

Quand la communication fut établie, von Bock récita les faits qui venaient de lui être relatés en regardant Guderian dans les yeux.

— En conclusion, affirma solennellement le *Generalfeldmarschall*, il faut suspendre l'offensive.

— Absolument hors de question ! répondit la voix lointaine d'Halder. *Typhon* doit être poursuivie avec la dernière énergie ! La résolution du Führer à ce sujet est inébranlable ! Je refuse même de lui faire part de vos doléances.

Sans ajouter un mot, von Bock raccrocha, gravement. Bien qu'effondré, Guderian n'était pas dupe, il n'en voulut pas au chef d'état-major de la Heer, il avait compris d'où provenait le coup. Cette démence n'était l'œuvre ni de l'OKH ni des pantins de l'OKW, non, la dramatique vérité était que le maître du Reich menait la Wehrmacht à sa perte, *Schneller Heinz* en était maintenant convaincu.

— Maudit caporal de Bohême ! cracha-t-il.

Typhon échoua. Si von Bock entrevit les dômes du Kremlin à la jumelle, ses troupes furent repoussées par des renforts venus de Sibérie, par de rudes combattants pour qui le *général Hiver* n'était pas un adversaire mais un allié. Dans l'aventure, le Reich millénaire perdit un quart de million d'hommes.

Guderian dut se rendre à l'évidence, pour la première fois le vainqueur de Sedan devait reculer, avait-il le choix ? Comment poursuivre l'offensive avec des canons inutilisables puisque leurs culasses gelées refusaient de s'ouvrir ? Comment faire avancer des panzers dont les chenilles étaient figées dans le sol ? Aussi et surtout, comment nourrir des soldats alors que le beurre se faisait marbre et que le pain, quand il y en avait, se découpait à la hache ? Plus pathétique encore, comment soigner des blessés avec des pansements durs comme du bois ? Comment ?! Comment ?! Comment ?! Une retraite en bon ordre n'était plus un luxe que pouvait s'offrir la IIe Panzerarmee. Dans des conditions abominables, elle sauva ce qui put l'être, se repliant sur pas moins de 150 km. Par des températures chutant à moins 52°, certains tankistes se laissèrent mourir de froid, d'autres se tirèrent une balle dans la tête. Le moral de vainqueur de la IIe Panzerarmee n'était plus. La nouvelle fit le tour du monde.

Le *Coucou* ne s'ingéniait pas seulement à piéger la Wehrmacht, il prit également soin de limoger les indociles qui auraient pu, sinon s'opposer à lui, du moins poser des questions trop pertinentes. Von Brauchitsch, von Bock et Guderian pour ne citer qu'eux furent relevés de leurs fonctions. Détail cruel concernant *Schneller Heinz*, son commandement lui fut retiré le jour même de Noël.

Faisant flèche de tout bois, Hitchcock profita de l'attaque japonaise sur Pearl Harbor pour déclarer la guerre aux États-Unis. Pour cela, nul besoin d'instructions d'*Intrépide*. Non seulement le Reich et le Mikado étaient alliés, de plus il était évident que l'entrée en guerre de l'Amérique était un gage de survie pour la Couronne.

Au moment où Guderian fut révoqué, l'URSS avait subi une épouvantable saignée. Environ trois millions de soldats, soit l'équivalent de l'effectif de l'Armée rouge en juin 1941, avaient été blessés, tués ou fait prisonniers. Une bonne moitié de l'économie soviétique était aux mains des Allemands. Mais l'URSS avait encore neuf millions d'hommes en âge de porter l'uniforme. Mieux encore, durant le seul hiver 1941-1942, elle produirait quatre mille cinq cents chars. Le Russe pouvait engager une guerre d'usure contre l'envahisseur nazi et le *Coucou* allait veiller à ce que le IIIe Reich n'échappe pas à ce laminoir.

La guerre à l'est allait engendrer des massacres et des dévastations inconnus jusqu'alors en Europe. Imaginé par Stephenson, cautionné par Churchill, ce cataclysme d'envergure biblique allait peser épouvantablement sur la conscience des deux hommes. Mais au moins *Intrépide* et le Premier ministre avaient obtenu l'essentiel, l'Allemagne n'était plus en mesure d'inquiéter la Grande-Bretagne, et ne le serait plus jamais.

Chapitre 7

Expédié en Afrique lorsque le *Coucou* dispersait la Wehrmacht autour de la Méditerranée, Rommel était devenu une légende vivante. Capable de transformer une défaite en victoire, le *Renard du Désert* parvint en juillet 1942 à mener son Afrikakorps jusqu'en Égypte.

Sur le front russe, les Allemands qui survécurent à l'hiver repoussèrent de violentes contre-attaques. Au lieu de renforcer leurs positions et d'exploiter les richesses conquises, ils furent obligés par Hitchcock à reprendre l'offensive, le principal alibi de cet étirement insensé de leurs lignes de ravitaillement étant le pétrole du Caucase.

15 JUILLET 1942. 15 H 21. RASTENBURG.

Au-delà du fracas des armes s'élevait l'inconcevable, le merveilleux, le sublime tumulte provoqué par un mouvement de résistance allemand au nazisme. En pleine guerre, après neuf interminables années pendant lesquelles la Gestapo avait fiché, pourchassé et sauvagement exterminé toute velléité d'opposition, alors que l'odieuse propagande de Goebbels avait érigé la contestation en impardonnable hérésie, l'Allemagne restait capable de donner naissance à une dissidence, un miracle !

Certes, il ne s'agissait pas d'une résistance armée. Résolus à réveiller la conscience de leurs compatriotes, des étudiants munichois avaient constitué un groupuscule qu'ils avaient baptisé du beau nom de *Weiße Rose*. Les jeunes idéalistes voulaient-ils souligner la pureté de leurs intentions par rapport à la bestialité qu'ils dénonçaient ? Ou comprenaient-ils la fragilité, pour ne pas dire le caractère éphémère de leur mouvement ? Même s'ils ne s'étaient peut-être pas fait une idée très nette de ce qui les attendait quand la Gestapo leur mettrait la main au collet, ces patriotes étaient d'un courage insensé. Munis de cette seule arme, Sophie Scholl, son frère Hans, Christoph Probst et plusieurs autres s'étaient mis en devoir de distribuer des tracts qui ne pouvaient que leur valoir le déchaînement des nazis.

Toujours prompt à torpiller Himmler, l'excellent Goebbels se fit un plaisir de ridiculiser la Gestapo en remettant un des tracts au *Coucou*. Dans l'écrasante solitude du bureau de la *Wolfsschanze*, Hitchcock fut émerveillé en découvrant le pamphlet.

« Rien n'est plus abject, avaient écrit les jeunes gens, qu'une nation civilisée se laissant gouverner par une clique d'irresponsables se fiant à ses instincts les plus bas. Il est certain qu'aujourd'hui tout Allemand honnête a honte de ce gouvernement. Qui parmi nous peut entrevoir l'ampleur de la honte qui échoira tant à nous-mêmes qu'à nos enfants quand un jour le voile tombera de sur nos yeux et que les crimes les plus horribles, des crimes qui dépassent infiniment la mesure humaine, seront exposés au grand jour ? »

Le *Coucou* était tellement ému qu'il en pleura. L'Allemagne n'était pas que barbarie et indifférence ?

Malgré les circonstances, la patrie de Goethe conservait un foyer d'humanité ? Alors oui, une fois exorcisés ses « abjects » démons nazis, après s'être hissé hors de l'ignominie, le peuple allemand retrouverait sa place légitime au sein de la civilisation. Mais avant de parvenir à cette terre promise, combien de victimes encore ?

Ce que la *Weiße Rose* dénonçait, les gouvernements alliés ne l'ignoraient pas, il en était sûr. Dès lors, se demandait Hitchcock, pourquoi ne clamaient-ils pas leur horreur des boucheries sans nom pratiquées sur les arrières de la Wehrmacht[13] ?

Et Churchill ? Farouche défenseur de la dignité humaine, fustigeant les massacres de civils en URSS, forcément informé par ses services de renseignements qu'à travers l'Europe occupée des trains entiers acheminaient dans d'effroyables conditions des centaines de milliers de Juifs vers des usines de la mort[14], qu'attendait-il donc pour promettre avec véhémence d'impitoyables châtiments aux responsables de ces carnages insensés ?

Quant aux Américains, c'était tout simplement à se demander ce qu'ils avaient dans la tête ! Outragés par un fait aussi mineur que la mainmise en décembre 1941 de la France libre sur Saint-Pierre-et-Miquelon, ils se désintéressaient apparemment de la « solution finale à la question juive[15] » !

Le monde avait-il perdu la raison ?! Ou était-ce lui, Hitchcock, que la folie gagnait ?!

13. Cinq mois plus tard, le 17 décembre 1942, les Alliés firent enfin une déclaration commune protestant contre l'extermination des Juifs et menaçant de poursuites les responsables des tueries.

14. Envisageant en 1944 de faire bombarder les chambres à gaz d'Auschwitz et les voies ferrées menant au camp, Churchill voulut se concerter avec les Américains avant d'agir. Les consultations s'enlisèrent au niveau ministériel alors que le Premier ministre et Roosevelt se parlaient régulièrement…

15. Il faudra attendre janvier 1944 pour que Roosevelt fonde le *War Refugee Board*, lequel sauvera des dizaines de milliers de personnes.

Bien évidemment, le *Coucou* dut laisser Himmler s'acharner sur la *Weiße Rose*, dont les membres furent capturés et exécutés jusqu'au dernier.

En novembre 1942, les Américains débarquèrent sur les arrières de l'Afrikakorps, en Afrique du Nord. Pendant ce temps, sous le commandement d'un certain Montgomery, les troupes du Commonwealth refoulaient les Italo-Allemands depuis l'Égypte. L'étau se resserrait autour du *Renard du Désert*.

Le début de 1943 fut marqué par un tournant de la guerre en URSS. À Stalingrad, au terme de cinq mois de combats épiques, la VIe Armee du *Generalfeldmarschall* Paulus se rendit. Ce n'était certes pas la première fois que des Allemands déposaient les armes mais jamais une armée entière de la Heer n'avait capitulé. Déjà bien malmené, le mythe de l'invincibilité germanique était mort et enterré.

Le 12 mai 1943, après que Rommel eut été rapatrié en Allemagne pour raisons de santé, plus d'un quart de million de soldats de l'Axe se rendirent aux Anglo-Américains en Tunisie. Les hostilités étaient finies en Afrique. Elles avaient coûté cher aux Alliés, tant en hommes qu'en matériel, mais leur but avait été atteint, disperser les forces nazies pour mieux les anéantir.

22 MAI 1943. 08 H 35. PRUSSE ORIENTALE. INSTERBURG.

Quelques nuages épars dans un ciel dégagé, un vent quasi-nul, ainsi que l'attestait la manche à air en bord de piste, l'odeur persistante d'essence d'aviation, le grondement lointain d'une paire de bimoteurs au roulage, les aboiements d'un sous-officier menant au pas cadencé une section de servants de la Flak, une petite tour de contrôle, quelques hangars en tôle ondulée, des bâtiments administratifs, des cantonnements en bois, ici et là des pièces d'artillerie antiaérienne de divers calibres ceinturées de murets de sacs de sable. Ainsi était planté le décor d'un épisode susceptible de changer le cours de la guerre, d'un conflit qui prenait une tournure de plus en plus sombre pour le Reich millénaire.

Deux aviateurs marchaient tranquillement sur une aire de stationnement. Le premier, le *Flugkapitän* Fritz Wendel, avait un regard sérieux, presque surprenant pour un gaillard n'ayant même pas trente ans. Voilà qui tranchait radicalement avec l'air canaille de l'autre lascar, Adolf Galland. Coiffé d'une casquette cabossée, celui-ci arborait une superbe combinaison de vol dont le cuir noir était rehaussé par de resplendissants insignes de *Generalmajor*. Guère plus âgé que Wendel, Galland était reconnaissable entre mille. Il est vrai que sa moustache à la Groucho Marx, son nez cassé et son éternel cigare au coin de la bouche étaient connus de tout le Reich. S'il était volontiers frondeur, il ne fanfaronnait pas ce jour-là. Tel un bon élève, il écoutait attentivement les enseignements du *Flugkapitän*, posant une question de temps à autre. Ce dernier illustrait certains de ses conseils de gestes de la main, paume tournée vers le sol pour figurer la position d'un avion imaginaire.

Comme une autre légende de la chasse allemande, Werner Moelders, Galland avait fait ses armes pendant la guerre civile espagnole au sein de la légion Condor.

À l'instar de Moelders, Galland avait une vue médiocre, il avait dû apprendre par cœur le tableau d'examen visuel pour n'être pas cloué au sol. Contrairement à Moelders, ce défaut de vision n'était pas génétique. En 1935, Galland eut, selon ses propres termes, « un léger problème ». Superbe euphémisme ! En fait, il s'écrasa et resta dans le coma trois jours, suspendu entre la vie et la mort. À la surprise générale, il survécut. Néanmoins, des éclats de verre restèrent incrustés dans son œil gauche, l'aveuglant partiellement. Ce fut également dans cette aventure que Galland se cassa le nez.

En novembre 1941, et malgré son indépendance d'esprit, il fut nommé par Goering *General der Jagdflieger*, général des chasseurs. Il était alors le plus jeune général du Reich, il avait quatre-vingt-dix-sept victoires homologuées !

Pilote émérite, Galland était de même brillant tacticien, il organisa la couverture aérienne des croiseurs *Scharnhorst*, *Gneisenau* et *Prinz Eugen* en février 1942, pendant leur traversée éclair de la Manche. À sa grande fierté, aucun appareil allié ne parvint à porter un coup décisif aux vaisseaux.

Ce crack de la chasse allemande était aussi connu et reconnu pour son esprit chevaleresque. Après que l'as anglais Douglas Bader perdit en 1941 une de ses jambes artificielles en sautant en parachute au-dessus de la France, il obtint de Goering un sauf-conduit pour qu'un avion britannique largue une prothèse neuve au-dessus de l'aérodrome de Saint-Omer. Quoi d'étonnant alors que Galland estimât « inamicale » l'attitude de la Royal Air Force... qui profita du sauf-conduit pour bombarder l'aérodrome de Saint-Omer en même temps qu'était parachutée la jambe destinée à Bader ?!

C'était presque par hasard que Galland avait appris quelques jours plus tôt l'existence d'un engin hors du commun, le Messerschmitt 262. Lors d'une beuverie au RLM[16], Wendel lui avait passé un bras autour des épaules pour lui dire d'une voix pâteuse :

— Adolf, tu ne devineras jamais la machine que j'ai essayée l'été dernier.

— Allons Fritz, avait répliqué un Galland difficile à épater, tout le monde sait que tu es pilote d'essai chez Messerschmitt, l'engin dont tu parles est forcément un avion.

— Quelle prescience ! Apprends que le taxi en question est un avion que tu n'as même jamais imaginé !

— Pourquoi ? avait demandé Galland en étouffant un rot. Il décolle à la verticale ? Sans piste ?

Cela aurait fait son affaire, nombre d'aérodromes de la chasse allemande à l'ouest, donc placés sous son autorité, étaient matraqués par les bombardiers alliés.

— Pas tout à fait ça mon vieux, c'est un avion à réaction !

Ignorant ce qu'était un réacteur, Galland n'avait pas réagi :

— Oui, et alors ?

— Alors ? avait répété un Wendel déçu d'avoir manqué son effet. Tu ne comprends pas ? Ça veut dire que son moteur n'a pas de pistons ! C'est une turbine à réaction. En fait, il a deux…

— Je ne comprends toujours pas, ça veut dire que ton engin vole silencieusement ?

16. *Reichsluftfahrtministerium*, le ministère de l'Air du Reich.

— Oh non ! Il fait même un vacarme du tonnerre de Dieu ! Mais cet appareil est rapide à un point qui dépasse l'entendement ! Crois-moi ! Imagine que...

Wendel disait vrai, il avait bel et bien contribué à l'aube d'une ère nouvelle, celle de l'aviation à réaction. Le 18 juillet 1942, il avait fait décoller de Leipheim un petit avion équipé de deux moteurs révolutionnaires, des turbines à réaction BMW 003. Cet essai avait été un succès, ayant confirmé les qualités aérodynamiques que le Messerschmitt 262 avait montrées avec un moteur à pistons. Ce vol avait surtout démontré la formidable réserve de vitesse du prototype. Pendant d'autres tests, le pur-sang avait dépassé 1 000 km/h, performance inouïe puisqu'à la même époque la vitesse en palier du fleuron de la chasse alliée, le Spitfire Mk IX, plafonnait à... 662 km/h !

En écoutant le récit de Wendel, Galland avait presque salivé. Fonceur devant l'Éternel, il avait pris sa décision sur-le-champ :

— Je dois absolument essayer cette machine ! Peut-être pourrons-nous enfin arrêter les raids alliés au-dessus du *Vaterland*. Et ce pourceau de Goering sera enfin obligé de fermer sa grande gueule !

Le mépris de Galland envers son supérieur était compréhensible. Pendant la bataille d'Angleterre, le *Reichsmarschall* avait mis sur le dos de ses *Jagdgeschwader* les énormes pertes subies par ses bombardiers, allant jusqu'à salir ses propres chasseurs en les traitant de lâches. Déjà auréolé de cinquante-huit victoires, Adolf Galland lui avait tenu tête : à un Goering lui demandant benoîtement ce dont il avait besoin pour gagner la bataille d'Angleterre, Galland avait répondu sans sourciller :

— Un groupe de Spitfire !

Trois ans plus tard, les mêmes causes produisaient les mêmes effets. Alors qu'au début de la guerre le *Reichsmarschall* assurait avec superbe qu'aucun appareil ennemi ne survolerait l'Allemagne, en 1943 les Alliés faisaient des incursions de plus en plus dévastatrices dans le ciel allemand. Malheur aux civils qui se trouvaient sous leurs tapis de bombes ! Encore une fois incapable d'assumer un échec, Goering avait choisi le même bouc émissaire que pendant la bataille d'Angleterre, ses pilotes de chasse !

Galland et Wendel approchaient du dernier-né de Messerschmitt. Avec une longueur de 10,60 m et une envergure de 12,48 m, la bête n'en imposait guère par ses dimensions. Quant à son curieux train d'atterrissage tricycle à roue de nez, il intriguait, pas plus.

— Voilà, continua le pilote d'essai, je te présente le prototype V4. Pas mal hein ?

— Tu l'as dit ! s'émerveilla Galland en caressant le fuselage, comme s'il s'agissait du flanc d'un animal. Ah là là ! J'en ai déjà piloté des curiosités ! Des biplans, des monoplans, des petits, des moins petits, mais un avion comme ça, jamais !

— Il sort peut-être de l'ordinaire mais il n'a pas le vent en poupe, au contraire. Figure-toi que les pontes du RLM lui préfèrent le Messerschmitt 209.

— Tu veux parler de la version améliorée du Messerschmitt 109 ?

— Pas tout à fait, plutôt une « extrapolation » du Messerschmitt 109, un modèle taillé spécialement pour la vitesse si tu préfères. Il est vrai qu'avec ce taxi j'ai pu atteindre 755 km/h...

En écoutant d'une oreille distraite le récit du pilote d'essai, Galland se délectait de l'allure du jet.

« La beauté faite avion ! » pensa-t-il.

Un nez très fin car dépourvu de moteur. Un fuselage aux lignes épurées, ressemblant au corps d'un requin, promettant de fendre l'air avec aisance. La légère flèche des ailes et des empennages horizontaux renforçait l'impression de rapidité. Sous chaque aile, une turbine à réaction amoureusement carénée. Et, ô bonheur, la verrière du cockpit formait sur le fuselage une protubérance admirablement profilée. Intégralement vitrée, elle annonçait une excellente visibilité.

— ... En tout cas, poursuivait Wendel, ces crétins de fonctionnaires font une fixation sur le fait que cette vitesse record a été atteinte avec un avion à pistons. Pour ne rien te cacher, conclut-il sombrement en désignant le jet, j'ai bien peur que sans toi cette formidable machine reste à l'état de prototype.

— *Scheiße* ! cracha un Galland ulcéré par le pouvoir de technocrates obtus. C'est chaque fois la même chose avec ces huiles du RLM ! Bien sûr ils sont toujours prêts à examiner un prototype, mais sous quelques petites réserves, vitesse doublée, plafond triplé, puissance de feu multipliée par deux, vitesse initiale des obus par cinq ! Etc ! Etc ! C'est vraiment à se demander dans quel camp ils sont !

Galland grommelait encore en prenant place dans le cockpit. N'y remarquant rien de novateur, il fut déçu. Le général décida bien vite à quel endroit il ferait installer son allume-cigare... sans oublier le support sur lequel il fixerait son cigare lorsqu'il utiliserait son masque à oxygène ! Galland était connu notamment pour être le seul dans la Luftwaffe à faire équiper de la sorte ses montures. La controverse ainsi créée ne l'effrayait nullement, il était un pilote de chasse, un vrai, avec tout le panache que cela impliquait.

Si le *Generalmajor* resta sur sa faim en découvrant le classicisme du poste de pilotage, le démarrage des turbines le surprit.

— *Mein Gott* ! brailla-t-il en grimaçant. On dirait le hurlement d'une scie circulaire qui tranche une bille de bois !

Après avoir effectué sa *checklist*, Galland fit très prudemment rouler l'appareil. Ce faisant, la configuration du train d'atterrissage l'enchanta. Grâce à la roue de nez lui conférant une assiette horizontale, l'avion pouvait être facilement mené au roulage alors que les appareils à roulette de queue devaient être conduits en crabe puisque le pilote ne voyait pas devant lui. Sachant qu'il était aux commandes d'un prototype et non d'un avion abouti, Galland veilla à respecter scrupuleusement les conseils de Wendel.

— Fais bien attention à accélérer gentiment, avait recommandé le pilote d'essai, tourne uniquement en te servant des freins, jamais des moteurs, sinon tu perdras le contrôle du taxi.

« Tout doux mon beau, tout doux ! » songea le *General der Jagdflieger* en jouant des freins.

En bout de piste, il engagea fermement les freins pour maintenir le prototype à l'arrêt. Un brin nerveux, il augmenta progressivement le régime des réacteurs tout en gardant l'appareil immobile. Quand les turbines hurlèrent prodigieusement, Galland retint son souffle et lâcha les freins. L'avion commença aussitôt à prendre de la vitesse, sans toutefois manifester de comportement vicieux.

« Comme me l'avait dit Fritz. » pensa Galland rassuré.

Une fois que le jet atteignit 200 km/h, il tira doucement sur le manche. Le miracle qui l'émerveillait à chaque décollage se renouvela, la masse métallique s'affranchit de la pesanteur pour l'emporter vers les cieux. Tandis que le Messerschmitt quittait le sol, le pilote rentra le train d'atterrissage. Débarrassé de la traînée du train, l'avion gagna davantage de vitesse. Toujours prudent, Galland ne dépassa pas 475 km/h tant qu'il était au-dessous de 2 000 m. Puis, suivant les conseils de Wendel, il accéléra de plus en plus : 525 km/h à partir de 4 000 m, 600 km/h à 8 000 m et 650 km/h à 10 000 m. N'ayant jamais connu une telle vitesse ascensionnelle, le *General der Jagdflieger* jubilait, il en oubliait même le vacarme assourdissant, ses lèvres remuaient sous son masque à oxygène mais sans produire le moindre son, le général était tant sous le charme qu'il en avait perdu la voix. À 10 000 m, Galland cessa de grimper et mit l'appareil en palier tout en réduisant les gaz pour garder une vitesse constante. Le général ne souhaitait pas pousser le Messerschmitt davantage pour son premier vol mais il sentait parfaitement que l'avion était loin d'avoir atteint ses limites.

« Bon sang ! s'enthousiasma Galland. Quel engin ! Quelle douceur dans les commandes ! Et surtout quelle vitesse ! Cette machine va révolutionner le combat aérien ! »

Après avoir fignolé quelques virages sur l'aile, loopings et autres chandelles, il amorça sa descente. Arrivé dans l'axe de la piste, il réduisit l'angle de descente pour que la vitesse ne dépasse pas 200 km/h. Quand le jet entama sa prise de piste, la vitesse était tombée aux 175 km/h recommandés par Wendel. Le *Generalmajor* attendit alors patiemment que la roue de nez touche doucement le sol pour engager progressivement les freins.

En descendant du jet, Galland était fou de joie.

— C'était formidable ! cria-t-il à son ami. C'était comme si un ange me poussait !

— Alors, tu l'adoptes ?

— Tu veux rire ?! Ah ah ah ! Bien sûr que oui !

— Bravo mon vieux ! clama Wendel en assenant une claque dans le dos de Galland. Il ne te reste plus qu'à convaincre les pontes du RLM ! J'imagine que ça ne devrait poser aucun problème au *General der Jagdflieger* !

— Moque-toi coquin !

Galland fit le siège du RLM, remuant ciel et terre pour que le Messerschmitt 262 ait sa chance. Il fut d'autant plus virulent que les turbines BMW, sources constantes d'innombrables difficultés, furent remplacées par des Junkers Jumo 004. Ces dernières généraient nettement moins de pannes que les BMW.

Si les efforts du *General der Jagdflieger* ébranlèrent le conservatisme du ministère de l'Air allemand, ils attirèrent aussi l'attention des services de renseignements britanniques.

6 JUIN 1943. 07 H 25. BLETCHLEY PARK.

La *Station X* était désormais une usine du décryptage, y régnait une activité aussi intense qu'incessante, comme dans une manufacture appliquant les trois huit. Au sein d'une telle ruche, *Intrépide* n'avait plus la haute main sur tout, il continuait néanmoins à s'impliquer dans les dossiers les plus délicats.

Des gazouillis stridents, presque désagréables, emplissaient le bureau de Stephenson, des pans du bow-window étant ouverts. Raide comme la justice, Denniston était assis face à lui. Souvent taciturne, l'Écossais était ce jour-là sinistre, rien de moins.

— Dites-moi *old boy*, remarqua *Intrépide*, vous n'avez pas l'air dans votre assiette.

Contrairement à son visiteur, le Canadien était décontracté. En bras de chemise, il se vautrait presque dans son fauteuil, jambes croisées, avant-bras appuyés confortablement sur les accoudoirs.

— Disons que je suis préoccupé *sir*, grommela le cryptologue.

« *Préoccupé* ! songea Stephenson. Ces *Brits* et leur manie de l'*understatement* ! On dirait plutôt qu'il vient d'enterrer sa mère ! »

Intrépide se garda de toute raillerie, si son hôte apportait des mauvaises nouvelles, il n'y avait nulle matière à plaisanter.

— Allons Al, dit-il en s'efforçant à la gaieté, la guerre n'est pas gagnée mais le pire est passé, vous ne croyez pas ?

— J'aimerais en être certain *sir*, répondit Denniston d'un air obstiné.

L'Écossais se mura dans le silence, fixant le dossier posé sur ses genoux.

— Crevons donc l'abcès voulez-vous ? ordonna le Canadien. Qu'est-ce qui vous tracasse tant ?

Comme à regret, le cryptologue leva les yeux.

— Eh bien voilà *sir*, mes équipes recueillent de plus en plus de renseignements au sujet d'un nouvel avion ennemi. Au début, j'ai cru à une campagne d'intoxication tant les performances de cet appareil paraissaient incroyables. J'ai donc fait vérifier et revérifier tout ce qui nous parvenait. Aucune faille, rien, nous n'avons trouvé trace d'aucune manœuvre. Soit les *Jerries* sont en train de mettre au point un chasseur qui risque de balayer nos avions du ciel, soit c'est la plus belle campagne d'intox que j'aie jamais vue.

En d'autres termes, Stephenson devrait choisir entre l'une ou l'autre hypothèse et assumer les écrasantes responsabilités qui en résulteraient. Terrible perspective. *Intrépide* se redressa et s'assit au bord du fauteuil, dont les ressorts couinèrent légèrement. Il posa les coudes sur le bureau puis se frotta longuement le visage, comme s'il avait pu ainsi chasser l'anxiété qu'il sentait monter.

— Votre avis ? demanda Stephenson.

Sans être étonné qu'*Intrépide* le poussât ainsi dans ses retranchements, Denniston aurait préféré ne pas s'impliquer dans la prise de décision.

— Heu, commença-t-il d'un ton hésitant, je crois que…

Le cryptologue interrompit sa phrase, encore incertain du parti à prendre. Suspendu à ses lèvres, le Canadien le fixait durement. Tel un baigneur ayant longuement hésité au bord d'une piscine, l'Écossais se jeta à l'eau :

— … nous courons à la catastrophe, reprit-il en accélérant la cadence. Ce fichu avion devrait bientôt entrer en service et nous n'avons rien, absolument rien qui nous permette de le contenir, et encore moins de le vaincre.

Soulagé d'avoir choisi son camp, Denniston craignait en même temps d'avoir été joué par l'ennemi. Curieux mélange de sentiments.

— Tout est dans votre dossier j'imagine, dit *Intrépide* en désignant du menton le rapport.

— Tous les messages décodés, toutes les photos que nous avons pu rafler, tous les témoignages, oui *sir*.

— OK Al, dit le Canadien en se renversant dans son fauteuil, laissez-moi tout ça.

Le cryptologue se leva et se dessaisit du rapport, ce fardeau qui n'était désormais plus le sien.

— Je ne vous envie pas *sir*, bon après-midi quand même *sir*.

— Vous aussi Al, répondit Stephenson en serrant la main de son visiteur, vous aussi.

Une fois l'Écossais parti, *Intrépide* toisa le dossier posé sur son bureau. Il n'osait le toucher, comme si l'objet était pestiféré.

« Pourvu que je ne me trompe pas. Si ce foutu zinc existe et que je ne fais rien, ça va être catastrophique. Mais si je fais déclencher une campagne de bombardements sur des usines fantômes qui ne produisent que des leurres, ce sera autant d'efforts qu'on ne pourra pas faire sur d'autres points clés du front. Bon Dieu ! »

Comme s'il avait ressenti une brûlure, Stephenson bondit de son fauteuil. Détournant les yeux du rapport, il regarda le parc verdoyant de Bletchley. Que la guerre paraissait loin dans cette quiétude ! Même les gens qu'*Intrépide* apercevait semblaient oublieux du conflit, ils faisaient davantage penser à des étudiants déambulant avec insouciance dans un campus qu'à des cryptologues focalisés sur les communications ennemies.

Le Canadien se rassit et ouvrit le dossier. Il étudia d'abord les clichés du jet, longuement. Le pilote qu'il resterait toujours fut subjugué par les lignes de cet aéronef inédit.

« La beauté faite avion ! » songea-t-il, utilisant la même expression que Galland.

Puis, Stephenson entreprit de lire le dossier. Plus il avançait dans sa lecture, plus il comprenait le malaise de Denniston : non seulement le Messerschmitt 262 était présumé entrer en service dans quelques mois ; non seulement sa vitesse était supposée prodigieuse ; mais en plus, il était censé ne pas manquer de punch. Dans son rapport, l'Écossais rappelait que pendant un combat tournoyant un chasseur garde en moyenne sa proie trois secondes dans son collimateur. Durant ce laps de temps, précisait-il, les quatre canons de 20 mm du plus récent des chasseurs britanniques, le Hawker Typhoon, tiraient 18 kg de munitions. Dans le même laps de temps, avait calculé l'équipe du cryptologue, les quatre canons de 30 mm du Messerschmitt pourraient tirer plus de 43 kg de munitions !

« Nom de Dieu ! Cette affaire tourne au cauchemar ! Bon, 'veux, 'veux pas, 'va falloir que je m'en remette à la lettre d'Oslo ! »

La lettre d'Oslo, il détestait l'utiliser. Et pour cause, nul ne savait qui l'avait écrite. Envoyée durant l'automne 1939 au consul de Grande-Bretagne à Oslo, d'où son surnom, elle détaillait un arsenal inédit : canons à longue portée, roquettes, avions, etc. Son auteur affirmait que tous ces projets étaient en cours de développement. Ces révélations parurent tellement incroyables que Stephenson avait craint une ruse nazie. Au fil des ans, le Canadien avait été obligé d'admettre que le mystérieux auteur était parfaitement renseigné sur les recherches allemandes dans le domaine de l'armement. Donc, lorsqu'il ne savait plus sur quel pied danser, lorsqu'il n'avait aucun autre moyen de vérifier le bien-fondé des informations glanées par ses services sur les nouvelles armes ennemies, il relisait cette fameuse lettre. Chaque fois, Stephenson se demandait s'il se faisait rouler dans la farine. Mais jusqu'alors, il s'était toujours félicité d'avoir pris pour argent comptant les dires de cette missive.

La lettre d'Oslo était tellement secrète que seuls Churchill et *Intrépide* l'avaient lue. Le consul britannique à Oslo s'était contenté de la transmettre, se gardant d'en prendre connaissance. Il avait compris qu'il s'agissait d'un document *top secret*… et le diplomate savait à quel point il avait du mal à mentir ! Quant à Gubbins, il n'avait même pas pu l'approcher, il en connaissait seulement l'existence et l'emplacement, dans le coffre de Stephenson à Bletchley. Une copie sous forme de microfilm était en possession du Premier ministre. Subsidiairement, une version intégrale de cette mine de renseignements était en sécurité dans sa tête, par la grâce de sa fabuleuse mémoire !

En relisant cette interminable missive, qui tenait plutôt du catalogue, le Canadien constata, sans en être surpris, que la mise en service du redoutable avion pouvait être considérée comme acquise.

« Donc, dans quelques mois les *Jerries* seront les maîtres du ciel, au moins au-dessus du continent, et le débarquement sera reporté aux calendes grecques.

Nom de Dieu ! pesta-t-il en jetant la lettre d'Oslo sur le bureau. 'Doit bien y avoir une foutue solution ! »

Reprenant son calme, il envisagea les parades possibles.

« Saboter les usines Messerschmitt ? se dit-il en se redressant dans son fauteuil. Les bombarder continuellement pour empêcher la production de masse ? Empoisonner les pilotes de l'engin ? Non, 'marchera pas. Voyons, pendant la bataille d'Angleterre, Goering avait alourdi ses chasseurs avec des bombinettes, ça leur avait fait perdre pas mal d'efficacité. Et si les *Jerries* faisaient la même bourde avec leur nouveau jouet ? Mieux, attendre quelques semaines avant la mise en service du chasseur pour que le *Coucou* ordonne sa transformation en bombardier tactique ? Primo, l'avion ne serait plus utilisé pour la chasse. Secundo, sa charge utile ne pourrait qu'être faible, donc les dégâts qu'il pourrait causer resteraient modérés. Tertio, sa mise en service s'en trouverait longuement retardée. Oui ! Voilà ce que je vais faire ! »

D'abord soulagé d'avoir découvert une issue, *Intrépide* ne tarda pas à se rembrunir. La belle affaire ! Oh oui il avait imaginé la parade ! Et après ? Eh bien l'horreur continuerait. Nuit après nuit, jour après jour, des centaines de bombardiers lourds alliés, véritables forteresses des airs hérissées de mitrailleuses, sillonneraient le ciel pour déverser leur cargaison de mort. Parce que lui, Stephenson, avait dans la quiétude de Bletchley trouvé la riposte au Messerschmitt 262, des populations seraient broyées, mutilées, calcinées sous des tapis de bombes, des siècles de raffinement urbain seraient écrasés par la barbarie guerrière, des dizaines de milliers de jeunes gens continueraient à s'entre-tuer dans les cieux au lieu d'y voler pour le plaisir. Décidément, il n'y avait pas de quoi être fier ! Foutue guerre ! N'avoir pas le choix ne changeait rien à l'affaire, pas plus que faire son devoir.

— C'est la fin qui compte, dit *Intrépide* à voix haute, peu importent les moyens.

En essayant de se convaincre, il posa les mains à plat sur le bureau et les observa pendant de longues secondes.

— Main-te-nant, ajouta-t-il en articulant exagérément, 'faut trans-mettre les ins-truc-tions au *Cou-cou*.

De prime abord ridicule, cette élocution bizarre n'empêcha pas des scènes cauchemardesques de s'emparer de son esprit. Poussant des hurlements inhumains, tels des animaux conscients d'être traînés à l'abattoir, des aviateurs grillaient vifs dans leurs avions. Dans des fracas apocalyptiques, des cités entières engouffraient leurs habitants sous des chaos de feu et de ruines. Au milieu d'un concert de pleurs et de lamentations, des doigts accusateurs désignaient le coupable, Stephenson.

— Non, plaida le Canadien avec un trémolo dans la voix, non, je n'ai pas voulu ça, pas voulu ça.

Pour tenter de ne plus voir ces horreurs, il ferma les yeux, il serra les paupières fort, si fort qu'il en eut mal. Après avoir plusieurs fois respiré profondément, *Intrépide* rouvrit les yeux.

— 'Faut transmettre les instructions au *Coucou*, répéta-t-il, maintenant.

7 juin 1943. 10 h 04. Rastenburg.

Linge était étendu en caleçon sur sa couche. L'unique fenêtre de sa chambre était fermée pour que le conditionnement d'air le prémunisse de la chaleur printanière.

Lui et Métaz avaient convenu que chaque jour l'Allemand guetterait entre 10 h 00 et 10 h 10 d'éventuelles instructions. Aussi, après l'avoir tirée de sous son lit, le valet avait ouvert la valise dont le fond dissimulait son émetteur-récepteur. Mais il regardait le bagage sans le voir, ses pensées allaient vers son amant, Dieter Kramer. Linge songeait d'autant moins à *Joey* que cela faisait des mois que le Suisse ne lui avait pas envoyé d'instruction.

« Pourvu que Dieter ait pu se libérer. »

Un léger grattement à sa porte le fit bondir de joie. Le cœur battant, il referma précipitamment la valise et la poussa sous son lit. Dès que Linge eut entrebâillé le battant, Kramer s'engouffra dans la chambre.

Éphèbe blond au visage androgyne, ce dernier était d'une troublante beauté et en était conscient. Séduisant autant par ses manières avenantes que par sa plastique, Kramer n'entrait jamais dans une pièce sans en faire le tour de ses yeux d'un bleu extravagant, cherchant les proies potentielles. Volontiers conquérant, il savait aussi faire preuve d'une docilité qui plus encore que son physique avait envoûté Linge.

Mickey referma prestement la porte et se jeta dans les bras de son amant. Sans même échanger un mot, les deux hommes s'embrassèrent goulûment. L'excitation du valet retomba brusquement, une sorte de grésillement caractéristique émanait de sous la couche.

« Nom de Dieu ! songea-t-il. J'ai oublié d'éteindre cette foutue radio ! »

Son sang se glaça quand la voix du Suisse se fit entendre :

— De *Joey* à *Mickey*, de *Joey* à *Mickey*, avion Messerschmitt 262 entrera bientôt en service. Attendre fin de l'année pour le faire transformer en bombardier, je répète, avion Messerschmitt 262 entrera bientôt en service, attendre fin de l'année pour le faire transformer en bombardier. Terminé.

Kramer fixait le lit. S'il ne comprenait rien à la teneur du message, il sut parfaitement déceler un fait capital dans le regard terrorisé de son amant, ce dernier avait fauté. Peu lui importait la nature de cette faute, désormais le valet était son obligé, il serait sa chose.

— Je... je... marmonna pitoyablement *Mickey*, j'ai un petit récepteur pour me distraire, et des fois je... je capte de drôles de communications. Tu sais ce que c'est, avec toutes les installations radio des environs. Aucune importance, conclut-il en haussant les épaules.

Se voulant rassurant, Kramer lui sourit.

« Tu parles mon grand ! pensa-t-il. Je te tiens ! Mais d'abord, le plaisir. »

Continuant à sourire, de cette expression qu'il savait si engageante, le jeune homme caressa le visage de Linge.

— Rien en dehors de nous n'a d'importance mon chéri, susurra-t-il. Laisse ta radio et viens au lit.

Soupirant de soulagement, *Mickey* se laissa faire. Mais dans un coin de son cerveau, une voix stridente lui hurla qu'il devait donner l'alarme au *Coucou*.

12 h 20.

Linge était dans la chambre d'Hitchcock, l'aidant à se vêtir. Si trois ans plus tôt cette assistance avait pesé au *Coucou*, elle lui était devenue utile, à l'occasion même indispensable tant les tremblements de sa main gauche étaient parfois incontrôlables.

Conscient d'être physiquement diminué, exténué par trois interminables années d'une imposture de presque chaque instant, Hitchcock était loin d'être guilleret. Que la guerre ne tournât pas à l'avantage du Reich ne suffisait pas à le réjouir, son épuisement le rendait dépressif.

— J'ai reçu des instructions aujourd'hui, chuchota l'Allemand en présentant une veste.

Sans pour autant sentir son fardeau s'alléger, le *Coucou* eut l'impression que son lien avec sa patrie se faisait momentanément moins ténu. En enfilant le vêtement, il écouta les instructions du Canadien.

Ce faisant, Hitchcock crut remarquer quelque chose d'étrange dans les yeux du valet.

— Est-ce tout ? lui murmura-t-il.

L'Allemand hésita à répondre. Son instinct insistait pour qu'il révèle tout à Hitchcock. Si par malheur Kramer venait à parler, le *Coucou* et lui connaîtraient une fin peu enviable. D'un autre côté, *Mickey* craignait qu'Hitchcock ne... ne fasse... quoi au juste ? Le valet l'ignorait. Mais il se doutait bien que l'individu ayant ordonné le Blitz, que l'agent qui avait lancé le Reich à l'assaut de l'URSS ne prendrait sûrement pas de gants avec le jeune éphèbe. Or, Linge ne pouvait se résoudre à perdre son mignon, il n'avait qu'à de trop rares occasions rencontré une telle beauté conjuguée à une telle perversité. Finalement, la peur d'une mort atroce l'emporta.

— Non, chuchota le valet en fuyant le regard d'Hitchcock, ce n'est pas tout, lorsque j'ai reçu le message, je… je n'étais pas seul.

— Quoi ! gronda le *Coucou* d'une voix étouffée en écarquillant les yeux.

De sa main droite, il happa *Mickey* à la gorge et le serra fort. Grimaçant de douleur, l'Allemand porta les mains à son cou pour se libérer. Hitchcock accentua sa pression, paralysant Linge. Alors qu'il s'était considéré jusque-là l'égal d'un *Coucou* à qui il transmettait ses instructions, le ss se sentit sans défense vis-à-vis d'Hitchcock, de cet homme vieilli prématurément, de cet agent qu'il dominait pourtant d'une bonne tête. *Mickey* en fut aussi surpris qu'effrayé.

— Dites-moi tout ! ordonna le *Coucou*.

— Di… Dieter était dans ma chambre quand…

— Qui ça ?!

— Dieter, répéta Linge d'une voix étranglée, Dieter Kramer, l'ordonnance de Jodl. Il était dans ma chambre lorsque j'ai reçu le message, j'avais oublié d'éteindre la… la radio. Je suis désolé, je ne le referai plus, je vous le jure, je vous le jure.

Hitchcock repoussa violemment *Mickey*, qui trébucha de toute sa hauteur. Le valet n'essaya pas de se relever. Terrorisé plus encore que penaud, il recula en se traînant sur le sol, tel le chien venant d'être rossé par son maître.

— Réalisez-vous qu'à cause de votre bêtise nous courons un danger mortel ?! cracha le *Coucou* à voix basse tandis que sa main gauche tremblait violemment. Bougre d'imbécile !

À la colère succéda la panique. Pendant que le regard d'Hitchcock se perdait par la petite fenêtre, des scènes effrayantes se bousculaient dans sa tête. Au milieu de la nuit, la porte de sa chambre s'ouvrait à toute volée, des bruits de bottes résonnaient, la lumière crue du plafonnier l'aveuglait, des SS en armes beuglaient des insultes. Roué de coups, jeté au cachot, il se retrouvait étendu sur le dos, écartelé sur une table au bois rugueux. Il était nu comme un ver, les membres entravés par des fers qui lui meurtrissaient les chairs. Dans ce cauchemar, Himmler se faisait l'exécuteur des basses œuvres, il endossait le rôle du bourreau. Se penchant sur lui, sa lippe entrouverte d'un méchant rictus, ses yeux luisant d'un plaisir mauvais derrière ses minces lunettes cerclées d'acier, le *Reichsführer* le narguait en passant lentement, très lentement, à quelques millimètres de son corps sans défense un tison chauffé à blanc.

— Alors monsieur l'espion, disait Himmler de sa voix doucereuse, qui vous a envoyé ? Hmm ? Les bolcheviques slaves ou les ploutocrates anglo-saxons ? Qui sont vos contacts ? Quels secrets avez-vous livrés à l'ennemi ? Vous allez me raconter tout ça bien gentiment, n'est-ce pas ?

Croyant sentir la brûlure du tison, sachant trop bien que l'immonde *Reichsführer* ne cesserait pas la torture après avoir obtenu des aveux, Hitchcock fondit en larmes. Une violente douleur stomacale le foudroya, lui arrachant un gémissement. Terrifié, plié en deux, il s'affaissa sur le lit.

Tandis que la douleur régressait lentement, il essayait de recouvrer son sang-froid et de remettre de l'ordre dans ses idées. Une nouvelle fois, redoutant plus encore l'échec que la mort, il tint bon, il n'abandonna pas son poste.

Pendant que le *Coucou* prenait son parti, Linge réalisa qu'Hitchcock ne songeait plus à le frapper. Il se leva lentement, massant sa gorge endolorie. Jamais il n'aurait imaginé que le quinquagénaire eût une poigne pareille.

— C'est arrivé aujourd'hui, n'est-ce pas ?

Le calme de la voix impressionna *Mickey*. Ce dernier n'avait jamais vu qui que ce soit passer subitement d'une violente colère à la pondération.

— *Jawohl*.

Après une très brève pause, Hitchcock décida de la marche à suivre :

— Vous allez m'amener ce gaillard dans mon bureau à trois heures. Je vous attendrai, seul.

— Entendu.

— Et je vous conseille de ne pas être en retard, ajouta-t-il d'un ton menaçant.

Trop choqué pour entrevoir clairement la suite des événements, Linge acquiesça d'un hochement de tête.

14 H 58.

Adossé à l'entrée du *Führerbunker*, Kramer savourait une cigarette en mesurant le chemin parcouru depuis son départ d'Augsburg, sa ville natale.

Ce fils de boutiquiers avait juste dix ans lors de l'accession d'Hitler à la chancellerie. Il était alors trop jeune pour connaître son inclination sexuelle. Pendant l'adolescence, tandis que l'omniprésente propagande nazie glorifiait le culte du mâle tout en vilipendant les *déviations sexuelles*, Kramer avait réalisé qu'il n'était pas attiré par la gent féminine. Le jeune homme avait aussi constaté que nombre de nazis s'affranchissaient allègrement des interdits du parti pour s'adonner à l'homosexualité. Fallait-il s'en étonner ? Non, bien sûr, les nazis n'étaient pas à une contradiction près. Par exemple, n'étaient-ils pas les premiers à s'enrichir sans vergogne tout en prônant le socialisme ?! Alors pourquoi lui, Dieter Kramer, aurait-il dû s'en tenir à une stricte orthodoxie morale ? Qui aurait pu le lui reprocher ? Les nazis jouisseurs de tous les instants ? Ou la bourgeoisie bien-pensante d'Augsburg, celle-là même qui bêlait ses psaumes chaque dimanche à l'église tout en se gardant d'appliquer son précepte d'amour du prochain ? Quelle blague tout ça !

Décidant lui aussi de faire fi d'une morale étriquée, le jeune homme avait donné libre cours à ses envies. Si ses mœurs avaient consterné ses parents, elles lui avaient valu de très substantiels avantages. Sa beauté ayant attiré l'œil connaisseur d'un ponte des Hitlerjugend, Kramer avait fini son adolescence en vivant très confortablement dans le manoir de fonction de son amant. Quel changement après le morne appartement au-dessus de la quincaillerie parentale ! Délaissant l'école et ses cours inintéressants à souhait, il avait vécu dans l'opulence et le plaisir, sans se soucier du lendemain.

Après que la guerre eut éclaté et alors qu'approchait l'âge de porter l'uniforme, était survenue une déception, pour ne pas dire un drame. Suivant le conseil de son puissant mentor, le jeune homme avait voulu adhérer au parti. Cependant qu'il fantasmait sur les nouvelles prérogatives qu'allait lui valoir la carte du parti, il s'était vu opposer un refus catégorique. Sans qu'il le sût, cet échec était dû aux excellents fichiers de la Gestapo, laquelle avait dûment consigné qu'un des premiers amants de l'éphèbe avait trempé dans la mouvance rouge. Si rien ne pouvait être reproché au jeune homme, notait la Gestapo, cette dernière conseillait néanmoins de l'avoir à l'œil. Considéré dès lors comme un pestiféré, Kramer avait été du jour au lendemain congédié par son protecteur.

Très peu de temps après son retour sans gloire à l'appartement familial, il avait été appelé sous les drapeaux. Durant ses classes, il avait cédé aux avances d'un *Hauptmann* aussi enthousiaste que maladroit. Au prix de quelques douleurs, le *Grenadier* Kramer avait évité une triste garnison en Norvège ou sur le littoral breton, il avait été affecté à une caserne berlinoise. Alors que le jeune homme avait espéré s'affranchir des besognes du troupier de base, le dossier de la Gestapo l'avait rattrapé. Dès lors, incapable d'obtenir quelque privilège que ce soit, Kramer avait enchaîné gardes et autres corvées.

À son grand étonnement, la fortune lui avait à nouveau souri, il avait croisé le chemin de Jodl. Bien que ce dernier ne fût pas homosexuel, la beauté exceptionnelle de Kramer l'avait frappé.

« Voilà un garçon qui aurait pu être sculpté par le Bernin en personne ! » s'était-il émerveillé.

Son rang l'autorisant à faire fi des réserves de la Gestapo, le chef d'état-major de l'OKW avait arraché le jeune homme à sa monotone caserne. Celui-ci n'avait pas voulu en rester là. Peu après son arrivée à Rastenburg, il n'avait pas tardé à séduire Linge.

« Eh oui, jubilait-il intérieurement, j'ai pas fait Spandau, j'ai pas la carte du parti, mais je vais rencontrer le Führer ! »

Kramer se voyait atteindre le Graal, celui qui allait le mettre définitivement à l'abri tant du danger que du besoin, celui qui pouvait même le bombarder officier d'état-major, celui qui était la source de tout le pouvoir dans le Reich de mille ans ! Jamais le printemps ne lui avait paru aussi souriant. Humant l'air moite avec bonheur, il s'émerveillait tel un enfant de la clarté du ciel. Le jeune homme ne s'irritait même pas du foisonnement des moustiques, cela lui rappelait qu'il était bel et bien en vie, lui, Dieter Kramer, alors que toute une génération d'Allemands se faisait étriper sur le front russe.

— Bon Dieu ! rouspéta Linge, tirant Kramer de ses pensées. Je t'avais dit de ne pas fumer Dieter ! Tu sais bien que le Führer déteste ça !

— Du calme Heinz, répliqua son amant avec la tranquille assurance de celui qui touche au but, du calme. C'est que ma deuxième cigarette de la journée. En plus, je fume dehors, je vais pas empester le tabac.

Le valet haussa les épaules. Après avoir jeté son mégot, Kramer vérifia que son col était bien ajusté et lissa sa veste pour éviter tout faux pli. Ceci fait, il se dirigea d'un pas conquérant vers l'entrée du bunker.

Mickey mena son amant au cabinet de travail d'Hitchcock, lequel était assis derrière le bureau, lisant ostensiblement un rapport. Une fois que Linge eut refermé la porte de l'étude, le *Coucou* leva la tête.

— *Heil Hitler* ! cria Kramer d'une voix claire tandis qu'Hitchcock ôtait ses lunettes.

S'il ne s'était pas attendu à trouver un Führer dans la force de l'âge, le jeune éphèbe fut frappé par la déchéance physique de l'homme en face de lui. Ne l'ayant aperçu que de loin à Rastenburg ou aux actualités cinématographiques, il découvrit un homme de cinquante-quatre ans dont le teint cireux, la main tremblotante, le dos voûté et l'œil terne évoquaient un vieillard usé par la maladie.

« *Scheiße* ! pensa Kramer. Il fait beaucoup plus que son âge ! »

Avant qu'Hitchcock n'ait le temps de répondre, Linge prit la parole :

— *Mein Führer*, voici le jeune homme dont je vous ai parlé.

— Ah ! Certainement ! dit le *Coucou* d'une voix chaleureuse. Bonjour mon garçon, asseyez-vous donc, ajouta-t-il en désignant une chaise face au bureau.

Kramer fut étonné, supposant à juste titre que l'usage n'était pas qu'un humble visiteur s'assît face au Führer.

— Merci *mein Führer*, répondit-il en dissimulant sa surprise.

— Heinz m'a effectivement parlé de vous, continua un *Coucou* affable, en bien évidemment.

— C'est vraiment généreux de sa part, commenta Kramer en soignant son langage. Je sais *mein Führer* que vous avez des responsabilités écrasantes, je vous suis reconnaissant d'avoir bien voulu me recevoir.

— C'est bien naturel jeune homme, je dois rester en contact permanent avec le peuple afin de mieux le guider.

— Je comprends *mein Führer*, répliqua Kramer en espérant paraître pertinent.

Hitchcock se leva. Voyant cela, son visiteur commença à se redresser.

— N'en faites rien mon garçon, ordonna le *Coucou* d'un ton bon enfant, je veux juste me dégourdir les jambes. Vous n'avez pas ce problème j'imagine, restez assis.

Hitchcock vint se placer derrière Kramer, lui tapotant amicalement une épaule.

— De quelle région venez-vous mon garçon ? reprit-il en se tenant toujours derrière l'éphèbe.

— De Bavière *mein Führer*, répondit Kramer en tournant la tête afin d'essayer de regarder son hôte.

— *Ach so* ! s'enthousiasma le *Coucou*. Vous venez de ma chère Bavière ! Ah ! Quelle magnifique contrée ! Voilà qui me fait penser que je ne suis pas retourné depuis bien longtemps à Berchtesgaden.

Hitchcock gardait la main droite sur l'épaule de Kramer. Pendant qu'il parlait, il la remonta lentement vers le cou du jeune homme.

« Hitler aimerait les garçons ?! espéra Kramer en sentant la douceur de la main du *Coucou*. Bon Dieu ! Ça serait trop beau ! Devenir son amant ! »

Hitchcock vint sur la gauche de Kramer, tout en faisant glisser sa main droite le long de son cou. Imaginant sa fortune faite, le jeune homme décocha son plus beau sourire à celui qu'il croyait être son Führer.

— En vérité, dit le *Coucou*, cela fait trop longtemps que je ne suis allé me reposer au Berghof.

Croyant qu'il s'agissait d'une invitation à se rendre à Berchtesgaden, Kramer se mit à sourire de plus belle, dévoilant des dents blanches parfaitement alignées. Tout en gardant sa main droite sur le cou du jeune homme, Hitchcock lui tapota la joue gauche de sa main gauche, dont il avait du mal à maîtriser le tremblement.

Linge observait la scène, fasciné tout autant qu'horrifié. Il avait découvert à ses dépens qu'il ne fallait pas se fier à l'apparente faiblesse physique du *Coucou*. Ce dernier n'était pas qu'un vieil homme décrépit, il pouvait se muer instantanément en un prédateur capable de tuer à mains nues. Le sachant, le ss pressentait qu'Hitchcock mijotait un sale coup, un très sale coup même.

Soudain, le *Coucou* enserra le crâne de Kramer, trop surpris pour réagir. Il fit aussitôt violemment pivoter la tête du jeune homme. Un craquement sonore retentit, il venait de briser la nuque de l'éphèbe.

Tandis que la dépouille de Kramer s'affaissait sur le sol, réalisant que son amant venait de mourir sous ses yeux, Linge éclata en sanglots.

— Cessez de pleurnicher ! Mieux vaut lui que nous, vous ne croyez pas ?! Et maintenant, écoutez-moi attentivement !

Perdu dans sa peine, les mains tremblantes, *Mickey* regardait fixement le cadavre de son amant, ce corps qui lui avait procuré tant de plaisir. Redoutant que Linge ne s'effondrât, ce qui aurait compromis leur situation, Hitchcock lui assena un coup de poing au ventre. Courbé en deux, essayant de recouvrer son souffle, l'Allemand détourna les yeux de Kramer.

— Vous m'écoutez oui ou non ?! lui dit rudement le *Coucou*.

— *Jawohl*.

— *Gut*. Nous avons été témoins d'un regrettable accident, ce type a trébuché et il est mal tombé, vous m'avez compris ?

Le valet hocha du chef. S'il restait terrorisé par la violence d'Hitchcock, le ss était aussi soulagé, sa vie n'était plus menacée, du moins dans l'immédiat.

— Bon, conclut le *Coucou*, allez chercher un garde, *sofort*.

Pendant que l'Allemagne menait un combat d'arrière-garde en Union soviétique, dans l'Atlantique et dans les cieux européens, les Anglo-Américains continuaient leur progression depuis l'Afrique du Nord. Débarqués le 10 juillet 1943 en Sicile, ils poursuivirent leur marche vers le Reich en prenant pied en Italie continentale le 3 septembre suivant. Dans l'aventure, le fragile partenaire fasciste s'écroula et le Duce fut emprisonné. Sur le plan militaire, la fin du fascisme ne fut pas significative, les troupes italiennes n'étant guère redoutables. Mais d'un point de vue politique, l'affaire eut un immense retentissement : comprenant que leur allié nazi n'avait plus le vent en poupe, les Italiens changeaient de camp.

26 novembre 1943. 14 h 55. Insterburg.

Si le ciel automnal était clair, la température peinait à rester au-dessus du point de congélation. Aussi Hitchcock gardait-il relevé le col de son épais manteau. Tenant ses mains gantées derrière son dos, il faisait lentement le tour du jet dans lequel Wendel achevait sa *checklist*.

Parmi l'entourage du *Coucou* figuraient Galland et Willy Messerschmitt, le génial ingénieur en aéronautique. Aux yeux d'Hitchcock, Messerschmitt avait le physique de l'emploi : grand, les tempes dégarnies, le regard sérieux, presque sévère. Le *Coucou* n'aurait eu aucun mal à lui donner du *Herr Professor* s'il n'avait incarné un impérieux dictateur. Nullement incommodé par le froid, Messerschmitt décrivait avec fougue sa création.

— … Ce chasseur est presque prêt pour la production de masse ! conclut-il au terme d'une longue tirade.

— Fort bien, répondit le *Coucou*, fort bien. Au fait Messerschmitt, quel nom lui avez-vous attribué ?

— *Ach mein Führer* ! Son élégance est telle que *Schwalbe*[17] m'a paru convenir. Il en a la finesse mais aussi la vélocité, vous verrez, c'est très net.

Galland se garda d'intervenir. À quoi bon objecter que lui et Wendel avaient surnommé le jet *Turbo* ? Pour le *General der Jagdflieger*, il était évident que les pilotes qui auraient le privilège d'être aux commandes de cet avion d'exception utiliseraient le surnom et non pas le nom officiel, autant laisser l'ingénieur et son illustre interlocuteur à leurs rêveries et à leurs coquetteries verbales.

— C'est assurément un bien bel appareil Messerschmitt, commenta Hitchcock. Ainsi donc Galland, vous l'avez essayé ?

L'interpellé n'avait absolument aucune estime envers le Führer, le jugeant « incapable de penser en trois dimensions ». Selon lui, « Hitler était strictement un terrien ». Ce mépris était d'autant plus marqué que le *Coucou* s'ingéniait à prendre des décisions désastreuses pour le Reich.

17. Hirondelle.

— *Jawohl mein Führer*, je suis sûr que nous tenons enfin le moyen de mettre le *Vaterland* à l'abri des bombardiers alliés. C'est pourquoi je me suis permis d'attirer l'attention du RLM sur l'invention du *Professor* Messerschmitt.

Tandis que ce dernier pavoisait, un bruit aussi strident qu'assourdissant couvrit la conversation, Wendel venait de mettre en marche les turbines.

— Quel vacarme ! hurla un *Coucou* grimaçant en plaquant les mains sur ses oreilles. C'est infernal !

— Ce sera encore pire au décollage vous savez ! cria Galland en s'efforçant à la gaieté.

Messerschmitt essaya de ne pas s'inquiéter de ce que son Führer était incommodé par le vacarme des réacteurs, il espérait que la démonstration de Wendel l'enthousiasmerait.

Quelques minutes plus tard, le pilote d'essai maintenait le jet immobile en bout de piste, freins engagés, faisant monter le régime des turbines. Lorsqu'il estima le moment propice, Wendel lâcha les freins. L'appareil s'élança de plus en plus vite dans un tonnerre assourdissant. Après que le jet eut quitté le sol à un angle modéré, le pilote rentra le train d'atterrissage. Puis, il tira franchement sur le manche tout en poussant les réacteurs à plein régime. Faisant un bond spectaculaire, l'avion parut filer vers le firmament.

Tandis que les dignitaires massés autour du *Coucou* étaient en pâmoison, Galland et Messerschmitt observaient moins le jet qu'Hitchcock, guettant dans ses réactions un indice de la décision qu'il prendrait. Si Galland et l'ingénieur étaient optimistes, ils savaient que leur Führer pouvait aussi bien ordonner que l'avion devienne la priorité absolue de l'économie de guerre que le considérer au contraire comme une prouesse technique inutile au Reich.

— Voilà qui est impressionnant, convint Hitchcock en suivant l'appareil du regard.

« Effrayant ouais ! pensa-t-il. J'comprends pourquoi Stephenson a pris l'mors aux dents. Il a raison, 'faut absolument qu'j'rende ce chasseur inutilisab'e, sinon, c'est pas d'main la veille que j'foutrai l'camp chez moi ! »

Échangeant un regard, Messerschmitt et Galland soupirèrent d'aise, ce premier commentaire était à leurs yeux un excellent signe.

Après être monté à 1 500 m, Wendel accomplit un renversement puis descendit à un angle de 30° en direction de l'assistance. Un œil sur le tachymètre et une main sur la manette des gaz, il réduisit régulièrement le régime des turbines pour ne pas dépasser 950 km/h. Le pilote savait que si sa monture pouvait piquer nettement plus vite, une vitesse excessive était susceptible d'abîmer sa structure. Or, il ne voulait surtout pas que son Führer constate quelque dommage que ce soit, il en allait de la viabilité du *Turbo*, et donc peut-être du Reich.

Alors que les spectateurs regardaient avec inquiétude la fine silhouette du jet débouler sur eux en hurlant, Wendel redressa de façon à amorcer sa ressource cent mètres à peine au-dessus du parterre de dignitaires. Après être remonté en flèche à une altitude de 600 m, il enchaîna des virages serrés.

— Cette machine a l'air très maniable, observa Hitchcock, l'est-elle suffisamment pour affronter les chasseurs ennemis ?

— Le Messerschmitt 262 est largement assez agile pour maintenir dans son collimateur les quadrimoteurs alliés *mein Führer*, s'empressa de répondre Galland, et sa meilleure parade face à la chasse ennemie est sa vitesse, il n'a aucun rival en ce domaine !

Le *Coucou* hocha du chef pour marquer son approbation. Il aimait souffler le chaud et le froid. Ce dernier n'allait pas tarder à s'abattre.

— Dites-moi Messerschmitt, reprit gravement Hitchcock, cet avion peut-il emporter des bombes ?

À ces mots, le *Generalmajor* crut voir un signal d'alarme clignoter violemment devant ses yeux.

— *Jawohl mein Führer*, répliqua naïvement l'ingénieur, il peut assurément embarquer une bombe de 250 kg, peut-être même deux.

— *Sehr gut*, répondit le *Coucou*, excellent même. Évidemment ! Personne n'avait envisagé cet usage ! Voici enfin le *Schnellbomber* que je réclame à cor et à cris depuis tant d'années ! Je vais finalement disposer du moyen de raser Londres, voire d'anéantir toute tentative alliée contre le mur de l'Atlantique, il était bien temps. Écoutez-moi attentivement Messerschmitt, j'ordonne que cet appareil soit utilisé exclusivement comme *Schnellbomber*. Vous devez prendre toute mesure pour que cela soit faisable, m'avez-vous bien compris ?

— *Jawohl mein Führer* ! acquiesça l'ingénieur avec enthousiasme.

Abasourdi autant que révolté, le *General der Jagdflieger* crut que le ciel lui tombait sur la tête, au point qu'il ne trouva rien à objecter.

Galland sut se ressaisir, il obtint que pour vingt *Schnellbomber* produits, un chasseur sorte des usines

Messerschmitt. Malgré ses efforts, la fabrication du Me 262 fut retardée de six bons mois. Pire encore pour la Luftwaffe, l'avion ne fut livré aux unités de chasse qu'au compte-gouttes. Alors que le *General der Jagdflieger* avait espéré opposer trois cents *Turbo* aux bombardiers anglo-américains dès la fin de 1943 ou au plus tard dès le début de 1944, il ne put utiliser qu'une poignée de jets dans leur rôle de prédilection.

Après le conflit, Galland ferait un constat quasi-philosophique :

« Je crois que le 262 aurait pu être opérationnel en tant que chasseur au moins un an et demi plus tôt et produit en grand nombre. Il n'aurait pu changer l'issue de la guerre, car nous avions déjà perdu complètement. Mais il en aurait probablement retardé la fin car l'invasion de la Normandie n'aurait pu avoir lieu. Je crois assurément que seuls trois cents jets pilotés quotidiennement par les meilleurs pilotes auraient eu un impact majeur sur le cours de la guerre. Cela aurait bien sûr prolongé le conflit. Donc peut-être que le mauvais usage de cet appareil à cause d'Hitler n'était pas une si mauvaise chose après tout... »

Chapitre 8

Antibolchevique viscéral, Churchill avait été dégoûté en août 1939 quand l'ogre nazi et l'épouvantail collectiviste avaient conclu un pacte de non-agression. Quelques semaines plus tard, l'invasion de trois États baltes et d'une moitié de la Pologne par l'Union soviétique l'avait révolté. L'attaque totalement injustifiée de la Finlande par l'Armée rouge en 1940 n'avait rien arrangé. Mais l'horreur du Premier ministre envers les Soviets n'avait pas résisté à *Barbarossa*. Le jour même où cette opération avait commencé, il avait clamé au micro de la BBC son soutien inconditionnel envers l'ours russe :

— Tout homme, toute nation qui poursuivra la lutte contre le nazisme aura notre appui... Il s'ensuit que nous apporterons toute l'aide possible à la Russie et au peuple russe... Le péril de la Russie est notre péril, et celui des États-Unis, de même que la cause de chaque Russe combattant pour son foyer est la cause des hommes et des peuples libres dans toutes les parties du monde. Redoublons donc d'efforts et frappons à l'unisson avec tout ce qui nous reste de vie et de puissance.

Outre sa sympathie pour tout antinazi, Churchill était bourrelé de remords envers le peuple russe, ayant délibérément lancé sur lui les hordes nazies pour sauver le Royaume-Uni. Dès lors, il éprouvait de la reconnaissance à l'égard de Staline.

Par exemple, il lui envoya un chaleureux télégramme de félicitations le 1er février 1943, tandis que l'Armée rouge finissait d'investir Stalingrad. Son enthousiasme était d'autant plus spontané que les Russes retenaient pas moins de cent quatre-vingt-cinq divisions allemandes alors qu'au même moment, en Afrique du Nord, les Anglo-Américains repoussaient laborieusement une douzaine de divisions ennemies.

Obnubilé par l'importance de son nouvel allié, le Premier ministre était prêt à passer sur toutes les insultes, toutes les rebuffades, toutes les fins de non-recevoir de Staline. S'il lui arrivait souvent de tempêter, Churchill était rien de moins que fasciné par la force de caractère, la ruse et la puissance qui irradiaient du Petit Père des Peuples.

Le pire était que le Premier ministre était parfaitement sincère, au point d'en être d'une naïveté si confondante qu'elle frisait l'aveuglement, voire la bêtise. Alors que les massacres de milliers de Polonais perpétrés par les Russes en 1939 et 1940 n'étaient plus un secret, le farouche lutteur qu'était Churchill aurait dû se répandre en virulentes récriminations auprès de Staline. Mais il se contenta d'évacuer le problème :

— S'ils sont morts, rien ne pourra les faire revenir.

Au début de 1944, le Premier ministre était totalement sous l'emprise de celui que les Anglo-Saxons surnommaient affectueusement *Oncle Joe*. Churchill l'encensait, disant qu'il était un « grand stratège, qu'il tenait ses promesses... et qu'il était un brave et grand homme ».

Roosevelt était encore plus hypnotisé par Staline, au point d'avoir développé une réelle méfiance envers son homologue britannique tout en voyant dans le leader soviétique un partenaire privilégié, un progressiste qu'il opposait au conservatisme antédiluvien du *Prime Minister*.

Heureusement, l'estime de Churchill pour le Petit Père des Peuples commença à se teinter de nuances avant le débarquement de Normandie :

— Quand nous serons sur le continent avec de nombreuses troupes, les Soviétiques auront le moyen de nous faire chanter, ce qu'ils ne peuvent faire pour l'instant, en refusant d'avancer au-delà d'un certain point. Ils pourront même faire comprendre aux Allemands qu'ils peuvent transférer plus de troupes à l'ouest.

Hanté par cette pensée, Churchill écarta tous les communistes connus de la préparation du Jour J.

Si son enthousiasme pour l'*Oncle Joe* tiédissait, un fait lui ouvrit les yeux, le sort que Staline réserva à Varsovie. Le monde entier s'attendait à ce que l'Armée rouge soutienne puissamment une insurrection de la capitale polonaise. Une émanation de *Radio Moscou*, *Radio Kościuszko*, n'avait-elle pas claironné le 29 juillet 1944 un appel à la révolte ?

— Sans aucun doute, avait-elle proclamé, Varsovie a déjà entendu les canons de la bataille qui la libérera. Ceux qui n'ont jamais courbé la tête devant le pouvoir hitlérien livreront bataille aux Allemands, comme en 1939, mais cette fois pour remporter la victoire. Polonais ! La libération est proche ! Aux armes Polonais ! Il n'y a plus un moment à perdre !

Cependant, la résistance polonaise avait une tare rédhibitoire aux yeux des Soviétiques, elle était très majoritairement anticommuniste et antirusse. Le comportement de l'URSS en 1939 et en 1940 n'y avait pas été pour rien.

1er août 1944. Varsovie.

Rouleau compresseur refoulant irrésistiblement la Wehrmacht vers l'ouest, l'Armée rouge arrivait aux portes de la capitale polonaise. Pris de panique, nombre d'Allemands qui y étaient douillettement installés s'enfuyaient précipitamment vers le Reich. Estimant le moment propice, le commandant en chef de la résistance polonaise, le général Bór, lança le plan *Tempête*, l'insurrection de Varsovie commençait. Toujours pragmatique, l'excellent Himmler vit dans ce soulèvement l'occasion rêvée de détruire la ville, « cerveau de ce peuple de seize à dix-sept millions, de ce peuple polonais qui bloque depuis sept siècles notre expansion vers l'est. »

Dans un premier temps laborieuse, la rébellion prit progressivement de l'ampleur, tant et si bien que les troupes allemandes furent contraintes à la défensive. Attentisme inacceptable pour le *Reichsführer*. Aussi envoya-t-il un renfort qu'il espérait substantiel, les brigades SS Dirlewanger et Kaminski.

Sombre personnage, Oskar Dirlewanger avait le profil du parasite selon les nazis : violeur, pilleur et alcoolique. Expédié dans un camp de concentration, il y serait mort si l'un de ses camarades n'avait été un certain Gottlob Berger, qui lui obtint de racheter ses fautes dans la légion Condor, pendant la guerre civile espagnole. Dirlewanger y combattit avec une telle bravoure qu'il put constituer sa propre unité. Pour cela,

Dirlewanger recruta des criminels de droit commun, de préférence des braconniers, à qui il trouvait une qualité, être de bons tireurs !

Les choses n'étaient guère plus brillantes chez Bronislaw Kaminski. Aventurier biélorusse de père polonais et de mère allemande, cet alcoolique était un invétéré coureur de jupons. Quant à sa troupe, il s'agissait d'un ramassis de reîtres à la discipline plus qu'approximative. Himmler trouvait à Kaminski une qualité idéale pour sévir à Varsovie, son mépris pour tout ce qui était Polonais. Ne sachant que faire de sa brigade, l'OKW fut enchanté de l'expédier en Pologne plutôt que de la laisser végéter en Prusse orientale où elle se faisait une détestable réputation auprès des populations.

Le décor était donc planté : d'un côté, la fougue patriotique de quelques quarante mille Polonais brûlant de s'affranchir du joug nazi ; de l'autre, une quinzaine de milliers de soldats de la Heer auxquels le *Reichsführer* adjoignit la bestialité d'une soldatesque motivée par des perspectives de butin, d'alcool et de viol. Est-il nécessaire de préciser que les soudards étaient infiniment mieux armés que les résistants ?

Le 3 août, un plénipotentiaire polonais supplia l'*Oncle Joe* de lancer ses troupes à la rescousse de l'armée insurgée.

— De quelle armée me parlez-vous ? répondit effrontément Staline. Qu'est-ce qu'une armée qui n'a ni artillerie, ni blindés, ni aviation ?

Fourbe à l'extrême, le Petit Père des Peuples taisait que trois ans plus tôt il avait appelé à la résistance « à pied et à cheval » !

5 août 1944. Varsovie.

Une fois les renforts dépêchés par Himmler à pied d'œuvre, les Allemands passèrent à l'offensive. Les ordres du *Reichsführer* étaient épouvantablement clairs :

— Chaque habitant devra être tué, aucun prisonnier ne sera fait. Varsovie sera rasée jusqu'au sol et ainsi la totalité de l'Europe aura un exemple terrifiant.

Illustration de cette sauvagerie : après avoir investi le quartier de Wola, les Allemands rassemblèrent les civils. Motif affiché, les évacuer vers l'arrière. En fait, les malheureux furent passés par les armes. Le nombre de personnes massacrées serait estimé à trente-huit mille. Si la brigade Dirlewanger participa avec enthousiasme à cette ignominie, ce ne fut pas le cas des hommes de Kaminski. Non pas que ces brutes fussent saisies de scrupules, elles étaient tout simplement occupées à profiter d'une prise de choix, une distillerie de vodka !

Les aviations anglo-américaines tentèrent de ravitailler la résistance, ce qui impliquait l'utilisation d'aérodromes contrôlés par les Russes. Naturellement, ces derniers finirent par refuser aux alliés occidentaux l'usage de leurs bases. Dans le même temps, la chasse soviétique laissa la Luftwaffe s'acharner en toute impunité sur Varsovie.

23 août 1944.

Tandis qu'une répression sanglante s'abattait sur Varsovie, ville martyre, Churchill évoqua longuement le danger du communisme avec le saint-père. Alors qu'une semaine plus tôt le Premier ministre louait l'*Oncle Joe*, il était maintenant choqué par son machiavélisme. Dès lors, l'antibolchevisme churchillien reprit le dessus. Pendant que les troupes soviétiques poursuivaient leur progression en Roumanie, en Bulgarie et dans le reste de la Pologne, dévastant tout sur leur passage, Churchill confia à son médecin voir « en rêve l'Armée rouge se répandre comme un cancer d'un pays à l'autre. »

Le Premier ministre réalisait que la principale menace pesant sur l'Europe n'était plus le nazisme agonisant mais la vague stalinienne déferlant irrésistiblement. Comment l'endiguer ? Problème d'autant plus insoluble que Roosevelt n'avait toujours pas vu la lumière. Or, rien de significatif ne pouvait être tenté sans lui. Les Britanniques avaient bien tâché de lui ouvrir les yeux, en vain. Même le sort de Varsovie ne l'avait pas déniaisé.

2 octobre 1944. Varsovie.

Quand tout espoir fut perdu, la résistance polonaise accepta un cessez-le-feu. Plus de quinze mille insurgés furent déportés dans les camps de la mort. Durant le soulèvement, environ dix-huit mille résistants avaient été tués et six mille autres blessés. Pas moins de cent cinquante mille civils avaient péri. Les pertes allemandes furent « limitées » à dix-sept mille morts ou blessés. « Accessoirement », Varsovie était détruite à 70 %.

21 octobre 1944. 08 h 28. 10 Downing Street.

Debout devant l'âtre éteint de la *White Drawing Room*, un bras appuyé sur le manteau de la cheminée, Churchill regardait sombrement le bout de ses souliers. En proie à une crise de *black dog*, il ne parvenait pas à voir le bon côté des choses.

Certes les débarquements en Normandie et en Provence avaient permis de libérer la quasi-totalité de la France. Oui le *Coucou* avait échappé par miracle à un attentat en juillet. Effectivement cette tentative d'assassinat montrait avec éclat que de plus en plus d'Allemands étaient enfin résolus à se débarrasser du nazisme. Bien sûr les Alliés continuaient à faire reculer l'ennemi en Italie. Mais non, non et encore non la frontière occidentale du Reich ne cédait pas. Dès lors, comment foncer au plus vite jusqu'en Europe centrale pour arrêter la propagation du cancer bolchevique ?!

Malgré son imagination débordante, Churchill était en panne d'idées. Toutes ces années de lutte à mort contre le nazisme auraient-elles été vaines ? La dictature rouge remplacerait-elle la tyrannie brune à l'est du Rhin ? Cette pensée épouvantait le *Prime Minister*. Même la perspective de recevoir ce matin-là son ami Stephenson ne réussissait pas à lui remonter le moral.

Tandis qu'il secouait tristement la tête, quelqu'un frappa à la porte.

— Entrez, croassa Churchill.

Une chemise cartonnée sous le bras, *Intrépide* pénétra dans la pièce.

— Bonjour Winston, ça va ?

En guise de réponse, celui-ci fit une moue évocatrice.

« Je n'ai peut-être pas choisi le bon jour. » songea Stephenson.

Avant même qu'*Intrépide* n'ait le temps d'exposer le motif de sa visite, le Premier ministre évoqua ce qui devenait son obsession :

— J'ai essayé de traiter en toute candeur avec Staline sur le sort des pays récemment libérés, dit-il en s'asseyant lourdement sur un canapé, non pas que je me faisais encore des illusions, mais j'espérais que l'inévitable fourberie de l'*Oncle Joe* finirait par convaincre nos amis américains de se rallier à nos vues. Et puis…

Churchill suspendit sa phrase, son regard s'égara dans le vide.

— Je suis au courant Winston, dit le Canadien en prenant place à côté de son hôte, Roosevelt persiste à idéaliser les Russes.

— Comment dans ces conditions empêcher les hordes bolcheviques de poursuivre leur avance jusqu'au Rhin alors même que nous piétinons en France, aux Pays-Bas et en Belgique ? Au train où vont les choses, les trois quarts du continent seront bientôt sous le joug de Staline !

Le Premier ministre se perdit dans une rêverie, ou plutôt un cauchemar, lequel était d'autant plus sombre que nul ne savait exactement ce qui se passait chez l'*Oncle Joe*, toute information sur l'URSS étant soigneusement triée par le parti communiste. Comment prendre pour argent comptant ces histoires de bonheur obligatoire dans le paradis bolchevique ? Si éden il y avait, pourquoi les rares visiteurs y étaient-ils chaperonnés ? Et que fallait-il cacher pour leur défendre de circuler à leur gré ? Si le pire pouvait n'être pas redouté, n'était-il pas éminemment suspect que l'on en ignore tant sur la vie quotidienne au pays des Soviets ?

« Finalement, estima intérieurement Stephenson, c'est le bon moment pour avancer mes pions. »

— 'Savez Winston, les Américains finiront bien par se rendre compte qu'ils se sont fait berner. Des officiers yankees, et non des moindres, ne cachent pas leur haine des Soviétiques. En fait, je pense que la position américaine au sujet des Russes devrait sacrément changer, c'est d'ailleurs ce qui m'amène.

— Vous avez une idée derrière la tête Bill, commenta un Churchill méfiant.

Le Canadien se gardant de nier, la méfiance de son hôte se mua aussitôt en appréhension.

— Vous êtes au courant que la santé de votre ami Roosevelt n'est pas brillante.

— Hélas oui, c'est pour moi un très grand motif d'inquiétude. Mais je ne vois pas le rapport avec notre affaire.

— Ce rapport existe Winston, vous allez le voir. 'Savez aussi que Roosevelt ne se présentera pas aux prochaines élections avec son actuel vice-président…

Churchill acquiesça.

— … Les démocrates considèrent Wallace trop à gauche et donc incapable d'enfiler le manteau de Roosevelt. Il a dû céder sa place sur le ticket démocrate à un obscur sénateur du Missouri, un certain Truman.

— Je n'avais jamais entendu parler de lui avant la campagne électorale.

— Moi non plus, j'ai fait établir un dossier sur lui, dit le Canadien en tapotant la chemise posée sur ses genoux. Une des choses que j'y ai lues m'a scié. Figurez-vous que dès 1941, Truman affirmait…

Stephenson suspendit son exposé pour fouiller dans les documents.

— Ah, voilà, reprit-il en produisant une coupure de presse. Ouvrons les guillemets :

« Si nous voyons que l'Allemagne gagne, nous devons aider la Russie et si nous voyons que la Russie gagne, nous devons aider l'Allemagne, les laissant ainsi s'entre-tuer autant que possible, encore que je ne veuille voir à aucun prix Hitler être victorieux. Aucun d'eux [Hitler et Staline] ne respecte sa parole. »

Après avoir replacé la coupure de presse dans son dossier, *Intrépide* observa son interlocuteur d'un air satisfait. Churchill était stupéfait autant qu'enchanté, se faisant l'effet d'avoir découvert une mine d'or.

— Grand Dieu ! souffla-t-il. Dire que je me croyais cynique ! Je risque d'avoir trouvé mon maître en ce domaine ! Et Truman a prononcé ces paroles en 1941 ?

— Elles furent écrites dans le *New York Times* deux jours après le déclenchement des hostilités entre les *Jerries* et les Russes.

— En tout cas, si Truman peut constituer à terme une solution au problème bolchevique, Roosevelt, lui, demeure inébranlable dans sa naïveté.

— C'est vrai, et même si Truman assumait le pouvoir dans quelques mois, il serait obligé de composer avec son opinion publique. Puisque ces foutus Yankees ont une véritable affection pour l'Armée rouge, il faut manipuler l'opinion américaine en jouant sur son point faible, la versatilité. 'Savez que les Américains ne sont pas des lâches, au contraire, mais ils sont incroyablement changeants. Vous vous rappelez qu'ils étaient fanatiquement isolationnistes avant Pearl Harbor et qu'après l'attaque japonaise ils ont voulu en finir avec les nazis et les *Japs*. Donc, si on arrive à les dégoûter de poursuivre la guerre contre l'Allemagne…

— Que dites-vous ?! Comment vous proposeriez-vous, et je vous cite, de *les dégoûter de poursuivre la guerre contre l'Allemagne* ?

— En faisant lancer une offensive allemande de grande envergure.

Fermant les yeux, le Premier ministre leva une main face à Stephenson, comme s'il refusait de voir le gouffre devant lequel le plaçait à nouveau *Intrépide*. Au bout de quelques secondes, Churchill se força à rouvrir les yeux, posant une question dont il connaissait déjà la réponse :

— Une offensive… contre les Américains bien sûr ?

— Évidemment.

— Grand Dieu ! gémit le Premier ministre en se tassant sur le canapé, comme si un poids invisible venait de lui être posé sur les épaules. Faire massacrer des Américains !

Perspective insoutenable pour Churchill. En plus de son amitié pour ceux qu'il appelait « les peuples de langue anglaise », le Premier ministre avait une affinité particulière envers les Yankees, sa mère étant originaire des États-Unis.

— Oui Winston, pour sauver de nombreuses vies en Europe, entre autres américaines, maintenant et plus tard. Dieu m'en soit témoin ! continua Stephenson avec véhémence. On a déjà sacrifié des civils et des alliés ! Mais jamais de gaieté de cœur ! Et on a toujours atteint notre but, non ?!

— Certes, certes, mais toujours au prix d'une conscience épouvantablement alourdie.

— Juste.

Dans un silence oppressant, Churchill porta son regard sur les rideaux. Par association d'idées, leur couleur rouge sang lui fit évoquer le péril bolchevique, puis les charniers de Polonais découverts par la Wehrmacht.

« Le stalinisme n'a sûrement rien à envier au nazisme en termes d'horreur, pensa-t-il pour la énième fois, nous devons aux générations futures de mettre le plus tôt possible un point final à l'avance des troupes russes. »

— Et une fois que vous, reprit le *Prime Minister*, enfin je veux dire que *nous* aurions fait cesser les hostilités entre les Américains et le Reich, qu'envisagez-vous qu'il puisse se passer ?

— J'y réfléchis depuis un bon moment, en fait depuis que des *Jerries* ont essayé d'avoir la peau de notre *Coucou*. Bref, on sait que le nazisme est un fruit pourri qui tombera facilement de son arbre, on n'a donc plus besoin d'envahir l'Allemagne.

— Où voulez-vous en venir au juste ?

— Les Allemands qui avaient tenté de tuer notre agent en juillet voulaient faire la paix avec nous pour concentrer leurs forces contre les Russes.

— Oui, et alors ?

— Alors ? Eh bien quand les Yankees ne voudront plus continuer la guerre contre l'Allemagne, on fera remplacer le *Coucou* par un *Jerry*, un vrai, un type capable d'ancrer son pays dans le camp de la liberté et qui soit aussi acceptable par les Américains. Et…

— Voilà qui ne serait pas une mince affaire !

— Exact, mais nous avons bien trouvé Hitchcock, non ?

— Vous avez raison Bill, poursuivez je vous prie.

— OK. Avec une Allemagne redevenue acceptable, ou en bonne voie de l'être, on pourra nous aussi signer un armistice avec les *Jerries*. Ils auront alors les mains libres pour…

— Pour faire refluer la vague bolchevique !

— Tout juste.

— Diable d'homme ! s'exclama le Premier ministre en couvant *Intrépide* d'un regard admiratif.

Songeant aux enjeux qu'impliquait l'idée du Canadien, il recouvra très vite son sérieux. Churchill dévisagea fixement Stephenson en prenant une décision qui serait lourde de conséquences.

Une détonation assourdissante secoua les fenêtres, les deux hommes sursautèrent. Le Canadien en laissa tomber son dossier. Un v2 venait d'exploser. Un court instant après, le bang supersonique de la fusée fit trembler légèrement les vitres.

Le v2 était le premier engin d'un genre promis à un avenir florissant, celui des missiles balistiques. Portant une charge militaire d'une tonne sur une distance maximale de 340 km, le tout à une vitesse dépassant celle du son, il frappait sans crier gare, rasant tout un pâté de maisons. Évidemment, il était impossible à intercepter. Imparable, démoralisant.

Annoncée par la lettre d'Oslo, confirmée par les services de renseignements alliés, l'entrée en service du v2 n'avait pas surpris Churchill et le Canadien. Mieux, ils avaient calculé qu'il fallait laisser le Reich gaspiller ses ressources dans cette voie, laquelle ne lui servirait qu'à semer la terreur chez les civils.

Et pour cause ! Ce second Blitz était un bien moindre mal que la bombe atomique sur laquelle l'ennemi travaillait depuis la fin des années trente. D'ailleurs les recherches allemandes avaient si bien avancé que, selon le prix Nobel de physique Werner Heisenberg, « la solution scientifique avait été trouvée pour la fabrication de bombes atomiques ». Heureusement, passer de la théorie à la pratique s'avérait extraordinairement compliqué. Néanmoins, en 1942, Churchill et Stephenson avaient appris que l'Allemagne aurait la bombe trois ans plus tard si elle y consacrait toutes ses ressources techniques et financières. Préférant évidemment les dévastations d'un Blitz à l'apocalypse nucléaire, ils avaient ordonné à Hitchcock de faire accélérer le développement des v1 et v2.

— Dire que nous aurions pu tuer dans l'œuf cette diablerie, commenta le Premier ministre d'un ton las pendant qu'*Intrépide* ramassait son dossier. Vous savez Bill, j'ai des fois l'impression d'être devenu fou. Il me faut alors quelques instants pour réaliser que si je suis sain d'esprit, je vis réellement dans un monde de déments, quelle pitié !

— Courage Winston, je vous l'ai dit et je vous le répète, si vous avez pris des décisions difficiles...

— Difficiles ?! Je vous parie ce que vous voulez que de mon vivant cette affaire et bien d'autres devront rester scellées du sceau du secret le plus absolu ! À défaut, la Couronne pourrait être considérée comme un infâme fauteur de guerre devant être impitoyablement châtié ! Absolument personne ne comprendra !

— Le secret sera bien soigneusement gardé. Mais votre œuvre, la sauvegarde de la liberté, sera indiscutable, croyez-moi.

— Hm ! Que notre Seigneur vous entende ! Enfin, voyons comment vous vous proposez d'accomplir cette nouvelle mystification.

— En fait, la manœuvre est tellement compliquée que j'ai déjà donné des ordres au *Coucou* le mois dernier. Je ne savais pas si vous seriez d'accord, mais je ne voulais pas perdre un instant, sachant que j'aurais pu à tout moment faire stopper les préparatifs. En fait…

En écoutant le plan du Canadien, Churchill fut suffoqué par l'audace mais aussi par les risques de cette nouvelle opération. Dissimulation dans la tromperie, cette manœuvre serait présentée aux officiers allemands chargés de l'exécuter comme destinée à anéantir les forces britanniques au nord du continent… mais en fonçant à travers les lignes américaines !

15 septembre 1944. 11 h 24. Rastenburg.

Hitchcock s'était réveillé en sueur, la gorge nouée, la main gauche affectée de violents spasmes. Le cauchemar qu'il faisait depuis des semaines l'avait à nouveau hanté : Emily l'appelait, elle lui tendait les bras dans une attitude de supplique, mais il ne pouvait la rejoindre, une lourde chaîne entravait ses jambes, l'empêchant de quitter son lit ; plus il se débattait pour se libérer, plus la chaîne devenait pesante et plus Emily s'éloignait, jusqu'à devenir un point à l'horizon, un horizon où les destructions s'étendaient à perte de vue. À mesure que ce cauchemar se répétait, une atroce certitude s'emparait du *Coucou*, il ne sortirait pas vivant du Reich, jamais il ne reverrait son épouse.

Plus dépressif de jour en jour, il était de surcroît tenaillé par la peur, non plus d'être démasqué mais abattu. Seul un miracle lui avait permis de réchapper presque indemne de la tentative d'attentat perpétrée par la Heer le 20 juillet 1944. Suivi de purges sanglantes qui engloutiraient jusqu'à Rommel, ce putsch avorté avait développé en lui une furieuse paranoïa. Loin était le temps où il s'était enfoui chez l'ennemi avec la volonté farouche de venger ses camarades de l'*Invincible*. Dépassée l'époque où son ambition était de laver la surface de la Terre de la souillure du nazisme. Cette peur animale, mourir sans avoir revu son Emily, l'écrasait.

En reprenant ses esprits, Hitchcock avait vu Linge se pencher sur lui en souriant. Bon Dieu ! Pourquoi ce sourire ?! Il n'y avait vraiment pas de quoi se réjouir ! Même si la mission portait ses fruits, même si l'Allemagne allait droit vers la défaite, le *Coucou* se faisait l'effet d'un mort-vivant, convaincu que sa fin approchait.

Et s'il n'y avait que sa personne ! Hitchcock restait trop souvent confronté à l'horreur, une barbarie qui lui était insoutenable et qu'il devait pourtant cautionner avec enthousiasme. Comment rester terré dans son terrier de taupe sans s'acharner sur les Juifs ? Comment mener le nazisme à sa perte en tempérant sa sauvagerie ? Comment interdire les expériences sur les cobayes humains, l'extermination industrielle des Juifs, des Tziganes, des communistes, des homosexuels, les exécutions d'otages, les… les…

— J'ai reçu ce matin des instructions, avait murmuré Linge, il faut que…

Ces directives étaient cantonnées à l'aspect militaire de l'idée d'*Intrépide*, elles en taisaient la finalité politique. Le *Coucou* s'était donc étonné que du succès d'une offensive contre les Américains dépende le terme de sa mission. Au-delà de cet étonnement stratégique, il avait été sidéré, tout espoir ne serait pas perdu ? Lui, Hitchcock, n'était pas condamné ?

— Je vais enfin pouvoir rentrer ? s'était-il émerveillé.

— C'est bien possible. Vous savez, je ne vous l'ai jamais avoué mais...

Visiblement intimidé, l'Allemand avait suspendu sa phrase, fixant le bout de ses souliers.

— Mais... l'avait encouragé le *Coucou* d'un ton chaleureux.

Enhardi par son inhabituelle amabilité, le SS avait repris la parole tout en continuant à fuir son regard :

— Je voulais vous dire combien j'admire votre courage. Je vois bien que vous souffrez, à quel point même votre santé est affectée. Mais vous accomplissez votre mission sans jamais faillir... sans jamais faillir, c'est une leçon pour moi.

— *Danke Heinz*, avait répondu Hitchcock touché, *danke sehr*.

— Et... et quand vous partirez, quand vous rentrerez chez vous, vous me manquerez.

Levant les yeux, *Mickey* avait plongé son regard dans celui du *Coucou*, ce regard d'une intensité encore hors du commun malgré l'usure du temps. Il avait eu la sensation de s'immerger dans le bleu intense des yeux d'Hitchcock.

Ce dernier n'avait jusqu'alors pas considéré le SS autrement que comme un allié. Si l'épisode Kramer n'avait pas été de nature à susciter l'amitié entre les deux hommes, Hitchcock avait pris conscience de l'attachement de Linge pour sa personne, il avait réalisé qu'un ami se tenait à ses côtés.

16 septembre 1944. 14 h 11. Rastenburg.

La corvée quotidienne de la *Führerlage*[18] avait été expédiée en deux heures. Ses participants étaient sortis en murmurant de la baraque en bois, certains consternés par les décisions prises, d'autres encore et toujours convaincus du génie de leur Führer… ou s'efforçant de le rester ! Tandis que des gazouillis entraient par les fenêtres ouvertes, Hitchcock était resté assis, le dos voûté, les épaules affaissées, les mains tremblant plus que jamais. Prostré face aux cartes déployées sur la vaste table, il avait regardé fixement les crayons de couleur posés en vrac devant lui.

— Keitel, Jodl, Kreipe, Guderian, avait-il croassé sans lever le nez, restez.

Après la victoire soviétique de Stalingrad, le *Coucou* avait tiré *Schneller Heinz* de sa retraite anticipée en le bombardant inspecteur général des panzers. Ayant de bonnes raisons de douter de la compétence des courtisans de l'OKW, il avait calculé que la franchise de Guderian l'aiderait à prendre le contre-pied du bon sens militaire. Plus tard, après la tentative de putsch du 20 juillet, Hitchcock l'avait nommé chef d'état-major de la Heer.

Le *Coucou* étant seul assis durant la *Führerlage*, les quatre militaires s'étaient fait une joie de s'éclipser afin d'aller s'asseoir. En entendant leurs noms, ils

18. Réunion quotidienne au sujet de la situation militaire.

s'étaient toutefois abstenus de montrer leur déception et leur fatigue.

— Dites-moi Jodl, avait demandé Hitchcock en triturant quelques crayons, quel est l'équilibre des forces à l'ouest ?

Question étrange puisque ce point avait été évoqué pendant la *Führerlage*.

— Il n'est guère en notre faveur *mein Führer*. Face à nos cinquante-cinq divisions, l'ennemi en aligne quatre-vingt-seize. Et nos forces qui reviennent du sud de la France sont sans cesse...

— Taisez-vous, avait ordonné le *Coucou* d'une voix impérieuse en fermant les yeux.

Pendant qu'il feignait une profonde méditation, tambourinant par intermittence sur la carte avec un crayon, les Allemands avaient prudemment gardé le silence.

« Que va-t-il encore nous inventer ? » avait intérieurement redouté Guderian.

Au bout de quelques longues minutes, Hitchcock avait rouvert les yeux.

— Je viens de prendre une décision capitale, avait-il annoncé en jetant le crayon. Je vais contre-attaquer ! Ici ! Dans les Ardennes ! avait-il ajouté en donnant des coups secs sur la carte. Objectif, Anvers !

Guderian l'avait considéré avec effroi. *Gott im Himmel* ! Contre-attaquer ?! Avec quoi ?! Le Reich était exsangue ! Hitler ignorait-il qu'après cinq années de guerre trois millions huit cent mille Allemands avaient été tués, blessés ou portés disparus ? Le Führer ne savait-il pas que les industries et les civils étaient bombardés jour et nuit ? Pourquoi croyait-il que son cher Speer avait fait enterrer les usines ?! Le caporal de

Bohême n'avait-il pas conscience que la Wehrmacht n'était plus que l'ombre d'elle-même ? Avait-il par exemple oublié le calvaire de la Panzer Lehr ? Alignant avant le débarquement de Normandie dix-sept mille deux cents hommes et cent quatre-vingt-dix panzers, la fière Panzer Lehr se trouvait réduite à deux compagnies et cinq blindés ! Et la situation n'était pas plus brillante chez les prétoriens ! Lui qui se prétendait infaillible ignorait-il que sa 11e ss Panzerdivision était passée de vingt mille hommes et deux cent trente-huit chars à deux mille six cent cinquante hommes et… un malheureux panzer ?!

— Je réunis une puissante force d'assaut, avait exposé le *Coucou*, elle sera composée notamment des nouvelles divisions, les *Volksgrenadier-Divisionen*…

À l'évocation de ces unités, Guderian avait manqué d'exploser de rage. Ah ! Les fameux *Volksgrenadiere* ! Quelle plus belle illustration de la faillite du Reich millénaire ?! Que pouvait-on attendre de ces divisions peuplées d'ancêtres et de gamins alors qu'elles étaient réduites à six bataillons ?! Oh bien sûr on avait renforcé leur puissance de feu à courte distance. On avait même eu l'extrême bonté de leur conférer un semblant de réserve mobile en équipant de bicyclettes un des six bataillons. Des vélos alors que l'ennemi avait des nuées de camions et de Jeeps ! Quelle ironie !

— … Ces troupes fraîches, avait continué Hitchcock, enfonceront les minces lignes américaines pour franchir la Meuse et s'emparer d'Anvers. Ainsi, j'aurai séparé les Britanniques des ploutocrates du Nouveau Monde. Je rejetterai les Anglais à la mer ! Ce sera un nouveau Dunkerque ! s'était-il enflammé en martelant rageusement la carte de coups de poing. Et ne me rabattez pas les oreilles avec la soi-disant supériorité numérique des Alliés ! avait-il craché à Jodl. Vous noircissez considérablement la situation.

Connaissant les limites que ne devait en aucun cas outrepasser un courtisan, Jodl était resté coi.

— La Heer, avait repris Hitchcock, aura besoin de six à huit semaines pour préparer l'offensive...

« Fou, s'était dit Guderian en levant les yeux au ciel, il devient fou à lier. »

— ... Pendant ce temps, les autres fronts devront tenir coûte que coûte leurs positions actuelles, toute idée de renfort sera proscrite. Je compte même prélever certaines unités à l'est pour les jeter dans les Ardennes et...

— *Mein Führer* ! avait explosé *Schneller Heinz* en serrant les poings. Retirer des divisions à l'est risque de nous mener droit au désastre !

Il avait énoncé une évidence. Habitué à passer outre ses conseils, le *Coucou* était au surplus farouchement déterminé à exécuter le plan de Stephenson, son billet de retour pour l'Angleterre était à ce prix, si entre-temps il n'était pas assassiné !

— Balivernes ! avait-il rétorqué. Nous avons toujours combattu le Russe en infériorité numérique !

— *Mein Führer*, avait objecté suavement Jodl, ne craignez-vous pas que l'écrasante supériorité de l'aviation alliée ne compromette votre projet ?

— Je me suis longuement entretenu avec Goering, avait répliqué Hitchcock, feignant une tranquille assurance, il m'a promis l'appui de trois mille chasseurs pour couvrir cette offensive.

— Mais c'est impossible *mein Führer* ! avait protesté Kreipe.

— Rien n'est impossible ! avait hurlé le *Coucou*, gigotant sur son siège tout en foudroyant l'aviateur du regard. Ma Luftwaffe n'a que trop longtemps failli à sa tâche ! avait-il poursuivi en agitant furieusement le poing. Il est temps qu'elle protège efficacement mes troupes ! Ma volonté est inébranlable ! Et je prévois de lancer cette offensive déterminante en novembre ! L'aviation alliée sera clouée au sol par le mauvais temps ! De plus…

À son auditoire navré, Hitchcock avait dressé interminablement les grandes lignes de l'opération. Évidemment la machine de propagande britannique aux États-Unis tournait déjà à plein régime. Son nouveau message : l'allié soviétique était en réalité un fourbe.

11 DÉCEMBRE 1944. 18 H 25.
CHÂTEAU DE ZIEGENBERG.

En 1939, Hitler avait fait construire un poste de commandement ultrasecret dans un château datant du XVIIIe siècle. Inconnu tant des villageois des alentours que des services de renseignements alliés, ce quartier général comprenait sept bâtisses ressemblant aux constructions en bois typiques de la Hesse, avec porche agrémenté de paniers de fleurs. En réalité, il s'agissait de bunkers dont les murs et le plafond avaient près d'un mètre d'épaisseur. Le Führer avait baptisé l'endroit *Adlerhorst*, le refuge de l'aigle.

L'un des bunkers, officiellement désigné *Haus 2* mais surnommé *Casino*, regroupait le mess des officiers, une salle de réunion et un centre de communication.

Pendant ses séjours à l'*Adlerhorst*, Hitler y avait passé le plus clair de son temps, épuisant son entourage jusqu'à quatre heures du matin. Hitchcock avait décidé d'y recevoir en deux vagues les commandants de corps et les divisionnaires de l'offensive.

En fin d'après-midi, la première fournée d'officiers s'était réunie non loin de là, au quartier général de von Rundstedt, près de Limburg. Avant de monter dans le car qui allait les mener à l'*Adlerhorst*, ils avaient eu le désagrément d'être fouillés par la Gestapo, à qui ils avaient dû remettre leurs pistolets. Cette humiliation avait été épargnée aux officiers ss, seule la Heer ayant trempé dans l'attentat du 20 juillet. Pour désorienter ses passagers, le car avait tourné presque une heure dans la noirceur avant de prendre la direction du château. Ignorant tout de leur destination, encore traumatisés par les purges ayant suivi l'attentat contre Hitchcock, beaucoup d'officiers de la Heer avaient cru leur dernière heure venue.

Lorsque les officiers s'entassèrent dans la salle de réunion, ceux appartenant à la Heer furent priés de s'asseoir. Il ne s'agissait pas d'une faveur, au contraire, derrière chacun se tenait un garde ss, la main sur la crosse de son pistolet. Comme le dirait plus tard le patron de la Panzer Lehr, Fritz Bayerlein, « aucun d'entre nous ne se serait risqué à tirer son mouchoir ! » Effectivement, même pour le prestigieux Bayerlein, c'eût été se tirer une balle dans la tête. Seuls les gradés ss restèrent debout.

Dix minutes plus tard, Hitchcock parut. Triste spectacle. Traînant la patte, il empoignait son bras gauche de la main droite pour en atténuer les tremblements. S'accrochant à l'espoir d'un retour au pays,

Hitchcock avait recouvré un semblant d'optimisme, mais il restait immensément affaibli. Comment aurait-il pu en être autrement ? En mission depuis quatre interminables années, s'étant démené comme un beau diable pour mettre au point les détails de l'offensive, le *Coucou* n'avait pas compté ses efforts en raclant le Reich jusqu'à l'os afin de trouver hommes et matériel pour achever sa tâche.

Alors que les Alliés considéraient l'Allemagne battue, il était parvenu à rassembler deux cent cinquante mille combattants, mille neuf cents canons et neuf cent soixante-dix panzers, un tour de force ! Si l'inénarrable Goering n'avait pu réunir les trois mille chasseurs promis, il alignait cependant mille cinq cents appareils. Des forces considérables s'apprêtaient à fondre sur les Américains. Hitchcock avait bien conscience d'une des faiblesses de cette tentative désespérée, l'essence manquait cruellement, l'offensive ne pourrait réussir sans que des stocks de carburant soient pris aux Alliés.

En contemplant les visages fermés de ceux qu'il allait haranguer, le *Coucou* sentit le découragement l'envahir. À moins d'être complètement demeurés, tous devaient voir en lui le fou criminel conduisant le Reich à sa perte. Et s'il n'y avait que ça ! Nombreux pleuraient la mort d'un fils, d'un frère, d'un cousin, d'un ami. Certains avaient même perdu leur famille entière quand un bombardement avait pulvérisé leur foyer. D'autres portaient dans leur chair des blessures qui ne s'effaceraient jamais. Sachant le Reich vaincu, aucun n'avait intérêt à ce que la guerre se prolonge. Et pourtant, pour parvenir à ses fins, le *Coucou* voulait… non ! Il devait coûte que coûte convaincre ces guerriers revenus de tout que l'offensive dans les Ardennes était autant vitale que réalisable, il en allait de sa survie, Hitchcock en avait la conviction.

— *Meine Herren*, commença-t-il d'une voix venue d'outre-tombe, alors que tout paraissait perdu, Frédéric II démontra que la coalition de ses ennemis était artificielle et qu'elle ne demandait qu'à se rompre, il en sera de même cette fois-ci. Du succès de notre offensive dans les Ardennes naîtra la rupture de l'alliance contre-nature entre le bolchevisme et la ploutocratie anglo-saxonne…

Aux yeux des chefs ss, rompus aux réalités d'une guerre perdue, ce discours aurait dû être réservé à des fanatiques assemblés dans une brasserie. Quant aux officiers de la Heer, seule la peur d'être fusillés sur-le-champ les empêcha de manifester leur désillusion.

Au bout d'une heure, Hitchcock aborda le vif du sujet :

— … Dans quatre jours, à cinq heures du matin, je lancerai l'opération *Wacht am Rhein*. Trois armées réunissant plus d'un quart de million d'hommes attaqueront sans merci et de manière décisive. Et ce jour-là, s'enflamma le *Coucou*, le soldat allemand montrera au monde ce dont il est capable !

Sous-entendu, cela n'avait pas encore été fait. Cette énième rebuffade fut ressentie comme un franc camouflet par l'assistance, ss et officiers de la Heer confondus.

— … Cette bataille, conclut enfin Hitchcock trois quarts d'heure plus tard, décidera de notre vie ou de notre mort. Je veux par conséquent que tous mes soldats se battent farouchement et sans merci ! Il faut livrer cette bataille avec brutalité et briser toute résistance en répandant la terreur ! C'est maintenant ou jamais que nous devons vaincre l'ennemi afin que vive l'Allemagne !

Un silence de mort s'abattit sur la pièce. Nul « *Sieg Heil* ! », personne ne brailla sa certitude farouche en la victoire finale, tous restaient convaincus que la guerre était irrémédiablement perdue. Fixant Hitchcock, les officiers n'osaient se regarder, redoutant autant le sentiment de leurs voisins que les émotions qu'ils auraient pu laisser transparaître.

Étouffant un soupir de découragement, le *Coucou* comprit, il avait échoué, il n'avait pas galvanisé son assistance. Mais refusant la mort, repoussant plus encore l'idée de ne plus étreindre Emily, il voulut se persuader que tout espoir n'était pas perdu. N'avait-il pas démontré que l'impossible avait été fait pour que cette offensive de la dernière chance soit un succès ? S'ils ne croyaient plus en lui, ces militaires désabusés n'avaient-ils plus confiance en leur immense talent ? Doutaient-ils de la combativité de la troupe ?

« Dieu de Dieu ! songea anxieusement Hitchcock en contemplant le parterre d'officiers. Faites qu'ça marche et que c'tte folie s'arrête ! »

16 DÉCEMBRE 1944. 05 H 30. ECHTERNACH.

Par une température extérieure de - 18° Celcius, le *2nd class* Esposito grelottait dans son abri de sentinelle. Son unité, la 4e Infantry Division US, était dans un secteur réputé calme, celui de la ville médiévale d'Echternach, au nord du Luxembourg. Cette tranquillité, la 4e division ne l'avait pas volée, ayant connu l'enfer de la forêt de Hürtgen, au sud d'Aix-la-Chapelle.

Dans cette bataille épique, les Yankees avaient perdu pas moins de vingt-quatre mille hommes, dont six mille pour cette seule division !

Installer son abri de fortune avait été toute une affaire pour Esposito. Gelé sur une profondeur de 15 cm, le sol ne pouvait être entamé à la pelle ou à la pioche. Aussi le GI avait-il eu l'idée de soudoyer un gars du génie. En échange d'une paire de chaussettes neuves, le sapeur avait utilisé du TNT pour faire sauter la carapace de terre gelée. Puis, Esposito avait laborieusement creusé jusqu'à un mètre et demi. Il avait ensuite déniché dans une ferme du foin, dont il avait garni le fond de son trou. Après quoi l'Américain avait déployé ses couvertures sur la paille. Enfin, ce GI obstiné avait achevé son ouvrage en construisant un toit de fortune avec des branches de sapin. Avec sa température plafonnant à cinq pauvres degrés, l'abri n'était certes pas confortable mais il prémunissait Esposito de la morsure du froid inhumain. Voilà qui ne risquait pas de satisfaire le GI, New-Yorkais natif de Naples. Mais au moins ne risquait-il pas une engelure en relisant à la lueur d'une lampe torche la lettre reçue la veille de Graziella, sa fiancée. Totalement inconsciente des réalités du front, la pauvrette avait eu la maladresse de narrer à son homme le rationnement de l'essence aux États-Unis.

— Nom de Dieu ! bougonna l'Américain. Qu'est-ce que j'devrais dire moi ?! J'peux même pas chauffer c'foutu trou !

Il perçut tout à coup des petits bruits, un peu comme des bouchons de champagne qui sautent, cela provenait du côté allemand. Intrigué, Esposito éteignit sa lampe torche et souleva délicatement les branches de sapin au-dessus de son trou, faisant tomber un peu de la neige recouvrant son abri. Il vit de petites lueurs illuminer tout le front allemand. Une fraction de seconde plus tard, le GI entendit comme le hurlement d'un train de fret passant juste au-dessus de sa tête. Explosions assourdissantes, fabuleux tremblements du sol, crépitements d'éclats d'obus s'abattant autour de l'abri. Avant même d'avoir peur, il se jeta éperdument au fond de son trou.

— *Mamma mia* ! hurla-t-il sans même s'en rendre compte. J'dois donner l'alerte !

Comme s'il avait été seul à entendre les déflagrations ! Alors que la terreur s'emparait de lui, le GI empoigna difficilement son téléphone de campagne mais il ne parvint pas à joindre son sergent. N'ayant pu être enterré, le câble du téléphone avait été soufflé par une explosion.

Tandis que le malheureux se terrait dans son abri, plaquant les mains contre ses oreilles, des obus de tous calibres pleuvaient sur les lignes américaines. Des mortiers, des lance-roquettes multitubes, des obusiers, des pièces de 88 mm, des canons de 355 mm sur voie ferrée pilonnaient les 136 km du front. Dans un fracas apocalyptique, *Wacht am Rhein* se déchaînait.

La surprise était totale dans le camp yankee. Les nuits précédentes, avant que le mauvais temps ne s'abatte sur les Ardennes, des avions allemands avaient brûlé leur précieuse essence au-dessus des GI pour couvrir le vacarme des panzers montant en ligne. Pendant que le front américain subissait un déluge de feu et d'acier, des projecteurs de la Flak braqués sur les nuages créaient un clair de lune artificiel éclairant la progression des *Panzergrenadiere*. Nulle part les GI ne pouvaient compter sur un soutien aérien, la météo avait subitement changé et un temps exécrable clouait au sol l'aviation alliée.

Si les premiers rapports envoyés à l'*Adlerhorst* transportèrent Hitchcock d'allégresse, les informations suivantes l'inquiétèrent, les Yankees se ressaisissaient. Mais il ne perdit pas espoir tant les officiers menant *Wacht am Rhein* firent preuve d'ingéniosité.

Dans le cadre de l'opération *Stösser*, le millier de parachutistes commandés par l'*Oberstleutnant* von der Heydte devaient tenir vingt-quatre heures le carrefour vital de la Baraque Michel, au nord de Malmédy. Mais les conditions météo épouvantables éparpillèrent leurs avions, dispersant aux quatre vents les parachutistes, seuls trois cents parvinrent sur leur objectif. Von der Heydte comprit rapidement que cette poignée de braves serait insuffisante pour tenir le carrefour, aussi décida-t-il d'entraver les mouvements de troupes américaines. Exécutées avec audace, ses embuscades conjuguées aux nombreuses apparitions de parachutistes derrière les lignes américaines conduisirent les GI à croire que toute une division allemande leur était tombée du ciel ! Résultat, le commandement yankee consacra des forces disproportionnées à sécuriser ses arrières.

L'opération *Greif* aurait elle aussi pu être un fiasco. Hitchcock l'avait confiée à un SS plein de ressources, l'*Obersturmbannführer* Otto Skorzeny, armoire à glace balafrée au regard farouche qui était entrée dans l'histoire lorsque son commando avait délivré Mussolini de la geôle où l'avait jeté le gouvernement italien. *Greif* était une manœuvre scélérate : vêtus d'uniformes américains, circulant à bord de Jeeps,

Skorzeny et les siens devaient s'infiltrer dans les lignes yankees et s'emparer des ponts sur la Meuse. S'ils n'en prirent aucun, les SS provoquèrent une confusion indescriptible. Patton, le bouillant commandant de la 3e armée US, s'en émut auprès de son chef, Eisenhower :

— Des *Krauts* parlant un anglais parfait sèment la pagaille, coupent les fils téléphoniques, retournent les panneaux routiers d'indication de direction, perturbent des divisions entières...

Conséquence, les MP multiplièrent les points de contrôle, y posant des questions auxquelles selon eux seuls d'authentiques Américains pouvaient répondre : le nom de la petite amie de Mickey Mouse, les scores d'équipes de baseball, etc. Un ignare eut même la lumineuse idée d'emprisonner le général Bradley, dont le tort avait été d'avoir raison en désignant Springfield comme la capitale de l'Illinois !

S'ils cédaient du terrain, si les *Krauts* les faisaient tourner en bourrique avec leurs opérations spéciales, les GI s'accrochaient admirablement, leur front ne s'effondrait pas. Les Allemands ne progressaient qu'au prix de lourdes pertes, nulle part l'horaire de *Wacht am Rhein* n'était tenu. Néanmoins, l'offensive pouvait encore réussir si les Allemands s'emparaient d'une bourgade *a priori* insignifiante, Bastogne.

Pour le plus grand malheur de ses trois mille cinq cents habitants, celle-ci constituait un nœud routier commandant pas moins de sept grandes routes praticables par tous temps. Prendre ce village dispenserait les panzers ainsi que leur ravitaillement de peiner interminablement dans les médiocres chemins de terre serpentant sur le terrain accidenté et fortement boisé des Ardennes. Laisser Bastogne aux Yankees la transformerait en une tête de pont à partir de laquelle ils pourraient anéantir l'offensive allemande.

S'il ne connaissait pas les plans ennemis, Dwight Eisenhower savait lire une carte, il comprit l'importance de Bastogne et y envoya la 101e Airborne US renforcer des éléments des 9e et 10e Armored US. Pour faire bonne mesure, il ordonnerait le 19 décembre à Patton de lancer trois de ses divisions blindées vers le village.

17 décembre 1944. 13 h 00.
4 km au sud de Malmédy.

À bord de camions bringuebalants, le *Sergeant* Ahrens et ses cent trente-neuf camarades de la batterie B du 285e bataillon d'observation d'artillerie de campagne montaient au front, se frayant difficilement un chemin à contre-courant d'une cohue de Jeeps, de voitures d'état-major et de camions.

Luttant contre la nausée induite par les innombrables virages des routes ardennaises, le *sergeant* pestait contre les *brass*, ces *fat cats* aux secrétaires toutes plus mignonnes les unes que les autres. Ils dormaient chaque soir dans des draps ! Ils sortaient de West Point ! Leur brillante conclusion ? Que le front belge était calme ! Par quel miracle ? Parce que l'ennemi n'aurait dans ce secteur que des unités de second ordre ! Voilà pourquoi n'étaient affectées dans les Ardennes que des divisions n'ayant pas vu le feu et celles qui avaient été décimées ! Au fait ! C'était bien par les Ardennes que les *Krauts* avaient déboulé en '40, non ?! Foutue bande d'abrutis ces généraux !

Ahrens n'appréhendait pas encore le combat, son ennemi immédiat n'était pas l'Allemand mais le froid. Il aurait donné cher pour avoir comme son lieutenant le privilège d'être dans la cabine du camion, là où le chauffage faisait douillettement grimper la température au-dessus du point de congélation. Sur les deux rangées de bancs se faisant face à l'arrière de la cabine, nul chauffage. Tout au plus s'était-on affranchi de la règle voulant qu'à proximité du front les bâches soient relevées pour que les soldats puissent rapidement sauter à terre. Même baissées, elles ne prémunissaient pas complètement du vent, Ahrens et sa section enduraient un froid de - 20°.

Originaire de Denver, habitué au rude climat des Rocheuses, Ahrens se consola. Après tout, nombreux étaient les copains dépourvus de gants fourrés comme ceux qui venaient d'être distribués à la batterie B. Et puis il valait mieux ce froid sec plutôt que la chaleur moite et les nuées d'insectes qu'il aurait sûrement supportées dans le Pacifique, non ? Encore que... Peut-être aurait-il été affecté à un hôpital de campagne, où ses talents de comptable lui auraient valu un poste à l'intendance. Qui sait ? Au lieu d'affronter des *Japs* se battant jusqu'à la mort, le *sergeant* aurait flirté avec de pulpeuses infirmières sur des plages de sable blanc bordées de cocotiers. Ce fantasme le fit sourire. Il crut presque entendre le rire cristallin d'une séduisante *nurse* se mêler au bruit du ressac et au caquetage des perruches lorsque son camion s'engagea dans un carrefour chichement peuplé, quelques fermes et un café répartis de part et d'autre de la route. Sans qu'Ahrens le sût, son unité parvenait à Baugnez, point de passage obligé de *Wacht am Rhein*.

Soudain, l'infirmière s'évapora, le ressac disparut, la tiédeur du sable se fit dureté du froid métal du casque, les chants des perruches devinrent jurons de GI tombant de leur banc, le camion faisait un formidable tête-à-queue : la colonne américaine se trouvait nez à nez avec une avant-garde blindée ennemie. Ne voyant pas les Allemands, le *sergeant* ignorait la cause de l'arrêt. En percevant de lointains cris gutturaux, Ahrens réalisa que le temps se gâtait, l'angoisse le submergea, il tendit l'oreille pour guetter un ordre.

Tout à coup, une grêle de balles et d'obus s'abattit sur le convoi américain. Jouant des coudes, le *sergeant* et sa section sautèrent du camion et coururent à toutes jambes jusqu'à un fossé où les rejoignirent presque tous ceux de la batterie B. Seule une poignée de GI sprinta vers un bois. Sans prendre le temps de poursuivre les fuyards, les *Krauts* cernèrent le fossé. Les officiers américains estimèrent rapidement la situation. Que faire avec des fusils face à des blindés ? Rien, toute résistance serait suicidaire. Les mains en l'air, les officiers yankees sortirent tristement du fossé, suivis de leurs hommes.

Tandis que Ahrens et ses camarades levaient les mains vers un ciel de plomb, désespérément vide d'avions alliés, les Allemands fouillèrent leurs prisonniers. Ce faisant, ils les délestèrent de leurs montres, de leurs portefeuilles, de leurs innombrables cigarettes mais aussi et surtout de leurs gants fourrés.

— Eh ! protesta un Américain. 'Z'avez pas l'droit d'nous prend'e aut'e chose qu'nos armes ! On est des prisonniers de gu...

— *Ruhe* ! beugla un Allemand, en assenant dans les côtes du protestataire un coup de crosse.

— Bon Dieu ! murmura un voisin d'Ahrens alors que les *Krauts* formaient sans ménagement leurs captifs en colonnes, c'est qui ces types ?

Le *sergeant* lorgna avec inquiétude les lettres SS sur les cols des Allemands.

— 'Sais pas, répondit-il, mais ils n'ont pas l'air commodes.

Sans nul doute, ces Teutons-là n'étaient pas des enfants de chœur. Ils constituaient l'avant-garde de la Ire SS Panzerdivision. Ces hommes s'étaient taillé une épouvantable réputation sur le front russe, ils y avaient été surnommés *Bataillon Chalumeau* pour avoir incendié deux villages sans y faire le moindre prisonnier.

Des *Panzergrenadiere* menèrent les Yankees jusqu'à un pré tout proche. Les mains en l'air, les Américains se tenaient immobiles. Dans un vacarme de cliquetis de chenilles et de grondements de moteurs, ils regardaient avec appréhension des *half-tracks* et des chars ennemis se ranger face à eux.

— 'Z'avez vu ?! chuchota un voisin d'Ahrens en lorgnant des tanks énormes. On dirait des Tigres !

En fait, il s'agissait d'une version améliorée, le Koenigstiger, le tigre royal. Deux fois plus lourd que le Sherman américain, ce mastodonte avait un blindage incliné sur lequel ricochaient les obus de 75 mm du tank yankee. Son seul point faible était à l'arrière. Les Sherman devaient s'élancer à plusieurs contre lui pour avoir quelques chances de le détruire, sachant qu'au passage le redoutable canon de 88 mm à tir rapide du panzer faucherait un paquet d'assaillants, un vrai cauchemar !

Hitchcock avait veillé à ce que ce blindé d'exception équipe la Ire SS Panzerdivision. Il fondait en effet de grands espoirs sur le patron de ce régiment, l'*Obersturmbannführer* Joachim Peiper.

Pendant que les Yankees observaient avec crainte ses panzers s'aligner au bord du pré, Peiper les toisa d'un œil mauvais du haut de la tourelle de son Koenigstiger. À vingt-neuf ans, issu d'une lignée de militaires de carrière, il était le plus jeune chef de corps des armées allemandes. Rompu à la sauvagerie de la guerre à l'est, son regard dur tranchait par rapport à la jeunesse de ses traits. Charismatique, fanatique, admiré par ses hommes, de belle prestance, titulaire de la *Ritterkreuz*, ce héros national incarnait l'idéal nazi. N'étant pas naïf, l'*Obersturmbannführer* savait la guerre perdue, mais il entendait bien exécuter sa mission, quel qu'en soit le prix. Méprisant les *Untermenschen* bolcheviques, Peiper vomissait plus encore les ploutocrates du Nouveau Monde, quelle engeance de dégénérés ! Et cette Amérique si lointaine, ce pays de cocagne encore et toujours intact après toutes ces années de guerre alors que le *Vaterland* n'était qu'un champ de ruines ! Comment lutter contre un peuple capable de produire tant de cigarettes ?! C'était impossible ! *Schweinerei* !

— La Ire ss Panzerdivision vous souhaite la bienvenue en Belgique *gentlemen* ! clama un Allemand dans un anglais sans accent.

Quelques secondes plus tard, le temps que cette boutade soit traduite aux ss ne comprenant pas la langue de Shakespeare, un rire sarcastique s'éleva des rangs allemands. Peiper n'avait pas le cœur à plaisanter, il avait un horaire à respecter. Au surplus, l'*Obersturmbannführer* se souvenait des impitoyables consignes de son Führer, « ne se laisser inhiber par aucune considération humanitaire ». Instruction d'autant plus facile à exécuter qu'une vision apocalyptique restait gravée dans son esprit, les rues de Cologne jonchées de cadavres et de décombres après un bombardement allié.

— *Jetzt* ! ordonna Peiper en donnant une tape sonore sur la tourelle du monstrueux Koenigstiger.

Le servant de la mitrailleuse avant du char ouvrit alors le feu sur les Américains, aussitôt imité par les mitrailleurs des autres panzers. Réalisant immédiatement l'horreur de la situation, Ahrens tourna les talons et fonça en direction du bois. Il n'avait pas franchi cinquante mètres qu'une balle le frappa en plein dos, le projetant face contre terre.

Alors que l'impact de sa blessure se faisait morsure atroce et qu'il recouvrait lentement ses esprits, les crépitements d'armes automatiques cessèrent. Pendant que plaintes et râles s'élevaient autour de lui, le *sergeant* perçut des bruits de pas. Les pas s'arrêtaient, un coup de feu claquait et les pas reprenaient. Ahrens comprit que les *Krauts* achevaient les blessés ! Quelle épouvante ! Les SS échangeaient des plaisanteries, riant à gorge déployée. Lorsque des pas s'approchèrent de lui, le GI retint sa respiration et se contraignit à une immobilité absolue. Une botte ennemie le poussa rudement mais il parvint à ne pas réagir. Le *Kraut* s'éloigna de quelques mètres, marqua une pause, exécuta un Américain puis continua son chemin.

Quand les coups de feu cessèrent, Ahrens entendit un compatriote murmurer « Foutons l'camp ». Comme deux camarades, le *sergeant* se leva péniblement et détala vers le bois. Sa blessure le lançait prodigieusement mais la peur lui donnait des ailes. Les SS tirèrent une volée sur les fuyards, mais sans les atteindre. Après 8 km d'une course effrénée, Ahrens et ses compagnons rencontrèrent une Jeep. À bout de souffle, ils se hissèrent dedans. Ils firent au capitaine la conduisant un récit qui se répandit comme une traînée de poudre dans les lignes américaines. Connue comme le massacre de Malmédy, la tuerie galvanisa les Américains : non seulement ils résolurent de ne pas se rendre aux SS mais en plus ils décidèrent de ne pas les capturer.

La résistance de Bastogne créait un dilemme à von Manteuffel, le brillant commandant de la Ve Panzerarmee : devait-il se jeter sur le bourg ou le contourner ? Dans la première hypothèse, von Manteuffel perdrait un temps précieux mais il ferait sauter un caillot capable de bloquer le réseau de routes indispensables au succès de *Wacht am Rhein*. Dans le second cas, il n'entraverait pas le rythme de l'offensive mais il laisserait sur ses arrières une tête de pont à partir de laquelle les Yankees pourraient anéantir l'offensive allemande. Espérant avoir trouvé une solution médiane, von Manteuffel ordonna à la Panzer Lehr ressuscitée et à la XXVIe Volksgrenadier-Division d'investir le village. Puis, il reprit son avance avec le reste de ses troupes.

Que Bastogne fût assiégée n'émut en rien les briscards de la 101e. Ayant toujours été largués derrière les lignes ennemies, ils étaient habitués à être coupés du gros des forces alliées.

22 DÉCEMBRE 1944. 11 H 30. BASTOGNE.

Dans un corps de ferme éventré par un obus allemand, le *Sergeant* Butler, de la 101e, surveillait le *no man's land* qui s'étendait au sud du périmètre américain. Le

GI ne payait pas de mine. Une barbe de six jours, les traits encore tirés malgré l'accalmie des dernières quarante-huit heures, l'uniforme maculé par la terre et le sang des blessés auxquels il avait porté secours, tout en lui reflétait l'âpreté des combats des jours précédents.

Et dire que lui et ses copains avaient cru finir tranquillement l'année à Reims ! Les *Screaming Eagles* l'auraient pourtant bien mérité. Après avoir été le fer de lance d'*Overlord*, la 101e avait perdu pas moins du tiers de ses hommes durant *Market Garden* ! Oui, mais avec qui d'autre *Ike* pouvait-il colmater en urgence son front belge ? Voilà pourquoi un MP avait sans ménagement tiré Butler hors du bordel rémois où il jouissait d'un juste plaisir.

Si les nuages bas avaient disparu, une brume persistante baignait Bastogne dans une clarté blafarde, interdisant tout appui-feu de la part de l'aviation alliée. Être dépourvu de couverture aérienne ne troublait pas le parachutiste, les *Krauts* s'étaient cassé les dents deux jours auparavant, et depuis, plus rien, plus rien que le calme, plus rien que l'ennui. Pourquoi donc ce répit ? L'ennemi avait-il renoncé ? Se regroupait-il pour repartir à l'assaut ? Allez savoir ! En tout cas, il y avait une bonne nouvelle, la température était brusquement remontée, non seulement le *sergeant* n'était plus frigorifié mais en plus les blindés ennemis patineraient dans la boue.

Détournant son regard des lignes allemandes et surtout de la neige qui reflétait méchamment la luminosité, l'Américain observa un groupe de prisonniers chargés d'une triste corvée. Avec de simples pelles, les pauvres diables enterraient les morts des deux camps.

À voir leurs efforts, le sol restait glacé en profondeur. Singulièrement, les cadavres gelés gardaient la position très souvent grotesque dans laquelle ils avaient été ramassés.

Étouffant un rot, Butler porta une main sur son estomac endolori.

« Putain d'crêpes ! » pensa-t-il.

Les approvisionnements en nourriture étaient à un niveau dangereusement bas mais Bastogne regorgeait de farine, tant et si bien que les *Screaming Eagles* s'étaient goinfrés de crêpes jusqu'à en être dégoûtés !

Plus le *sergeant* considérait les *Krauts*, moins il les trouvait effrayants, tout juste un ramassis de vieux et de jeunots. Les gamins avaient d'autant moins l'air redoutable qu'ils flottaient dans des vêtements trop grands. Les bougres étaient loin de ces fumiers de SS ! Pourtant, ces gars s'étaient bravement battus. Qu'est-ce qui les faisait avancer ? Le fanatisme ? L'obéissance atavique ? Ou alors la peur du peloton d'exécution ? Délaissant ces questions, Butler eut soudain une bien sombre pensée :

« Bon Dieu ! Ça s'rait bien qu'on creuse pas ma tombe ici ! »

Essayant de ne pas envisager le pire, le *sergeant* reporta son attention sur le *no man's land*, il fut stupéfait.

— *Holy shit* ! siffla-t-il entre ses dents.

Butler empoigna son téléphone.

— *Sir*, dit-il, quat'e *Krauts* arrivent par la route, 'y portent un drapeau blanc, on dirait qu'y s'rendent.

Optimisme aussi étonnant que typique de la 101e : comment un assiégé pouvait-il raisonnablement espérer que l'assiégeant capitule ?!

— Ok *Sarge*, allez voir ce qu'ils veulent, ordonna le *Major* Jones.

Le fusil à l'épaule, Butler pataugea sur la route boueuse à la rencontre des plénipotentiaires ennemis, deux soldats et deux officiers. Lorsqu'ils furent face à face, le GI et les Allemands échangèrent les saluts réglementaires. La décontraction du Yankee tranchait par rapport à la rigidité presque caricaturale des Teutons.

— Nous sommes porteurs d'un message, dit en un anglais presque sans accent l'un des officiers, nous sollicitons une entrevue avec le général commandant les troupes américaines.

— *All right*, répliqua avec flegme le parachutiste, suivez-moi.

Quelques minutes plus tard, le *Major* Jones quittait son poste de commandement pour rallier le QG divisionnaire. Porteur du message que lui avait remis Butler, le *major* se demanda s'il devait s'abstenir de le lire. Après tout, ce pli était destiné au « général américain », non ? Oui, mais lui, avait bien le droit de savoir, n'est-ce pas ? Il se battait comme ses hommes, et puis de toute façon il ne tarderait pas à être mis au courant. En remontant la grand-rue, où les flammes avaient consumé maintes maisons, Jones lut le message. Loin de partager le superbe optimisme de Butler, il fronça les sourcils.

Pendant que le *major* poursuivait son chemin, une rumeur se répandait dans les rangs de la 101e : les *Krauts* voulaient se rendre ! Oubliant leur épuisement, les *Screaming Eagles* sortaient de leurs retranchements, ils bavardaient gaiement autour de feux allumés en vitesse. Quelques esthètes commencèrent même à faire fondre de la neige afin de se raser, ils voulaient être présentables pour la grande occasion !

Ayant accueilli les Américains en libérateurs, le maire leur avait offert d'installer leur QG à l'hôtel de ville. Son modeste cabinet de travail était ainsi devenu celui du *Brigadier General* McAuliffe, quadragénaire sportif au menton carré, ayant remplacé au pied levé le divisionnaire en titre. Après avoir monté deux à deux les marches menant au premier étage, Jones toqua sur la porte ouverte du bureau.

Y discutaient avec animation McAuliffe, le *Lieutenant Colonel* Moore, chef d'état-major de la 101e, et le *Lieutenant Colonel* Kinnard, chef des opérations. L'unique fenêtre de la pièce étant fermée, les lieux empestaient la cigarette.

En équilibre précaire, les pieds sur le bureau et balançant sa chaise tel un rocking-chair, McAuliffe fit signe au *major* d'entrer.

— Salut, dit familièrement le chef de corps par intérim. 'Paraît que vous avez un message pour moi ?

— C'est un ultimatum, annonça Jones en agitant les deux feuillets dactylographiés par les Allemands.

Moore s'empara du message. Voici ce qu'il lut :

Au général américain commandant la ville encerclée de Bastogne :

Le sort des armes est en train de changer. Cette fois, les forces américaines qui défendent Bastogne sont encerclées par de puissantes formations blindées de l'armée allemande.

Il n'existe qu'une seule solution pour sauver les troupes encerclées de l'anéantissement total : la reddition dans l'honneur de la ville investie.

Voyant le front de Moore se plisser de rides évocatrices, McAuliffe l'interpella nerveusement :

— Qu'est-ce qu'ils disent ?

— Ils vous demandent de vous rendre, répondit Moore en tendant l'ultimatum à son supérieur.

Celui-ci le lut en diagonale.

— *Nuts* ! s'exclama-t-il.

McAuliffe avait appris dans la matinée qu'une division blindée de Patton approchait du but. Mais il savait aussi à quel point sa position était incertaine. Les munitions étaient tellement comptées que McAuliffe avait dû instaurer un rationnement très strict :

— Si vous voyez quatre cents Allemands massés sur 100 m^2 et occupés à ne rien faire, alors allez-y carrément. Mais ne tirez pas plus de deux coups !

Dépité, le *brigadier general* laissa tomber les feuillets par terre et sortit dans le couloir sans demander son reste.

« Fichu caractère ! » pensa Kinnard.

Connaissant McAuliffe, il le laissa seul, le temps que sa colère retombe. Puis, après avoir ramassé et lu l'ultimatum, il gagna le couloir.

— *Sir*, dit Kinnard en montrant le message, les *Krauts* attendent une réponse.

— Que diable voulez-vous que je leur réponde ?!

— Eh bien, votre première réaction me paraît imbattable *sir*, répliqua Kinnard en se fendant d'un large sourire.

McAuliffe le considéra avec étonnement, il ne s'en souvenait plus !

— Heu… Et qu'est-ce que j'ai dit ? demanda-t-il, gêné.

— Vous avez dit *nuts*.

— Voilà ! s'esclaffa le *brigadier general* en claquant des doigts, l'air ravi.

Le *lieutenant colonel* éclata de rire.

Et il riait encore lorsqu'un sous-officier tapa la réponse :

AU GÉNÉRAL ALLEMAND :

NUTS !

LE GÉNÉRAL AMÉRICAIN.

Quand le *Colonel* Harper, patron du 327e Glider Infantry Regiment, vint aux nouvelles, McAuliffe lui remit cérémonieusement le message.

— Veillez je vous prie, lui déclara-t-il avec affectation, à ce qu'il soit remis aux intéressés.

Intrigué par un pédantisme inhabituel de la part du *brigadier general*, Harper prit avec méfiance le feuillet. Sa lecture le fit glousser de contentement.

— Je leur remettrai moi-même, assura-t-il d'un air radieux.

Le cœur léger, le *colonel* rejoignit les plénipotentiaires ennemis.

— Si vous ne savez pas ce que le mot *nuts* signifie en bon anglais, cracha-t-il, ça veut dire « allez au diable ». Et je vais vous dire encore une chose, si vous continuez à nous attaquer, on tuera tous les salauds d'Allemands qui essaieront d'entrer dans cette ville !

Les officiers allemands le toisèrent. Aucun doute, colonel ou pas, cet individu était un excité autant qu'un rustre. Ils le saluèrent néanmoins réglementairement. L'un d'eux ne put s'empêcher de remettre ce grossier personnage à sa place :

— Nous allons tuer beaucoup d'Américains, c'est la guerre !

— Fichez le camp ! hurla Harper. Et *good luck* ! conclut-il sans savoir pourquoi.

26 DÉCEMBRE 1944. 17 H 02. BASTOGNE.

Alors que des chasseurs bombardiers britanniques passaient en trombe au raz des toits de Bastogne, le Sherman du *Captain* Dwight entrait dans le village, du moins dans ce qu'il en restait.

« Triste spectacle. » pensa Dwight du haut de la tourelle de son tank.

Effectivement, une maison sur six n'était plus qu'un amas de ruines, un tiers des autres habitations était inhabitable, çà et là des volutes de fumée s'élevaient des décombres, et surtout les civils pleuraient huit cents des leurs, tués par les bombardements.

S'il n'était pas insensible à la détresse des Belges, le tankiste restait immensément fier. Dieu seul savait que la 4e Armored en avait bavé pour arriver dans ce trou perdu ! En à peine six jours, elle avait préparé son attaque ! Aiguillée par Patton en personne, elle avait foncé bride abattue sur des routes enneigées depuis la Lorraine pour rallier Bastogne en quatre petits jours ! Un vrai tour de force ! En plus, la 4e Armored n'avait pu compter sur un soutien aérien qu'à partir du 23 décembre. Même alors, les chars américains avaient dû lutter âprement. Tout ça n'avait pas été sans mal, mais ça en valait foutrement la peine, les assiégés étaient saufs, enfin !

Lorsque son tank s'engagea dans la grand-rue, Dwight vit un compatriote venir à lui. L'homme avait les traits tirés, les yeux cernés et rougis par le manque de sommeil, mais il était rasé, son uniforme semblait presque propre et une étoile scintillait à son col.

— Comment ça va *general* ? demanda le *captain* en portant la main à son casque.

— *Gee* ! répondit McAuliffe avec un large sourire. Je suis bougrement content de vous voir !

Il y avait de quoi car la levée du siège de Bastogne sonnait le glas de *Wacht am Rhein*. L'offensive avait certes infligé de lourdes pertes aux Américains mais elle avait échoué. Loin d'envisager une paix avec le Reich, les Yankees étaient maintenant résolus à l'anéantir.

26 DÉCEMBRE 1944. 18 H 25.
CHÂTEAU DE ZIEGENBERG.

Bien qu'ignorant le véritable but de *Wacht am Rhein*, Hitchcock comprit la signification de son échec, il ne regagnait pas l'Angleterre. Lorsque Jodl lui apprit l'entrée des tanks américains à Bastogne, une fulgurante crampe à l'estomac lui coupa le souffle, comme s'il recevait un coup de poing dans le ventre. Passé ce premier choc, il quitta le *Casino* sans mot dire. Suivi de Linge, il se retira à la *Haus 1*, les appartements du Führer.

Tandis que *Mickey* refermait la porte d'entrée du bunker, le *Coucou* se laissa tomber dans un fauteuil. Il savait qu'une catastrophe venait de lui arriver, il avait aussi conscience qu'elle était tellement… catastrophique qu'il n'en mesurait pas vraiment l'énormité, Hitchcock était ainsi plus tétanisé qu'abattu. Vautré sur son siège, le regard perdu dans le vide, il tentait de ne penser à rien, craignant que prendre la mesure du désastre ne lui fût insupportable et que la douleur ne l'égarât au point de peut-être lui faire commettre l'irréparable.

Et pourtant. Le *Coucou* n'ignorait pas qu'il aurait dû se lancer dans une activité frénétique, ainsi que l'aurait sans doute fait Hitler, afin de s'occuper l'esprit, pour ne pas voir en face l'insoutenable réalité. Mais c'était plus fort que lui, il n'en avait plus l'énergie. Avachi dans le fauteuil, telle une marionnette abandonnée, il sentait la terreur monter en lui.

« Bouge-toi ! » hurla une voix en lui-même.

En vain ! Hitchcock était exténué, il avait tout donné pour *Wacht am Rhein*, absolument tout, il avait brûlé ses dernières forces afin de retourner dans les bras d'Emily. Mais les faits étaient là, incontournables, implacables, l'offensive avait échoué. Il restait prisonnier de sa mission, à la merci de ses ennemis, loin, désespérément loin de celle qui hantait son esprit jour et nuit. Tout était fini, le *Coucou* le sentit jusque dans sa chair.

Cette pensée explosa comme une grenade dans l'esprit du malheureux Hitchcock. Douleur, terreur, désespoir, un abîme d'une noirceur insondable l'engouffra. Trop épuisé pour hurler sa souffrance, il cria en silence pendant que les larmes ruisselaient sur ses joues. Dans cette vertigineuse descente aux enfers, sa bouche entrouverte ne laissait même pas échapper un gémissement. Douloureusement martelée par son cœur qui s'emballait, sa poitrine semblait sur le point d'éclater pour laisser fuir son âme affolée. L'horreur de la situation était telle qu'Hitchcock ne sentait quasiment plus les crampes lui vriller l'estomac, il ne prêtait plus garde aux tremblements de sa main gauche.

Oubliant même de renifler, le *Coucou* laissait la morve s'écouler sur sa moustache, la douleur lui tenait lieu de sénilité.

Linge éprouvait de la pitié pour cet imposteur de génie, cet homme que la souffrance broyait sous ses yeux. Malgré sa joie malsaine de savoir tant de ss fauchés durant *Wacht am Rhein*, il ne pouvait s'empêcher d'avoir de la compassion pour le *Coucou*. L'Allemand vint s'accroupir près de lui, appuyant ses avant-bras sur un accoudoir du fauteuil. Il chercha le regard d'Hitchcock, mais ce dernier restait prostré. Espérant n'être pas gauche, *Mickey* lui tapota délicatement la main.

— C'est moi, chuchota gentiment l'Allemand, comme s'il s'adressait à un enfant, c'est Heinz.

Le *Coucou* ne réagit pas. Si Linge ne pouvait imaginer les pensées d'Hitchcock, il vit clairement ses yeux perdre graduellement de leur éclat, comme s'il mourait. *Mickey* réalisa qu'il devait agir, et vite.

— Debout ! ordonna-t-il en tirant Hitchcock du fauteuil. Marchez !

Sans même regarder Linge, le *Coucou* se laissa choir mollement sur le sol. Le ss l'empoigna par le col et le redressa sans ménagement.

— Vous ne pouvez pas rester ainsi ! Il faut vous ressaisir !

Hitchcock persistant à fuir son regard, l'Allemand le rejeta dans le fauteuil et lui assena une gifle magistrale. Dédaignant de porter la main à sa joue pourtant en feu, le *Coucou* leva lentement les yeux vers *Mickey*.

— À quoi bon ? croassa-t-il. Tout est fini.

— Rien n'est fini ! répliqua Linge en secouant furieusement le *Coucou* par le col. Rien ! Pas plus votre mission que votre vie !

En guise de réponse, Hitchcock se contenta de soupirer.

— L'Allemagne a perdu, reprit *Mickey*, mais elle est encore debout, vous devez terminer votre mission, IL-LE-FAUT !

7 JANVIER 1945. 23 H 16. 10 DOWNING STREET.

Revenant d'un bref séjour en France, Churchill s'affairait dans son bureau. La sagesse commandait à ce septuagénaire de chercher le repos après la frénésie d'activité et de voyages des jours précédents. Mais son instinct lui dictait de ne surtout pas dételer avant que l'épuisement ne le terrasse, il craignait trop que sa conscience le tourmente, qu'elle exige une justification au vain sacrifice de tant de soldats américains dans les Ardennes. Bien sûr Churchill aurait pu répondre à cette mauvaise inquisitrice qu'il avait fait de son mieux, que son but n'avait pas été un bain de sang, qu'il s'était agi de mettre un terme à l'expansion du fléau bolchevique. Mais à quoi bon cette admirable sincérité aux quatre-vingt-six mille familles américaines dont les fils, les frères ou les maris étaient morts, blessés ou disparus ? Les plus beaux discours n'effaceraient jamais leur peine, jamais.

Fuyant ses remords, redoutant une foudroyante attaque de *black dog*, le Premier ministre s'abrutissait de travail pour que le sommeil le happe, afin de tomber dans les bras de Morphée dès qu'il gagnerait son lit installé dans l'étude. Conséquence, aucun sujet n'était indigne de son attention et de son temps pourtant limité. La malaria en Birmanie, la dispersion des avions sur les aérodromes près du front allemand, jusqu'à la pénurie de pommes de terre, tout était bon pour éloigner son esprit du fiasco sanglant de *Wacht am Rhein*, tout, et de préférence arrosé de généreuses doses de brandy.

Malgré l'épuisement et la griserie de l'alcool, Churchill se doutait qu'il ne pourrait fuir plus longtemps le spectre de la calamiteuse opération : le *Prime Minister* était ce soir-là censé recevoir Stephenson, lequel l'avait scrupuleusement évité depuis la libération de Bastogne, comme par hasard ! Il y voyait d'autant moins une coïncidence que cinq jours plus tôt *Intrépide* avait annulé un rendez-vous, ce qu'il n'avait jamais fait jusqu'alors.

— Au diable ces fichues pommes de terre ! pesta Churchill.

Jetant d'un geste rageur son porte-plume devant l'encrier, il baissa sa garde. En avalant goulûment une nouvelle gorgée de brandy, il se résigna à une séance d'introspection :

« Jouer à Dieu n'est guère enviable, assurément. Le pouvoir, le vrai, celui qui impose en pleine conscience de décider de la vie ou de la mort d'autrui est un fardeau colossal, peu d'hommes dignes de ce nom peuvent l'assumer. Moi, Winston Spencer Churchill, fils de Lord Randolph, je dois être à la hauteur de cette terrifiante tâche, je ne puis en aucune façon faiblir, à défaut de quoi je serai le médiocre que Père a trop souvent cru déceler en moi. Je ne puis baisser les bras, cela m'est interdit, cela m'est interdit. »

Un bruit de pas venant du couloir détourna son attention. Quelques instants plus tard, on frappa à la porte.

— Entrez, dit Churchill.

La porte s'ouvrit lentement. Stephenson, ou plutôt son fantôme, pénétra dans la pièce sans mot dire. À la seule lueur de la lampe posée sur le bureau, ses traits fatigués le faisaient paraître dix ans plus vieux que son âge. Jamais le Premier ministre ne l'avait vu ainsi, il en fut stupéfait. De la même façon qu'Hitchcock était devenu un mort-vivant, le Canadien était anéanti. Son allant et sa volonté s'étaient envolés, son pas n'était plus énergique mais traînant, son regard n'était plus indomptable mais fuyant. Churchill comprit immédiatement. *Intrépide* n'avait pas su museler sa conscience, le plus sévère des juges l'avait condamné. Pris de pitié, le Premier ministre tendit la main à son visiteur, s'efforçant de le réconforter par un sourire.

— Je... je... balbutia Stephenson en saisissant mollement la main offerte, je ne sais pas quoi vous dire Winston, si vous voulez ma démi...

— Allons Bill, l'interrompit Churchill sans lui lâcher la main, laissez-moi vous parler, laissez-moi vous parler non pas en Premier ministre mais comme un ami. Asseyez-vous, poursuivit-il en désignant la chaise devant le bureau.

Le Canadien la considéra, hésitant à obtempérer.

— Je vous en prie, l'encouragea Churchill.

Comme s'il agissait à contrecœur, *Intrépide* s'assit au bord du siège, paraissant ne pas vouloir s'éterniser. Son hôte vint face à lui, s'asseyant au bord du bureau.

— Permettez-moi de vous offrir un brandy.

Stephenson acquiesça. Après les avoir tous deux servis, Churchill chercha un sujet à célébrer. N'en trouvant pas, préférant éviter un propos dès lors futile, il porta un toast muet. L'imitant, *Intrépide* leva son verre et le vida d'une traite. Voyant cela, Churchill lui en proposa un autre en désignant des yeux la bouteille de brandy. Stephenson déclina d'un hochement de tête. Les deux hommes répugnaient à rompre le pesant silence. Loin de les oppresser, l'absence de bruit les apaisait, elle n'était même pas troublée par le tic-tac d'une horloge puisque le Premier ministre ne supportait pas d'entendre l'écoulement des secondes. Comme s'ils redoutaient de prononcer des paroles lourdes de conséquences, les deux amis se turent un long moment. Quoique bienfaisante, cette parenthèse silencieuse ne pouvait s'éterniser, Churchill le savait.

— Bill, finit-il par articuler, avant toute chose, vous devez savoir qu'il ne saurait être question que vous démissionniez, vous m'êtes trop précieux et…

— Trop précieux ?! s'égosilla le Canadien en s'agitant. Trop précieux pour qui ?! Pour les Yankees morts pour rien ? Pour tous les pauvres gosses que les hommes de Peiper ont tués pour les empêcher de pleurer ?! *By God* ! Des êtres sans défense massacrés parce qu'ils ont osé pleurer de peur !…

L'âme d'*Intrépide* était saturée d'un insupportable mélange de culpabilité et d'ignominie, il craquait, Churchill s'en rendait compte.

— … Et c'est à cause de moi que tout ça est arrivé ! poursuivit Stephenson en se désignant du doigt. De moi vous m'entendez ! Je vous ai mal conseillé !

— Pas du tout, objecta le Premier ministre en secouant lentement la tête. Compte tenu des informations dont *nous* disposions, continua-t-il, j'ai pris seul une décision qui pouvait conduire à un monde meilleur. Rappelez-vous que…

En expliquant en détail au Canadien qu'il n'avait pas fauté, que par conséquent la culpabilité n'était pas de mise, le Premier ministre réalisa que son exposé était destiné autant à soulager *Intrépide* qu'à le convaincre, lui, Churchill, que sa décision ne l'avait pas ravalé au rang de monstre.

— ... Et si cela était à refaire, conclut-il, gageons que j'agirais pareillement. Cessez donc de vous ronger les sangs mon cher ami, je vous en conjure, je vous en supplie même.

Soupirant longuement, Stephenson se frotta les yeux, comme s'il tentait d'émerger d'un atroce cauchemar. Sa raison n'avait aucun argument à opposer à Churchill mais la culpabilité ne le lâchait pas, ses crocs restaient profondément plantés en son âme.

— Bon sang ! gronda le Canadien. Quelle veine ça serait d'être seulement un exécutant ! Comme une blessure fait moins mal que ces foutus remords ! Je ne sais pas Winston si je pourrai continuer à vous aider à...

— Bien sûr que si, et pas plus tard que maintenant. Que devons-nous faire au sujet du *Coucou* ?

— Hein ? Qu'est-ce que vous voulez dire ?

Il était un temps où *Intrépide* aurait immédiatement saisi la balle au bond, le Premier ministre ne l'avait pas oublié. Mais Churchill espérait que faire appel à l'intellect de Stephenson aiderait ce dernier à reprendre le dessus.

— Eh bien oui, précisa-t-il, devons-nous le rapatrier ou le maintenir chez l'ennemi ?

Le Canadien ne répondit pas sur-le-champ. Penché en avant, les coudes sur les accoudoirs, les mains jointes sous le menton, il s'efforça de réfléchir, de donner un avis fondé non sur son affection pour Hitchcock mais sur des considérations stratégiques. Espérant avoir posément pesé le pour et le contre, *Intrépide* s'éclaircit la voix et se résigna à poursuivre sa redoutable mission, celle de conseiller du Premier ministre de Sa Gracieuse Majesté :

— Il a bien mérité de rentrer au pays, mais il peut encore nous être utile.

— Excellent Bill, splendide, vous confortez ma conclusion, le retour du *Coucou* serait prématuré. Voyez-vous, nous venons indubitablement d'essuyer un revers, mais nous ne pouvons exclure que notre homme nous serve à hâter la fin de la guerre, voire à affaiblir l'*Oncle Joe*.

Chapitre 9

29 AVRIL 1945. 07 H 36. BERLIN.

Pendant quatre mois, et malgré l'échec de *Wacht am Rhein*, Hitchcock avait brillamment poursuivi sa mission, notamment en maintenant des troupes hors du Reich. Le drapeau à croix gammée flottait en Courlande, en Norvège, au Danemark et sur une partie de la Hollande. Les Allemands s'accrochaient à Dunkerque, Lorient, Saint-Nazaire et la Rochelle. Les îles anglo-normandes vivaient à l'heure allemande. Rhodes et la Crète restaient aux mains du Reich millénaire. Le nord des Balkans, l'ouest de l'Autriche et la Tchécoslovaquie demeuraient sous le joug nazi. Bien qu'aux abois, alors que les Alliés s'enfonçaient en son sein, l'Allemagne gardait trois millions de soldats hors de ses frontières !

À l'heure où nombre de Berlinois se pressaient jadis dans le dédale de couloirs du métro, Linge empruntait d'un pas modéré un large tunnel aux murs et au plafond carrelés de blanc. Ce boyau ne menait à aucun quai, nulle foultitude n'y vaquait précipitamment à ses affaires, ce passage lugubre car dénué de tout bruissement humain reliait le *Führerbunker* souterrain à la chancellerie.

Alors que le Reich de mille ans s'effondrait, que sa capitale était méthodiquement investie par l'Armée rouge, *Mickey* ressentait un curieux mélange de sentiments. Sa soif de représailles envers les assassins de Roehm et autres traîtres à l'idéal national-socialiste était assouvie, très bien, mais à quel prix ? Le peuple allemand, celui-là même auquel le nazisme avait voulu conférer une destinée privilégiée, cette race prétendument supérieure, était crucifié. Comme enivrés des massacres apocalyptiques qu'ils avaient trop souvent perpétrés, les bombardiers anglo-américains labouraient jour et nuit des champs de ruines dans lesquels se terraient des populations n'aspirant plus qu'à une chose, survivre. Appliquant impitoyablement la loi du talion, l'Armée rouge commettait d'effroyables exactions. Même l'honneur allemand était foulé aux pieds alors que les secrets les plus écœurants du Reich étaient révélés à un monde criant vengeance.

À la fois satisfait et coupable, Linge avait aussi peur, allait-il sombrer dans le naufrage de son pays ? D'ailleurs, ne serait-il pas juste qu'il disparaisse avec le IIIe Reich ? Cette question le hantait. Incapable de renier le national-socialisme et son cortège d'atrocités, Linge savait également que sa vendetta avait dépassé en horreur le meurtre de Roehm. Dès lors, au nom de quoi serait-il épargné ?

Dans l'un des ultimes carrés du nazisme à Berlin, le rituel militaire persistait, les sentinelles SS portaient armes et claquaient bruyamment des talons sur le passage de *Mickey*. Les gardes avaient d'autant plus de mérite à rester impassibles que certains notables du bunker n'avaient pas une attitude jusqu'au-boutiste, espérant trouver dans les brumes de l'alcool un semblant de contenance.

À mesure que Linge remontait vers la surface, qu'il quittait l'atmosphère viciée mais aussi la protection du sous-sol pour gagner l'air libre, les détonations d'obus soviétiques devenaient tonitruantes. Le valet se faisait une représentation cauchemardesque de la bataille de Berlin. Loin d'une bataille rangée entre armées modernes, il imaginait une créature monstrueuse, une hydre répugnante à l'appétit insatiable, dévorant tout sur son passage, hommes, femmes, vieillards, enfants, habitations. Martelant sourdement les entrailles de la terre, les impacts de l'artillerie russe figuraient le pouls de l'animal maléfique. Dehors, le souffle violent et le vacarme assourdissant des explosions symbolisaient la rage de la bête abominable. Entre les déflagrations, les rafales d'armes automatiques toujours plus proches annonçaient l'hallali, une défaite qui sonnerait bien plus que le glas du Reich millénaire, une catastrophe qui réduirait les Berlinois à l'état de troupeau terrorisé soumis au bon vouloir de ses nouveaux maîtres.

Comme chaque fois qu'il émergeait du bunker, Linge fut frappé par le spectacle de la capitale agonisante, par ce summum de chaos s'abattant sur les choses et les êtres, avilissant les premières et déshumanisant les seconds.

La chancellerie était dans l'ensemble intacte, n'ayant encaissé que peu de bombes anglo-américaines et autres obus soviétiques. *Mickey* emprunta couloirs et pièces monumentales jonchés de gravats, d'éclats de verre et de débris de meubles pour parvenir au placard où était dissimulé son émetteur-récepteur. Après s'être assuré que nul ne l'avait suivi, il sortit la petite radio de sa cachette. Accroupi derrière un buffet défoncé par l'effondrement d'une partie du plafond, Linge alluma l'émetteur-récepteur. Il le faisait plus par acquit de conscience que dans l'espoir d'instructions tant il y avait longtemps que Métaz ne l'avait contacté. Quelle ne fut pas sa surprise d'entendre un grésillement s'élever de la radio !

— De *Joey* à *Mickey*, de *Joey* à *Mickey*, évacuation *Coucou* prévue pour demain. *Coucou* devra simuler suicide après avoir ordonné faire disparaître son cadavre. Vous devrez le sortir dans jardin chancellerie à 14 h 30. Vous rencontrerez deux de nos hommes. Votre mot de passe sera *exit*, le leur sera *marmelade*. Répétez instructions.

Linge était stupéfait, d'abord par les consignes, ensuite qu'il lui fût ordonné d'émettre si longuement. Mais le valet réalisa rapidement que l'enjeu était trop important pour que le Suisse n'ait pas cette exigence. Regardant anxieusement tout autour de lui, *Mickey* s'exécuta.

11 H 25. BERLIN.

Après que Linge l'eut aidé à s'habiller, Hitchcock se trouvait seul dans sa chambre du *Führerbunker*, dans ce qui était pour lui une cage, pour ne pas dire une antichambre de la mort. D'une dizaine de mètres carrés, le local était naturellement meublé de manière spartiate, comme tous les appartements privés d'Hitler.

Assis à califourchon sur une chaise, le bras droit appuyé sur son dossier, le bras gauche pendant et tremblant par intermittence, le *Coucou* se contemplait depuis d'interminables minutes dans un petit miroir. L'épuisement physique et moral autant que l'éclairage cru de l'ampoule nue fixée au plafond lui donnaient un air d'outre-tombe. Si son organisme était mal en point, son âme ne valait guère mieux, elle était presque anéantie, Hitchcock n'agissait plus que par automatismes.

Il savait sa sécurité renforcée, ses visiteurs étaient fouillés et désarmés, mais il n'en avait cure. Hitchcock ne se posait plus la question de la vie ou de la mort, la peur l'avait quitté en même temps que l'espoir. Désormais, le peu d'humanité subsistant en lui se réduisait à des considérations triviales, aussi dérisoires qu'insignifiantes.

« Bon Dieu ! songea-t-il en observant ce faciès, cette trogne qu'il avait tant fait ressembler à celle d'Hitler. Qu'est-ce que j'en ai marre de c'tte foutue moustache ! Et c'putain d'nez ! Il est dev'nu énorme ! »

Vestige d'amour-propre ou réminiscence d'une conscience de soi ? Quelle importance ?! Il valait mieux se demander s'il était seulement resté humain ! Avoir par exemple cautionné les massacres de civils en URSS et encouragé la naissance des camps d'extermination l'autorisait-il encore à respirer ? Ce qui lui restait de morale objectait à cette terrible accusation que laisser Himmler et ses sbires s'acharner sur les Juifs, Tziganes et autres déportés entravait l'effort de guerre nazi : trop occupé à anéantir un peuple jusqu'à son dernier enfant, le Reich privait la Wehrmacht de divisions entières ; l'abomination servait la mission, n'est-ce pas ? Piètre défense en vérité ! La supériorité des armées alliées était telle que quelques divisions nazies de plus ou de moins ne pouvaient changer le cours de la guerre. Dès lors, les… les camps… étaient… nom de Dieu !… avaient… Auschwitz, Treblinka, Bełżec, Sobibór,

Majdanek et autres Chełmno… autant d'inadmissibles façons de prononcer atrocité, ignominie, épouvante, horreur, abjection et barbarie ! Mais avait-on encore le droit de prononcer quoi que ce soit alors qu'avait été conçu l'inconcevable ! Conçu et surtout exécuté ! Alors que l'assassinat était devenu une industrie ! Alors que le nombre de victimes se chiffrait par millions ?!

Linge vint interrompre cette redoutable introspection.

— Vous devez convaincre votre entourage que vous allez vous suicider, chuchota-t-il.

— Ah bon, dit Hitchcock avec indifférence, sans détourner les yeux du miroir.

— Vous ne me demandez pas pourquoi ? s'étonna l'Allemand.

— Que voulez-vous que ça me fasse ? Ça ou autre chose.

Mickey le savait exténué, il s'était néanmoins attendu à ce que de telles instructions suscitent son enthousiasme.

— Mais je vous dis que c'est enfin fini ! Vous rentrez chez vous !

Rien, absolument rien, le vide, le néant, le visage du *Coucou* n'exprimait aucune réaction. Linge aurait parlé de la pluie et du beau temps, qu'Hitchcock ne lui aurait pas été plus indifférent. L'Allemand en fut décontenancé, au point qu'il crut n'avoir peut-être pas été compris.

— Avez-vous réalisé, persista le valet en secouant gentiment l'épaule d'Hitchcock, que vous avez gagné ?

Ce dernier détourna lentement son regard vers le ss. Le fixant depuis le miroir, il s'efforça de réfléchir. L'obligeant enfin à sortir de son personnage de Führer résigné, cet effort de compréhension fut laborieux, presque douloureux.

Comment ? La vie irait au-delà du bunker ? Lui, Hitchcock, n'avait plus à semer la désolation ? Ou à tout le moins il devait encore le faire mais en espérant sous peu des jours meilleurs ? Si cela était, c'était donc qu'il pourrait revoir Emily ! Non ! C'était impossible ! Il avait sûrement mal compris !

Le *Coucou* avait tant et tant attendu cet instant, cette délivrance où il lui serait annoncé qu'il repartirait vers son foyer et la femme de sa vie, qu'il avait fini par ne plus y croire, Hitchcock s'était persuadé qu'il mourrait en mission.

— C'est vrai ? s'inquiéta-t-il.

— On ne peut plus vrai…

Hitchcock soupira de soulagement.

— … Quand vous aurez simulé le suicide, c'est moi qui vous sortirai du bunker pour que vous retrouviez vos amis.

— Quand ?

— Demain, vous serez évacué demain.

— Demain, répéta le *Coucou* en esquissant un sourire fatigué, nous partons demain.

— Nous ? Il n'a jamais été question que je vous suive.

— Vous plaisantez j'espère ! Après tous les risques que vous avez pris !

L'Allemand fut stupéfait qu'Hitchcock retrouve aussi vite la force de protester.

— C'est vous qui me dites ça ? Ma place est ici, avec mon peuple.

— Je vous ordonne de me suivre ! siffla le *Coucou* d'un air mauvais.

— Calmez-vous, répondit tranquillement Linge, vous savez bien qu'à ce sujet vous n'avez aucun ordre à me donner.

Habitué à dominer son entourage, Hitchcock mit de longues secondes pour réaliser qu'effectivement il n'avait plus la main, que son sort et celui des autres lui échappaient.

30 avril 1945. 02 h 41. En approche de Berlin.

Attendre, attendre interminablement, sentir la tension monter, lentement, inexorablement, croiser les doigts pour qu'elle n'accouche pas d'une trouille incontrôlable, refuser d'envisager le pire. Se dire que ce vol nocturne ne serait pas le dernier, qu'il y en aurait d'autres, oui, il y en aurait forcément d'autres, donc le péril qui les guettait ne les anéantirait pas. Espérer, espérer. Espérer que l'on ne ressortirait pas estropié de cette aventure, espérer que l'on ramènerait indemne son équipier, espérer que l'on n'était pas envoyé connement vers une mission impossible, une mort aussi absurde que certaine.

Si seulement on pouvait prier ! Qui écouterait une prière ?! Une foutue prière ! Ce Dieu de pardon et d'amour ? Existait-il en cette époque de sauvagerie ? Et si ce Dieu n'était pas l'invention d'une idéologie charlatane, était-on digne de sa pitié ? Car enfin, la mission ne s'accomplirait pas sans verser le sang, sans ôter la vie de sang-froid, sans violer le commandement « Tu ne tueras point ».

Assis sur un banc courant le long de la carlingue, dans la partie du *Gooney Bird* réservée au fret et aux passagers, Seymour ressassait ces sombres pensées pendant que Cavendish, bercé par le grondement des moteurs, somnolait à ses côtés.

Sur le banc face aux Britanniques, muré dans un mutisme obstiné, un Yankee à la lourde carcasse leur jetait un œil de temps à autre. Chargé de coordonner les largages, le *crew chief* était surtout préoccupé par un vilain rhume, il passait le plus clair de son temps à éternuer puis à se moucher dans un immense mouchoir à carreaux. Vétéran des opérations *Overlord* et *Market Garden*, le *sergeant* croyait avoir tout vu. Mais lorsque deux *Limeys* accoutrés comme des Allemands avaient grimpé dans son *Gooney Bird*, il s'était douté que quelque chose de très spécial se tramait.

Seymour dégaina lentement sa baïonnette, il la tripota en essayant de se concentrer sur la mission. La mission, la bon Dieu de mission. Le *Royal Marine* savait leur destination investie par la bagatelle de vingt armées soviétiques. Vingt armées ! Plus de deux millions et demi de Russes attaquaient Berlin en brûlant de venger leur *Rodina* des ignominies perpétrées par les *fascistes*. À cet égard, la proclamation du maréchal Joukov, patron du 1er Front de Russie blanche, était tristement dénuée d'ambiguïté :

— Soldat soviétique, venge-toi ! Comporte-toi de telle manière que non seulement les Allemands d'aujourd'hui, mais leurs lointains descendants, tremblent en se souvenant de toi. Tout ce qui appartient au sous-homme germanique est à toi. Soldat soviétique, ferme ton cœur à toute pitié !

Seymour savait donc que lui et Cavendish allaient se jeter dans la gueule du loup, ou plutôt dans celle de l'ours rouge.

— Pourquoi on s'déguise pas en Russkofs ? avait demandé Cavendish.

— Bonne question, avait répliqué Gubbins. Vous savez les gars, quand vous récupérerez notre client, si tout va bien, vous serez toujours derrière les lignes allemandes. Et puis j'ai bon espoir que vous lui épargnerez tout contact avec les Russes puisque…

Puisque blablabla oui ! La vérité était qu'il faudrait un miracle pour que tout marche comme prévu.

Un trou d'air secoua le C-47, tirant Cavendish du sommeil. Seymour sentit son estomac chavirer, un goût amer lui monta à la bouche, ses oreilles se bouchèrent. Il s'efforça de déglutir, peine perdue, ses tympans restaient oppressés, douloureusement comprimés.

Le clignotant rouge sur le plafond de la cabine s'alluma, agressant l'aviateur et ses passagers d'une lueur sanglante, sinistre à souhait. Sans un mot, le *crew chief* quitta son banc tandis que Seymour rengainait sa baïonnette. Dans un grincement de tôle, le *sergeant* fit coulisser la porte latérale. Un violent courant d'air s'engouffra en sifflant dans l'appareil, arrachant un prodigieux éternuement au Yankee.

— *Hell* ! pesta-t-il après avoir reniflé.

L'altitude du C-47 avait beau n'être que de 400 m, l'air restait plus que frisquet. Pendant que le *crew chief* avait ouvert la porte, Seymour et Cavendish s'étaient alignés derrière le lourd conteneur cylindrique qui allait les précéder dans le vide. Comme ceux des *Royal Marines*, son parachute avait une courroie dont l'une des extrémités comportait un mousqueton, lequel était assujetti à un câble courant le long du banc. Il suffirait au Yankee de jeter le conteneur hors de l'avion pour que la courroie se tende et provoque ainsi l'ouverture du parachute.

Au bout de quelques secondes, le clignotant rouge s'éteignit et une lumière verte s'alluma. Le *crew chief* empoigna le conteneur.

— *Holy cow* ! jura-t-il en crispant la mâchoire.

L'Américain s'était douté que le conteneur était lourd, mais il ne s'était pas attendu à un tel poids. Alors que l'aviateur poussait péniblement sa charge vers l'ouverture du Skytrain, les Britanniques lui emboîtèrent le pas. Après avoir jeté le conteneur par-dessus bord, le *crew chief* laissa le passage à Seymour.

— *Go* ! lui cria-t-il réglementairement.

Le *Royal Marine* s'approcha de l'ouverture. Tandis que l'air froid lui fouettait le visage et qu'il s'apprêtait à bondir du C-47, le temps lui sembla suspendre son cours, comme dans un rêve.

Alors que les êtres et les choses lui paraissaient évoluer au ralenti, Seymour essaya de discerner le sol, en vain, les nuages enveloppaient l'avion. Il ne lui restait plus qu'à espérer que l'équipage du *Gooney Bird* ne s'était pas trompé, que l'appareil était exactement au-dessus de la *drop zone* désignée par Gubbins. Et s'il n'y avait que ça ! Le *Royal Marine* se savait surentraîné à combattre un ennemi clairement identifié, mais que se passerait-il à Berlin où son uniforme allemand ferait des alliés soviétiques autant d'obstacles à sa mission ? Comment ne pas tuer amis aussi bien qu'ennemis ? Une histoire de fous ! Oui ! C'était ça ! De la folie ! Tout n'était plus que folie ! Une opération qui demeurait essentielle bien que l'issue de la guerre ne fasse plus de doute. Une mission qui obligerait à trucider ceux-là mêmes qui avaient vaillamment combattu le mal absolu. Et pour couronner le tout, un saut en parachute sans la moindre visibilité, empêchant ainsi d'éviter les arbres, pièges souvent mortels pour les parachutistes.

« Mais qu'est-ce qu'y fout ?! pensa le *crew chief*. 'Y pétoche ou quoi ?! »

— *Go* ! répéta-t-il en assenant une claque sur l'épaule de Seymour.

Comme s'il avait reçu un électrochoc, le *Royal Marine* s'élança. Happé par le noir et le vide, soustrait aux vibrations des moteurs, Seymour eut l'impression de s'enfoncer dans le néant. Seul son souffle saccadé l'accompagnait, le reliait encore à l'humanité. La poignée de secondes précédant le brusque déploiement du parachute lui parut interminable. Soudain, le *Royal Marine* se sentit violemment tiré vers le haut, son parachute s'ouvrait. La verticalité de la chute se fit ample balancement. Seymour porta instinctivement les mains aux suspentes, prêt à diriger sa voilure. Le balancement s'atténua tandis que la vitesse de chute atteignait son rythme de croisière, soit six mètres à la seconde.

Enfin ! L'attente cessait ! La mission débutait ! La montée d'adrénaline métamorphosa le *Royal Marine*. Bien qu'encore rapide, sa respiration s'apaisa. Débarrassés de l'anxiété, ses sens redevinrent aigus, son ouïe se mit à l'affût du moindre indice permettant d'identifier l'environnement, ses yeux fouillèrent la noirceur méthodiquement, guettant les éventuels obstacles, les hypothétiques ennemis.

Les nuages se dissipèrent. Seymour vit Cavendish, plus lourd, le devancer dans leur descente. À l'est, des flammes gigantesques, terribles, embrasaient l'horizon. Prenant le relais des bombardiers américains opérant de jour, le Bomber Command lançait un nouveau raid sur la capitale allemande pourtant dévastée. Bon sang ! Les parachutistes allaient être visibles comme le nez au milieu de la figure ! Allons, il fallait se raisonner, selon Gubbins ils ne risquaient pas de rencontrer grand monde dans la forêt de Grunewald. Poumon vert de Berlin, cette dernière n'était pas un immense jardin tel Hyde Park, il s'agissait véritablement d'un bois, avec ses vallons, ses prairies et ses points d'eau.

Tandis que les nuages masquaient à nouveau la lune, Cavendish arrivait vers le sol. Il perçut des voix. Les questions se bousculèrent dans son esprit. Lui et Seymour avaient-ils été repérés ? Ceux qu'il venait d'entendre étaient-ils armés ? Les mettaient-ils déjà en joue ? Son pouls s'accéléra, ses mains lâchèrent les suspentes pour se porter sur son fusil d'assaut.

« Pas la peine. » songea-t-il avec dépit.

Effectivement, si son StG 44 avait une cadence de tir infernale, cinq cents coups à la minute, en dégringolant et en se balançant au bout de son parachute il n'aurait que gaspillé ses munitions.

« Pourvu qu'Kevin ait entendu. » espéra Cavendish.

Pendant que le conteneur heurtait le sol dans un bruit sourd, il pointa les pieds vers le bas, jambes jointes. Quelques secondes plus tard, il fit un roulé-boulé d'académie. En détachant prestement son harnais de parachute, il remarqua que les voix s'étaient tues. Sa méfiance redoubla.

Soudain, les nuages s'évanouirent, le clair de lune inonda la clairière d'une pâle lueur. Se trouvant brusquement à découvert, le *Royal Marine* crut sa dernière heure venue, il se jeta à plat ventre. Anxieusement, il chercha du regard son compère, lequel ne se préoccupait que de son parachute dont il enlevait le harnais.

« *Christ* ! pensa Cavendish. Ça commence mal ! »

Sans perdre une seconde, il fixa sa baïonnette au canon. Après avoir armé son fusil d'assaut, le *Royal Marine* rampa vers l'endroit d'où étaient provenues les voix.

Seymour saisit l'imminence du danger en voyant son équipier ramper. Il se plaqua à son tour contre le sol, pointant son fusil dans la direction prise par son ami, couvrant ainsi sa reptation.

Cavendish s'arrêta devant un bosquet, décidé à embrocher ceux qui s'y embusquaient. En voyant émerger des fourrés une casquette allemande, le *Royal Marine* banda ses muscles, prêt à bondir. Il voulait attendre que l'ennemi sorte au moins le buste de façon à facilement lui enfoncer sa baïonnette en pleine gorge. À défaut d'être instantanée, la mort serait silencieuse. Sur le point de frapper, Cavendish détailla son adversaire, ou plutôt sa proie. Un nez presque protubérant, des joues encore rondes, voire poupines, un duvet surmontant une lippe enfantine, une silhouette efflanquée nageant de manière grotesque dans un uniforme trop large des Hitlerjugend.

« Un gosse ! songea Cavendish avec un mélange de soulagement et de révolte. C'est qu'un bon Dieu de gosse ! »

Gubbins les avait prévenus, le Reich était désespéré au point de jeter dans la bataille des vieillards mais aussi de tout jeunes garçons. Cependant, savoir que les nazis enrôlaient des enfants était une chose, se retrouver avec un gamin au bout de son fusil en était une autre !

Le jeunot tenait la main d'une solide luronne, aux traits lourds et à la poitrine généreuse. Visiblement, le couple n'avait pas remarqué la présence des Britanniques.

— *Hände hoch* ! cria Cavendish en brandissant son arme.

Surpris, les amoureux sursautèrent.

— Tirez pas ! Tirez pas ! implora l'adolescent en levant les mains.

— Mais qu'est-ce que vous fichez ici à une heure pareille ?! s'indigna Cavendish.

Furieux, il était aussi inquiet, cette fois comme en Hollande cinq ans plus tôt, Cavendish ne devait pas laisser de témoins derrière eux.

— Avec tous ces mouv'ments d'troupes, renchérit Seymour, vous pourriez dans la noirceur vous faire truffer de plomb ! 'Z'êtes vraiment inconscients ma parole !

— On rentrait justement quand z'êtes passés, plaida le jeunot en baissant les bras.

À l'évidence, le gamin estimait avoir affaire à des compatriotes. Cavendish en fut soulagé, espérant pouvoir laisser filer les deux tourtereaux. Il jeta un œil à son compère, lequel hocha la tête calmement. Lui aussi jugeait que les jeunes gens ne présentaient aucun danger pour la mission. Se retournant vers les adolescents, Cavendish les congédia rudement :

— C'est bon ! aboya-t-il en abaissant son fusil. Fichez l'camp !

— Et tâchez à l'avenir d'êt'e plus prudents ! ajouta Seymour.

— *Danke Kameraden* ! répondit gaiement le gamin en s'éloignant, la main de son amie dans la sienne.

Les *Royal Marines* suivirent des yeux les adolescents s'enfonçant dans la nuit. Quand ils les estimèrent suffisamment éloignés, les Britanniques se hâtèrent de recouvrer le conteneur. Ceci fait, Cavendish abandonna son fusil d'assaut au profit de la mitrailleuse MG 42 sanglée dans le conteneur. Pesant près de 11 kg, cette arme de calibre 7, 92 mm était désagréable à transporter. En revanche, elle possédait une cadence de tir phénoménale. Muni de cette mitrailleuse, Cavendish savait qu'il pourrait balayer nombre d'obstacles.

Alors que des bombardiers anglais continuaient à matraquer Berlin, les *Royal Marines* entamèrent leur marche vers l'est. Le raid du Bomber Command ne faisait vraiment pas leur affaire, ils auraient préféré que règne le silence afin de pouvoir déceler toute présence, préoccupation d'autant plus légitime que contrairement à ce que croyait Gubbins, la forêt de Grunewald n'était plus déserte, elle abritait pas moins d'un million et demi de réfugiés.

30 avril 1945. 03 h 28. Berlin.

Après être sortis sans encombre de la forêt de Grunewald, les *Royal Marines* s'étaient faufilés avec une étonnante facilité à travers les lignes soviétiques. Ils approchaient du parc de Tiergarten, à l'ouest du quartier de la chancellerie. Le décor apocalyptique dépassait en horreur tout ce qu'ils avaient vu dans les reportages de guerre.

Une mer de ruines, où parfois disparaissaient des rues. Des carcasses de chevaux, certaines datant de plusieurs jours. S'en exhalait une puanteur qui prenait à la gorge. D'autres venaient d'être dépecées par des Berlinois affamés. Dans des concerts de grognements et de claquements de crocs, des hordes de chiens faméliques se disputaient les restes. Des civils, hommes et femmes, vieux et jeunes, étaient pendus aux rares arbres encore debout ou à des lampadaires. Sur plusieurs suppliciés, une pancarte, où l'absurde le disputait à la bestialité :

Celui qui n'est pas assez brave pour combattre doit mourir !

Des filets d'eau s'écoulaient des canalisations éventrées, stagnant de-ci de-là en mares. Des dépouilles jonchaient le sol, aussi bien civiles que militaires, des chiens s'acharnant dessus. Soufflés par des obus, des cadavres étaient littéralement incrustés contre les murs. Barbouillés à la va-vite sur des décombres, d'invraisemblables slogans. Cavendish eut un sourire mauvais en lisant ceci :

Le bolchevisme est au bord de sa plus écrasante défaite !

À la lueur rougeoyante des incendies, ce spectacle nocturne était dantesque, impression renforcée par l'éclatement d'une bombe qui n'avait pas explosé lors d'un précédent bombardement.

« Si c'est pas l'enfer, pensa Seymour, ça y ressemble foutrement ! »

Un groupe bruyant attira l'attention des Britanniques. Méfiants, ils se dissimulèrent derrière l'épave d'une voiture. De l'autre côté de la rue, une poignée de ss menés par un gros homme en culotte bavaroise raillaient un vieillard, longue silhouette décharnée aux joues creuses, infortuné vestige d'un gaillard jadis imposant.

« Une demi-douzaine de brutes contre un pauv'e vieux ! songea Cavendish en observant les ss décocher à leur victime coups de pied et claques. Fumiers ! »

— Alors, brailla l'un des prétoriens, tu veux pas défendre Berlin, hein ?!

— Foutu gâteux qui veut pas respecter le serment fait au Führer ! renchérit l'homme à la culotte bavaroise.

Un déluge de coups fit trébucher le malheureux.

— Pitié ! Pitié ! supplia-t-il en levant les bras pour se protéger. Laissez-moi rejoindre ma femme !

— Ah ! répliqua le meneur. Ta femme ! Si elle était pas si vieille et si moche, j'lui montrerais bien, moi, c'que c'est un homme !

Content de sa muflerie, le personnage éclata d'un rire gras. Puis, il se mit en devoir de dérouler la corde enroulée à son épaule.

— 'Y vont l'lyncher, murmura Cavendish horrifié, tu vas voir qu'y vont l'lyncher.

— T'as raison, dit Seymour dégoûté. Allons, faut pas traîner ici.

Sans attendre, il tourna les talons et reprit sa progression. Loin de lui emboîter le pas, Cavendish déploya le bipied de la mitrailleuse. Seymour se retourna quand Cavendish posait son arme sur le bipied. Aussi furieux qu'inquiet, Seymour rebroussa chemin.

— Mais t'es pas bien ma parole ! siffla-t-il entre ses dents. Qu'est-ce qui t'prend ?!

— J'ai vu suffisamment d'ces salop'ries depuis que'que temps, répliqua Cavendish d'un air têtu, et celle-là, j'peux l'empêcher !

— Arrête tes conn'ries Paul ! On n'est pas v'nus jouer les justiciers !

Cavendish soutint le regard de son ami puis entreprit de se poster derrière la mitrailleuse. Seymour le saisit rudement aux épaules.

— Bon Dieu Paul ! J't'ai dit d'arrêter ! T'es sourd ou quoi ?!

— Fous-moi la paix Kevin ! J'sais bien c'que j'ai à faire !

— Ah ouais ?! Alors souviens-toi qu'c'est pas not'e mission ! insista Seymour en désignant du doigt le groupe de gredins. C'est pas not'e mission ! On a un client à récupérer et à ram'ner au bercail ! Et crois-moi, t'auras plus d'une occasion de flinguer des *Jerries*.

Cet appel à la discipline finit par faire fléchir Cavendish, il ramassa la mitrailleuse et son bipied. Pendant ce temps, l'individu à la culotte bavaroise arrimait sa corde à un lampadaire. Un SS en attrapa l'extrémité qui traînait par terre et la noua au cou du vieillard. Le pauvre bougre pleurait éperdument, comprenant qu'il n'avait aucune pitié à attendre. Après un nouveau flot d'injures, le meneur aidé d'un sbire tira laborieusement sur la corde. Sous le regard écœuré des *Royal Marines*, le vieux s'éleva lentement au-dessus du sol, battant l'air des jambes et des bras que ses tortionnaires avaient négligé de lier. Dans un ultime réflexe de survie, le vieillard porta les mains à son cou. Mais il n'avait plus la force de desserrer la corde qui lui broyait le larynx. Trop léger pour que la pendaison lui brise la nuque, il lui fallut de longues secondes pour étouffer sous les quolibets de ses bourreaux. Lorsque le malheureux cessa de bouger, les Anglais reprirent leur marche.

30 AVRIL 1945. 14 H 17. BERLIN.

Curieusement, aucun bruit ne parvenait dans le salon du bunker, comme si l'artillerie russe consentait à une trêve, était-ce le calme avant la tempête ? Dans cette quiétude surréaliste, pour ne pas dire inquiétante, Hitchcock contemplait les derniers fidèles. La mine grave, l'œil humide, ils étaient alignés face à lui et Eva Braun.

Le *Coucou* ne triomphait pas. Le sort de ses ennemis était scellé, fort bien. La mission était accomplie, magnifique. Mais la terreur, cette peur qui prend aux tripes, cette trouille presque incontrôlable était revenue. La museler devenait un effort de tous les instants, un combat épuisant. Aurait-il la force ne serait-ce que de se hisser hors du bunker ? Et une fois à l'extérieur, comment échapper aux Soviétiques alors qu'il tenait à peine debout ?

Il lui faudrait s'en remettre à Linge et à ceux qui viendraient à lui, d'Angleterre sûrement, pour le délivrer, pour le ramener à la vie, auprès d'Emily. L'épreuve s'annonçait formidable, redoutable. Saurait-il la surmonter ? Y ferait-il seulement face sans s'évanouir ?

Avec Braun dans son sillage, Hitchcock défila lentement devant la poignée de fanatiques. Saisis par l'émoi, Jodl, Keitel, Goebbels, sa pathétique épouse, les secrétaires et la diététicienne du Führer lui serraient délicatement la main puis celle de Braun, à qui la veille il avait fait le cadeau de simulacres d'épousailles.

S'il vomissait Goebbels et consorts, il éprouvait de la compassion envers les secrétaires et la diététicienne, jeunes femmes certainement moins attachées au nazisme qu'à la personne d'Hitler, elles dont la fidélité dépassait le fanatisme des ss jusqu'au-boutistes. Pauvres filles ! Trompées par une propagande omniprésente, abusées par le magnétisme du Führer puis celui d'Hitchcock, elles partageraient vraisemblablement le destin des suppôts du Reich millénaire alors qu'elles n'avaient persécuté personne, qu'elles ne s'étaient pas enrichies effrontément, que le sang d'aucun innocent n'entachait leurs mains.

Après avoir répondu aux adieux par monosyllabes, Hitchcock se traîna dans sa chambre avec Braun. Livide, cette dernière tenta un pauvre sourire.

— Je… Je te remercie d'avoir toujours été là, balbutia le *Coucou*.

Il était sincère, s'il aurait de très loin préféré qu'elle survive, sa présence l'avait souvent réconforté.

— *Mein Wolf*, répondit Braun en lui effleurant la joue d'un baiser, avoir été à tes côtés aura été mon privilège, rien de moins.

Ne voulant pas prolonger les adieux, craignant qu'ils ne devinssent déchirants, elle s'assit posément au bord d'un vilain canapé fleuri et contempla un instant la fiole de cyanure au creux de sa main. Avec courage, la jeune femme porta le poison à sa bouche, elle fut instantanément foudroyée et s'affaissa contre le dossier du divan. Hitchcock lui ferma les yeux en pleurant à chaudes larmes.

— Adieu ma belle, lui chuchota-t-il.

Tout en reniflant, le *Coucou* tira péniblement son Walther d'une poche de sa tunique. Non, il fallait d'abord mettre en scène le suicide. Nom de Dieu ! Tout devenait compliqué alors que c'était pourtant si simple ! D'une main tremblante, Hitchcock sortit d'une autre poche un flacon de sang déniché par Linge. Laborieusement, il dessina une tache sanguinolente sur sa tempe droite, s'efforçant de faire couler le liquide jusque sur sa joue. Déjà épuisé, il éclaboussa de sang le mur derrière un fauteuil. Puis, il se laissa lourdement tomber dans le siège. Avait-il oublié quelque chose ? Ah oui, il devait vérifier... vérifier quoi ? Ça lui revenait, s'assurer que le magasin du pistolet ne contenait que des balles à blanc, ça serait trop bête de se tuer ! Se démenant avec le mécanisme du Walther, Hitchcock opéra sa vérification. Après une profonde inspiration, il pointa son arme à quelques millimètres de sa tempe droite et appuya sur la détente. Assourdissante dans l'espace confiné du bunker, la déflagration lui blessa le tympan.

« J'm'occup'rai d'ça plus tard. » pensa-t-il en grimaçant.

Dans l'antichambre voisine, Linge se gargarisait au schnaps pour que son haleine le fasse paraître aussi saoul que la plupart des occupants du bunker. Le coup de feu le fit sursauter. Il recracha l'alcool et gagna la chambre d'Hitchcock, elle empestait la poudre. Le *Coucou* était effondré sur le fauteuil, les yeux ouverts, la tête penchée en arrière.

« Nom de Dieu ! songea l'Allemand. Il s'est réellement suicidé ! »

Effaré, Linge porta une main à la gorge d'Hitchcock pour contrôler son pouls. Alors que *Mickey* lui palpait la carotide, le *Coucou* lui décocha un clin d'œil. L'Allemand se fendit d'un large sourire.

« Incroyable ! pensa le valet avec soulagement. Ce type est vraiment incroyable ! »

Affectant une démarche incertaine, *Mickey* sortit dans le corridor. Il tomba sur Bormann et un aide de camp du Führer, le *Sturmbannführer* Günsche.

— C'est fait, leur dit-il simplement.

Interdits, Bormann et Günsche le suivirent dans la chambre. Hébétés et comprenant que le nazisme et leurs privilèges touchaient peut-être à leur fin, ils contemplèrent le pseudo-cadavre d'Hitchcock. Après un échange de regards, ils allèrent colporter la nouvelle.

14 H 27.

Une fois la porte de la chambre fermée, Linge étendit une couverture sur le sol.

— Ça a l'air de marcher, constata-t-il.

— J'ai l'habitude, répondit le *Coucou* en s'allongeant sur le plaid, pourvu que ça dure encore quelques minutes !

— Oui, rien n'est gagné, un fouineur peut toujours vous démasquer.

Après avoir recouvert Hitchcock d'un pan de la couverture, comme s'il s'agissait d'un linceul, *Mickey* le souleva sans difficulté, mais il eut un peu de mal à ouvrir la porte sans lâcher son précieux fardeau. Dans le couloir, l'Allemand avança lentement, prenant soin de respirer par la bouche pour bien empuantir le schnaps. Spectacle étrange que celui d'un prétorien au regard hagard promenant solennellement dans le bunker décadent la dépouille du prophète du nazisme.

En vérité, Linge se faisait l'impression de porter en triomphe celui qui avait plus que nul autre vaincu l'une des plus sanglantes supercheries du XXe siècle. À cet instant, il réalisa que même si Hitler n'avait pas été kidnappé, le Führer aurait inéluctablement mené l'Allemagne à sa ruine, que dès lors le nazisme était un dogme intrinsèquement pourri, qu'il avait gangrené un peuple allemand globalement complaisant, qu'il n'était que justice que cette monstrueuse aberration s'achève sous terre, dans la honte et la défaite.

Parvenu à l'escalier conduisant au jardin de la chancellerie, le valet entendit derrière lui la voix de Bormann :

— Arrêtez !

Mickey sentit une boule de plomb se former dans son estomac.

Au même instant, Seymour et Cavendish enfilaient Voßstraße, artère aboutissant directement à Wilhelmstraße, donc à la chancellerie. Alors que les canons russes se taisaient, ils entendirent un grondement de moteur et des cliquetis de chenilles, un char soviétique T-34 approchait. Les *Royal Marines* se mirent à couvert dans une ruine, regardant le blindé avancer laborieusement parmi les décombres. Abrités derrière lui, des fantassins cherchaient d'un œil inquiet d'éventuels tireurs embusqués. Dépourvus d'arme antichar, Seymour et Cavendish se savaient impuissants face au T-34. Encore que…

— J'vois qu'une solution Paul, on va descend'e le plus de fantassins possib'e et moi j'essaierai d'grimper sur l'tank pour balancer une grenade dedans.

— T'es fou Kevin ! C'est du suicide !

— Tu vois une aut'e solution ?! On a pas l'temps d'palabrer !

Cavendish consulta sa montre. Son ami avait raison, il fallait tenter le tout pour le tout.

— OK, maugréa-t-il, tu prends ceux d'gauche, j'me charge des aut'es.

Seymour acquiesça d'un signe de tête.

Après que Cavendish eut mis sa mitrailleuse en batterie, son partenaire lança une grenade.

Au même moment, Cavendish crispa son doigt sur la détente de la MG 42. Il suspendit son geste, d'un amas de ruines surgit tel un diable de sa boîte un gamin aux joues noircies de crasse. Le regard farouche, le môme ne levait pas les mains pour se rendre, il brandissait un *Panzerfaust*. Les fantassins n'eurent pas le temps de le mettre en joue, la grenade de Seymour explosa au moment même où le T-34 encaissait la roquette. Carnage et panique parmi les fantassins. Avant que la fumée de la double explosion ne se dissipe, un tonitruant bruit de toile que l'on déchire envahit Voßstraße, Cavendish faisait feu sur les Russes.

La cadence de tir de la MG 42 était telle, mille deux cents coups à la minute, que l'oreille humaine ne pouvait discerner la détonation de chaque balle, d'où le crépitement ressemblant à un déchirement, vacarme caractéristique que les fantassins alliés, à l'ouest comme à l'est, avaient très vite appris à redouter comme la peste. Ceci étant, il valait mieux limiter chaque rafale à une seconde afin d'éviter que le canon surchauffé n'explose.

Ayant utilisé la MG 42 à l'entraînement, Cavendish croyait savoir les ravages qu'elle pouvait causer. Mais sa stupéfaction fut à la hauteur de son épouvante quand il vit un Russe, littéralement coupé en deux et baignant dans son sang, tenter de ramener vers son tronc la partie inférieure de son corps. D'autres Soviétiques, secoués de spasmes, gémissaient. Beaucoup ne bougeraient plus.

Tandis que Cavendish engageait une nouvelle bande de cartouches dans sa mitrailleuse, laissant ainsi refroidir le canon, Seymour s'élança dans la rue, il tira une courte rafale puis se jeta à plat ventre. Pendant que Cavendish envoyait un nouveau mur de mitraille, Seymour déchargea son arme en une longue rafale.

Alors qu'il changeait de chargeur, Seymour ressentit une fulgurante brûlure à la cuisse. Le *Royal Marine* en lâcha son fusil d'assaut, portant instinctivement les mains sur sa blessure.

Son ami était touché, son frère d'armes meurtri dans sa chair, l'horreur s'empara de Cavendish :

— Keeeviiiiiiiiiiiiiiiin ! hurla-t-il à pleins poumons sans s'en rendre compte.

Il fallait faire quelque chose ! Retranchés derrière la carcasse fumante du T-34, ainsi à l'abri de la MG 42, les Russes tiraient en toute impunité sur Seymour. Vite, le temps pressait !

« Perdez rien pour attendre ! » pensa Cavendish en dégoupillant une grenade.

Il la jeta derrière le blindé. Nouvelle détonation, les Soviétiques cessèrent de tirer. La rage au ventre, le *Royal Marine* bondit dans la rue, brandissant la lourde MG 42. Il ne songeait plus à la mission, son objectif était devenu Seymour, il fallait le sauver, à tout prix.

Pendant que son ami se ruait à sa rescousse, Seymour réalisa que sa plaie ne saignait pas abondamment, par chance aucune artère n'était touchée.

14 h 28.

Linge se retourna lentement, espérant que Bormann n'ouvrirait pas immédiatement le feu. En achevant son demi-tour, il n'en crut pas ses yeux.

« *Mein Gott* ! » soupira intérieurement *Mickey*.

Ce n'était pas une arme que tenait Bormann, mais la dépouille d'Eva Braun.

— Attendez-moi, reprit Bormann, on va les monter ensemble.

— Comme vous voulez, répondit le valet.

14 H 31.

Malgré sa souffrance, Seymour lâcha sa blessure et empoigna son fusil d'assaut. Pendant que Cavendish, accroupi et mitrailleuse en main, scrutait les environs, il remonta en clopinant Wilhelmstraße vers le point de rendez-vous.

« Allez Kevin ! se dit-il. Tu peux y arriver ! Secoue-toi ! »

14 H 32.

Linge ouvrit la porte du bunker et fit la grimace. Mêlé à la fumée de milliers d'incendies, alourdi par les nuages de cendres chaudes et la poussière des effondrements d'immeubles, l'air était par endroits tellement irrespirable que certains combattants se plaquaient un mouchoir sur le visage.

« Quel cauchemar ! » pensa *Mickey*.

Avant que Bormann ne le rejoigne, il jeta un œil aux alentours, un parachutiste claudiquait dans sa direction. Derrière lui, un autre progressait à reculons, couvrant visiblement les arrières de son camarade blessé.

Linge déposa délicatement Hitchcock devant le bunker.

— Je reviens, murmura-t-il au *Coucou*.

Ce dernier répondit par un grognement, mais l'Allemand ne l'entendit pas, il se hâtait vers le parachutiste.

En dépit de sa douleur, Seymour ne ralentissait pas. Un SS de haute stature venait à sa rencontre, mains en l'air. Méfiant, le *Royal Marine* braqua vers lui son fusil d'assaut.

— *Exit*, énonça *Mickey* avec appréhension.

— *Marmelade*, répliqua Seymour en soupirant de soulagement.

Les deux hommes se sourirent brièvement.

— Où est-ce qu'il est ? demanda le *Royal Marine*.

— Là, devant le bunker, répondit Linge en désignant l'endroit du doigt.

— Il est mort ? s'inquiéta Seymour en voyant la couverture enveloppant Hitchcock.

— Oh non ! Il est bien vivant ! Bormann ne va pas tarder, postez-vous devant le jardin, comme si vous le défendiez, je me charge du reste.

— D'accord.

Pendant que Cavendish rattrapait son compère, *Mickey* regagna l'escalier menant au bunker. Un instant plus tard, Bormann parvenait à l'air libre, soufflant comme un bœuf.

— Dépêchez-vous ! dit sèchement Linge. Faisons vite tant que l'artillerie russe se tait ! Donnez-la moi ! ajouta-t-il impérieusement en désignant Braun, et allez chercher les bidons d'essence !

— Je..., commença Bormann.

— Rien du tout ! Il n'y a pas de temps à perdre !

Stupéfait que le valet ose s'adresser à lui sur un ton aussi cavalier, Bormann le considéra d'un air mauvais. Mais il avait remarqué que Linge empestait le schnaps. Lucide face au danger, Bormann se garda bien d'affronter *Mickey*, en qui il ne voyait plus qu'une armoire à glace imbibée d'alcool. Ravalant sa morgue, Bormann lui confia la dépouille et redescendit dans le bunker en grommelant, entraînant Günsche avec lui.

Après avoir déposé Braun à côté du *Coucou*, Linge courut jusqu'au T-34 et chargea sur son épaule un cadavre russe ayant à peu près la même taille qu'Hitchcock. Ensuite, il regagna en trottant le jardin de la chancellerie.

En sortant de sous la couverture, le *Coucou* découvrit les *Royal Marines*, les premiers compatriotes qu'il côtoyait depuis le début de sa mission.

— C'était vous 'y a cinq ans ? demanda Hitchcock ému.

— Ouais, c'était nous, répondit Seymour en grimaçant de douleur.

Un sifflement d'obus déboula sur la chancellerie. Les Britanniques et Linge se jetèrent immédiatement à plat ventre. Formidable explosion, tremblement du sol, pluie d'éclats. Les Soviétiques avaient compris que leur premier assaut frontal contre le bâtiment officiel avait échoué, leur artillerie préparait le terrain pour une nouvelle attaque.

— 'Faut s'dépêcher ! cria Seymour.

Linge déposa le Russe sur le plaid et le recouvrit comme il l'avait fait avec Hitchcock.

— T'nez, dit Seymour au *Coucou*, j'vous ai ram'né ça !

D'une main tremblante, Hitchcock prit le passe-montagne que lui tendait le *Royal Marine*, ayant l'impression de retrouver un ami cher disparu depuis des lustres.

Nouveau hurlement d'obus, les quatre hommes se plaquèrent au sol. La chancellerie fut frappée de plein fouet, Linge reçut un éclat à l'épaule.

— 'Faut y aller maint'nant ! glapit Seymour.

— Heinz ! supplia le *Coucou*. Venez avec nous !

— Impossible ! répliqua *Mickey*. Ma mission n'est pas achevée !

— C'est vous qu'on doit ram'ner ! intervint Seymour. Personne d'aut'e !

Hitchcock n'avait plus la force de lutter. La mort dans l'âme, il tendit la main à Linge.

— Qui que vous soyez imposteur de génie, dit solennellement *Mickey* en serrant délicatement la main offerte, merci de ce que vous avez fait, merci pour tout, et adieu.

Seymour commença à boiter vers l'ouest, suivi du *Coucou* et de Cavendish.

14 H 35.

Bormann, Günsche et Kempka, le chauffeur du Führer, venaient de remonter les bidons stockés au pied de l'escalier. Bravant les obus, ils aspergèrent d'essence Braun et le cadavre du Russe.

— Et si on essayait de mettre le feu aux corps avec une grenade ? suggéra Günsche.

— J'suis pas très sûr qu'ça marche, rétorqua le chauffeur.

— Ça, dit Linge en désignant du doigt une paillasse, il nous suffit de l'enflammer et de la jeter sur les corps.

— Pourquoi pas ? répondit Bormann, pressé d'en finir.

Kempka arrosa d'essence une moitié du sac que le valet alluma. Puis, le chauffeur le saisit par l'extrémité qui ne brûlait pas et jeta le tout sur les cadavres, ces derniers s'embrasèrent immédiatement. Entendant de nouveaux aboiements de l'artillerie soviétique, le quatuor s'engouffra dans l'escalier du bunker. Alors que des éclats d'obus tambourinaient contre la porte, Linge observa le brasier à travers une embrasure et répéta intérieurement ce qu'il venait de dire à Hitchcock :

« Qui que vous soyez, merci de ce que vous avez fait. »

14 H 46.

Pendant que Linge et ses complices involontaires brouillaient la piste du *Coucou*, ce dernier se traînait péniblement derrière Seymour.

— Saloperie ! s'exclama Cavendish en apercevant un lion.

Hitchcock était au-delà de cette stupéfaction, il découvrait l'horreur, ou plutôt l'apocalypse qui lui avait été épargnée au fond du bunker. Ses sens lui hurlaient qu'il nageait en plein cauchemar. Ne s'offraient à sa vue que ruines, incendies, carcasses de blindés, lambeaux sanguinolents de cadavres. Son odorat se révoltait, l'air devenait de plus en plus irrespirable à mesure qu'il se chargeait non seulement de cendres mais aussi de la cordite produite par l'artillerie des deux camps. Son ouïe ne lui apportait que fracas d'explosions, plaintes déchirantes de femmes violées, hurlements stridents de blessés opérés sans anesthésie. Même le toucher le tourmentait, le passe-montagne le démangeait épouvantablement.

Seymour ralentit pour le laisser parvenir à sa hauteur.

— Comment ça va ? lui demanda-t-il.

— J'pourrai pas t'nir longtemps à c'tte allure, répondit Hitchcock en haletant.

— Ouais, on s'en était doutés.

Seymour chercha le regard de Cavendish et lui désigna une ruine voisine, dans laquelle il espérait trouver un répit.

Après avoir rapidement inspecté les décombres, Cavendish fit signe à ses compagnons de le rejoindre. Seymour déploya une carte de Berlin sur le sol, à côté de l'endroit où Hitchcock venait de s'effondrer.

— Vous pouvez m'dire précisément quelle zone les *Jerries* tiennent encore ? interrogea le *Royal Marine*.

Le *Coucou* observa le plan, faisant un effort de concentration.

— De Charlottenburg, indiqua-t-il en tapotant la carte, jusqu'à… là, vers Prenzlauer Allee.

Seymour sortit de son sac à dos un émetteur-récepteur.

« De *Corbeau* à *Tilleul*, tapa-t-il sur son manipulateur. Stop. Serons à Charlottenburger Straße dans quinze minutes. Stop. Après arrivée tirerons fusée éclairante. Stop. »

14 H 49. HOLLANDE. VOLKEL.

Base avancée de la RAF, Volkel avait le bon goût d'être perdue au fin fond de nulle part, la bourgade ne figurait même pas sur les principales cartes des Pays-Bas. Voilà qui répondait parfaitement à l'obsession de discrétion de Gubbins. L'Écossais y avait donc aménagé son poste de commandement dans une petite hutte Nissen, à l'intérieur de laquelle il faisait les cent pas.

Le colonel avait tout d'abord redouté un message annonçant que les *Royal Marines* ne pouvaient poursuivre leur route, ce qui aurait signé l'arrêt de mort d'Hitchcock. Puis à mesure que les minutes s'écoulaient, interminables, il avait craint le pire, imaginant ses hommes pulvérisés par l'artillerie soviétique, voire capturés par des SS.

Entendre le *dididah* sonore s'élever de l'émetteur-récepteur le fit presque pleurer de joie. Cependant son allégresse retomba vite, le message ne précisait pas si le *Coucou* avait été récupéré sain et sauf.

« De *Tilleul* à *Corbeau*, tapa anxieusement le colonel. Stop. Client avec vous ? Stop.

— De *Corbeau* à *Tilleul*. Stop. Oui. Stop. »

L'Écossais faillit hurler sa joie.

« De *Tilleul* à *Corbeau*. Stop. *McDuf* sera au-dessus point rendez-vous dans deux minutes. Stop.

— De *Corbeau* à *Tilleul*. Stop. Bien reçu. Stop. »

Gubbins sentait son cœur battre la chamade, la phase finale de l'opération *Coucou* était à deux doigts de réussir !

Les mains moites, il saisit le micro d'un poste radio fonctionnant en phonie.

— De *Tilleul* à *McDuf*, dit-il, rendez-vous au-dessus de Charlottenburger Straße. D'ici quinze minutes nos gars vous feront signe avec une fusée éclairante.

— Bien reçu *Tilleul*, répondit Rymills.

Ce dernier avait été amusé lorsque Gubbins lui avait donné son indicatif.

— *McDuf*, avait-il répété, ça me rappelle quelque chose.

— 'M'étonne pas, avait répondu Gubbins, vaguement honteux, c'était votre indicatif il y a cinq ans, pendant l'introduction de notre agent. Je... j'ai voulu le réutiliser en espérant qu'il vous porte chance.

« Sous ses airs de dur à cuire, avait réalisé l'aviateur, ce colonel est superstitieux ! »

— De *Tilleul* à *Filmstar*, continua Gubbins, vous avez toujours *McDuf* en contact visuel ?

Comme en 1940, Stephenson avait choisi une unité d'élite pour escorter Rymills, le Wing 122. Commandé par l'irréductible Français libre Pierre Clostermann, cette escadre était équipée du nec plus ultra de la chasse britannique, le Hawker Tempest.

— Affirmatif *Tilleul*, répondit Clostermann, qui avait entendu les instructions du colonel à Rymills, on est prêts. *Filmstar* vous appelle, reprit le Français à ses ailiers, larguez vos *babies*.

15 h 04.

Charlottenburger Straße n'était plus que l'ombre d'elle-même, des arbres majestueux qui l'avaient bordée de part et d'autre ne subsistaient que de pitoyables troncs calcinés. Cavendish fit la grimace, comment se mettre à couvert derrière ces fantômes de végétation ?! Et s'il n'y avait que ça ! Comment repérer Rymills avec la visibilité réduite et le grondement de l'artillerie soviétique ?! Un vilain pressentiment s'empara de lui.

Seymour sortit à nouveau sa radio.

« De *Corbeau* à *Tilleul*. Stop. Sommes au rendez-vous. Stop. Sur côté sud avenue. Stop. Où est *McDuf* ? Stop.

— De *Tilleul* à *Corbeau*. Stop. *McDuf* est au-dessus de vous. Stop. Il descend. Stop. »

Heureusement que Rymills était un virtuose du pilotage sans visibilité. Pointer Charlottenburger Straße sur une carte était une chose, la dénicher à travers la purée de pois recouvrant Berlin était une autre affaire ! Espérant être à peu près au-dessus de son objectif, l'aviateur plongea vers le sol. Le voyant faire, Clostermann décida de l'imiter, mais avec sa seule section *Red*.

— *Filmstar* vous appelle, dit-il, *Filmstar Blue*, restez en couverture. *Filmstar Red*, on pique pleins gaz.

15 H 05.

En sortant de sous la couche de poussière et de fumée, Rymills aperçut en face de lui la porte de Brandebourg et derrière, plus loin sur la droite, le Reichstag. Il vira à gauche pour enfiler Charlottenburger Straße.

Cavendish fut le premier à repérer la silhouette caractéristique du *Lizzie*.

— Là ! s'exclama-t-il en désignant de la mitrailleuse l'appareil. V'là l'taxi !

Seymour s'empressa de tirer une fusée éclairante. L'engin s'éleva alors que Rymills arrivait à la hauteur d'Hitchcock et des *Royal Marines*, l'aviateur ne pouvait le manquer. Après une nouvelle passe de reconnaissance, Rymills entreprit de se poser.

Le sol approchait, nul vent de travers, bien. L'altitude baissait régulièrement, le taxi répondait parfaitement, très bien. Ça allait être du gâteau. Le point d'impact n'était plus qu'à une dizaine de mètres, ne pas le perdre des yeux, le viser pour que…

Une rafale de mitrailleuse martela la dérive du Lysander.

— *Shit* ! beugla le pilote.

Avalant difficilement sa salive, il remit les gaz et tira sur le manche.

— De *McDuf* à *Filmstar* ! On me canarde ! Depuis le nord de la rue ! Un peu après le rond-point !

— Bien compris *McDuf*, répondit posément Clostermann. *Red 2*, suivez-moi.

Les deux Tempest fondirent vers la cible, remontant en trombe l'avenue. Clostermann n'en menait pas large. Redoutable dans les attaques au sol, le Français n'en avait pas moins une peur bleue de la Flak, et il ne s'en cachait pas.

Mais la Flak berlinoise n'était plus que l'ombre d'elle-même, ce fut à peine si quelques pièces tentèrent de les prendre à partie. Juste avant le rond-point, Clostermann tira une salve de deux roquettes, puis une seconde, il voulait que ses projectiles encadrent l'objectif. Après avoir ouvert le feu, le Français reprit de l'altitude et vira au sud, tant pour se remettre rapidement en position de tir que pour éviter le souffle des explosions. L'Australien Bay l'imita. Huit roquettes de 27 kg dévalèrent sur le rond-point, autrement dit l'équivalent d'une bordée de croiseur allait foudroyer Charlottenburger Straße.

Seymour reconnut avec effroi les traînées de fumée blanche caractéristiques des roquettes.

— Sainte Mère de Dieu ! murmura-t-il.

Il se jeta sur Hitchcock pour le protéger, Cavendish plongea à ses côtés.

Hurlement des roquettes. Déflagrations de fin du monde. Explosant à une demi-seconde d'intervalle les uns des autres, les projectiles eurent l'effet d'un barrage d'artillerie. Suffoquant sous le poids de Seymour, terrorisé par les explosions, Hitchcock crut sa dernière heure venue.

En relevant la tête, Seymour ne put discerner le côté opposé de la rue, le nuage de poussière et de fumée était trop épais.

— Ça va ? demanda-t-il au *Coucou*.

— Ça... ça ira, répondit faiblement ce dernier pendant que le *Royal Marine* se relevait.

Avant même que la fumée ne soit complètement dissipée, Rymills tenta une nouvelle approche, espérant rester dissimulé à ceux qui auraient survécu à l'assaut des Tempest.

Le Lysander arrivait vite, trop vite, mauvais. Un trou ! Là ! Dans la chaussée ! Trop tard, le train droit s'enfonça méchamment... mais le *Lizzie* tint bon. Prodigieux rebond quand le train jaillit du trou. L'aile droite se soulevait ! Le zinc basculait ! L'aile gauche allait percuter le sol !

— Nom de nom ! murmura Rymills en serrant les dents.

Arc-bouté sur les commandes, l'aviateur évita *in extremis* la catastrophe, il rétablit l'assiette de son appareil puis écrasa les freins.

Alors que le *Lizzie* achevait son atterrissage acrobatique, Seymour se pencha sur Hitchcock.

— Allez ! lui cria-t-il. On y va !

Aidé du *Royal Marine* qui le soulevait par le col, le *Coucou* essaya de se lever. Il cherchait son souffle, ses jambes le trahissaient, elles refusaient de lui obéir. Hitchcock en pleura de désespoir. Échouer si près du but ! C'était trop bête ! La rage de l'échec monta en lui.

— Bouge-toi ! s'exhorta-t-il.

Suprême effort, il était debout, vieillard vacillant appuyé sur Seymour.

Ce dernier boita vers le Lysander. Pendant que les Tempest patrouillaient au-dessus de Tiergarten, Cavendish couvrait son ami, le suivant tout en tournant lentement sur lui-même, mitrailleuse prête à entrer en action.

— Alloooons ! grommela Rymills en regardant les *Royal Marines* et Hitchcock progresser. Dépêchooons !

Claudiquant tête baissée, Hitchcock n'en pouvait plus, Seymour s'en rendit compte.

— Ça y est mon pote ! l'encouragea-t-il. On y est presque ! Encore un p'tit effort !

Nouveau tir de mitraillette. Il ne s'agissait plus d'Allemands, la 207e division de fusiliers soviétiques tentait de couper Charlottenburger Straße.

Sentant son appareil prendre une volée, Rymills détourna les yeux d'Hitchcock et des *Royal Marines*. Vision d'horreur, quatre T-34 entourés d'une nuée de fantassins russes avançaient dans sa direction.

Si l'Union soviétique et la Grande-Bretagne restaient alliées, Gubbins avait été on ne peut plus franc lors du briefing :

— *Gentlemen*, avait-il dit à Rymills et aux pilotes de Tempest, vous n'aurez aucun ami à Berlin. Les Allemands qui s'y battent encore sont des fanatiques résolus à vendre chèrement leur peau. Quant aux Russes, ils ne savent rien de votre mission. Pour eux, tout appareil ne portant pas l'étoile rouge sera sans aucun doute ennemi, vu ?

— De *McDuf* à *Filmstar* ! Forte concentration ennemie au nord ! Vite ! Faites quelque chose pour l'amour de Dieu ! Sinon, on y reste !

— OK *McDuf*, répondit Clostermann. Attention *Filmstar Red* ! Attaquons à douze heures !

Volant en ligne de front, le Français et ses ailiers franchirent Tiergartenstraße. Ils n'eurent aucun mal à repérer les Russes dans le paysage presque lunaire. Quasiment à l'unisson, les Tempest lâchèrent chacun une salve de deux roquettes.

Pendant que ces dernières fondaient vers l'objectif, Hitchcock et les *Royal Marines* parvenaient enfin au Lysander. Une courte échelle était fixée à gauche, à l'arrière de l'habitacle, Seymour entreprit d'aider le *Coucou* à y grimper.

Tonnerre des projectiles s'abattant sur les Russes, souffle cataclysmique des explosions, le Lysander faillit se retourner.

Affolé, Rymills manqua de lâcher les freins. Mais l'aviateur voulait accomplir sa mission plus encore que sauver sa peau, il maintint donc une pression maximale.

Soufflé par une déflagration, le *Coucou* retomba par chance dans le Lysander, où il s'évanouit. Seymour fut projeté au sol. En se relevant, il vit une jambe d'Hitchcock dépasser de l'habitacle du *Lizzie*. Rassuré, le *Royal Marine* se retourna vers Cavendish, pour lui donner le signal du repli.

— Paul ! On s'en…

Il n'acheva pas sa phrase, Cavendish gisait sur le dos, bouche ouverte, bras en croix, un vilain trou rouge à la place de l'œil gauche.

— Paul ! Paul ! bredouilla Seymour en s'agenouillant à côté de son ami.

Rymills aurait pu déguerpir sans se soucier de Seymour, sa mission était de ramener Hitchcock, pas de jouer les bons Samaritains. Mais il savait que le *Royal Marine* aurait de meilleures chances de s'en tirer à bord du Lysander.

— J'ai une deuxième place ! brailla-t-il pour se faire entendre malgré le vacarme du moteur. Montez !

Prostré auprès de son camarade, Seymour ne redressait pas la tête. Craignant qu'il ne fût dans un état second, le pilote dégaina son pistolet et tira dans sa direction, prenant soin de l'éviter.

Le coup de feu fit sursauter Hitchcock. Reprenant ses esprits, il regarda avec effarement autour de lui, redoutant que l'avion ne soit pris d'assaut.

Seymour leva les yeux vers Rymills.

— J'ai une deuxième place ! cria le pilote à nouveau. Montez !

« J'le savais, songea le *Royal Marine*, c'était écrit, c'était écrit. »

Il embarqua laborieusement. Rymills n'attendit pas que Seymour soit assis pour lâcher les freins et mettre les gaz à fond. Lourdement chargé, l'appareil lui parut désespérément long à accélérer. Les secondes lui semblaient d'autant plus interminables qu'il n'avait jamais décollé dans un tel enfer.

— Alleeez ma belle ! dit Rymills au *Lizzie*.

Au bout de quelques dizaines de mètres, l'avion finit par s'arracher du sol, lentement, presque à contrecœur.

Pendant ce temps, les Tempest restaient en couverture.

— Attention *Filmstar Leader*, annonça un ailier de Clostermann. *Bandits* à trois heures !

Le Français aperçut deux appareils, ils filaient bon train. Ils n'étaient pas frappés de la croix gammée mais de l'étoile rouge.

« Des Russes ! réalisa-t-il. Des Yak-3 ! »

Équipant l'escadron de Français libres Normandie-Niemen, cet engin avait fait l'objet d'articles dans la presse. Clostermann savait ainsi qu'il s'agissait d'une machine agile, surtout à basse altitude. Il ne fallait pas prendre cette menace à la légère.

— *Filmstar Red 3* et 4, dit le Français, avec *McDuf*. *Red 2*, avec moi.

Clostermann et Bay s'interposèrent entre le Lysander et les chasseurs soviétiques. Malgré la mise en garde de Gubbins, le Français espérait éviter un affrontement.

Il tira une rafale de semonce, ses traceuses passèrent bien au large des Yak-3. Loin d'être intimidés, ces derniers cherchèrent à se faufiler dans la queue des Tempest.

— *Red 2*, ordonna le Français, éloignez-vous de moi et laissez-les venir !

Interloqué, l'Australien obtempéra.

Prenant un cap différent de celui du Lysander, Clostermann se mit en devoir de voler ostensiblement en palier et en ligne droite. Les Russes mordirent à l'hameçon, ils se ruèrent dans ses six heures. Transpirant à grosses gouttes, le Français les laissa approcher, les guettant dans son rétroviseur : 600 m... 500 m... 400 m... La main crispée sur la manette des gaz, il attendait que ses poursuivants soient en position de tir. Quand il les estima à 300 m, d'un coup sec, Clostermann poussa à fond la manette des gaz, brisant le fil de plomb empêchant l'enclenchement de la surpuissance. Dès que l'*emergency* fut actionnée, les 3 000 chevaux du moteur Sabre émirent un formidable ronflement. Plaqué contre son siège, le Français sentit le Tempest bondir en avant. À près de 740 km/h, il laissa sur place les Soviétiques. Une fois hors d'atteinte, Clostermann chercha des yeux le Lysander. Ayant atteint l'abri de la fumée, ce dernier n'était plus visible. Le Français soupira de soulagement puis gagna à son tour des cieux plus cléments.

15 H 31.

Escorté par les Tempest, le *Lizzie* retournait tranquillement à Volkel.

« À moins que Gubbins n'ait en réserve une autre partie de plaisir de ce genre, songea Rymills, la guerre est finie pour moi. »

Cette pensée le fit sourire. Content de lui, il sortit un paquet de Camel d'une de ses nombreuses poches et alluma une cigarette. Fumer à bord du Lysander était formellement interdit mais Rymills n'en avait cure, il l'avait toujours fait… et aucun de ses passagers n'avait mouchardé ! Ce d'autant moins que l'aviateur était un hôte parfait. Après avoir tiré voluptueusement quelques bouffées de fumée, il s'adressa à Seymour, assis juste derrière lui :

— Hey ! Le para ! Un café ?

— Ça m'f'rait pas d'mal, répondit le *Royal Marine*, merci.

Bien que ne partageant pas le bonheur de Rymills, Seymour était serein, Cavendish et lui avaient fait leur devoir, les *Royal Marines* avaient brillamment accompli une mission qu'ils avaient su aussi dangereuse que déterminante.

— Sous votre siège, indiqua le pilote, il y a un thermos.

Seymour le trouva sans mal. Il versa une tasse de café puis l'offrit à Hitchcock.

— Honneur au héros, dit le *Royal Marine*.

Conscient d'avoir quelques fois perdu le sens des réalités, ayant si longtemps espéré ce moment, celui où il sortirait indemne d'Allemagne, Hitchcock redouta de rêver les yeux ouverts.

« Mais non mon gars, réalisa-t-il, tu dérailles pas, c'est ben vrai, t'as réussi, tu vas bientôt r'voir Emily. »

— Merci ! cria Hitchcock en acceptant la tasse. Merci pour tout ! Et ça vaut pour tous les deux, z'avez pris des risques insensés pour m'sauver.

Rymills ne se lassait jamais des remerciements, ils lui faisaient toujours chaud au cœur. L'aviateur fut cette fois-ci d'autant plus touché qu'il avait failli laisser sa peau dans cette mission de la dernière chance. Souriant de toutes ses dents, Rymills tendit une main sur le côté, pour qu'elle soit visible de ses passagers malgré le large dossier de son siège, puis il les gratifia d'un *thumb up*. À la vue de ce signe typiquement anglo-saxon, que personne ne lui avait fait en presque cinq années, Hitchcock pleura de joie.

« Oh ouais, exulta-t-il, tu r'tournes au bercail c'tte fois-ci ! »

Le *Coucou* trempa les lèvres dans le café bouillant. Ô merveilleuse surprise ! Une généreuse rasade de rhum aromatisait le breuvage ! Pendant cinq ans, sa consommation d'alcool s'était réduite à quelques gorgées de champagne, vin qu'il trouvait insipide. Le café mâtiné de rhum lui sembla un divin nectar.

— Qu'ça fait du bien ! s'exclama-t-il.

— C'est en général ce que disent mes passagers, répondit Rymills aux anges.

2 MAI 1945.

Hitchcock et Seymour n'étaient restés qu'un jour et demi à Volkel. Tandis que le second avait fait soigner sa blessure, le premier avait commencé à décompresser. Hitchcock s'était fait l'impression de renaître. Il avait rasé sa foutue moustache, il s'était remis à manger de la viande et l'alcool ne lui était plus interdit. Toutefois, se sachant faible, il avait savouré la bière du bar avec modération.

Au petit matin, Gubbins, Seymour et Hitchcock avaient embarqué à bord d'un C-47 de la Royal Air Force. Contrairement à l'appareil ayant parachuté les *Royal Marines* à Berlin, il s'agissait d'un avion réservé aux personnalités : pas de bancs latéraux mais de confortables fauteuils orientés vers l'avant ; au lieu d'un rude *crew chief*, une fort séduisante WAAF faisant office d'hôtesse de l'air.

Rymills ne faisait pas partie du voyage, non pas que sa conduite à Berlin ait paru critiquable à Stephenson, bien au contraire. Mais n'ayant jamais vu le visage d'Hitchcock, il continuait à ignorer l'existence même de l'opération *Coucou*. Pour *Intrépide*, il valait mieux que le pilote demeure dans l'ignorance. Ce n'était pas une question de méfiance mais de prudence.

Seymour arborait son uniforme d'apparat, que Gubbins avait fait livrer en Hollande. Le colonel portait lui aussi son grand uniforme. Quant à Hitchcock, s'il gardait son passe-montagne, il était vêtu d'un costume civil de bonne coupe.

— Marrant, avait-il dit en retrouvant Gubbins et Seymour au petit-déjeuner, ça m'rappelle l'époque où j'étais Führer.

— Comment ça ? avait demandé le colonel.

— Simple, avait expliqué Hitchcock, Hitler avait l'habitude de s'entourer de gars aux uniformes étourdissants mais 'y portait qu'des vêtements ordinaires, 'y croyait qu'sa modestie tranchait tellement par rapport aux splendeurs d'sa suite qu'elle le mettait en valeur.

— Mmouais, avait grommelé un Seymour peu convaincu.

— Bon Dieu ! avait tempêté Hitchcock. Pendant combien d'temps j'vais continuer à penser à c'foutu Hitler ?!

Gubbins l'avait considéré un moment, presque avec pitié, avant de répondre :

— Vous savez, ce que vous avez vécu n'est pas seulement héroïque, ça s'appelle aussi un traumatisme. Si la plupart des gens n'ont pas fini de parler de ce salaud d'Hitler, il se peut que vous n'arrêtiez jamais de penser à lui, vous avez dû entrer dans sa peau.

— Vous croyez qu'Emily s'ra là ? demanda Hitchcock pour la énième fois, quand le Skytrain entama sa descente vers Northolt.

— Je vous répète que je n'en sais rien, répondit Gubbins sans mentir. Tout ce que je sais, c'est qu'on doit tous les trois être sur notre trente et un.

À mesure que le C-47 approchait de sa destination, Hitchcock ressentait jusqu'au plus profond de son être qu'il rentrait au bercail. La banlieue de Londres défilant sous l'aile, la pâleur du soleil printanier, tout lui était familier.

Juste après l'atterrissage, pendant que l'hôtesse déployait l'escalier escamoté dans le flanc de l'appareil, Gubbins et Seymour s'effacèrent pour laisser Hitchcock sortir le premier.

Avant de débarquer, celui-ci embrassa les lieux d'un long regard. Dans l'absolu, rien d'enthousiasmant : un Tarmac en bitume, quelques hangars, la banlieue ouest au loin, des avions de liaison garés devant la tour de contrôle, aucun comité d'accueil. Hitchcock huma l'air, avidement, il était émerveillé, il était enfant devant un sapin de Noël, il renaissait.

Une limousine noire s'arrêta près du C-47. En émergèrent un civil de taille moyenne, se tenant très droit, et une femme, à la silhouette svelte malgré sa chevelure poivre et sel. Hitchcock reconnut immédiatement son épouse, son cœur s'emballa. Incapable d'articuler un son, il tendit la main droite vers son aimée, sa main gauche tremblait follement.

Redoutant qu'il ne s'effondre, Gubbins le saisit prestement par le col. Hitchcock parvint à se rattraper à la main courante, il commença à descendre pesamment l'escalier.

Revenue à Londres depuis peu – *Intrépide* avait en effet jugé préférable qu'elle soit présente pour accueillir son mari, qu'il soit vivant ou mort – Emily regardait incrédule l'homme cagoulé descendre tant bien que mal du Skytrain.

— C'est… vraiment lui ? demanda-t-elle d'une petite voix.

— Oui Emily, répondit le Canadien en souriant, Arthur est de retour.

Intrépide était à peine moins émerveillé qu'Emily. Lorsque Hitchcock avait été infiltré chez les nazis, le Canadien n'avait pas donné cher de sa peau.

Quand Hitchcock posa enfin le pied sur son sol natal, Emily se rua vers lui.

— Arthur, Arthur, Arthur, murmura-t-elle en trottant à la rencontre de son homme.

Étourdi par l'émotion, Hitchcock restait au pied de l'escalier, la main droite fermement agrippée à la rampe. Au lieu d'étreindre son époux, Emily s'arrêta à quelques centimètres de lui, interdite. Elle n'arrivait pas à croire que son mari lui était rendu. Emily eut presque peur qu'une catastrophe ne vînt empêcher ces retrouvailles, cet instant qu'elle avait souhaité de tout son être, chaque jour et chaque nuit depuis près de cinq interminables années. Emily ne doutait pas de l'identité de l'homme cagoulé. Oui il boitait, oui sa main gauche tremblait méchamment, oui il était voûté mais oui elle aurait pu reconnaître ce regard entre tous. Son Arthur se tenait devant elle ! Enfin !

Emily vit des larmes mouiller ces yeux bleus qu'elle avait craint de ne plus revoir. Elle devina sous le passe-montagne ces lèvres qui prononçaient son nom sans qu'aucun son ne sorte de cette bouche qu'elle avait redouté de ne plus jamais embrasser. Comme propulsée malgré elle, Emily se jeta éperdument dans les bras de son mari, se blottissant contre son épaule voûtée.

Manquant de tomber à la renverse, Hitchcock crut défaillir de joie. Il enserra farouchement celle qui avait été sa lumière pendant les cinq ans où il avait été plongé dans un abîme d'horreur, celle qui avait été sa bouée en pleine tempête, sa femme, son Emily.

— J't'avais dit qu'j'reviendrais, croassa-t-il d'une voix étranglée, j'te l'avais dit.

La limousine franchit une grille imposante et arriva devant une majestueuse façade à colonnades, indemne bien que le palais ait encaissé neuf bombes durant le Blitz.

Le colonel jeta un coup d'œil à sa montre.

— Midi vingt, annonça-t-il pour se donner contenance. La relève de la garde doit être achevée depuis peu.

Malgré son flegme apparent, Gubbins n'en menait pas large, jamais il n'avait traîné ses guêtres à Buckingham.

Un huissier guida les visiteurs jusqu'à une porte, qu'il ouvrit cérémonieusement.

— Je vous en prie, dit-il à Hitchcock en désignant l'intérieur de la pièce.

Intimidé, Arthur lâcha la main d'Emily et obtempéra. L'endroit était immense, son ameublement somptueux. Derrière un magnifique bureau se tenait assis un homme à la physionomie élégante, en uniforme de la Navy, George VI. De l'autre côté du bureau était avachi un autre personnage, de forte corpulence et surmonté d'une tête de chérubin, Winston Churchill. Souriant tous deux, le souverain et son Premier ministre vinrent à la rencontre d'Hitchcock.

Intrépide vit le trouble de ce dernier.

— Saluez le roi d'un hochement de tête, souffla le Canadien, attendez qu'il s'adresse à vous avant de lui parler, appelez-le Votre Majesté ou Votre Altesse royale.

Churchill arriva le premier devant Hitchcock, lui tendant la main.

— Je suis infiniment ravi de vous revoir, dit-il gaiement.

— Et moi donc *sir* ! répliqua Hitchcock en serrant la main tendue.

Le roi restait à trois mètres d'eux, appliquant la règle du *Sanctum*. Enseigné depuis son plus jeune âge au monarque, cet usage lui assurait un *circle of privacy* censé le laisser libre de vaquer à son occupation du moment sans avoir à battre en retraite dans sa *Privy Chamber*.

— Je crois, continua Churchill, que vous pouvez ici ôter votre passe-montagne.

— Comme vous voudrez *sir*, répondit Hitchcock en s'exécutant, pendant que George VI l'observait avec un évident intérêt.

— Votre Majesté, poursuivit le Premier ministre, permettez-moi de vous présenter l'homme dont je vous ai tant parlé, celui sans lequel l'Allemagne nous aurait mis en pièces, permettez-moi de vous présenter Arthur William Hitchcock.

Ce dernier inclina le chef, le roi esquissa à son tour un salut de la tête, mains derrière le dos.

— J'ai pl... plaisir à faire votre connaissance Mr Hitchcock, dit le souverain avec son bégaiement caractéristique.

— Vot'e Majesté, répondit Hitchcock, ému, c'est un immense honneur d'vous rencontrer.

— Tout... tout l'honneur est pour moi Mr Hi... Hitchcock... Vous avez rendu à... à la Couronne un inestimable service... J'ai envers v... vous une dette dont je... je ne pourrai jamais m'acquitter.

Après avoir ponctué cette reconnaissance d'un nouveau hochement du chef, le roi porta son regard sur Emily. Suivant les conseils de Stephenson, cette dernière fit une révérence de bonne facture.

George VI savait que son Premier ministre n'avait jamais rencontré Mrs Hitchcock, Churchill ne pouvait donc à la fois respecter le protocole et la lui présenter. Aussi le souverain décida-t-il de faire une entorse à l'étiquette :

— Mrs Hitchcock je pré... présume ?

— J'suis très honorée Vot'e Altesse royale, murmura Emily.

— Je suis ravi de v... vous rencontrer.

Ayant salué *Intrépide*, qu'il avait déjà fréquenté, le roi fit la connaissance de Gubbins et Seymour, étreints par l'émotion.

Les présentations terminées, Churchill reprit la parole.

— Mr Hitchcock, commença-t-il d'un ton bourru, ce n'est pas parce que votre mission restera un secret jalousement gardé pendant des décennies, si ce n'est plus, que vous n'êtes pas en droit de recevoir une marque de gratitude. C'est pourquoi, continua le *Prime*

Minister en se fendant d'un large sourire, j'ai recommandé votre anoblissement à Sa Majesté...

D'un geste théâtral, il sortit de sa veste un pli et le tendit à Hitchcock.

— ... J'ai ainsi le grand plaisir de vous remettre la lettre patente que Son Altesse royale a signée peu avant votre arrivée.

Dépassé par les événements, Hitchcock n'osait saisir le document.

Constatant son désarroi, George VI éclaira sa lanterne :

— Félici... félicitations *Sir* Arthur. Recevez également mes com... compliments *Lady* Emily.

10 mai 1945.

Deux jours plus tôt, le Reich avait capitulé sans conditions. Stephenson, les époux Hitchcock et Seymour n'avaient pas participé à la liesse collective, ils étaient en route pour le *Camp X*, le centre d'entraînement en Ontario.

En milieu de matinée, parvenus à destination, les voyageurs furent accueillis par Underwood.

— Salut *Boss*, lança l'instructeur à Stephenson, content d'vous r'voir.

— Moi de même Bill, comment va l'autre ?

— Ah ! Allez savoir c'qui lui passe par la tête ! Tantôt il gueule comme un veau, tantôt il est muet comme une carpe. Arthur ! s'exclama Underwood tandis que son ancien élève s'extirpait péniblement de la Dodge bleue qui les avait conduits depuis l'aérodrome de Kingston, ça fait une paye !

— Pour sûr, convint Hitchcock, transpirant sous son passe-montagne, c'est déjà bien qu'on puisse se r'voir.

— J'm'en doute, reconnut l'instructeur, frappé par la déchéance physique d'Hitchcock. Emily, ça gaze ?

Dès qu'elle quitta la Dodge, Emily fut assaillie par un essaim de moucherons, mais elle leur resta indifférente, se contentant de les chasser de la main. Depuis qu'elle avait récupéré son homme, Emily voyait la vie en rose. Non seulement les insectes ne l'énervaient plus mais elle savourait la douceur du printemps canadien.

— J'revis Bill, répondit-elle gaiement, j'revis.

Seymour ne partageait pas l'euphorie générale, il se reprochait régulièrement d'avoir survécu alors que Cavendish était mort.

— Salut, dit le *Royal Marine*, Arthur m'a raconté comment 'y s'est débarrassé d'un *Jerry* à mains nues, vous avez fait du bon boulot.

— Ben vous aussi à c'que j'crois savoir, répliqua Underwood en échangeant une poignée de main avec Seymour.

— Bon, intervint un Hitchcock impatient, on y va ?

Mené par l'instructeur, le groupe prit la direction de la prison d'Hitler. Le *Camp X* avait bien changé depuis qu'Hitchcock y avait fait ses classes mais ce dernier n'avait ni le cœur ni le temps de s'extasier sur l'agrandissement du centre, il ne revenait que pour quelques minutes, afin d'accomplir le dernier acte de sa mission.

Underwood fit entrer ses visiteurs dans la cabane occupée par le Führer avant d'y pénétrer. Le soleil printanier éclairait l'intérieur du local, l'instructeur et ses hôtes purent ainsi aisément discerner une silhouette derrière les barreaux, sur une couchette. Au pied de celle-ci reposaient un livre ouvert et une bouteille d'eau. Seul autre meuble, un petit tabouret sur lequel s'entassaient pêle-mêle des vêtements. Quelques piles de livres étaient alignées le long d'un mur, un seau faisant office de latrines se trouvait aussi éloigné que possible de la couche.

Fidèle à ses habitudes, le dictateur faisait la grasse matinée. L'ouverture de la porte et les bruits de pas le réveillèrent. Les yeux encore embués de sommeil, il distingua cinq ombres. Gardé au secret depuis sa capture, n'ayant reçu d'autres visites que celles de Meyer et d'Underwood, Hitler fut immédiatement sur ses gardes, il rejeta le drap au bout de sa couchette et s'assit, sans desserrer les dents.

Hitchcock s'approcha et enleva son passe-montagne. Hitler se leva. De chaque côté des barreaux, à moins d'un mètre l'un de l'autre, les deux hommes se dévisagèrent, longuement, sans mot dire.

Seymour sortit le pistolet de son holster, l'arma et le tendit à Hitchcock. Celui-ci prit l'arme et se tourna vers Hitler, lequel se tenait mains sur les hanches, défiant. Hitchcock leva le pistolet à la hauteur de la tête du monstre. L'Autrichien ne broncha pas. Hitchcock pressa la détente.

Capturé par l'Armée rouge, Heinz Linge fut interrogé interminablement. Les Russes ne le libérèrent qu'en 1955. Linge s'installa à Brême, en Allemagne fédérale, où il mourut en 1980.

Ses troupes ayant cherché en vain le cadavre d'Hitler, Staline confia à Truman que le Führer s'était probablement échappé. En août 1945, il ira jusqu'à accuser les Britanniques de détenir Hitler dans leur secteur de Berlin. Plus tard, les Soviétiques prétendront avoir retrouvé la dépouille du dictateur.

Les contradictions de l'URSS sur la disparition d'Hitler amenèrent les Américains à diligenter une enquête. Un Yankee nota que des témoins avaient vu un impact de balle dans la bouche du Führer tandis que d'autres affirmaient que celle-ci avait été tirée au coin de l'œil. Mieux : non seulement la douille de la balle censée avoir tué Hitler était introuvable mais de plus le sang prélevé dans le bunker ne correspondait pas au groupe sanguin du Führer.

Probablement assureur dans le civil, l'officier conclut :

« Après l'analyse de tous ces faits, aucune compagnie d'assurance n'aurait versé le moindre *cent* pour une réclamation similaire fondée sur d'aussi maigres preuves. »

Cet ouvrage a été achevé d'imprimer en décembre 2015
par la société tirage - 91941 COURTABŒUF
Imprimé en France
pour le compte de
Cohen&Cohen éditeurs à Paris XIV.

La photogravure a été confiée à
Graphium, Paris.